本著获国家社科基金青年项目
（16CZW057）资助

金春平 ◎ 著

1976
/
2018

边地文化与中国西部小说研究

人民出版社

"边地文化"与"文明等级"

丁　帆

　　这是一个被文学创作界和文学研究界所边缘化的领域，而这个文学的"富矿"被冷落，却是中国当代文学的一种巨大的损失。面对这样的窘境，我们应该承担起责任，我以为，只有首先让文学研究者高度重视起来，指出其文学史的意义和审美意义，才能从根本上解决这一描写领域的难题。所以，我要在这里疾呼：请不要忽略中国文学最具表现力的文学场域——在两万两千公里的边疆区域内，"边地文学"具有强大的生命力和生长的空间，它将成为中国文学书写的沃土，也将成为中国文学与现代文明拉开距离的最佳视点，必将成为中国文学创作的高峰。

　　所谓"边地"，乃边疆之谓也，"边地文化"便隐含着以下几层意涵：首先，它隐含的是国家地理的内涵，在与他国接壤的土地上所产生的文化和文学，必然会带有两种或两种以上的文化冲突，无论是意识形态方面的分歧，还是国别疆土上的分歧，都会对文化和文学带来差异性，造成与内陆的文化和文学的落差，这也正是文学创作最有"异域情调"的富矿所在；其次，它隐含着的是民族文化和文学的多元性元素，这种多元文化之间的冲突，当然，也包括宗教文化的差异性效应，都是在多个民族文化的"差序格局"之中各自形成了多圈的涟漪效应，这些层层叠叠涟漪交合，恰恰又是文学最好的审美场域和描写对象，这也是迥异于内陆文学题材和审美异趣之处。缘于此，只要有比较文化审美视野的作家是一定会将它们作为至宝一样收纳其创作宝库的；再者，其独特的文明语境为文学创作提供了丰饶的创作素材，如果抛开人类文明进程的价值优劣的进化论观念，单单从文明的形态给予文学创作的审美价值来看，窃以为，那种游牧文明和农耕文明给文学审美带来的吸引力则更加巨大和惊艳，因为读者的审美期待视野是建立在"生活在别处"的，异域的"风景画""风俗画"和"风情画"是吸引全世界只要有"求异审美"眼光游历者的文学风景线。鉴于此，我认为这是一个十分有文化和文学意味的选题，但是如何做好这个大题目，却是中国新文学百年来最大的困惑和难题，金春平始终想动这块文学边缘的奶酪，最终还是吞下了，至于消化得如何，还是大有说法的。

《边地文化与中国西部小说研究》一书，截取的时间和空间就决定了它的涵盖面。从 1976 年至 2018 年，这四十二年间所发生的"边地文化"冲突给文学带来了无限的再现和表现空间，我们的文学创作，尤其是小说创作，有无达到一个空前发掘富矿，使之繁荣的境界，我们的文学研究有无达到认知富矿的文学史意义和地位，使之成为一个有较高显示度的研究领域，都是一个有待于解决的难题。用这样的标准来衡量"边地文学"和"西部文学"，我以为是十分欠缺的，金春平的这种系统性的研究作为一种门类的研究，就显得意义重大了。但是，从另一个角度来看，由于论者生活的环境和条件的限制，他无法把中国广阔无垠的边疆都作为自己的研究对象，故而只能选择"西部"这个地理空间来分析其四十二年来的得与失，这不能不说是一个遗憾。

金春平的终极目的是：以边地文化为研究视角，力图从地域自然、宗教文化、苦难生存、现代性焦虑等方面，探讨西部作家对边地文化因素的不同叙事策略，以及这种地域文化的文学书写在新时期以来所呈现出的文学史价值。西部小说的地域特色包含了稳定性和动态性两个方面。地域自然是构成西部小说的背景空间，且在西部小说中具有隐喻化和象征化的叙事主体角色功能，浪漫型自然所隐喻的人格特征，对立型自然所隐喻的人的本质力量，动物形象所隐喻的人性与生命内涵，以及西部生态理念的生成形塑，都体现出西部小说在立足本土文化的基础上所进行的先锋性和人类性的普世化思想美学构建。宗教文化之于西部少数民族文学，不仅是美学符号和审美意象所构筑的审美空间的艺术拓展，还在于宗教文化以其特殊的文化理念和宗教思维赋予西部小说以内在性的指向哲思……都是西部小说的民族性独异于非宗教小说的重要文化表征。西部小说的苦难体验主题，由于西部边地与中东部地区在经济、政治、文化领域发展的差序性而显得异常沉重和普遍，苦难从日常生活、历史记忆和文化生存等方面构成了西部民众的外迫性力量，而超脱苦难境遇的生存姿态以及在消解中所形成的集体民族性格，也构成西部小说拯救苦难的文化理念模式。随着全球化和现代化进程的加快，西部边地进入了前现代、现代和后现代文明同时演绎的历史境遇，面对这一时代性难题，西部作家集体性的陷入了对现代性认知的悖论当中，这种焦虑不仅体现为作家对自我身份认同的分化，表现在对乡村、都市以及乡村都市化和都市返乡化的不同价值判断上，还包括民族作家对现代性与民族性冲突的生存体验差异，造成西部小说本土化叙事的集体困境。论著以中国文学主潮流为评价坐标，总结和反思着西部小说在曲折演进中所呈现出的文学价值和文化启示，包括时代喧嚣中的本土地域坚守、暧昧语境中的艺术立场坚守、消费漩涡中的人性价值坚守、文明等级中的文学民主坚守。

显然，作者的内在逻辑是十分清楚的，这四个向度钩织成的五章

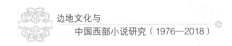
十九节的结构篇章就很能说明作者的意图，有些章节阐释分析得十分精彩，是许多"边地文化"的"他者"所没有的文化审美体验的呈现与阐释。但是，他所提出的一个重要的问题却是我们无法解决的文化悖论和难题，这就是"文明等级中的民主"问题。

毋庸置疑，人类"文明等级"的落差造就了我们当下的"现代人"和"后现代人"看待"次文明"或"低等级文明"的异样眼光，作为一个非人类学家和社会学家，我们的文学家是否能够采取另一种眼光去平等的审视你所见到的"文明风景线"呢？这就是审美的、人性的和历史的眼光。在这里，我们需要用更多的非意识形态的理念去观察审美对象，越是异域风情的图景却是艺术世界的，更是世界艺术的。其他的一切内涵都是"次生等级"内涵的表达。如果我们的作家和研究者都是这样去看待和开发"边地文学"和"西部文学"，也许那就是"边地文学"繁荣昌盛到来之时。

金春平于博士后在站期间，往往与我讨论"边地文学"和"西部文学"的种种问题，他写就了一系列的文章，对这些问题进行了创作文本的分析和理论的梳理，在讨论"文明等级"时，我说，在文学家的眼睛里是不应该有这种等级观念的，我甚至为他框定了一个自以为十分有意义的论题：《"边地文学"中的游牧文明研究》。这个论题他一直都在积极的准备当中，我期待着这个论题能够尽早实施成文，以飨读者。

是为序。

2018 年 11 月 29 日

于南京仙林依云溪谷

C O N T E N T S
目 录

边地文化与中国新时期西部小说的
文学本体合法性

　　"西部文学"的发生，缘起于文学评论界和文学研究界，对当代中国文学现象的概括与命名，是一种"文学批评"话语的叙述权力、叙事策略和叙述范式的彰显，但它既有别于文学思潮流派的稳定化，又不同于地域文学的封闭化，而具有一定的开放性、流动性和多样性。也因此，西部文学从其诞生之日起，就经受着命名合法性的质疑，这种质疑既来自于部分西部作家的自我身份认同的分歧，即高度认同与极力摆脱，甚至也来自于部分文学研究者的质疑，认为标签化的做法掩盖了作为文学实绩和文学现场的丰富性，人为地将中国文学的整体性进行了强制的分割。

　　但是，这种质疑显然是一种以陈规化的"文学思维传统"去框定鲜活文学现场所暴露出的无效性的反讽，因为西部文学有其特定的历史文化生成语境，其潜在文学类别参照，似乎是东部文学、中部文学、南方文学、北方文学等区域性文学，但后者明显缺乏作为文学类别生成的史学性、风格性和典型性依据，而西部文学并非只是在文学层面进行文学合法性存在的构建，而是依托于"文明差序格局"的中国化事实，作为本体性合法化的文学理由。具体而言，西部文学是对特定文明形态进行书写的文学概括总称，它既关涉着特定文学创作群体的涌现，特别是文学创作实绩的显赫，又必须包含着作为特定文学思想的整体性、美学风格独特性等文学精神，而西部文学所包蕴的文学现场和文学创作的史学实指性（自发性）和文学想象性（建构性），赋予"西部文学"较之其他区域文学命名以充分而坚定的本体性存在内涵。

作为"中国西部"简称的"西部"首先是一个区域概念，但它究竟包含哪些地区，作家和学者们的意见并不一致。他们或侧重政治性的地缘特点，或侧重经济发展的地区差异。遵循着上述"文明差序格局"的历史文化情境和文化理论思路，丁帆关于"西部"概念的界定着重于西部独特的文明形态，即西部文学是对文明差序格局中西部地区独特文明形态的深刻表达，因而具有其文学性和文学史的多维价值与多重意义。这无疑是捕捉到了作为"西部"的本体性特征，"这里所讨论的'西部'，是一个由自然环境、生产方式以及民族、宗教、文化等因素构成的独特的文明形态的指称，与地理意义上的西部呈内涵上的交叉。它的边界和视域，既不同于地理地貌意义上的西部区划，也不同于以发展速度为尺度所划分的经济欠发达地区。它是以西部这一多民族地区所呈现出的生产方式、文化、民族、宗教的多样性、混杂性、独特性为依据划分的，主要是指：以新疆维吾尔自治区、内蒙古自治区、西藏自治区、宁夏回族自治区和青海、甘肃两省为主体的游牧文明覆盖圈。这是一个'文化西部'的概念。与此对应的另两个文明参照模式是：以京、沪、穗为中心的东南沿海的现代都市文明，以及处在都市文明和游牧文明板块之间的广阔的中部农耕文明。"[①]"文化西部"的界定，不仅从文明形

---

① 丁帆：《中国西部现代文学史》，人民文学出版社 2004 年版，第 1 页。

态上将西部游牧文化所主导的西部边塞地带纳入一个统一的文化模块，而且这种共性的文明形态所孕育出的带有相似性和普遍性的文学风格，也因此体现出了区别于其他区域的显著特点。着眼于文明形态的独特性对"西部"和"西部文学"的界定，不仅具有文化制高点的学理性，也具有研究范畴阈定的可行性。因此，本著的西部空间设置以此为准。

因为上述六省份主要分布于中国西北地区，因此，西部文学的研究对象主体是西北文学。从新时期以来的文学成就来看，西北地区作家的创作一直呈现着旺盛的势头，不仅西北地区中青年作家的小说在历年的文学评奖中频繁入选，如红柯、石舒清、郭文斌、次仁罗布、叶舟、弋舟、马金莲等曾获得"鲁迅文学奖""少数民族文学骏马奖"等中国文学大奖，而且老一辈作家如王蒙、赵光鸣、王家达、董立勃、邵振国等也在新世纪之交以新的文学成就宣告了西部文学的发展潜力。藏族作家阿来的《尘埃落定》由于"小说视角独特"，"有丰厚的藏族文化意蕴。轻淡的一层魔幻色彩增强了艺术表现开合的力度"，语言"轻巧而富有魅力"，"充满灵动的诗意"，"显示了作者出色的艺术才华"，而赢得了"茅盾文学奖"，这是主流文坛对身处西部边地的西部文学成就的最直接的认同方式。因此，纵观新时期以来的西部作家，其构成大致可以分为两大部分：一部分是西部本土作家，他们长期生活于西部，对西部的本土文化、西部的风情民俗、西部人的生活境遇、西部人的生命感受方式等，具有天然的亲近感和熟稔感，这是本著重点关注的作家群体；另一部分是流寓作家，他们由于时代、政治或个人等原因，曾在西部边地生活过较长的时间，受到过西部边地文化的浸染和熏陶，创作过一些反映和指向西部边地文明的小说作品，这类作家也应划入西部作家的研究行列。

"西部小说"是一种区域性文学概念，但"西部文学"还包含着更为复杂和丰富的文化精神与文学内涵。本著所涉及的西部，既是一个实际的地理区域，也是一个抽象的文化空间，那么，"西部文学当然不是纯地域性文学，但不无地域的因素，对于本质是人学的文学来说，毕竟是一个次要的构成部分，相对的属于外部的特点。"① 而西部小说就是孕育于西部本土，并经受着西部边地的宗教、文化、历史、审美、情趣等地域文化要素的融合而形成的艺术结晶。丁帆曾用"三画四彩"（风景画、风俗画、风情画和自然色彩、神性色彩、流寓色彩、悲情色彩）来概括西部小说的美学形态，这个论断是本著界定西部小说的重要参考标准。本著认为，从文学意义上界定西部小说应以其文学精神和美学风貌为主要标准，即凡是作品出自上述"西部作家"，作品的叙事主题和精神气质均指涉西部边地文明形态，文本所叙述的是发生在西部大地上的人情世故，并渗透着西部边地独特的魅力气质，抒发的是西部民众的集体情感思绪，反映的是西部作家对地域文化的深刻思考与主体生存状况的深切透视的小说，均应视为"西部小说"。② 尽管这一划分方法还有着诸多可商榷之处，但对于本著从文化的视角研究文学而言，这个界定标准最为贴切西部文学的文类本体性内涵。

而作为研究时段的"新时期"概念，一直是学术界存在诸多争议的命题。尤其是由于这个概念上限和下限的不确定性，更为如何认识新时期的内在断裂和承继提供了诸多理解的角度和可能。政治意义上的"新时期"最早源于《实践是检验真理的唯一标准》这篇文章："党的十一大和五届人大，确定了全党和全国人民在社会主义革命时期和社会主义建设新的发展时期的总任务。"③ 文学界为了配合政治界的响应，也提出了文学界的"新时期"概念："我们正处在一个伟大的新的历史时期，新时期的总任务向文学研究和评论工作提出了新的艰巨任

---

① 高平：《关于"西部文学"的思考》，《中国西部文学》1985 年第 11 期。
② 于京一：《"边地小说"：一块值得期待的文学飞地》，《中国现代文学研究丛刊》2011 年第 2 期。
③ 《实践是检验真理的唯一标准》，《光明日报》1978 年 5 月 11 日。

务。"①1979 年 11 月 1 日召开的第四次文代会上，周扬的报告《既往开来，繁荣社会主义新时期文艺》正式以官方身份确认了"新时期"这个概念。此后的"新时期文学"由于"正是在 1978 年前后，当代文学空间发生了某种意义的变动，从而带动了整个文学格局和文学内质的转变"，②而将 1978—1979 年时段看作以"启蒙"思想为核心的"新时期"文学的开端。而随着 1986 年的"先锋小说""新写实小说""晚生代小说"等带有后现代文化意义的小说对以"启蒙"为内质的"宏大叙事"的解构，原有的新时期文学概念也发生了裂变，"后新时期文学"概念也呼之欲出，于是谢冕在 1992 年提出了"后新时期文学"③的概念。与此相适应，本著的研究时段限定在 1976 年之后至今："1979—1992 年是西部现代文学的'繁荣期'；1992 年之后，是西部现代文学新的发展期。"④ 二十世纪八十年代初开始兴起的"西部文学"热，一方面是西部本土作家和批评家为了迎合主流文坛启蒙思潮的一种主动追赶和文学标榜，另一方面也因为其鲜明的地域文化书写而给中东部地区的文坛吹来一股清新的"西北风"而引起了主流批评家的关注；之后西部小说的沉寂，是由于"同时期中国社会变动回旋的历史阵痛，使相当一部分作家'习惯性死亡'，选择了对西部的逃离"；⑤ 而 1992 年邓小平的南方谈话将"现代化"作为社会发展的首要目标，这样的现代性指向作用于西部作家，使他们破除了之前对西部的浪漫化想象，而是观照着西部大地的文化因袭。同时九十年代初期，由于文化语境的多元混杂性，文学体

---

① 周柯：《拨乱反正，开展创造性的文学评论工作》，《文学评论》1978 年第 3 期。
② 丁帆、朱丽丽：《新时期文学》，《南方文坛》1999 年第 4 期。
③ 谢冕：《新时期文学的转型——关于"后新时期文学"》，《文学自由谈》1992 年第 4 期。
④ 丁帆：《中国西部现代文学史》，人民文学出版社 2004 年版，第 9 页。
⑤ 李兴阳：《中国西部当代小说史论（1976—2005）》，安徽大学出版社 2006 年版，第 17 页。

制的市场转型，还有政治与文化关系的相对疏远，文学写作迎来了一个前所未有但又良莠不齐的书写时代。对于西部小说而言，由于目睹中东部地区现代文明特别是都市文明所带来的人性异化和道德滑坡，二十世纪九十年代末期以来直到二十一世纪，西部小说表现出了立足本土而又具有普世情怀的坚守和诗化西部大地的价值立场。从这个意义上说，自二十世纪八十年代以来的西部小说经历了一个初登文坛的"幻化西部"到九十年代初期的"本土批判"再到世纪之交的"本土坚守"的集体转型，这也构成了新时期西部小说演变的基本线索。

"边地"，顾名思义，是指非中心区域，无论是从地理、经济、政治还是文化的意义上看，都带有远离中心地带视野而充满神秘色彩的意味。新时期以来的西部小说发展正是对西部边地完成的一个由"想象性描述"到"本真性呈现"的过程。"边地"是与"中心"相对应的，从地理上考察，边地是相对于中原地带而言的边缘荒蛮之地，所谓的"华夷之辩"一词就是对这种汉民族和少数民族的民族关系与中原和西部地理关系的形象描述，西部边地的自然气候和地理条件不仅与中东部地区有着很大的差别，而且，由于西部自然地理条件的特殊性，它还深深地影响着此区域民众的生存方式和生命观念；从经济的角度考察，西部边地又是与"繁华中心"相对而言的经济欠发达地区，经济的欠发达不仅使此区域民众的物质生活较为匮乏，而且也使得此区域的民众的精神状态和民族性格呈现出保守、封闭但又坚韧、淳朴的特征；从文化的角度考察，西部边地是与中原文化而言的异质文化区域，中原文化在中华民族的文化结构中居于中心位置和支配性地位，而其他文化包括西部区域文化则处于非主体的边缘位置。①

---

① 于京一：《"边地小说"：一块值得期待的文学飞地》，《中国现代文学研究丛刊》2011年第2期。

以"边地文化"（本著主要指西部边地文化）为研究视角，不仅在于钩沉文学与文化的内在互塑性，即边地文化如何影响西部作家的文化心理，进而呈现在文学创作的思想与美学领域，同时也试图反观新时期的西部文学如何在创作实践中构建一种文化形象、文化脉络、文化想象以及文化认知和价值话语体系，这既是对边地文化内在丰富性的梳理与阐释，也是对边地文化的文学表达的实证与评价。本著所界定的"边地文化"是一个形态不断演进、内涵不断充实的带有历史性、时间性和空间性的结构化概念，即边地文化是一个既包含了稳定性，又包含了动态性的文化体系。所谓稳定性是指西部边地的地域文化的传承与稳定，所谓动态性是指不同文化形态之间的融合与博弈。边地文化因此是一个传统地域性文化系统和多重文明形态融合的双重性文化体系。随着西部大开发政策的实施与现代都市化进程在西部地区的发展，那种较为纯粹的民间意义上的"地域文化"已经越来越受到冲击，特别是当代文学发展史当中的文学地域文化色彩已经逐渐走向衰落，新时期以来的西部小说在这样的文化一体化的潮流中，同样无法摆脱地域化色彩淡化的历史宿命。本著从边地文化的角度研究新时期西部小说，其潜在的坐标是新时期的中东部小说（主流小说思潮），即西部小说的某些文学主题、艺术手法和美学风貌，在其他地域文学当中也有闪现，但在特定的历史时段内——新时期以来，置于特定的文学格局中——新时期中国当代文坛，着眼于整体性的文学量化对比结构——作家作品数量，本著所切入的命题构成了西部小说最为重要也是最为显著的区域文学特征。尤其是较之中东部地区而言，西部边地由于自然条件、地理位置、经济发展与政治体制的特殊性，再加上自古以来形成的文化特征的多样性、开放性、民族性与宗教性的根深蒂固，其文化延缓进度要滞慢得多，因此也就具有了较好的文化保存功能而形成了影响西部小说生成的一些具体文化内涵——地域自然、宗教文化、历史重负、文化开放。

第一是地域自然。西部文化呈现出"互融"的状态，而如此复杂的文化构成，很大程度上是受制于该地区特有的自然地理条件和生态气候条件。西部地处中国大陆腹地，地貌多为戈壁、沙漠，虽然间或也有绿洲、河谷，但总体而言，"高、寒、旱"是其主要特征，所以，这一地区的民众为了适应特殊的自然条件，也相应地形成了以农耕生产为主、游牧生产为辅的生活方式。而这种地域自然的局限，使得西部发展到新时期之后，与中东部兴起的城市化和工业化进程相比，其文化形态仍停留于农耕文明和游牧文明，乡村或乡土仍是西部民众生活的主要聚居方式。这种文明的"差序化"演进特征与西部特殊的自然风景条件，构成了西部小说所关注的重要文化侧面和文学抒写对象。

第二是宗教文化。西部边地的宗教相当纷繁，伊斯兰教、藏传佛教、基督教、萨满教以及其他宗教都在这里繁衍兴盛，但宗教的复杂并不代表西部边地宗教地理分布没有主导性和结构性。具体来讲，西部宗教的主导性文化圈层，一是包括了宁夏、新疆、甘肃等地区的伊斯兰教文化圈，一是以西藏、青海为中心的藏传佛教文化圈。宗教文化的存在，是少数民族群众在恶劣自然环境下生活的主要精神支柱，而且，宗教的存在也使得西部民众的民族性格呈现出了重自然、重情感、重生命等诸多特点。因此，宗教文化同样构成了西部小说特别是西部民族小说地域特征的一个重要的文化底色。

第三是历史重负。西部地区历来都与军事战争有关，成吉思汗、马仲英、盛世才等战争枭雄的故事或传说在显示战争历史悠久的同时，也是一种惨烈的集体生死记忆。这种历史的重负，既使西部成为凭吊怀古的场所，也成为反思历史的文化场景。这种历史的重负还由于其久远的政治流放史而显得异常悲壮，即使历史的步伐发展到当代，西部仍然延续了古代政治流放改造和贬斥的历史传统。因此，右派落难者的刻骨体验，对"文革"历史与荒谬时代的深刻反思，以及人在恶劣生存境遇下的心灵磨难，共同构成因历史重负而引发出的现代哲学命题，它们同样也成为西部作家重要的聚焦领域和创作资源。

　　第四是文化开放。西部地区的丝绸之路，自古以来就是一条多民族融合的商贸大道和文化通道，它把亚洲的东部、中部和西部联系起来，甚至把亚洲和欧洲以及非洲联系起来，使得西部地域和西部民众的集体心理成为一个融合与碰撞的文化场域，"复杂的人种，多元的文化，形形色色的语言荟萃于此，积淀陶融，形成灿烂夺目的地域文化，成为世界范围内人类文化遗产积淀最丰厚的宝库之一"，① 在这样的多元文化的互融与互渗的长期历史进程中，"中国的边地不仅受到中原内地的影响，同时也受到域外文化的熏陶，在文化方面往往起到开风气之先的作用"，② 而这种文化的开放性同样体现在当下文化的多元吸纳。比如，新时期以来，游牧文明和乡土文明仍然是西部大地的主导文化形态，但是，工业化和城市化也已开始侵袭西部，物质与感官的解放一方面满足了西部民众对现代文明的集体诉求，另一方面也对乡村伦理造成了破坏和异化。比如，西部边地游牧文明追求"天人合一"的自然和谐观，同样与后现代时期打破人类中心主义的生命观不谋而合，尽管两种文化动机有着巨大的差别，但它们共同构成了能够对话与交流的内在契机和平台。而这种文化的"趋同"与"相异"的种种表象，同样成为西部小说所着力思考和探讨的文学命题。

　　将西部小说置于新时期以来的当代文坛格局中，特别是置于中东部地区的对比观照中，基本可以认定构成西部小说的总体文化特征包括边地的"地域自然"、边地的"宗教文化"、边地的"现实与历史的重

---

① 《光明日报》书评周刊编：《边地中国：边地是不是桃花源》，中国社会科学出版社2004年版，第41页。

② 《光明日报》书评周刊编：《边地中国：边地是不是桃花源》，中国社会科学出版社2004年版，第4页。

负"、边地的"风俗民情"等稳定性因素，以及边地的"文化开放"——
前现代文明、现代文明和后现代文明，即游牧文明、农耕文明和现代都
市文明之间的博弈与对抗的动态性因素，它们共同影响和制约着西部小
说的发展和成型。这样的边地文化内涵界定，既兼顾了西部边地文化的
历史传承稳定性，又顾及了西部边地文化的开放性和动态性，且均与新
时期以来的西部小说有着内在的关联。

　　边地文化的稳定性因素和动态性因素是如何影响到西部作家的艺
术构思和主旨表达，如何在文学的地域化书写中构建出独特的美学风
格，或者说，西部小说在边地文化的影响之下，从精神本质上呈现出与
其他地域文学或非西部小说怎样的区别，这个关于西部小说的本质性问
题就是"西部文学精神"的构建。关于"西部文学精神"或"西部精
神"的讨论，从西部文学自二十世纪八十年代亮相伊始就在争论中，但
一种文学精神的成立或成型，最重要的是考察西部小说在历代的文学流
变与当代的横向对比中，它的最终文学性指向。本著认为，对"人"的
"主体建构"是西部文学精神的最终指向。无论是地域自然、宗教文化，
抑或是苦难体验和文化悖论，西部小说始终关注的是"人"在不同境遇
下的人性张扬与生命姿态。西部小说的这种精神指向，有学者将之概括
为是"一、恶劣环境中对于民族自信心的张扬；二、灰暗的现实生活中
对于人性的发掘；三、虚妄的历史话语中对于底层生活的关注；四、缺
钙的精神世界中对于英雄主义的呼唤。"① 但本著认为，与中东部地区的
文学，特别是都市小说相比较，西部小说的内在精神始终是围绕"人"
来进行，"西部精神从某种意义上讲是西部文化与原始人性相结合所体
现出来的价值总和。西部精神的价值不仅是作家意识里承袭的烙印，而

---

① 赵学勇、孟绍勇：《革命·乡土·地域：中国当代西部小说史论》，山西教育出版社
2009 年版，第 9 页。

且更要发掘历史的、当代的、让人们感受到和目睹到的荒芜与恐怖环境中那些属于人的踪迹，那些能震颤着人们的灵魂的原始的古朴、原始的人性。"① 因此，西部文学的精神内涵就包括了诸如关注本土的明朗的人道主义情怀，对人性纯正完整的希望与期待，对人的刚健清晰的正面性力量的肯定等方面。无论是边地自然、宗教文化，还是苦难境遇，抑或是文化夹缝中的生存，正面的"人"的彰显、赞美与期待总是构成与中东部地区文学求"新"、求"怪"、求"玄"或求"颠覆"、求"复杂"、求"荒诞"（这里并不否定诸多文学先锋对小说"创新"和"革命"的文学史意义，而只是试图总结和揭示各自的精神指向和精神内涵的差异）的独异之处。而"西部文学精神"也正是在历代的文学参照和共时的当代文学格局的结构性存在中，构筑了自己独特的文学精神："'西部文学'概念的提出及其内涵的确定显然也是基于文学的地域性力量和审美价值，尤其是当下社会经济和文化出现了全球化的发展趋势，重新检讨中国文学发展中的'本土问题'，在中国文学的世界性与本土性对话过程中，如何建立和寻求文学意义的生长点，创造多种可能性，成为当前文学研究中和创作中的重大问题。"② 西部小说也因此在本土化与世界化、传统性与现代性、乡土性与都市性等诸多方面开拓着中国文学的精神内涵，从多角度和多侧面谱写和开掘着人的生存姿态的丰富性。

① 赵学勇：《中国乡土文学：从现代到当代西部》，载《文化与人的同构》，兰州大学出版社 2000 年版，第 264 页。
② 王本朝：《新时期文学思潮中的西部文学》，《涪陵师范学院学报》2003 年第 6 期。

第一章

西部小说地域自然呈现的隐喻化

第一节　西部作家自然审美意识的生成

从人类社会的孕育萌芽，到高度文明的当代社会，人与自然一直就有着割舍不断的联系，甚至可以说，整个人类的物质文明和精神文明都是人与自然界长期相互作用的产物。在文明的创造过程中，由于人与不同区域自然环境相互作用方式的差异，分别孕育出多元化的文明形态。"任何人类历史的第一个前提无疑是有生命的个人的存在。因此，第一个需要确定的具体事实就是这些个人的肉体组织，以及受肉体组织制约的他们与自然界的关系"，[①] 而人与自然的相互关系，又使得"任何历史记载都应当从这些自然基础以及他们在历史进程中由于人们的活动而发生的变更出发。"[②] 因此，人与自然的关系构成了多元化文明形态的首要和外

---

① 马克思、恩格斯：《德意志意识形态》（1845—1846），载《马克思恩格斯全集》第 3 卷，人民出版社 1960 年版，第 23 页。

② 马克思、恩格斯：《德意志意识形态》（1845—1846），载《马克思恩格斯全集》第 3 卷，人民出版社 1960 年版，第 23—24 页。

在的原因。而在人类从大自然争取物质财富的生产过程中，更为高级的人文环境也逐渐形成。正因为如此，文明的形成过程就包含了两个重要因素：一方面是创造文明和创造历史的主体——人类，一方面是作为人类改造对象的客体——自然环境。因此，人类和"自然基础"的关系即"人地环境"、人类和"他们在历史进程中由于人们的活动而发生的变更"的关系即"人文环境"，这两方面共同构成了一切文明的基本内容。

人与自然的关系由此成为中外文学发展史中的一个重要命题。自然作为中国文学的重要叙事客体，从《诗经》中的"比""兴"肇始，到魏晋南北朝和唐宋文学达到风景抒写的高峰，自然风景一直是古代作家"文以载道"的具象工具，"天人合一""物我交融""有我之境""无我之境"，均表现出自然客体和文学主体趋于融合的审美诉求。"五四"时期以来，现代性作为中国文学的价值轴心，自然风景走出诗歌和散文的抒情领域，逐步融入以叙事为本质属性的小说结构，并成为现代小说叙事空间中的重要元素，承载着文学主体对现代性理念"认同"与"分化"的艺术表现功能。但新时期以来的中国文学，在"风景死亡"的喟叹声中，在日常生活、欲望表达、网络快感、价值重建等的主题遮蔽下，自然风景的抒情与自然风景的叙写，不仅无法被大众接受者的阅读审美所期待，也无法成为当代许多中东部地区作家传达个体化思想和解构性理念的有效艺术形式。

但是，自然风景叙事却具有文化现代性的文学表征功能。现代性本质上是对人类自我力量的张扬，是驱除自然之神对人类奴役的反前现代性的理念思维和认知哲学。同时，现代性作为二十世纪中国文学的主体精神力量，也将"民主""科学""理性"作为中国文学的元话语和核心概念，民主解决的是人与社会的关系，科学解决的是人与自然的关系，理性解决的是人与自我的关系。但现代性作为外源性的历史潮流和理念体系，其在中国本土化的过程中，偏颇之处在于，因二十世纪中国社会政治改造的迫切需求，文学对"民主"投之以极大的热情，并对"民主"概念所引申和辐射的个体价值（启蒙主义）、民族独立（革命主义）、国家建设（左翼主义）等文学主题进行经典化塑造，文学主体借"民主"这一概念将话语客体指向了人文环境（社会、历史、人性）当中群体的"人"；文学同样也对"理性"这一话语核心进行了本土化构建，并以此作为反叛传统文化束缚、批判国民精神劣根、重建现代人格内涵的理想工具，并由此引申出了"社会批判""文明批判""国民性批判""政治批判"等文学主题，文学通过"理性"这一现代思维概念，将话语客体指向了文化蒙蔽、人性蒙蔽、历史蒙蔽中个体的"人"；但对"科学"这一现代性内涵要素，二十世纪中国文学显然涉猎不足，科学固然包括了自然科学和社会科学，但"从准确、可验证性并能达到普遍公认的角度讲，科学一词指自然科学"，它所解决的恰是主体之"人"与客体"自然"的关系认识论。古代文学当中的风景抒写，绝大多数都是主客体的审美融合诉求，追求"无我之境"乃是风景描写的最高境界。而对于以现代性为价值核心的二十世纪中国文学，自然风景描写已经脱离了"物我交融"的单一审美功能，转化为凸显"个体之我"的有效参照，文学通过对非人文、社会、历史客体的"自然风景"的主体化叙事，所传达的恰是现代性所关注的对"人"的"主体性"的重新发现，对"人"的内涵的凸显、丰富和审视，主体和客体的间性关系，即文学主体审视自然客体的方式，文学主体和自然客体的关系模式构建途径，正是自然风景叙事所蕴含的现代性价值所在。

自然风景叙事当中的现代性内涵，归根到底是文学主体的现代性内涵，"现代性的核心是个体主体性"，[①] 现代性发生之后，个人的主体

———————

① 杨春时：《现代性与中国文学思潮》，生活·读书·新知三联书店 2009 年版，第85 页。

意识开始复苏，在对自然万物进行观照的同时，审美的、对抗的、象征的、隐喻的关系开始生成，主体之"人"与客体"自然"的关系模式也渐趋多样化——或者作为品行之美的客观载体，或者作为道德之美的象征力量，或者作为文化反思的超越性空间等。自然景物在与主体之"人"的关系中，它们既可以作为促进人类活动的背景空间，也可以作为与人类活动相背离的异化力量。尤其是我国由于幅员辽阔，地貌复杂，不同地域的自然地理环境反差很大，不同地域文学主体对自然的审美观照态度也呈现出了多样化的姿态。

从新时期到新世纪的中国西部边地小说当中，自然风景叙事不仅一直是其最为重要的叙事主题，充当着文本主客体间性的关系中介，而且还通过文学主体对自然风景的隐喻、转喻（联想）、提喻（指代）、象征、写实等艺术手法的加工，呈现出与文学主潮发展"迎应"与"悖离"的曲线图谱，从而使得西部边地小说的自然风景叙事，超越了古代文学风景描写"自然与人同化"的单一关系模式而趋于多元化。西部作家审美意识的复苏，以及对自然万物的审美观照，反映在文学中，就是形成了一类以自然物象为审美对象和艺术感悟的文本。这些自然物象在进入文学审美世界之后，或者作为品行之美的客观载体，或者作为道德之美的象征力量；在与人的关系中，它们既可以作为促进人类活动的背景空间，也可以作为与人类活动相背离的异化力量。可以说，文学主体对自然风景的观照、审视与改造，使西部边地小说在文学主流的"边缘"处，在"边地"这一前现代、现代与后现代文明的共存语境下，成为浪漫主义、现实主义、生态主义等文学思潮生成与演绎的文化场域，也形成了文学主体现代性认同与批判互为参照、互为补充的多元化认知模式。

中国内陆的自然地理基本是"西高东低"的阶梯状。中国西部的第一阶梯主要包括的是青藏高原，第二阶梯则涵盖了新疆、内蒙古、甘肃、宁夏等西北高原。① 在这里，浩瀚延绵的西部草原、沟壑纵横的黄土高原等，是"自然的赐予，天籁的秘响"，② 而西部边地恒久而悠远的地域文化和民族文化也正是在这样迥异的自然环境当中孕育和成型的。西部地区如此的自然地理特征，既影响了西部民众的生产和生活方式，孕育了他们的生命观、伦理观和审美观，"一个民族永远留着他乡土的痕迹"，③ 也形成了中国地区文化板块中游牧文明与农耕文明相互交融的文化格局，尤其是西部自然物象还作用于西部作家的文学审美意识，形成了西部文学所独有的地域精神样态和自然美学特征。

纵观西部小说的发展历程可以发现，西部地区的自然物象进入小说当中并非是一成不变的，而是与不同历史时期的文学思潮与不同类型的作家心态紧密关联，正如李兴阳所说，西部当代小说基本经历了一个"从异域性文化想象到重新发现"④ 的过程。西部自然作为构成西部地域文化的一个重要的地理文化因素，一方面，它是小说具有"西部"特征的外在表征，"显然，艺术的地方色彩是文学的生命力的源泉，是文学一向独具的特点。地方色彩可以比作一个人无穷地、不断地涌现出来的魅力。我们首先对差别发生兴趣；雷同从来不吸引我们，不能像差别那样有刺激性、那样令人鼓舞。如果文学只是或主要是雷同，文学就是毁灭了"；⑤ 另一方面，西部自然因为与西部人的生活和生产方式、道德和

---

① 赵学勇、王贵禄：《地域文化与西部小说》，《陕西师范大学学报》2007 年第 5 期。
② 何向东：《中国西部人文：文化资源与素质教育——点燃西部的阳光》，中国人民大学出版社 2008 年版，第 32 页。
③ ［法］丹纳：《艺术哲学》，载《傅雷译丹纳名作集》，傅雷译，傅敏编，河南人民出版社 1998 年版，第 244 页。
④ 李兴阳：《中国当代西部小说史论（1976—2005）》，安徽大学出版社 2006 年版，第 24 页。
⑤ ［美］赫姆兰·加兰：《破碎的偶像》，载丁帆《20 世纪中国地域文化小说简论》，《学术月刊》1997 年第 9 期。

伦理价值等的紧密相连，而在小说中被西部作家作为重点的叙事对象。因此，这类西部作家在历时的文学思潮演进中，始终不渝地书写着西部大地的山川风物，而这些自然物象也成了西部作家群体崛起的重要文学特征。但西部作家对本土性的自然物象进行文学审美表达的同时，西部自然同时也被部分非本土性作家以想象的方式而妖魔化和神秘化，西部自然在他们的想象中被负载了更多的人化意义和寻根意义。从这个意义上讲，西部自然进入小说，不仅是西部地域文化使然，当中也贯穿着西部自然被刻意强调的主观性建构。纵观西部作家对自然风景的书写，基本经历了一个从"人化自然"到"异化自然"再到"生命自然"的嬗变过程。这种自然风景叙事的主体性"生成"与"隐退"的线索，一方面反映出自然风景作为一种地域文化的影响因子，对西部作家创作心理和创作意识的深层影响，是他们挥之不去的一个创作情结；另一方面也反映出西部作家在与主流文化潮流的遥相呼应中，自然意识从刻意强调，到本土意识的复苏，再到人类关怀意识觉醒的前卫与先锋。因为"人化自然"和"异化自然"是西部作家以地域化的方式，对文学现代性主潮进行的先锋性应接和前卫性反思，而"生命自然""生态意识"则是边地作家对人类生存环境的忧患意识，在文化理念方式上的先觉反映，这三个方面不仅成就了西部边地小说在同时期文学主潮中带有"审美批判式"的艺术理念构造，还导引出超越地域层面的对现代性丰富内涵的多元认知模式。

一、闯入型作家对自然唯美雄壮的审美构建

闯入型西部作家，是指那些长期身处于东部现代都市文明，但却深受现代都市文明负面文化伤害，并且意外发现西部并归根西部的作家，其代表是张承志、红柯、冯苓植、杨志军、王蒙等。这些作家由于精神受挫或政治磨难而漂泊旅途，在寻觅精神家园的过程中，他们意外地闯入久违而神秘的大西北，西北的自然物象重新激发出被现代文明湮灭的人的审美主体性和完整独立性。因此，在他们的作品中，西部自然物象所具有的"人化"的美学内涵，不仅与这些闯入西部者本身所秉持的理想主义的家园期待无形中契合，而且，西部自然物象无疑成为这些闯入者们寻求思想启迪、完善人格、寻求家园的最佳象征物。自然物象在这样的审美猎获中，不仅被有意的强调，凸显出鲜明的西部边地性特征，而且往往具有了精神导师的作用，具备了"人格化"和"神圣化"的意味，发挥着疗治现代文明伤害的抚慰作用，成为这些精神流浪者追溯人类、民族、人性本真的精神渠道。

对于意外闯入西部边地的作家来说，自然风景显然不仅是小说叙事的背景空间，而是承载着对启蒙理性进行反思和批判的"审美现代性"内涵，并形成了自然客体与文学主体之间的"启蒙"与"被启蒙"的关系模式。新时期之初，启蒙主义思潮重新复苏，续接起了"五四"启蒙大旗，追求"人"的价值，追求自由、民主、科学，对封建传统文化、对传统帝王之制遗毒进行了全民性的反思和批判，即"理性现代性"的建设重新拉开帷幕；同时，满目疮痍和千疮百孔的中国社会又亟待进行现代化的建设，特别是进行物质层面的建设，改变原有的单一计划经济体制，建立满足人民物质需求和生活需求的市场经济体制，即"感性现代性"的建设成为全民竞争的动力。但在中国特殊的现实情境中，感性现代性与理性现代性建设的同步却出现了偏颇，即感性现代性（物质现代性）不仅成为国家的主导方针（以经济建设为中心），也成为全民的集体生活诉求，世俗现代性获得了极大的认同和强化。但"人"的个人欲望得到合理释放的同时，人也沦为了"物"的奴隶，"人"刚从传统文化和政治桎梏的"不自由"当中解放出来，又陷入"世俗"和"物欲"的"不自由"当中。理性现代性（二次启蒙）的建设还未完成，就在不经意间被"感性现代性"和"世俗现代性"所击垮，理性启蒙悄然隐退。对于坚守启蒙大旗的知识分子来说，面对"世俗"四壁陈列而抗争，却又如此悲壮而孤独，而当他们将目光转向前现代文明聚集之地的西北大地之时，他们发现了别样的"风景"。西北奇特的自然物象重新激发出被现代文明负面因素（政治信仰、世俗困扰、信仰坍塌、自我迷失）渐将湮灭的人的主体性和独立性，让他们能够站在超脱于"感性"和"理性"的形而上层面，对现代性的负面性进行平衡和制约，对自己的启蒙信仰重新寻求坚守的理由和信心，对现代性的异化进行反思和批判，并试图重建"主体之人"的"神性"。

与中东部现代文明的异化给人所带来的精神空虚、灵魂放逐、人性迷失的生存图景截然相反，西部自然物象所具有的原初性和本真性带来的却是心灵的开放、人性的自然与胸襟的阔大。黄土、草原、大漠、高原……西部自然所具有的原始样态，是人类对自然环境集体无意识的永恒图景和家园记忆，并以其原始而阔大的美学感悟，驱使闯入者以文学书写的方式作为直观人类自身本质力量的审美对象。对于红柯、张承志等怀揣启蒙主义和理想主义情怀的西部漂泊者而言，西部自然物象是他们生命观照和世俗超脱的精神契机，也是他们孜孜以求所寻觅的精神家园和灵魂栖居的理想场所。在他们的作品中，西部自然所引发的主体心理与世俗的"疏离感"和精神"超脱感"，以及对人的"神性"和生的"超越"的生存体验和艺术诉求，是新时期闯入型作家创作的深层心理动机，而那些原始情状的西部自然，也成为他们驰骋想象、忧怀古今和演绎生死的叙事空间客体，并在文学主体的现代性批判和审美构建中，使西部边地小说的自然叙事呈现出鲜明的浪漫化色彩。

浪漫主义从其起源来说，就承载着对理性王国的反叛，并将个体的独立和自由作为价值核心。在西部边地小说的浪漫型自然风景叙事中，自然往往是被人格化和审美化的，它们既是西部地域自然物象的写实呈现，同时还被负载了诸多的象征隐喻含义，成为文化重建和人格重建的动力之源。表现在小说主题上，就是审美主体出于"文化寻根"和"价值重建"的心理诉求，将西部自然升华为启蒙主义者身处现代世俗困境和异化情境中"精神导师"的象征体系。在这个象征体系中，自然物象是国家崛起和民族振兴的隐喻，也是流浪者生命回归大地的母性之居。于是，西部作家就以立足本土地理文化的姿态，构建与新时期启蒙主潮进行话语对接的艺术途径，西部自然物象也常按照作者的审美心理倾向，有意识地朝大写之"人"的精神气质（诸如阔大、厚重、坚韧、执着）和人生哲思的方向加以移情和拟人，以此彰显一种民族精神重建与文化体系复苏的导向。在这里，自然物象成为与作品中的人物相并峙的叙事客体和特定地域民族本质力量的审美镜像，成了西部闯入者浪漫想象和文化传达的审美空间。因此，这类西部自然的主体化叙事，就既具有现实性的实指性，又具有超越性的文化反思性，即现代性批判的"审美现代性"。这种自然景物呈现的"实"与象征含义的"虚"相结合的叙事方式，是西部自然物象参与文本结构，以及文学主体进行价值构建的特殊策略，是在启蒙主义思潮失落、世俗文化侵袭的背景下，西部边地小说通过浪漫主义的艺术方式，捍卫"人"的"神性""独立"和"自由"的一种决绝反抗。

二、本土型作家对自然严厉狰狞的审美构建

对于绝大多数西部本土作家而言，西部自然物象在他们的观照视野中并非是"唯美"与"浪漫"的，而是"狰狞"与"暴烈"的，是与主体性形成彼此"相异"的外在客体，在文本中可视为外在"主体"。这种"相异"关系甚至是"对抗"关系，蕴含着现代性的另一维度，即"社会现代性"。社会现代性，既包括了物质感官层面的现代化，如经济的发展、欲望的释放、个体需要的合法等，即"源于工业与科学革命，

以及资本主义在欧洲的胜利"，① 还包括现代民族国家的现代性，"民族国家是现代性的产物，是现代性催生的和赖以存在的政治实体，它相对于朝代国家而言。传统国家是朝代国家，其合法性在于神意，君主不是以民族代表的身份，而是以神的名义进行统治。现代民族国家的合法性在于民意，国家是以民族利益代表的身份进行统治，这是理性精神在政治领域的实现。"② 社会现代性，既要求以现代的科学精神改造阻碍社会进步的外在客体，包括大自然，甚至将大自然改造为"人"的奴隶，将神驱逐下神坛，让"人"成为万物之主宰，形成"人类沙文主义""人类中心主义"；同时，它还要求建立现代民族国家，让"民族"和"人民"成为创造历史、推动时代、建设国家的主体，形成新的"民族国家主义"和"人民本位主义"。无论是人类中心主义，还是民族国家主义，都是传统启蒙主义者们所推崇和向往的价值模态。

对于西部本土作家来说，他们分别从"反抗自然"和"人化自然"两个维度来展开，前者以物质现代性的建设为旨归，后者以民族现代性的重建为目标。自然环境是一个特定民族的"形影不离的身体"，是孕育特定民族人群的大地之母。但在他们的审美观照中，大自然并非总是以和蔼慈祥的面目出现，而是有着狰狞惨烈的一面。辽阔的西部地区，有着崇山峻岭、漫天风沙、土壤贫瘠的地理特征，整体上属于干旱、半干旱或荒漠、半荒漠的不适宜人类生存状态，"高、寒、旱"成了西部地区自然环境的典型特征。面对恶劣的自然环境，西部人不可能像中东部地区的民众那样可以不必考虑自然灾害的随时降临，只需要一心一意考虑如何获取丰收，而是不得不将人怎样存活、怎样征服自然求得生机

---

① ［美］马泰·卡林内斯库：《现代性、现代主义、现代化——现代主题的变奏曲》，载汪安民等编：《现代性基本读本》上册，河南大学出版社 2005 年版，第 254 页。

② 杨春时：《现代性与中国文学思潮》，生活·读书·新知三联书店 2009 年版，第 177 页。

作为首要的问题。尤其是对于那些体验过西部自然肆虐的本土作家而言，他们往往将西部人艰难的生存境遇的根源，归结为不可更改的西部自然世界的狰狞与恶劣，"自然界起初是作为一种完全异己的、有无限威力的和不可制服的力量与人们对立的，人们同它的关系完全像动物同它的关系一样，人们就像牲畜一样服从它的权力，因而，这是对自然界的一种纯粹动物式的意识（自然宗教）"，① 西部地区极端恶劣的自然条件，不仅影响着西部人的生命存在和生活方式，而且也渗透进了他们的集体意识形态和无意识文化心理等方面。西部乡土所发生的悲欢离合，西部乡土所蕴含的精神伟力，西部乡土所造就的奇风异俗，以及西北人的集体性道德伦理、精神面貌、人格意志等，往往都是西部特殊自然环境的逼迫使然。因此，反抗自然、改造自然、征服自然，让自然为人类服务，就成为西部边地小说自然叙事当中所蕴含的社会现代性理念。唯有如此，才是西部地区现代性转换的首要步伐，也唯有如此，才是西部民众解脱苦难、获得物质解放的当务之急。源于自然地理的恶劣而导致的物质匮乏，源于自然景观的狰狞而导致的生命脆弱，都蕴含着西部作家基于西部本土地域的现实处境而做出的社会现代性诉求，"广袤的西部地区，由于自然的恶劣、地域的封闭、市场经济的滞后，对现代物质文明的向往成为西部乡土现代性转换的首要任务"，② 也就是说，只有破除了对自然风景的浪漫化想象，回归到真实的西部现实，才是切近西部现实本土、实现现代化改造的必经之路。因此，反抗自然，以及由此衍生出的"反抗前现代"、反抗"荒蛮""落后"的地域景观，就成为西部社会现代化转型的文学表征。

　　人与自然的对抗，还表现为"人化自然"，即人与自然之间的关

---

① 《马克思恩格斯全集》第 3 卷，人民出版社 1960 年版，第 35 页。
② 金春平：《现代性的多维向度与底层文学的叙事形态》，《中央民族大学学报》2014年第 2 期。

系，并非审美主体的趋同性改造，而是表现为在对抗性当中凸显"人"的主体地位。这种人与自然的异己性进入小说就呈现为一种对立性自然叙事，即自然物象所扮演的角色与前述类型相反，它充当的是一种压迫性力量。这种自然叙事类型的最终目的也是为了突出"人"的内在力量，仍然是一种"人类中心主义"的自然物象叙事。其叙事模式基本表现为，人被放置于一个广阔的自然空间当中，人的求生与自然的压迫呈现为对立状态，最终目的是观察人的生命力量在自然压迫下的嬗变和震荡。这种对立型的自然叙事，不仅表现了作家对自然和人类相异性的思考，更重要的在于凸显人在生命绝境中的内在力量或人性本真，自然在这里所充当的是炼狱的角色，对人性力量的强调才是文学的最终旨归。

在西部边地小说中，这个"人"往往不仅是一个"个体"，更多时候是"民族"群体和"国家"群体的象征。人化自然，表现为将自然视为主体重生的毁灭性力量，人在这种涅槃中获得新生。在西部边地小说中，常表现为将具有民族色彩和国家色彩的意象，如黄河、长江、瀑布、草原、高原、雷电、雪崩等，作为凸显"人"的力量、"民族"更新、"国家"重建的外在客体，在文学主体和客体的对照中，将"毁灭性"与"革命性"进行转喻，将"死亡"的力量与"生命"的力量进行换喻，最终在文本的叙事角色中，凸显出"人民"和"民族"改造社会、创造历史、实现政治现代化的主体角色。从根本上来说，这种叙事策略与上述反抗自然的叙事主旨其实是殊途同归，不仅是西部作家在现代性思潮的引领之下，所做出的重铸民族之魂与重建人性主体的一个地域性的思想呼应与文学响应，而且也是对西部边地自然地理条件下所造就的西部民众原初民族根性的一次发现与弘扬，是一种探索地域自然与民族性情内在关系的文学思考。

因此，在本土型西部作家的审美视界中，人在感受大自然的暴烈与严酷，在体验生存之维艰的同时，也铸就了西部人长期的与恶劣环境斗争的忧患意识和坚韧气质。狰狞的西部自然物象不仅在文学层面上破除了对西部异域的唯美化想象，还原出一个较为本真的西部世界，营造出一个富有边地特色的区域文学风貌，而且在自然压迫与人的反抗中，凸显出了人的生存悲剧与反抗的悲壮。而这个英雄式的"人"，这个承担了太多时代苦难和政治磨难的"民族"和"国家"，恰恰符合社会现代性所进行的民族国家更新和现代政治重建的集体诉求。

三、生态型作家对自然生态危机的叙事构建

人与自然的关系在很长一段时间的西部边地小说创作中，都是以"人"为旨归的。在浪漫化的自然叙事中，自然与人的关系呈现出的是正面化的"审美自然"，当中更多地投射了作家的一种人格重建的文化隐喻色彩，一种对现代性异化的反思和批判主题；在对立型的自然叙事中，自然成为人类生存的威胁对立面，戕害着人的生命和尊严，阻碍着物质社会的进步，横亘在民族国家重建的快行道上。因此，无论是审美现代性对"人"的"神性"的复苏，还是社会现代性对大写之"人"的"力量"的挖掘，价值轴心永远是"人"，并导引出了人类中心主义、科学技术主义、现代理性王国，人类成为主体，自然完全是臣服于主体的叙事客体。世纪之交以来，随着对现代性的反思，特别是对现代文明的反思，对现代工业文明弊端的矫正，对中国语境下"人定胜天"等行动与口号的批判，人与自然的主客体关系的新型哲学伦理模式开始出现——生态中心主义。因为，一味追求现代性的诸多弊端开始显露：全球雾霾、资源枯竭、自然破坏，虽然审美现代性（即反思和超越层面的现代性）从现代性发生之初就进行着制衡和警策，但它只能起到一种反制的效用，是一套辩证逻辑，本身并不是一套新的思维体系。随着现代性异化日益成为大众所失望的图景，亟待构建新的人与自然的关系模式，以张扬生态平等的生态中心主义孕育而生。它认为，人类对自然的

奴役、人类对自然的改造，最终换来的是大自然的报复——生态恶化、动物灭绝、灾害频发，等等。生态中心主义者认为，在自然价值观上，人与自然之间并没有固定不变的界限，应该否定人类价值尺度的至上性与唯一性，应该消除所谓的"人"的单一主体性，而将人与自然置于平等的主体性位置，使其在生态平衡当中实现互补与共赢，这一文化理念也常被视为是后现代主义的核心观点之一。难能可贵的是，西部作家先于中东部作家构建起了这种文学主客体关系，体现为他们秉持着"反现代性"的价值理念，在小说中，不是将自然神秘化和神圣化，也不是将自然妖魔化和审丑化，而是在"生态和谐"和"生命中心"的层面，对人与自然在生态层面进行探讨。陈继明、雪漠、郭雪波、杨志军、乌热尔图、铁穆尔等作家，在对人与自然关系的思考中，首先确立了人与自然的关系应该是和谐与对应，并由此对人与自然的关系进行了拓展性和追溯性反思，最终将造成生态恶化的人、历史和社会都纳入了反思的范畴，从而导引出"文化的生态破坏"才是造成"自然的生态破坏"的根源这一理路。因此，西部生态型自然叙事，就不仅仅体现在人与自然和谐的关系上，还包含了一切自然性的人与外在自然和内在自然的和谐，比如人与自然、人与社会、人与人、人与自我生命本性的"和谐"，并确立了带有"生命中心主义"倾向的新型自然叙事文学理念。

由此观之，生态和谐的观念一直存在于西部关注自然的作家的文化思考中，只不过由于特定时代的不同审美需求，西部自然被赋予了不同的文化隐喻色彩和文化理念内涵。特别是由于工业化进程而引发生态危机之后，中东部作家才有意识地接触、关注，并试图推波助澜之时，西部作家早已在二十世纪八十年代中后期就开始了各自的思考与探索，西部文学的"先锋性"和"超越性"由此也可以得到明证。在生态文学视野中，西部自然在小说中的出现，一改之前浪漫型自然叙事的精神象征性风格，将自然置于人类之上的不对等状态，也一改将自然作为人类生存对立面的基本关系框架。因为以上两种关系框架，自然本身是从属的，甚至是被忽略的，"人"的精神主体性升华成了唯一的主题。而在生态文学的理念中，生命成为衡量一切的价值标准，人此时也被看作是自然生态环境循环链之中的一个环节。从这一意义上讲，西部边地小说的忧患意识已经从对个体的人的忧患，延伸到了对整个世界的自然生态和人文生态的忧患。这种生存忧患意识在西部生态小说中不仅得到了深化，而且以其新的文化姿态，拥有了世界性眼光。正是在这个层面上，西部边地小说其实一直在默默而孤寂地引领着中国文学发展的前沿。

四、西部作家自然意识普遍化的理念成因

特定区域自然景观有着对作家的文学记忆和文学经验的深刻影响，不仅表现在沈从文、萧红、赵树理等现代文学作家的创作中，而且在城市化进程日进而导致的地域色彩渐趋淡化的当代文学中，西部小说仍然充当了这一理念正确的文学实证。西部作家无论是对西部自然风景所蕴藏的力感美学的体验和沉浸，还是将西部自然景观作为一种外在的异力来关照人在其逼仄之下的生存状态，抑或是将自然作为生态文化概念来表达对生命的尊重与忧思，其共同特点是，西部作家总是将自然风景作为一个永恒的创作主题，赋予其多样化的文化内涵和人格内涵，这是西部作家面对自然景物时审美心理和叙事方式的典型之处。正如韩子勇所说："就自然而言，没有哪块地方像这里一样，自然的参与、自然的色彩对历史文化发展进程的影响和制约如此直截了当地突现在历史生活的表象与深层。有时候，自然的'故事'整节整节地被载入人的活动历史。许许多多富庶一时的古代城国和强大骁勇的部族神秘地消失在流沙和冰雪之下；一座座废弃的城堡在月光下讲述民族流浪的历史；自然的表情覆盖了人们的生存感受，这唯一的启示和命运的主宰似乎凌驾于社

会生活的主体之上。"①尽管西部作家赋予自然的文化内涵有所不同，或者作为生存感悟和思想升华的契机客体，或者作为塑造人格和锤炼气质的物象载体，但构成西部文学本色的仍然是其自然物象，"西部未来的文学不仅应该而且可能对中国未来的文学做出特殊的重大的贡献……这个贡献不一定表现在这块土地上产生的作家、作品对其他地区而言有多么的出类拔萃，而是以西部独特的地理地貌、民情民俗、历史和现实、自然和人、生和死、理想和幻想、成功和毁灭、痛苦和欢乐、卑污和崇高作了审美化的提供和丰富"，②并且这些西部自然物象经过西部作家的艺术策略进入文学，最终形成了西部小说特有的自然主体化叙事特征。在这个文学世界中，自然物象具备了人的某种精神气质或精神力量，并参与着小说文类的文本叙事，甚至作为人物故事之上的主体而出现在文本中。这种对自然的观照与审视，其实质是对人类精神关系形态的一种文化探寻，是西部边地的自然地理特征和西部作家之间形成的相互勾连和塑造的关系互动，是人和自然由现实关系向精神关系转化后在文学领域内的一种艺术反映和体现。但从根本上来说，西部作家面对自然景物时审美心理和叙事方式的独特性与多样性，蕴含着新时期以来西部作家对现代性的多维理解和认知，其中，既有超越同时代的制约、反思和批判现代性异化的"审美现代性"，也有适应民族国家重建和现代社会转型的"社会现代性"，更有着超越于现代性层面而具有世界性因素的"反现代性"的"生态中心主义"，西部作家也在客观地域环境和主体自觉构建的双重作用下，形成了十分普遍的"自然意识"，完成了文学主体对自然景物的现代性认知模态构建，制约着"风景消亡"的文学命运。

---

① 韩子勇：《西部：偏远省份的文学写作》，百花文艺出版社 1998 年版，第 67 页。

② 文乐然：《西部作家视野中的西部文学》，《当代文艺思潮》1986 年第 2 期。

第二节　西部小说自然叙事的隐喻化

人与自然之间尽管有着诸如审美、实用、对立等多重关系，但归根结底："自然与人、人与自然的关系，可分从两方面言之：人类的生存依赖于自然，不可一息或离，人涵育在自然中，浑一不分，此一方面；其又一方面，则人之生也时时劳动而改造着自然，同时恰亦就发现了人类自己；凡现在之人类和现在之自然，要同为其相关不离递衍下来的历史成果，犹然为一事而非二"，① 就是两种基本关系类型——人地关系的依赖和谐性与人地关系的斗争对立性。不管是和谐还是对立，人与自然的关系都已在恒久的世界文学进程中成为一个重要的文学命题。

中国古代文学中，从《诗经》开始，到北朝民歌、田园诗派、山水诗派，都将自然作为重要的审美对象。而在现代文学中，沈从文、端木蕻良、艾芜、周文、师陀等，均以各自生活于斯的区域自然景物为蓝本，谱绘出一幅幅诗情画意的世外桃源。但当中国文学发展到二十世纪八十年代以来，自然景观这一"心灵诗意的栖居地"却在不断翻新的文学思潮演进中被无意放逐：新写实小说展示着"一地鸡毛"式的生活凡庸；先锋实验作家在竞相模仿中不过是大量地制造着叙事迷宫和语言玄幻；而"寻根文学"的一批作家则在远离喧嚣和时髦的文学新潮之外，对"文革"之后的当代文学进行了深刻的反思，重续启蒙思潮的他们恍然顿悟，中国当代文学的当务之急乃在于复归被政治意识形态压抑而失落的人性，而人性迷失和生命力衰退的拯救方法，就在于找到重建民族之魂的本土文化机体，于是，一场声势浩大的寻觅传统文化之根的文学

---

① 梁漱溟：《人心与人生》，学林出版社 1984 年版，第 92—93 页。

思潮成为引领文坛的思想主题。他们以历史文化为视角，从自然—生命层面寻觅完善人性、重激民族的渠道，并认为最为本真的文化机体散落于荒野寂寥的自然当中，而唯有这些未被现代文明所侵袭的原初文明保持着复兴民族和灵魂重铸的因子。但迫切的寻觅所带来的仍然是寻根的"迷途"，或者陷入复古与美化倾向，如阿城、李杭育，或者陷入失望与批判一端，如韩少功、王安忆，甚至陷入连宣言当中所寻之"根"为何的尴尬纷争当中。但不可否则，其复归完整人性、重塑民族之魂的自然—生命的途径，的确为西部小说在二十世纪八十年代的崛起，赋予文学发展的历史契机与文化语境。

"寻根文学"作家极力渲染大自然的原始、荒蛮和真实，展示那种未被现代文明（特别是工业文明和都市文明）所污染的纯自然景观，但他们笔下的大自然更多的却是作为一个故事寓言性的背景来出现，对现代文明的反思和文化的重建才是文本的最终指向。因此，在韩少功的"湘西世界"、李杭育的"葛川江"、王安忆的"小鲍庄"等文学世界中，自然景观并未成为故事演进的内在动力。而西部小说在二十世纪八十年代之所以能在当代文坛崛起并盛行，从西部作家对大自然的观照与审美态度即可略窥一斑。无论是西部地域的"闯入者"，还是西部本土的"在场者"，无论是汉族作家对西部自然的深刻体验，还是民族作家对西部景物的审美书写，他们都将独属于西部的自然物象作为故事结构的重要角色，自然物象也因此具有了主题提炼的意象载体和人格重建的外在投射等文学功能。于是，自然物象在西部小说中，不仅联系和决定着西部人独特的生活方式与伦理观念，而且还形塑与建构着西部人的宗教信仰和思维方式，自然物象由此构成了西部文学地域风情和审美内涵的重要角色。

西部小说对自然景观和自然意象的青睐，重新续接着古代自然伦理观念的抒写传统，并由于时代文化的浸染显示出了诸多超越性的发展趋向，"在我国文学史上，山水自然具有独立的审美主题意义，这是与人的个性意识生长同步出现的"，① 自然在文学中的位置由作品的辅助性因素（如生活背景、社会反思、人文反思）上升为有生命的主体形象和艺术中心，使得"对自然的思考才作为主题性内容在文学中具有了独立和高于一切的意义。"② 当自然景物在中东部地区的其他地域文学、主流文坛、新都市文学的格局中逐渐淡化或消失殆尽的情势之下，它们在新时期以来的西部小说中却一直是"在场"的存在。由于新时期以来中国文坛纷纭复杂的文学思潮演进、作家创作心态和创作理念的转变和分化、文学审美需求的更易等综合原因，自然景观作为西部作家一个基本的文学表达内容和自然审美意识的主体，也相应地呈现出一定的嬗变轨迹和审美类型。

一、浪漫型：自然景物叙事的隐喻之美

西部自然物象的浪漫化隐喻，终究是"人化自然"的象征化书写。自然在被西部作家以不同的艺术化策略和感性形式加以呈现的时候，无形当中已经被赋予了不同类型的人的本质的诸多价值内涵。最为常见的小说叙事模式，就是身陷现实、情感、人生、精神、思想困境的人（这个人往往是代表着一种超越于个体的带有民族性和时代性的人），在与自然景物的心灵交流和审美体悟中，达成内在的共鸣与和谐，最终实现了异化的人"向自我本性的还原或复归"或对"自我异化因素的扬弃和反思"的人文指向，自然景观也因此在作品中具有了多样化的价值隐喻功能。

第一，自然景物与主体意识的契合，往往作为"主体抒情的寄予对象"承担叙事隐喻功能。借景抒情是中国古代诗词最恒久的传统，西

---

① 宋耀良：《十年文学主潮》，上海文艺出版社 1988 年版，第 139 页。
② 宋耀良：《新时期文学主题反思特性及形态过程》，《文艺理论研究》1986 年第 4 期。

部小说在新时期文学当中，将这一曾经遗落的艺术表现传统承接起来，开启了新时期浪漫主义文学的艺术支流。在自然审美中，主观情感投射于客观自然物象有主动和被动两种情况：一种是主体感情的生发在前，因为目睹某种或某类自然物象之后，自然物象因人的情绪变化而富有人情化和灵性化，即所谓的托物言志或寓景抒情；一种是因为目睹某种或某类自然物象，然后才产生某种情绪体验或情感体验，即触景生情。无论是主动状态的托物言志或寓景抒情，还是被动状态的触景生情，西部作家往往都将两者融合在一起。审美心理投射于自然景物，目睹自然实现审美境界提升。在此互动过程中，西部小说作家不仅艺术化地通过自然景观的呈现实现了情感表达和主体抒怀，而且往往选取了那些最具有暗示意义和象征意义的自然景观作为自我情感宣泄的寄予对象，从而使作品在传达出一定的人文思考的同时，也使小说呈现出了鲜明的地域性自然特色。

漠月的小说常通过对大漠之中自然物象和生活环境的诗意描写，达到主体情绪和客体自然的情感共鸣，从而实现借景抒情的审美效果。如《白狐》开篇通过诗意化和童趣化的景物描写，烘托出大漠人家生活之古朴原始，为生灵之物"白狐"的出场造势，也映衬出牧人一家情绪的平和沉稳与安静祥谧："天还没黑。西边是一轮圆圆的夕阳，像个鸡蛋黄儿悬浮在一道沙梁上，看上去晃晃悠悠的。伸出根指头轻轻捅一下，就会流淌出浓稠的汁子。空气中游荡着井水的气息和羊身上的膻味儿，能让人毫不费事地体会到日子的温馨。"[1] 类似的景色描写大量地存在于漠月小说当中，不仅使小说呈现出鲜明的西部大漠特色，而且也具有心灵情绪感受的营造作用。《锁阳》中童年的"我"对自然景物的诗意感受，传达出一个懵懂少年情窦初开时的心灵忧伤，且与情节发展的

---

[1]　漠月：《白狐》，《朔方》1998 年第 8 期。

情感基调与心灵情境产生了奇妙的应和："太阳白花花地照着。天上有大朵的云，像是谁随手丢弃的羊绒，洁净得很，这样的云是不会落雨的，却在无声地改变着形状，慢慢地淡了，最后剩下的还是天。屋前是沙梁，一道一道地铺展开去，天与地相交的地方就很不平坦，那里是白茨沟。再过些日子，白茨要发出细小的叶儿，抹上一层绿色。如果大哥还在屋里，就会去那里挖锁阳。锁阳长在白茨的根上，春月里破土顶缝儿，像极了一条蛇，身上布满密密麻麻金黄的鳞片，还有一股锁人嗓子的香气。"①张承志的《黑骏马》当中，男女主人公之间情感所经历的喜悦、低沉，是巧妙地通过草原景色的诗意或灰暗的变化而传递出人物内心的起伏波澜，自然物象不仅与主人公的感情基调相呼应，而且有效地映衬出了人物心灵世界的丰富斑驳。刘真的《雪山泪》当中，作者通过祁连雪山的景色变化，来展示女主人公裕固族老人为了爱情誓言所承受的心理酸楚与情感伤痛，四十六年等待姚队长归来的相思之苦与隐忍之痛，都是借用雪山之景来填补人物因沉默而留下的诸多情感表达的空白，人物感情的表达与自然物象的融合使人物抽象的感情体验更加具象化。张贤亮在《河的子孙》中，以对自然景物的描写曲折地表达着对西部大地的深深眷恋之情，如对"人面峰"的形貌刻画，就抒发了作者对西北人尤其是对主人公魏天贵刚强、坚毅和隐忍的精神品质的崇敬。在这类借助极具西部特色自然景物来实现情感抒发的小说当中，人的形象常常隐退，自然物象直接成为抒情主体情思的承载物，达到了情景交融的审美效果。

　　第二，自然景物与主体意识的契合，可以升格为"主体思想困境的启迪物象"的叙事隐喻符号。中国社会的现代化进程带来的不仅是物质财富的积累，同时也带来了信仰体系的失落。灵魂放逐、道德下滑、

────────────

① 漠月：《锁阳》，《朔方》2001年第1期。

人格残损等，都是物质主义盛行的同时，精神体系所表现出的病灶，而这些精神痼疾也成为以树人为目的的启蒙者所极力批判的对象，并由此深入到了对现代物质文明的批判。面对种种精神生存的困境和信仰失落的局面，深受现代文明负面伤害但仍抱有道德高标与理想情怀的现代知识分子，开始了自己漫长而艰辛的探索。中东部的都市文明无法实现人的残缺精神的疗治和救赎，而后现代文明带来的是更严酷的文化解构和价值消解。所以，当他们意外闯入西部地域的时候，西部大地的自然物象给他们提供了精神困惑和人生迷惑的清朗答案。"西部自然"昭示出的是"人与自然野性"的重建，"只有当我们扑向大自然，真正面对了无人迹的草原和山峦的时候，那种蓬蓬勃勃的原始野性才能够在我们的心田复苏，那才是裸体的大自然与人类平等的对话，只有此时此刻你才能拥有权力拥抱自然"，[①] 这种回归本初、回归大地、回归自然的拯救无疑直指当代人类精神问题的深层肌理。自然与人的启蒙与被启蒙模式，并非自然物象的主动提供，而是知识分子的自我精神对话，是精神多重性的自我辩驳，在这样的对话关系模式中，受伤之"我"是探寻者，顿悟之"我"是启迪者，他们之间的中介或契机是自然物象及其引起的主体审美心理感受，所以，顿悟之"我"就外化为自然物象。于是，深处思想困境与人生迷茫的西部作家在闯入西部地域之时，便在自然的荒芜浩渺、雄宏壮阔、博大伟岸或奇崛险峻的"震惊"体验中，生成着心灵的启悟和人生的哲思。而在启悟和哲思的感性或理性的激发下，早已遗落的主体意识和人性意识开始了顽强而艰难的复苏，精神受伤者在大自然中发现了永恒存在却难以轻易洞窥的人性伟大。

在杨志军、张承志、井石和红柯等的作品中，精神漫游者常与大自然进行着心灵与精神的默契交谈。在这种"启蒙"与"被启蒙"的导

---

① 丁帆：《寻觅原始野性的风景线》，载《人间风景》，译林出版社2017年版，第34页。

向中，西部自然已经具备了人格启迪的镜像功能，一切人性的缺失之谜与精神困惑，都可以通过与自然的交流获得思想的启迪。西部自然物象因而具备了与人一样，甚至是高于人的"启蒙者"的主体情感和精神特征。特别是对于那些西部地域的闯入者来讲，在逃离了东部现代文明负面文化的侵袭和压迫之后，他们沉浸在自然万物天人合一的自然氛围中，实现着思想的漫游与归属的寻觅，同时也在深沉的反思和脱俗的心境下，顿悟到了中华民族古老而悠久的传统积淀、精神延续和人类历史的文化隐秘。杨志军《环湖崩溃》当中的自然物象，是作品中与人相并列而存在的另一个叙事主体。面对时代震荡中的人生困惑与理想重建，作者通过开湖与冰块、山川与碎石、大地与气层的"力感美学"，勾勒出了一个充满神性色彩的大写之"人"；同时也正是通过与这些自然物象的精神感悟与思想碰撞，作者昭示出了对日渐萎靡的民族性情的隐忧，并重新获得了对民族活力与人性力量能够被激发的自信。张承志笔下的自然物象同样是蕴含着人生启示和思想观念的象征体。流浪者的思想困境和精神障碍因自然而得到启迪与消解，境界也因此得到提升与升华："我愿你们理解这片黄土大陆，像理解你们自己的家乡。当历史流到今天，当二十世纪末的人们在为种种问题苦恼的今天，我想也许甘宁青的伊斯兰黄土高原里有一把能解开你的苦恼的钥匙"。① 《大坂》中的主人公"他"身陷理想与现实矛盾的精神困境，但在登上大坂之后，"他疯狂地感到一种快乐，感到自己终于找到了什么"，"他的胸中正升起着勇敢，升起着男子汉的气概。"② "他想不到这大坂、这山脉、这自然和世界会用这样的方式来安慰他"。③ 《北方的河》当中的"我"陷入了人生真谛探求而不得的思想困境中，同样是自然景物如同精神导师

① 张承志：《大坂》，《上海文学》1982 年第 11 期。
② 张承志：《大坂》，《上海文学》1982 年第 11 期。
③ 张承志：《大坂》，《上海文学》1982 年第 11 期。

般，以其阔大、雄浑和自由的美学气质给予了"我"思想的启迪和生命的顿悟。红柯作品中的新疆大地、旷野戈壁等自然景物，不仅是实现思想启迪和精神净化必不可少的叙事角色，而且其充满英雄主义的狂野色彩的气质力量，正是现世野性缺失和血性孱弱的身心之魂。这类小说当中，西部作家常将大自然作为生命启迪的对象物，将自然风景作为精神性和人格化的独立力量，甚至作为西部人的彼岸观照对象来实现对生活困厄或精神困境的启蒙哲学物象，实现着自然与人的精神、气质和灵性的内在相通，呈现出客体与主体的多重思辨性对话，这是西部小说自然主体化叙事的一种主要文学功能。

第三，自然景物与主体意识的契合，可以承担"人格完善的对话客体"的叙事隐喻功能。自然景物不仅为困惑者提供思想启迪，而且为精神受伤者提供精神疗伤，闯入型作家是带着种种思想困惑踏上寻觅之路，但同时也是心灵受伤者。他们要寻找的是关乎人生与生活的哲理性答案，在寻求精神的疗救与伤痛的解脱，西部自然景物所唤起的审美意识，不仅实现了对人的精神归属的启迪，而且还可以对人的精神身处世俗化境地实现提升与净化。因此，西部大自然对人的心灵净化实质是对人格修养的完善升华。

王家达的作品中，"黄河"是一位鲜活的自然母亲，也是黄河子女心理疗伤与精神抚慰的精神慈母，引导着黄河儿女人格的完善与臻美。《黑店》中的主人公歪姐儿通过与黄河母亲的对话，完成了精神净化与人格提升。黄河在这里已经是一位沉默但富有智慧的意象角色，与主人公在精神上实现了隐秘的相通与感应，是女主人公精神的疗养之地，"王家达的黄河系列作品真正的美学价值，还不仅仅在于这些能够以论述表达出来的实处，而在虚处"，[①] 他"站在民族文化和民族灵魂的高度

---

① 雷达：《他乘羊皮筏在生活之河漫游》，《中国西部文学》1987 年第 5 期。

把黄河引入自己的一系列作品，并使黄河不独作为自然景观而且作为民族的精灵出现，是王家达创作大幅度上升的秘密，也是他初步接纳现代审美意识的表征"，① 黄河在民族文化展示与精神根脉塑形等方面，已经具有了意味悠远丰富的地域性的完整人性象征内涵。冯苓植则在《沉默的荒原》中发现了"荒原"的神性魅力，还将之作为重铸民族根性的"良方"，沙原民风粗犷旷达，女主人公塔娜也因此呈现出坦荡直率的野性之美，未婚夫伊萨克如同雄狮一般守护着沙原的安宁和谐，文明人查干的出现却让和谐的大地变得躁动，塔娜拒绝了未婚夫而执意要嫁给文明人查干，生活的不和谐最后在荒原的神秘与阔大中复归平静，无论是塔娜还是老爷爷，在对现代知识文明失望之后都重归大地，连文明人查干也放弃现代生活而甘守草原。作品中的"沙原"显然已经不是本原意义上的地理景观，而是衍生为传统游牧文明和民间伦理品质的象征，而人际关系的重新调试也隐喻着旷野而原始、纯朴而善良的民族文化生命力的延续。此外，张贤亮《绿化树》中开阔的西部田野，激起了章永璘超越自我的人格诉求，李斌奎的《啊，昆仑山！》当中的鲍琪琪在昆仑大坂上的生死体验，也让她升腾起人格重塑与情感升华的信念重建："我就要让自己的感情带着我走！"② 唐栋《兵车行》当中，冰山的雄壮之美不仅为女主人公上官星赈济着人性安守与思想困境的澄澈，而且内化为人物观念成型和性格发展轨迹的艺术美学隐喻。在这类人与自然的精神对话中，自然给予不完整的人以超越性和深邃性的心灵体验和美学启示，或者重新激发被淹没的人性的本真与野性，而小说的主人公也就成了在自然景物的熏陶中不断拓展和净化内心世界与道德境界的纯化人物，最终从自然镜像的自我观照和自我发展中，获得了人生境界的超越

---

① 雷达：《他乘羊皮筏在生活之河漫游》，《中国西部文学》1987 年第 5 期。

② 李斌奎：《啊，昆仑山！》，《当代》1985 年第 1 期。

与升华。

第四，自然景物与主体意识的契合，可以演化为"精神家园的归宿栖居"的话语图景隐喻。新世纪之交以来，物质文化的高度发达和科学技术的高速进步，给国人带来了前所未有的感官释放，现代化的文明成果可以以"普及性"的面目被全民共享；然而，物质的进步却由于缺乏必要的思想制衡、心理制衡、道德制衡和机制制衡，带来整个社会群体心理对"物"的病态化的极端崇拜，最终演绎为一种新型的消费主义和功利主义的意识形态。但物质获取和享用的全民狂欢，却并未带来精神的富足和心灵的丰赡，人生理想的失落、物质崇拜的魔咒、生命意义的虚空，将正经历着现代文明浸染的人的精神信仰彻底摧毁——人与人、人与自我的关系出现了严重的扭曲和异化，本真缺失、寄托无依、焦虑如影，"人只能发展他身上的某一种力，……成为与整体没有多大关系的、残缺不全的、孤零零的碎片。……失去了他的性格的完整性"，[1] 人的主体精神的异化，引起了知识分子先觉者对当下人的文化和生存状态的反思："主体的裂变、异变引起现代人的自我反思。他们从主体性的反思中意识到：主体精神的被压抑被割裂状况，以及人们普遍体验着的自我破碎感、人性萎缩感、身心非我感，心理上的多面冲突、灵魂的动乱不安使人充满困惑；于是出现寻找自我、探索自我、复归自然本性的要求。他们不是从现代文明发展方向上去探索现实的出路，而是从以往历史遗迹（如传说）或原始意象出发去创造原始的人性复归图景"，[2] 因此，西部作家选择了苦守西部自然的精神家园，将漂泊的灵魂寄托于"西部自然"当中，为伤痕累累而负重难堪的心灵寻求到了一方精神净土和人性港湾。

------

① 　[德] 席勒：《审美教育书简》，冯至等译，北京大学出版社 1985 年版，第 27 页。
② 　李健夫：《美学的反思与辨正》，云南人民出版社 1994 年版，第 237—238 页。

域外闯入西部的"寻家者"红柯，将神奇而美丽的西部视之为自己的精神家园，在他的小说中，西部已经超越了现实层面，而具有了更多的神性色彩和家园底色："荒漠有大美，有人类更高贵的一种精神"，① "中国人最有血性最健康的时期总是弥漫着一种古朴的大地意识，亚洲那些大江大河，那些名贵的高原群山就是我们豪迈的肢体与血管，奔腾着卓越的想象与梦想"，② "边疆一直是我们古老文明的摇篮"，③ 这一系列的自述，都表明了红柯自我的精神世界与西部自然物象关系的内韵相通与共鸣，红柯通过对新疆大地种种奇特自然景象的描写，谱绘出一幅幅自由、鲜活、大气、开阔的生命景观，自然万物成为红柯的审美慰藉，以及他不断逼近生命本真的渠道和归宿。张承志由于深受现代都市文明的伤害而选择了精神漫游的方式闯入西部，并在西部自然风景中寻找到了他所孜孜以求的理想主义精神家园——蒙古大草原、回民的黄土高原、原始的新疆大地。在《心灵史》《黄泥小屋》《错开的花》和《九座宫殿》等小说中，西部已经成为张承志信仰的根基："哪怕是背着再沉的罪，也能躲风避雨。劳累了能歇息，浪远了能回来。能蹲在那低低的泥屋里护住自己，护住自己心里那块怕人糟辱的地方。"④ 在对圣洁信仰的寻觅中，西部自然之"神"与人性之"诗"，成为他探究人类生命的原初样貌和终极意义的精神钥匙，在人性、文化与自然的思想穿越中完成着一次次曲折而悠远的精神之旅。西部自然能够作为域外精神漫游者的精神家园，一方面反映出了人们对现代文明浸润下的当代社会价值伦理的深刻质疑与叛逆直觉，另一方面反映出恒久悠远的边地文明所蕴

---

① 红柯：《文学的边疆精神》，载《敬畏苍天》，上海人民出版社 2002 年版，第 278 页。
② 红柯：《文学的边疆精神》，载《敬畏苍天》，上海人民出版社 2002 年版，第 279 页。
③ 红柯：《文学的边疆精神》，载《敬畏苍天》，上海人民出版社 2002 年版，第 279 页。
④ 马进祥：《张承志回族题材小说选——回民的黄土高原》，青海人民出版社 1993 年版，第 87 页。

藏的自然神性文化因子所具有的原始魅力，对域外精神流浪者的精神参照价值，西部自然物象成为人物的精神家园，使西部小说在从原始甚至退守的立场，实现对现代文明进程的纠偏与矫正的同时，也折射出边地文化所蕴藏的积极而深远的人性化活力。

二、对抗型：自然景物叙事的隐喻之痛

正如马克思所说："忧心忡忡的穷人甚至对最美丽的景色都没有什么感觉"，由于审美主体的心理结构和文化背景的差异，其内在的审美需求和审美标准也具有极大区别。从这个角度来看，文学主体面对同样的自然客体，可能会体现出不同的甚至截然相反的价值评判。在西部小说当中，这种关系既有可能呈现为同一化和浪漫化的正面取向，也有可能呈现出相异性和对立性的逆向关系，即对立型自然。人与自然的对立是人类历史文化的重要命题之一，它伴随着人类的起源诞生，导引着自然科技的不断进步；它从文学诞生之日起就渗透进文学发展史，衍生出超自然文学的嬗变。无论是我国的古代神话传说，还是欧洲文学的希腊罗马神话寓言，都可以看到这一命题历史的古老与悠远。新时期以来，这一命题在西部小说中得到了继承和发扬。如果说域外闯入者擅长对西部"自然"的秀美与雅致做浪漫化和诗意化的文学表述，那么，还有许多西部本土型作家试图从相反理路来表达对"人"的主体自足性的呼唤。他们不再营造闯入型作家所倾心的浪漫而温婉的自然风景，而是摄取西部蛮荒暴烈的自然景观作为审美对象，这些自然风景在文本中以狰狞、残酷和压抑的面目构成了人物活动的背景空间，与人的生存和希望形成相异的参照与对抗，而"人与自然的对立"造成的感官肉体和精神解放的压迫痛感，也因此呈现出人面对非和谐生存境遇下的反抗型生命热力，"自然不仅仅呈现出那种在知青文学第二次回顾中时常有的温柔、宁馨的韵致，还显现出了野蛮、狰狞、恐怖和血腥之气。当然不是那种令人厌恶的恐怖，而是令人赞扬和渴慕的狰狞。"① 与前述的象征型自然相比，这类小说的自然环境具有更多的实指性，自然景物不仅是作为人物活动的背景或陪衬，而是以"实存"的面目，成为西部人生存中无法脱离的外在压迫性客体力量。西部乡土世界所发生的人生悲欢离合，都直接或间接地与西部自然的狰狞严酷及其导致的封闭贫穷相关联。因此，西部自然的严酷对人的无法脱离的牵制，使西部作家在观照那片寂寥而严厉的自然景物时，将人的力量、人的希望、人的痛苦和人的生命作为作品的主题中心，呈现于西部小说创作当中，就是将自然作为人的对立面，表现自然对人的包围和人对自然的反抗。这一基本的叙事模式，包含了人从自然当中得到精神感悟的提升，也包蕴着人的苦痛、思索与抗争等种种与自然相关联的坚韧的生存状态。

首先，西部小说通过人与自然艰苦壮烈的搏斗，凸显出一种顽强的原始生命意志。严酷的生存环境，使西部作家始终关注着逼仄而恶劣的地理环境中"人"的生命形态，思考着"在这个严峻自然生态环境下个体甚或群体生命的历程"，② 在这样的境遇下，人承受着来自自然、社会等多重苦难，但西部人却在苦难重压之下，又表现出了生存意志与生命力量的持久热烈，昭示出西部民众生命的旺盛与活力，"在西部作家的眼中，西部精神从某种意义上讲是西部文化与原始人性相结合所体现出的价值总和。西部精神的价值不仅是作家意识里承袭的烙印，而且更要发掘历史的、现当代的、让人们感受到和目睹到的荒芜与恐怖环境中那些属于人的踪迹。"③ 由此形成西部小说自然叙事的一种基本模式——

---

① 宋耀良：《十年文学主潮》，上海文艺出版社 1988 年版，第 145 页。

② 刘枫：《中国西部文学论（序言）》，载肖云儒：《中国西部文学论》，青海人民出版社 1989 年版，第 2 页。

③ 赵学勇：《中国乡土文学：从现代到当代西部》，载《文化与人的同构》，兰州大学出版社 2000 年版，第 264 页。

通过将人与自然置于同等但却对立的主体地位，通过人类与自然之间征服与反征服的过程，来证明人类抗争自然的生存力量的可能性。即使面对自然威胁的死亡，他们也能随时爆发出生存的力量和意志的坚韧与之抗衡，而对"自然"暴烈的抗争与战胜，更是对人性意志力量和生命信念的高昂宣扬。唐栋的《雪神》在军人与雪山的对抗中，突出了人的生命力量与使命信仰。西部雪山以其严酷禁闭，威胁着试图向它挑战的任何个体生命，而肩负使命的军人在与恶劣威严的雪山进行悲壮而惨烈的斗争时，其意志也支撑他们做出了超越生理的壮举。在小说中，作者通过人与自然的对抗，不仅表达出人的不可战胜性与生命潜能的深邃性，也传递出人的生存必须要有信念和意志，才能对抗威逼生命存在的任何外在力量。同时，狂暴的大自然折磨着生活于西部地区民众的肉体，以其不可揣测的神秘与无常将恐惧作用于人的心灵与记忆深处。在西部小说中，自然常常处于与人对立或对等的地位，而人在这种险境中的"死亡"，也就具有了人类生命的悲剧性与壮烈性。李斌奎的《天山深处的"大兵"》、唐栋的《归》等作品，既表现了人面对死亡威胁的决绝反抗，又表现出在死亡威胁面前人的尊严与本色。在这类原始自然威胁人类生存的对抗模式中，自然对人的毁灭和人对毁灭的反抗，提升着人的生存意志，复苏着人的生存境界和生命意识。

其次，自然与人的对立，隐喻着人与社会的价值结构错位，包含着对人性迷失与社会异化的审思。这类自然意识的小说，不仅从对抗性层面言说着人的生命被自然毁灭的悲剧，而且还引申出社会异化造成的人的存在的悲剧。朱光亚的《雪山顶上的那颗星》、唐栋的《雪岛》《冰山下的驼铃》等作品，一方面表现出人面对自然压迫时的超凡意志力，另一方面却隐藏着深刻的人的社会性悲剧。小说中的"雪山"是自然存在，也是社会象征，军人身陷雪山既代表了一种现实处境，也代表着一种人的精神异化处境。军人的双重困境，实质是清醒的个体在社会困境中的无所适从，这种悲剧是个体存在的悲哀，也是民族信仰的悲哀，从而使人与雪山的对抗突破了现实具象的意义，而具有了形而上的隐喻性指向。这些小说当中的雪山看似是威胁人的生存的魔咒，但恰是在自然对人的威胁情势下，在人类生命即将湮灭之时，因异化社会所造成的人性异化也因此复归原初本真，"西部高原的军营哨卡象征孤独人生状态中执着的精神追求，现代都市生活则代表物质享乐的浮躁与喧嚣，主体因而被放置于非此即彼的抉择里了，这种不可或缺的参照使'孤独'的主体获得了对自我的认同。这些小说在不同程度上以二元对立思维，来标举理想主义的精神旗帜。"[1] 对于人来说，雪山威胁生命的同时，人也完成了一次人性的自我拯救和理想的希冀重建。

最后，西部小说的对立型自然，借助象征化和幻觉化的叙事表征，负载着人性多维和文化空间的隐喻意义。同样是以具体的自然存在为基础，较之那些有着清晰明确的自然实指性的背景类型，自然物象还可以被营造为某种意象理念的外在投影空间，人身处于这种自然环境中，也就难以逃脱自我抗争的精神困境或文化困境。此时的人与自然的对立，更多的是人性自我的多重性辩驳，自然与人共同表现着人的某种本质观念或主题意识，从而形成自然背景和文化隐喻相交织的层次结构。诗意而温馨的自然环境可以孕育人性之善，而恶劣与酷烈的自然环境却因为生存资源的争夺可能催生出人性的丑恶和晦暗。董立勃的《太阳下的荒野》当中，"荒野"是一个催生人性之恶的文化空间隐喻。农场场长在非人性思想的驱使下，伤害了解放前做过妓女的结发妻子而后自戕，生命的悲剧不在于外在的胁迫，而是自身思想的束缚与人性的作怪，荒野不仅是生存空间孤寂的象征，也是人性与心灵荒蛮的隐喻。邵振国的《麦客》当中，西部自然以其贫乏而稳固的存在姿态，统摄着生活于其

---

[1]　丁帆：《中国西部现代文学史》，人民文学出版社 2004 年版，第 183 页。

中的民众，无论是水香还是顺昌，都在逼近目标的同时陷入了悲剧的结局，自然以其无形之手造就了西部底层民众无可突围的宿命渊薮。杨争光小说中的诸多自然景物，同样象征着人性的压抑与人心的荒凉，是西部民间文化伦理封闭和人性麻木愚昧的风景隐喻，《从沙坪镇到顶天峁》当中，物质的贫穷让一个读书的少年被迫辍学，父亲的愧疚与少年的失望，通过自然景物的变化而呈现出来："看不见人影，看不见树影，也没有庄稼，满眼都是山梁、山坡。坡上有一些梯田，秋收后留下的玉米根直乎乎对着天空。山顶上是种小麦的土地，光秃秃的，像一顶顶贫瘠的帽子。太阳还有一阵才能跌进不知哪一架山梁的背后。在太阳光的照射下，那些帽子金灿灿的，赤裸裸地袒露着，让人寒心。背阴处长着些草一样的东西，已经干枯了，像一片又一片垢甲。"[①] 荒凉的景象不仅是自然的客观再现，同时也是人生命运无望的象征；《赌徒》当中，"天像个瓦盆。在这种走几天见不着村庄见不着人影的地方，天就是个瓦盆。你以为你用不了多久就可以走到天尽头，可是，你耐着性子走吧，天永远是个瓦盆，你永远在瓦盆正中哩。清一色的沙土，一堆又一堆骆驼草像石头一样往眼窝里砸着"；[②]《黑风景》当中，"路一上一下，一拐一弯，好像没有个尽头的，可小时候在小学念书时，总以为这条路是有尽头的。他想它一定能通到山外。出山的时候，山一定很高，齐刷刷两面山崖，把路夹在中间，像山里抽出一条筋。山外就是地理书上说的平原，平展展的，像毡，没远没近。在那里就没路了，人可以在毡上随便走，想到哪儿就到哪儿"，[③]"山包上的庄稼地光秃秃的，远看去很好看，像女人胖生生的胸膛，近看却干瘪得让人绝望"等等，[④] 杨争光小说中

① 杨争光：《从沙坪镇到顶天峁》，载《黄尘》，作家出版社1989年版，第2页。
② 杨争光：《赌徒》，载《黑风景》，长江文艺出版社1993年版，第197页。
③ 杨争光：《黑风景》，载《黑风景》，长江文艺出版社1993年版，第197页。
④ 杨争光：《黑风景》，载《黑风景》，长江文艺出版社1993年版，第26页。

的这类自然景物描写，是人类无可挣脱的生存困境和文化宿命的景观化表述，这些自然景物以其消极、压抑和灰暗的文学意象色彩，使人深陷于生存绝望的深渊，由此，西部自然风景呈现出与闯入型作家相异的压迫性狰狞面目。

综上所述，西部小说的浪漫型自然叙事，从社会心理层面，应和着新时期之初民族崛起振兴的理想主义思潮，迎应着中国民众深层的英雄主义心理期待；从文化重建层面，浪漫型自然叙事，契合了新时期启蒙主义思潮重新续航过程中，对大写之"人"的主体性的完善期待。尽管二者隶属于人与自然的差异化结构关系模式，思索并抵达着如何树立"人"的完整性这一目的，但太多的浪漫化书写，也造成了作品的模式化倾向十分明显。于是，另一部分作家在深刻而长久的本土生活经验的基础上，颠覆着那类美化西部或浪漫化西部的窠臼，不约而同地将"自然"景象的另一面——严酷狰狞的面目呈现出来，以自然景物的刺激性和压迫性景观，去衬托和凸显人的内在性的丰富内涵。在浪漫诗意的"自然"美学观中，"自然"与人处于同向性，在狰狞恶劣的"自然"面前，"自然"与人则处于矛盾对立的境地，凶悍暴虐的大自然形成了与浪漫唯美自然在艺术上的对称与互补。从文学品格或文学精神宣谕的角度，对立型"自然"叙事仍然是衬托和暗示某种文化理念与生存方式主题的艺术策略，共同营造出西部小说当中，主体与对象、人与大自然的或和谐或对抗的自然隐喻化叙事特征。

三、西部小说自然景物叙事隐喻化的艺术成因

由于自然审美是发生于人与自然、主体和客体之间，而自然物象只有通过主体意识的组织运行，才能达到与客体的相互融合，在心理和精神上产生审美情感。由此可见，人的自然审美意识的发生，必须依赖于客体自然物象的特征与主体审美直觉的契合。但是，并不是所有的自

然景物都能引起主体的审美感受。只有那些能够激发主体感官直觉的自然物象进入人的主体心理，普通主体才能变成审美主体，自然审美才能发生。因此，在人与自然审美关系发生的过程中，审美主体为了能够与自然物象产生情感共鸣，需要做出主观化和审美化的情感努力，这种努力的理想结果，就是使自然物象成为审美对象，并进入主体美学世界，然后，这些自然就可以按照作者的审美心理需要承载一定的美学理念或道德力量。对于西部本土型作家而言，哪类自然物象最易引起审美主体的意识觉醒，当然是那些最具文化暗示意义的自然物象。甚至可以说，对于一个民族来说，最易引起人们自然审美意识的，是那些他们历代生于斯长于斯的区域性自然风景。因为在历代的集体记忆和个体童年记忆中，特定地区的自然物象早已化为一个民族或一种人格的本质力量符号，并成为特定区域民众的共同的精神象征物与共同的审美对象，蕴含着本民族独特的自然审美理念与民族认同意识，西部地区的黄河、沙漠、雪山、草原、戈壁、高山等，具有与本区域的民族审美心理达成契合的意象认同优势，从而实现自然风景与民族审美的文学意识对话。

对于闯入型西部作家而言，他们对西部自然物象的诗意化或浪漫化书写，同样是一个刻意发现的迎合过程。二十世纪八十年代的中国，中华民族刚刚经历了历史噩梦，渴望民族腾飞与振兴是这一时代的集体心理诉求。与此同时，曾经一度潜入暗流的"启蒙主义"思潮重新被推上文学舞台，"人"的觉醒成为文学表现的主题。但启蒙主义此时所面临的文化思想阵营，不仅包含既有的强大封建思想文化传统，还有新兴起来的现代消费文化、都市文化和资本意识形态。而启蒙主义思潮之所以将人性大旗高举，其所指就是对被封建主义所奴役、被现代消费文化所异化的失落的本原型的民族根性。"一方面，大工业文明、城市文化、商品物质、高度发达的科学技术分别成为这个现代化时代的显眼标志；另一方面，在二十世纪的许多思想家与作家看来，人类的精神危机正日益加剧。昔日的信念被遗弃了，但新的信念并没有随之而来；置身于一个高度现代化的空间，但幸福感与安全感并没有随之增加；人的物欲得到了极大的满足，但人性并没有因之更为完善；人类已经有能力抗御许多重大灾难，但人类同时又制造了许多新的灾难；……诸如此类的根本性问题困扰了一代的思想家和作家，以至于他们对历史的前途深感忧虑。这种状况常常不可避免地让人缅怀人类健康而明朗的童年，缅怀人类古老的天真，缅怀人类早先的家园大自然"，① "中国文学进入了蓬勃发展的快车道……那时的中国作家在极度焦虑的心情中度过每一天。……老一代忙着反思，用文学作为工具来'平反'历史；而新一代则在重新寻找精神'父亲（祖根）'。"② 尽管对"根"的认知有着诸多分歧，但在以下两个方面却达成了共识：一是中华民族之根存留于民间文化所固有的集体心理结构当中，二是中华文明的生命之根遗失在远古时代的原生态生活之中。在新时期启蒙主义思潮的引领之下，民族文化意识的复苏和人的主体性的觉醒，使人们普遍意识到在文化挤压下人性的不完整或异化，于是寻求人性完善的审美取向就成为审美发生的内在动力。西部边地的自然物象满足了这种审美取向，成为启蒙主义文学和寻根文学所青睐的叙事意象，闯入型西部作家将人类与自然进行对比，呈现出西部自然景物所蕴藏的原始力与生命力，表现出西部自然的浩大气质和纯然样貌。他们在对西部景观的新鲜而开阔的精神体悟和审美感受中，自然而然地将其作为深受创伤的"文明社会"和"民族精神"相异的区域空间参照体，进而与新时期的民族文化与人格主体期待实现了审美心理的契合，西部自然景物在迫切的文化重建中，获得了闯入型西部作家们普遍的文化认同与情感共鸣，也因此，西部小说作家将大量独特

---

① 南帆：《冲突的文学》，上海社会科学院出版社 1992 年版，第 27 页。
② 周冰心：《想象力缺失：中国当代文学面临的窘境》，《南方文坛》2003 年第 6 期。

的西部自然景物作为文学叙事的主体，并在这样的自然审美和文化想象生成的美学观照下逐渐构建起其鲜明的文学类型表征。

第三节　西部小说动物叙事的隐喻化

人与动物向来有着"不解之缘"。马克思主义的人类起源观认为，人首先是一种动物，首先具有动物属性，然后才具备社会属性，即使人具备了社会属性之后，仍不可避免地与动物发生着物质或精神的联系。人与动物之间互相依存的关系，在西部小说艺术中一直有着生动而丰富的表现，并在不同层次和差异化的艺术视域中诠释着"生命"范畴的人文内涵。

一、西部小说动物叙事的基本类型

西部小说动物叙事可分为两种创作倾向：工具性和精神性。工具性是借动物来讽喻人类世界、社会生活和荒谬历史，从而达到观照社会人生和评判人世是非的目的，人性审视、文化批判与历史凝望是其核心；精神性是指以人化的情感把动物人性化，以此来褒贬人性的善恶，人性反思与情感寄寓是其核心。无论是工具性的动物叙事还是精神性的动物叙事，都展示出西部小说动物叙事在承续中国动物叙事传统关注现实人生主题的同时，努力实现着人与自然关系建构的新的可能性，彰显着生命中心的本位意识和万物齐等的生态伦理精神。

第一，西部小说的动物叙事在新时期之初的形象类型与叙事功能主要是工具修辞型。也就是说，动物不在本体的意义上被审视，作家的思考也并不聚焦于动物自身，动物此时只是作家们表达观念和倾诉情感的中介对象。换言之，工具型动物只是被当作修辞工具或修辞意象来使用，"一种可以指引到某一意蕴的现象并不只是代表它自己，不只是代表那外在形状，而是代表另一种东西，就像符号那样，或者说得更清楚一点，就像寓言那样，其中所含的教训就是意蕴。"① 因此，这些动物形象身上寄予的是作家深刻的道德判断与价值选择，是文本思想文化内涵的艺术化策略表达方式。西部小说动物叙事的基本模态是采取"人与兽"对比的修辞选择，在对比中将批判的笔触伸向对"社会"传统或"历史"境遇的批判。在这样的模态中，人因为外在的意识形态或权力高压而扭曲异化，而动物却因为不受特定政治意识形态的改造而保持了较完整的生命本然性。作家极力抒写动物的完美，实质是对荒谬的政治理念或时代意识的深刻嘲讽；极力写动物的人性，实质是表达对制衡人性的启蒙企图；写动物的道德优越，实质是反衬人类道德的低劣卑微，最终将批判的矛头指向制造人的"非人性"的时代、历史与文化体系。张贤亮在《邢老汉与狗的故事》当中，通过对人的悲苦命运与狗的被迫惨死，表达了作者对那个扭曲时代与荒谬历史的深刻批判，也表达了对人性幽微的思索。邢老汉由于"文革"时期的物质贫困，到四十岁才娶了个"病病歪歪"的妻子，"结果跟他一起生活了八个月就死了"，②当他正准备娶第二个妻子的时候，"却来了个'大跃进'，他本人被编入炼钢大军拉进山里去'大炼钢铁'了。他准备娶的那个寡妇并没有等他的义务，就又另找了个主儿"，③第三个妻子跟他的原因是"我……我们家是富农"，④"我们公社一人一天给半斤粮，我出来就少个吃口，省下

---

① ［德］黑格尔：《美学》第一卷，朱光潜译，商务印书馆1979年版，第24—26页。

② 张贤亮：《邢老汉与狗的故事》，载《张贤亮自选集》，宁夏人民出版社1986年版，第11页。

③ 张贤亮：《邢老汉与狗的故事》，载《张贤亮自选集》，宁夏人民出版社1986年版，第12页。

④ 张贤亮：《邢老汉与狗的故事》，载《张贤亮自选集》，宁夏人民出版社1986年版，第19页。

他们吃。"① 如果说邢老汉的娶妻经历已经将"文革"与极"左"的荒谬造成的人的生理饥饿与精神饥饿表现得淋漓尽致，那么，"狗"这一形象则从深层次表达了时代对人性"信仰"的非人化摧残。"狗"在小说中的叙事功能，除了担任荒诞历史的别一种观察者外，还寄予着邢老汉最深层的摆脱孤独的心理诉求，它是凝结着邢老汉人生美好记忆与人性温情的现实性载体，也是支撑邢老汉能够生活下去的信仰性载体，"当一个人已经不能在他的同类中寻求到友谊与关怀，而要把他的爱倾注到一条四足动物的身上时，他一定是经历了一段难言的痛苦和正在苦熬着不能忍受的孤独的"，② 对大黄狗的珍视，负载的是邢老汉对生存价值的追问与思索。《邢老汉与狗的故事》的叙事重心是人，狗只是人的陪衬，其最终意义和指向还是对人性的反思，狗只是充当邢老汉遭遇到政治强暴或世态炎凉时获得情感温暖与精神慰藉的工具，是用来赞扬和讴歌人的生命意志和生存韧性的"参照物"，是用来传达社会批判与文化批判的"工具意象"。李进祥的《狗村长》中，作者"借"一条眷恋乡土的黄狗，反映出城市化进程下乡村日渐衰败萧条的寂寥与迷惘，正如德成老汉的感慨："他们一拨一拨地长大了，念成的到城里工作了，念不成的到城里打工做生意了，也把村庄的魂儿给带走了。人都是为娃娃活着，可娃娃为啥活着呢？为了长大，为从这山村里走出去？"③ 对城市化进程的某种保守主义的抵抗与质疑，使"狗"的形象具备了价值评判与命运反思的工具性特征。总之，工具性的动物形象，虽然也会表现出一定的"人性化"特点，但都是人性观照下的主观想象，狗并没有取

---

① 张贤亮：《邢老汉与狗的故事》，载《张贤亮自选集》，宁夏人民出版社1986年版，第13页。

② 张贤亮：《邢老汉与狗的故事》，载《张贤亮自选集》，宁夏人民出版社1986年版，第7页。

③ 李进祥：《狗村长》，载《换水》，漓江出版社2009年版，第255页。

得"主体"地位。无论是用狗来排遣邢老汉的精神孤独，还是用狗来填补留守乡村的情感慰藉，狗在小说中只是工具型的文学意象作用。即使狗形象具有诸多"人性"特征，如忠诚、温顺、坚守等，成为主人公在艰难境遇中获得生存信念的精神力量，也不能掩盖狗形象彰显人性力量与批判立场的工具性特征。这类工具性动物形象，归根到底是以"工具本位"为中心，承载的是社会批判与文化批判的艺术修辞和形象符号的功能。

第二，西部小说的动物叙事在新世纪之交以来的主要形象类型与叙事功能是生命主体型。西部作家以敬畏生命的伦理意识，书写人与动物之间的情感交流与命运感悟，这些极富西部特色的生灵，寄寓着作者深刻的生命透视与深沉的人性思索，蕴涵着西部作家朴素的民族体验和地域回忆。而西部作家将动物书写与底层立场相结合，通过动物这一别类的生命主体，来审视西部底层民众这一特殊群体所处的时代环境、生存空间与精神姿态等诸多问题，动物形象塑造已成为西部小说探幽人性本真和生命奥秘的一种叙事通道。在动物形象的"工具化"系列中，动物只是具有自然生理属性的生物体，人与动物的关系中，动物一切的行为只是其本能反应，所蕴含的情感反应只是作为观照者即人的主观投射与认知，彼此生命的慰藉与依恋是人对动物的单向型审美想象。因此，邢老汉眼中的"狗"，只是借以表达某种主题或理念的艺术工具符号，动物作为生命体的主体性并未复苏，动物仍居于人之下。但在生命主体型的动物叙事中，动物已经成为与人并列的另一个角色主体，尽管它们的行动无法完全拟人化或脱离兽性，但它们在作品中的叙事功能较之前者已经大大加强了人化或人性的情感色彩，动物已经成为可以与人进行对话的重要叙事角色主体，在一些宗教型的小说中，动物形象甚至具有了超越人性或凡俗的境地而散发着神性化的色彩。

西部作家通过对动物形象的书写来表达人与动物之间的生命相惜

与情感相依。牛、羊、骆驼等是中部农耕文化与西部游牧文化融合之后，西部人生活和生产不可或缺的劳动工具。这些动物的存在，让西部民众与西部大地之间构建起同构关系。动物形象进入叙事空间的编码，隐含着西部作家对大地隐秘与人性原初进行形象阐释的欲望，表达出西部轮回孤寂境遇下万物生命的相通相依。王新军的《羊之惑》当中，羊化身为主人公玉根老人在老伴去世之后的精神寄托，"羊的胆子太小了，羊多么需要一个人时刻在它们身边为它们壮胆呵！羊其实就像一群还没有长大的孩子，孩子遇到危险的时候，就会挤成一堆哭"，① 每当与羊在一起，他就会想念爱妻，在怀念中任由心灵飞翔，任由感情奔放，老人、羊、大地之间生发出隐秘的生命联系，达到了物我交流、天地合一的自然境界。"羊在他周围散开，交叉地错落着移动，像鱼一样游弋在如水的绿色里"，② 玉根老人对羊的感情早已上升为精神性和生命性的交流，玉根老人甚至连住宿都要和羊在一起。小说最后由于玉根老人与儿子冲突之后，羊群被变卖，羊的离去给玉根老人带来的是精神痛苦的深渊，还有无边而巨大的情感荒芜蔓延。张学东的《看窗外的羊群》当中，父亲对羊的情感远胜于对子女与家庭的关注，那些充满灵性的羊能够读懂他的"朴素"，而"沉默"的父亲也能读懂这些生灵隐秘的内心世界，"羊"之于父亲，是源于大地万物一体的生命伴侣，包含着大地之子寻觅精神家园的希冀。漠月小说中的人与动物之间同样充盈着生命相依的浓情蜜意，"大漠、骆驼、羊群、女人、男孩。这是漠月小说中最基本的元素。"③《老满的最后春天》的主角便是男人与老驼，小说叙述的也是两个生命的彼此依靠与情感互牵，老满与老驼一生都在孤寂中奔波，在大漠边为生存而挣扎，共经患难的生命历程让两者成为彼此的

---

① 王新军：《羊之惑》，《飞天》1999 年第 3 期。

② 王新军：《羊之惑》，《飞天》1999 年第 3 期。

③ 杨梓：《隐忍与缓释》，载漠月：《锁阳》，宁夏人民出版社 2004 年版，第 2 页。

精神伴侣，并相伴走向了生命终极，骆驼对于老满来说，不仅仅是最可靠的亲人，在人与驼的相守中甚至升华为老满作为鲜活生命的人的意义与希望的精神信仰，成为老满人生的异类福祉；《父亲与驼》当中伴随父亲二十多年的老驼自觉临近暮年，便独自悄然离去，早已将老驼看作情感伴侣的父亲历经漫长旅途也未能寻回这峰灵驼，灵性的骆驼成为无私奉献和牺牲精神的品质象征，父亲与老驼之间早已是心有灵犀的"生命恋人"。这类动物叙事对人与动物品行的正面赞美，对人与动物之间精神相通的形象化叙事，在于"促使整个社会的道德感性更普遍、更深入"。①西部作家在人与动物的深情展示中，将人生的苦难诗意化，将命运的磨砺超脱化，人的情感、生命、孤寂、信仰，在人与动物情感的难以割舍和生命相依中，实现了超越世俗生活的和谐生存状态的呈现，西部边地文化传统中久远的珍视生命与自然的民族情结，在此得到了细腻而深刻的情节演绎。

西部作家的动物叙事，常通过人与动物内在品行的比照，来表达动物所具有的"恒常人性"。尽管诸多动物形象的"人性化"行为从生理学角度只是其某种条件反射或本能使然，但在西部作家笔下，它们却具备了"人格化"甚至"灵性化"的生命形态，担当着叙事的核心角色。王新军的《两条狗》将狗进行"人化"转换，通过两只狗即四眼与花狗之间的"相爱""相思""相惜"，最后走向死亡的悲剧，赋予动物以完全的人性温存与情感永恒。而两只狗的主人却因为私人之间的狭隘与乖戾，残忍地吊死花狗、冻死四眼，"动物有情人无情"，作者所思考的正是人性的黑暗导致了人生的悲剧以及生灵的伤害，在悲伤中隐含着深刻的人性批判锋芒。郭文斌的《呼吸》当中，灵性之牛的知恩图报反

---

① 钱永祥：《纵欲与虚无之上——现代情境里的政治伦理》，生活·读书·新知三联书店 2002 年版，第 372 页。

衬出动物所具有的人性至善，大旱之年的郭富水，将宝贵的饮水喂饮耕牛大黄，他对耕牛的爱甚至超过了对女儿水水的爱，而灵性之牛也以感恩之心，舍弃生命而营救水水，以此来报答主人。郭富水与大黄之间的彼此感恩情义，传达出动物与人的美好品质的相通，灵性之牛成为干旱之年得以慰藉人心的生活甘露与希望象征。邓九刚的《哈达楚鲁》当中，"黑牛"之子"花花"被老虎吃掉，满怀复仇欲火的黑牛同老虎展开了殊死搏斗，经历多次失败也未能将黑牛复仇的信念击垮，在不断的失败和振作过程中，黑牛身体遭受到了严重的挫伤。牛的主人为了黑牛的安全，强行将其关在牛圈中，但黑牛执意于复仇，不惜牺牲一个战斗武器——犄角作为代价扒开圈墙，终于在顽强而持久的决裂抗争中击败了老虎。这是一个残酷的动物搏斗故事，但小说所昭示的却是人类"复仇"精神和"信念"坚守的缺失，这种血性的复仇既是对一切邪恶与黑暗的反抗，也是对意志坚韧与生命刚烈的礼赞。唐栋的《边地精灵》以无邪天真的动物来破除人类政治界限的森严，用生命共同的情感温暖人类政治的冷峻，鸽子等边地动物隐喻的是纯然的生命与自由的灵魂，也无形中构成了源于政治意识形态的规训所导致的人性异化、心灵敌视与行动残忍的温情参照，在进一步的审美化修辞中成为启迪人生与纯化人性的生命象征体。张承志《黑骏马》中的钢嘎·哈拉是一匹富有生命智慧的圣灵，当"我"得知最心爱的人索米娅被希拉玷污时，愤怒的"我"急于去复仇，而此时的骏马也似乎与"我"心有灵犀，明白"我"的内心情感，表现出急不可耐的暴躁与急切："钢嘎·哈拉嘶鸣起来。我看见它正披鞍挂镫，精神抖擞地跺着脚，像是等待着我"，[①]骏马在小说中已经不是一个单纯的生理性动物，而是一位能与"我"心心相印、感同身受的充满灵性的生命主体。杨志军的《藏獒》当中，藏

---

① 张承志：《黑骏马》，长江文艺出版社 1993 年版，第 28 页。

獒是高原牧民的守护神，它们所具有的"人性"和"灵性"，它们所经历的生活磨砺和苦难考验，彰显出异类群体所具有的生命活力和原始伟力。西部小说的动物主体化叙事，在生命之光的灼照下，实现了兽性与人性的平等与互证，动物既是人类与自然的共通中介，也是人类检省自我的形象参照物。人与动物的并置参照叙事模式，不仅是人兽同一的和谐可以用来传达某种生命伦理和人性特征，人兽关系的不和谐或对立性，同样可以达到某种话语情境下的批判与审视。红柯的小说《披着羊皮的狼》就是人与狼之间的品行对比与人性透视，狡猾的母狼虽然每次通过易装——披羊皮能够混入羊圈得逞阴谋，但最终还是败北于连长的智慧和勇气。但敬畏生命的连长却没有杀死作恶多端的母狼，而将其两只狼崽精心驯养，狼对人的凶残与人对狼的关爱，在人与动物关系的对比阐释中，人性之善成为小说力图凸显的主题。郭雪波的《大漠狼孩》通过人与狼之间的暴行与安守来表现人性的残忍，公狼为了保护幼崽，不惜忍受村民暴打，但它却并未反击村民，只因担心怀里的狼崽受伤："其实这会儿完全安静了。它清楚自己眼下的处境。它甚至不屑一顾那又张牙舞爪起来的人群，连看都不看一眼，就那么安安静静地舔着狼儿。它把狼儿紧紧拢在颌下，然后安详地闭合了双眼，尖长嘴也紧闭着，伏在地上一动不动。它自始至终没瞧过一眼那些人，那些猥琐的人们。透着一股矜持、傲慢，对人类的轻蔑和鄙夷。它的样子似乎在说，来吧你们，我的命在这里，你们尽管拿了去吧。"① 郭雪波以深沉而阔大的生命悲悯情怀赞美着狼所体现出来的大爱与豁达，将批判的笔触伸向了人性的狭隘与残忍。总之，无论是人与兽的同一性抑或相异性，西部作家的动物叙事都力图通过对人与动物之间的情感交流、品行对比、形象参照，来唤起人类对人与动物和谐相处图景的美好构想

---

① 郭雪波：《大漠狼孩》，中国文联出版社 2001 年版，第 31 页。

与生命祈盼，人与动物之间的生活化演绎，为西部小说的动物叙事提供了典型的人文意义与人性内涵，对于新时期以来源于"物化"侵袭与人性普遍异化环境中如何重建对生命伟大的信念与尊重，如何实现人与自然万物的和谐相处，如何传承边地民族生命中心伦理等诸多问题，开出了一剂强有力的文化警示药方，这也是此类叙事所暗含的深层理念与思想诉求。

西部小说的动物叙事，持续传达着西部作家对生命本质的深刻透视。生命是人与动物的生理共性，但人无法以超然物外的姿态反观到自我的生命诞生过程，却可以借对动物生命的降临、成长和逝去，来表达对生命的感悟与敬畏。动物生命的诞生在西部小说中不仅是一件神奇而严肃的美妙旅程，也包含了对生命的自然本性受压抑的审视与反思。王新军的《与村庄有关的一头牛》的主人公是一头劳作了一辈子的"牛"，在与老人经历了人生的酸甜苦辣之后，与主人共同回归到了大地母亲。小说所要传递的不仅是自然生命的高贵，还有对生命易逝的忧伤与困惑。但在死亡面前，生命自由却显得更加高贵，《牧羊老人》中的羊宁可卧轨自杀，也不愿承受被人类屠杀的屈辱。而《羊之惑》中，鲜活生命的被剥夺被终止，对于单纯懵懂的羊来说是多么恐怖残忍的事，"羊不敢抬头看红脸汉子的眼睛，羊只一瞥，就从他的眼睛里看到了死亡的光芒。他身上的血腥味，叫羊几乎连呼吸的声音都停止了"，[①]面对死亡，羊表现出了远甚于人对死亡的坦然，在它们看来，宿命必然也是自然生命之规律，从容的表情，悠闲的饮水，让羊富有了神秘的灵性："这难道是它们临刑前畅饮的一次'断头酒'吗?"[②]张学东《跪乳时期的羊》展示的是一个幼小生命从出生到逝去的悲剧过程，为了使

---

① 　王新军：《羊之惑》，《飞天》1999 年第 3 期。

② 　王新军：《羊之惑》，《飞天》1999 年第 3 期。

"我"吃到羊奶，刚刚出生的小羊白耳朵就被剥夺了被哺乳的权利，不仅如此，母亲的冷漠、生理的饥渴，使白耳朵变得焦躁不安而又愤慨无奈，如果说出生时的灾难只是生活权利的丧失，白耳朵还可以保有生命激情，那么，陕北汉子的"阉割"则是对它仅有的生命权利的践踏与亵渎，它最终被作为祭品而遭宰杀，生命的短暂、命运的磨难、精神的压抑、权利的丧失，作者通过一只动物生死历程的记录，观照的是对人类命运和生命本真存在的形而上思考，隐含着对一切生命逝去的悲哀与命运多舛的忧思。《看窗外的羊群》中大年夜父亲为一只母羊接生，小羊羔出生后发出的第一个声音，让"我"对生命的诞生感到了神奇与震撼，幼小生命的诞生过程和场景，以及痛感与幸福、期待与担忧，不断激发着"我"内心的"跌宕起伏"。新年、大地、父亲、"我"、小羊羔等，一切组合成为一个美丽而崭新的生活希望的未来景观，这是生命神奇与生活信仰的隐喻和契约。但生命的旅程并非能够完美无缺，它可能经受宿命的捉弄与意外的戕害，母羊为生羊羔而死的结局，诠释着生命的脆弱和生命的无常。生命无奈与生死悲剧的动物叙事主题，在石舒清的《羊的故事》当中，是幼小羊羔的生命权利被无法预料的人性残忍所剥脱，在邓九刚的《弃驼》当中，是一头历经一生苦难、为主人奉献一生的骆驼，也无法阻挡死亡的来临与生命的停滞，高贵的生命与躯体能孤寂地葬身于浩瀚沙漠。这类小说以动物生命的诞生、成长以及消逝，传递出西部作家对万物生命受制于自然界生物定律的无可抗拒的人生悲情，触摸到了生命的降临或旅程注定与幸福或悲剧相伴的存在质地。西部作家的生命性动物书写，一改之前的工具中心观，代之以生命中心观，他们在生命意识和文化伦理的叙事层面，将动物与人等齐化，在生命内涵深刻透视的基础上，将文本的精神指向拓展为善待生命和敬畏生命的哲学主旨，因此不仅以悲悯之情书写着万物生命的脆弱，表现生命逝去的心灵痛感，也以敬畏之情书写着生命的高贵神圣，"表达生命意义的焦虑已经成为他们写作的基本视角之一"，① 以动物的生命无常来观照人类和万物的生命意义，化为西部作家动物叙事所深隐的文化指向与叙事指归。

西部作家还通过动物形象，来作为表达宗教感悟与宗教思考的文学形象载体。西部地区宗教文化盛行，无论是伊斯兰教还是藏传佛教，都是本区域民众精神生活的重要支撑，于是，对宗教生活的表现成为西部民族作家的重要主题。由于宗教对万物生灵的普遍珍视，动物形象诸如"牛""羊"就成为宗教体系的重要角色类型，西部民族作家常在富有宗教意味的动物书写中，表述西部人对宗教信仰的虔诚，对灵魂意义的追问，对生死命题的思考。回族作家石舒清的《清水里的刀子》中，马子善老人在葬完自己的妻子之后，在坟院开始了对生死命题的思索：死亡是摆脱世俗的终点还是痛苦开始的渊源？生命的终结意味着新生命的必然开始？生之痛苦是否意味着死之解脱，死之神秘是否意味着生之澄明？正是在这种对生与死的辩白对话中，富有灵性的"牛"对待死亡的态度让他彻悟——生的意义就是坦然经历和承受一切人世的百态滋味，不需为生之痛苦和烦恼，死亦是人生的必然归宿和旅程，不必因之而恐惧和担忧，小说所依持的伊斯兰教的此岸与彼岸的两世观，昭示出的正是面对生命存在与逝去的精神慰藉，即高贵的生命只求精神的洁净，坦荡地面对生死，而不是将生死之痛看成是人生的悲哀。马子善老人对生死的叩问，恰在"清水里的刀子"和"老牛的不吃不喝"的洞悉中得到了神秘的暗示，"牛"显然已经具备了宗教般的神秘与生死性的彻悟等宗教神性化色彩；石舒清《节日》里的孕羔羊同样承载着世俗赎罪的宗教功能，环环媳妇带着孕羔羊去拱北舍散，是因为她的丈夫对宗教的亵渎，而对宗教虔诚的女人就将自我对宗教的敬畏、对精神的

---

① 摩罗：《生命意识的焦虑》，《社会科学论坛》2003 年第 1 期。

清洁寄托于羊的舍散这一行为，她将精灵之羊看作表达对真主虔诚的信仰，将羊看作灵魂归属的通道，以此试图实现对此世的救赎和彼世的抵达。李进祥《屠户》中的"牛"则负载着远离世俗、多行善事、灵魂洁净等伊斯兰教义的宣示，一心想把儿子培养成城里人的屠户马万山利欲熏心，不惜用拌了血的饲料喂牛，导致牛嗜血成性，用犄角顶死了屠户的儿子。这一情节中，牛成为人心善恶的试金石，屠户的私欲膨胀与屠户的安守教义，都会投射于牛并导致其做出相应的行动反应，人与牛的善恶报应蕴含着对宗教教规是否遵守、对真主是否虔诚的道德伦理。由此，作者通过牛的形象与行为，思考着关于宗教规约下人性善恶与灵魂清洁的存在问题，隐含着对人的行为与欲念导向的教化价值。"动物崇拜应理解为对隐蔽的内在方面的关照，这种内在方面，作为生命，就是一种高于单纯外在事物的力量……这时的动物形象，就不是为它本身而被运用，而是用来表达某种普遍意义。"①

　　西部作家的动物叙事，无论是言说人与动物之间的人性相通和情感相依，还是传达对生命诞生或逝去的存在透视和心灵感触，抑或是表达西部民众对宗教追求的虔诚信仰，其共同点是他们在立足本土文化传统和本土生活经验的资源上，对西部民众生存现实与精神世界进行积极地探幽与观照。生命主体型的动物书写，颠覆了工具型动物形象对社会历史的功利性批判，转向对人以及一切生命形态的情感、精神、心灵等形而上的哲学演绎，这类动物叙事在破除人们对西部荒凉野蛮的残酷性文化想象之时，代之以诗意温馨的精神家园的乌托邦展示。在此基础上，西部作家的动物叙事构建着在当前文化混杂格局下，西部作家所集体性秉持的"本土固守"的价值姿态，小说中人与动物的角色对等，人

---

① ［德］黑格尔：《动物崇拜和动物面具》，载《朱光潜全集》第十四卷，安徽教育出版社 1990 年版，第 69 页。

与动物之间的生命相依，昭示出物化消费历史语境下西部本土的真实面相，传递着对人性与生命的虔诚尊重的伦理诉求。西部作家的这种集体叙事姿态，是难能可贵的对人的精神、人性和心灵的正面力量的执着弘扬，也是西部作家面对物质异化泥淖中的人性异化境地，所寻觅和提倡的一种安守诗意或固守本土的生活哲学，是在后现代碎片化的孤寂生存困境中对人类心灵和人的存在的文化慰藉。

二、西部小说动物叙事现象的地域成因

人与动物的关系表达，一直是中外文学的重要母题，"20世纪以来，动物小说或者涉及描写动物的作品，呈逐步增多之势，更值得重视的是，作家描写动物的聚焦点发生着根本的变化，传递出作家们关于动物的别一样的思考。"① "十七年文学"期间，吴伯箫、杨朔等作家创作了一部分以征服动物为主题的散文，目的是通过人对动物的征服来凸显人的革命改造力量。二十世纪八十年代的"寻根文学"思潮，启蒙知识分子为了反抗意识形态的政治话语权威，为了重铸民族文化与民族精神，从对自然物象的书写中，寻找人类的精神家园与民族重振的文化动力。与此同时，西部边地作家率先将动物纳入小说的审美领域，并作为小说的主体角色，他们颠覆了此前政治意识形态笼罩下的书写状态，对"工具性"动物书写的文学指向进行了深刻反思，努力建构着以"生命""和谐"为精神向度的人道立场的动物叙事立场。虽然动物叙事由于西部作家多重文化心态与多样叙事策略的共时共存，还不能彻底摆脱对动物的"工具理性"的认知立场和伦理意识，但他们表现出的对动物生命本体的尊重、关爱和互动，以及把动物当作有生命和有情感的"人化"主体意识，显然超越了之前的动物叙事范式，开启了西部小说动物

---

① 朱宝荣：《动物形象：儿童文学不能承受之重》，《文艺报》2004年10月26日。

叙事的热潮。

西部酷烈的自然地理环境，使生命的生存与延续格外艰难，民风的强悍与生命的坚韧也无法阻挡自然的狰狞对生命的伤害，死亡在西部较之其他地域显得更为常态化，生命的张扬较之其他地域更为珍贵。因此，西部作家集体性地将万物悲悯情怀投射于西部大地上的所有生命，无论是人还是动物，由此形成西部作家普遍化的生命伦理意识。寂寥的西部大地，生命的存在除却人类以外，唯有自然生灵，出于对生命的关爱，西部作家除聚焦于人的生命状态之外，还将与人的生命紧密相连、富有动态生命特征的西部本土动物作为叙事对象。这些动物形象经过西部作家的审美主体转换，被赋予不同的文学美感与思想象征，成为展示西部底层民众生存现实和精神世界的有效载体，"动物小说……显示了人类无论是在潜意识之中还是在清醒的意识之中，都未完全失去对人类以外的世界的注意与重视，那些有声有色的，富有感情、情趣与美感甚至让人惊心动魄的文字，既显示了人类依然保存着的一份天性，又帮助人类固定住了人本是自然之子，是大千世界中的一员，并且是无特权的一员的记忆。"① 最终，动物形象在西部小说中具备了小说主体角色的叙事地位，而动物具象的隐喻化和主体化，为边地文化在小说中的呈现起到了叙事渲染与细节刻画的功能，构建出西部作家对万物生命尊严与敬畏的生命伦理意识。

西部作家的动物叙事，对诸如牛、羊、马、骆驼等表示出格外的青睐，这是与西部地域久远的边地文化有着深刻的联系。虽然新时期的西部大地，文明形态的复杂性已远非远古时期单一的游牧文明为主导，西部作家也未必是以明晰的创作意识去刻意表现纯粹的游牧文明形态，但文明的孕育与延续，并不会因为时代的前进步伐而彻底断流，它会通

---

① 曹文轩：《动物小说：人间的延伸》，《儿童文学研究》1997 年第 1 期。

过一定的生活方式或艺术方式呈现出来。孕育于边地文化空间中的西部自然主体化小说，不仅表现在对西部地理性的自然物象的关注，还将富有生命的西部自然中的动物类型纳入其审美视域。如果说自然景物只是一种静态的存在，它更多需要文学主体通过自我意识的审美萌发与自我辩驳，而富有西部特色的动物形象进入西部小说，却明显是一种文明形态的当代艺术闪现。因为西部小说当中，不仅有远古游牧文明时代的动物形象，如马、骆驼，而且还有农耕文明与之交融之后的家畜型动物，诸如羊、牛、狗、驴等。游牧民族的生存法则是"逐水草而居"，流动的生活需要运输工具来搬运生活物品；游牧生活导致的居住之地的分散性，导致人与人之间需要快速的沟通或传递信息，现实生活的需要与亟待，马匹由于能劳苦、耐干旱，再加上视觉、嗅觉和听觉的灵敏，尤其是擅长驰骋，马不仅成为牧人生活的重要伴侣，成为荒野草原人们联系沟通的重要信息渠道，也成为蒙古牧人眼中极其高贵的生灵。骆驼同样由于耐干旱、体格强壮，成为西部大漠生活的民众所依赖的运输工具，无论是货物运送，还是走亲访友，骆驼都是重要的交通工具。因此，对马与骆驼的集体性叙事，正是西部作家深处边地文化语境所形成的地域性审美心理的表征。同样，在西北作家小说中，还有大量对家畜型动物的文学叙事，对家畜型动物的青睐同样源于西部久远的游牧文化。西部民众在逐水草而居的流浪生活中，需要间歇性的安定生活，牛或羊就具有了货币等价的交换价值，由于牲畜本身具有再生产能力，对于游牧民族来说，羊或牛等家畜型动物的数量往往就成为经济财富分层的重要依据和资本。因此，对于牛、羊的珍视，不仅涉及游牧民族的基本物质资料生存，还关联着在游牧民族社群文化中的族群尊严与话语地位。西部作家虽然对动物的书写有着风格迥异的艺术策略和叙事方法，但对动物的情感之真与生灵之爱的审美效果，则整体性地展示出西部边地文化传统使然的文学镜像。

西部小说对这些固定动物类型的关注，从西部民众深层的地域文化记忆与悠远的心理审美来说，是西部边地文化在艺术表达领域的自觉言说，尽管这种边地文化已经不可能彻底纯粹或澄明，但它作为一种地理空间的文化底色，仍然支配或制约着西部作家的抒写取材和创作心理。无论是已驯化的家畜动物，还是典型的西部野生动物，无不寄予着作者深切的人文关怀与文化反思，动物形象被纳入小说叙事结构之后，已经被作家赋予了浓郁的文化诉求与理想隐喻——通过对动物高尚品格的咏叹来批判人世卑劣的人性，抑或通过兽性与人性的对比来表现人性的伟大与崇高，等等。因此，西部作家对自然景观的文学象征化处理，不仅包含着对自然物象暴虐性情和狰狞面孔的展现，也涵盖着将动物以具有灵性的人格化形貌构筑到作品的叙述结构地带的艺术匠心，最终营造出一种"西部动物"与西部沉默但富有生命尊严的"乡人"同构的诗意、静态和浪漫的乡土美学境界。

第四节　西部小说自然叙事的生态演变与文化自省

在中外文学发展史当中，人与自然关系的探索一直是重要的文学命题。从中国的远古神话到二十一世纪的生态文学，从西方的奥林匹斯山神话到欧美当代的自然文学，人与大自然如何相处始终是作家们关注、书写和思考的对象。由于世界文明版图内的时代、地域、民族等的差异，人类对自然的态度，包括认知态度、审美态度、功利态度等，经历了多样化的历史变迁。在文学当中，自然或者作为人类活动的实指性背景空间，或者作为与人类生命本能相异的客体象征，抑或是作为净化人类精神空间的寓意载体，很长时期以来，人与自然的关系，总体处于或盲目对抗或盲目顺从的二元境地。二十世纪末以来，西方生态主义哲学在全球掀起的热潮，预示着生态文明将成为世界历史发展的主潮，与之相呼应的生态文学就是现代生态文明理念的艺术产物。在中国文学界，反映生态伦理、思考生态文明的文学作品，出乎意料的却是由一向被主流文坛所忽视的中国西部小说率先呈现和引领，尤为可贵的是，西部作家对生态理念的呈现普遍源自本土体验，而非对西方理论的生硬照搬，且有着诸多本土性的"自发性"。

一、生态小说的叙事语境及其价值裂隙

十九世纪中叶以来，西方国家在经历了高速工业化发展之后，环境恶化、资源枯竭等成为制约社会发展的普遍危机，"Ecology"率先由德国博物学家海克尔（E.Haeckel）提出和界定，沿着海克尔对人与自然关系的理论思考的方向，利奥波德、蕾切尔·卡森、阿伦·奈斯、纳什、罗尔斯顿、迈克尔·麦克洛斯、多布森、辛格、雷根、史怀泽、詹姆斯·奥康纳等，分别从"环境中心""动物解放""生命中心"等维度，在人与自然、人与环境、人与生态的认识论方面不断进行着理论探索，人地关系的自然哲学也走向了深入和革新。最终，"生态中心论"将主体权利的认同拓展到自然客体和人类文化的极限，确立了"人与自然和谐相处"为最高的理想状态。生态中心主义认为，人类并非自然生态系统的等级金字塔顶端，人与自然万物都是生态系统中的一个生物性环节，人与自然万物之间不是奴役和被奴役、征服和被征服的关系，而应该是生态平等的民主状态。人类应该反省人与自然之间的"等级合法性"，重新以生态文化视野对宇宙万物的存在给予道德关怀，自然界的环境危机，都应归根于人类中心主义的认识错位和实践谬误，因此，已经发生和正在发生的生态危机，其根源正在于人与自然万物之间生态整体利益的分裂，在于人类文化和人文精神的异化。生态哲学就是对人与自然关系的批判、反思与构建，生态文学则是生态哲学理念的艺术化呈

现，其功能也就集中于以形象化的图示，进行生态危机预警、生态伦理生成、生态理想建构和生态恶化救赎。① 当然，以工业文明的整体解构，形塑整体生态系统利益的道德伦理是生态文学的灵魂，但人在生态系统中的主体角色重构，才是生态文学中"人性"内涵的重新演绎。

西方生态主义的"生命中心主义"或"整体生命观"，是经过了物质现代化高度发达之后的哲学反思，其文化指向是强烈的质疑人类高度现代化的发展方式，是对未来人类文化和社会发展的模式构建。但是必须要看到，"生命中心主义"或"整体生命观"，一方面，标榜人与自然万物生命权利的平等，但实质仍然是"人类中心主义"的话语转换，因为生命中心主义的话语权、界定者和评价者始终是人类，最终的受益者还是人类，也就是说，衡量生态文化哲学思潮的实践效果，还是以是否有利于人类的健康生活和良性发展为标准，这是"生命中心主义"或"整体生命观"的一个内在价值悖论。另一方面，生命中心主义和整体生命观，按其所谓的人与万物是平等的逻辑前提可以推论，既然人和一切动物的生命是平等的，都是生态链的一个环节，人类应善待一切动物，动物也应该善待人类；当人类处于生物循环链的需要必须侵害别的动物以保证生物链的正常运行之时，动物也有权利在其需要之时侵犯人类的安全和生命，于是可以得出"人类可以杀害动物"和"动物也可以杀害人类"的荒谬结论！因此，"生命中心主义"某种意义上将人类降格为与动物同类层次的生物物种，抹杀了人类具有高于动物的本质属性，这是"生命中心主义"和"整体生命观"的又一个内在价值悖论。

正因为生态学是建立在对"初级工业文明发展"反思的基础上的价值范式，初级工业化发展对自然环境的破坏最终让人类深受其苦，因此环境保护和生态文明的话题才进入公众视野。而"生命中心主义"或

---

① 王诺：《欧美生态文学》，北京大学出版社 2003 年版，第 7—10 页。

"整体生命观"，暗藏着静止的、自足的、内循环的"不发展"倾向，甚至可以解读为了维持自然界的整体生命，"回到简单技术时代，斩断资本主义自我强化的增长链条以抑制增长……由此对现代化进程予以否定。"① 而"不发展的生态观"最终会导致人类文明和社会历史的停滞不前，正因如此，我更认同生态和谐论的另一种主张——"可持续发展"。它是挪威前首相布伦特兰夫人在 1987 年的《我们共同的未来》的研究报告中首次提出，并界定为："在不损害后代人满足他们自己需要的能力和条件的前提下，满足当代人需要的发展。"与此同时，西方环境社会学者还提出了与其接近的"生态现代化"理论，他们主张"应当将环境问题看作推动社会、技术和经济变革的因素"，"应当反对各种反生产力的、去工业化的以及激进的构建主义主张"，"由工业化所导致的环境问题可以通过'协调生态与经济'和进一步的超工业化（super industrialization），而非'去工业化'的途径来解决。"② "可持续发展"，应该是以环境资源承载力为基础，以自然规律为准则，以可持续社会经济文化政策为手段，③ 通过调整人类自身的价值取向和生产、生活实践行为，创造符合人与自然和谐相处的社会发展模式。在此基础上，我们可以重新审视生态文学的价值基础：第一，当前生态环境的破坏和失衡，并非是工业化发展的错误，而是源于工业化的初级状态所造就，生态的失衡迫使进一步发展更合理的工业、科技和经济增长方式，并以与生态环境的可持续兼容性为原则，来取代旧式的唯物质论发展模式。第

---

① 郑杭生：《社会学概论新修》，中国人民大学出版社 2014 年版，第 43 页。

② See U.Simonis，*Ecological Modernization of Industrial Society*：*the Strategic Elements*，International Social Science Journal，Vol.41，No.121，1989，pp.347-361. G.Spaargaren and A.P.J.Mol，Sociology，Environment and Modernity：Ecological Modernization as a Theory of Social Change，Society and Natural Resources，Vol.5，1992，pp.323-344.

③ 潘岳：《和谐社会与环境友好型社会》，《经济》2006 年第 7 期。

二，生态环境的破坏并非是人类现代化的错误，而是源于人类发展的理性的偏颇，是现代性的发展还不充分、走向歧途所致。人的本能、欲望、贪婪等人性本色在改造自然、获取资本、推进文明的同时，也的确推进了物质感官的解放，即感性现代性，这是第一层面的现代性；但是当感官现代性获得了充分发展，陷入放纵和狂妄之时，人性已经进入了"恶"的范畴，第二层面的现代性，即理性现代性并未能及时奏效，于是出现了马克思所说的"商品拜物教""货币拜物教""资本拜物教"，这是生态和谐失衡的人性成因。因此，生态文学应该以"新启蒙"为价值基石，承担起对"自由人性"处于"物的奴役"的批判、启蒙和解放，构建物质现代性之后的"新理性精神"，在超越元启蒙理性精神只调节人与人、人与文化、人与社会的范畴之外，应将人与自然、人与未来、人与宇宙之间的理性关系纳入其中，此价值理论基点应成为当前生态小说的文化使命。

反观中国当前的生态文学，一方面是对现代文学凸显大写的"人"的人类中心主义兼及人文主义的质疑和否定。中国文学"现代性"的发生，是以"人"的发现为主题，"人"的独立价值和主体地位得到确立，"文学"是"人学"的理论构建，人文话语形成了现代文化和现代文学的话语精髓。但是，这里的人文话语，是对中国传统文化的道统专制对"人"压抑抹杀的矫正，是对国民人格萎缩和孱弱的反拨。即使是启蒙话语对国民劣根性的批判，也是以对人的生命、自由与尊严的强调为指归，这被视为重建完美人性的理想方向和模式。因此，现代文学对"人"的张扬，是实现物质现代化和理性现代化的前提，是启蒙文化使命的第一步。但是，当前的生态环境失衡和恶化，生态论者归结为是"五四"以来的现代文化破坏了传统道家的"天人合一"，并认为现代性对"人"的凸显是"人类中心主义"的根源祸首。我认为，当前自然生态环境的破坏，并非是现代性凸显"人"的价值的罪过，恰恰是"现代性的未完成性"或"启蒙的未完成性"所造成的。传统启蒙知识分子在借用欧美国家的现代理性观照人性之时，人性本身的复杂和多面，包括其中的非合理非健康非自然的部分，在"人"的口号的呼喊之下，也一并被肯定和接纳，这其中有借用摧枯拉朽的激情之势重建中国文学精神的战略思考，但其潜在的后世影响也逐渐显露，一个明证就是蕴藏着反道德、反人性、反历史内涵的诸如《狼图腾》等文学作品竟大行其道，且受到大众追捧和肯定！因此，当前时代不是要放弃启蒙、解构启蒙，而是需要二次启蒙、重申理性，开展"新启蒙"的文化实践，新启蒙的视域须重新审视人与自然，审视人性的多维性，张扬理性、节制、健康的人性。

　　另一方面，当前生态文学存在对西方生态中心理论的生硬模仿和原貌照搬，忽略了中国现实的本土性和复杂性。此论者普遍认为，当前中国发生的一系列生态危机是源于人类中心主义的驱使，正是因为工业现代化和政治现代化的实践，对自然的"征服""利用""奴役"得到了极力张扬和凸显，"人"成了自然万物的价值审判者和话语权威者，大自然丧失了与人的生态民主的话语对等；在现代都市空间的消费主义浸淫下，人又陷入了对物的追求和放纵的狂欢，大自然成为游离于人性话语体系之外的满足人类日益膨胀心理需求的客体资源，扮演着人类附庸的角色，它作为宇宙万物的本体性、自足性、合法性存在，从未获得过主体独立，而只是科技工具论和文学修饰论的符号系统。西方生态学理论恰是对人类中心论的颠覆和反叛，是对生态整体利益的修正和构建，它意图唤起人们对人与其他自然物种的生存权利的民主平等意识，将人视为自然生态系统的一个环节而非主体环节，并沿此路径认定这应是解决中国当前生态危机和人文危机的有效主导话语。笔者完全赞同当前生态文学作家的这种生态整体利益立场：人并非地球上的唯一物种，人类的生存与发展，与自然万物息息相关，人类对自我的思考，应置于自然万物、自然生态的大宇宙观当中进行，提倡人与自然的生态和谐的新型价值理念。但是，当前的生态文学作家站在普世化立场的同时，也使生态文学创作的思想格局呈现出同质化的趋向，这是因为他们在一定程度上忽略了中国社会和文化发展的不均衡性，即未能从"前现代、现代和后现代文明的并时共存"的语境出发，审视其中的矛盾、悖论和复杂性。尤其是对于后发地带的广大中西部地区，一方面他们出于生态环境的巨大反差和本土感受，深知经济发展以生态破坏为巨大代价的历史惨痛，从集体情感反感"先发展再治理"的现代模式；另一方面，前现代向现代文明的前行，是全球现代化的主流，也是处于前现代地区民众的集体心理诉求。但是当前的许多生态书写，普遍以现代文明高度发达之后的西方生态理论为基础，进而出现简单化的价值判断，最终使生态文学叙事与本土社会现实出现叙事隔阂。因此，生态文学创作要从中国本土与西方国家在历史、经济、社会、文化等方面发展的差异视域出发，反思社会发展历史，预警人类生态危机，并对人类的文化系统偏颇进行深刻批判；同时也要对隐藏在"生命中心主义"理论的慈善表象下的反人性、反人类的文学立场给予澄清，对其中的巨大价值悖论进行廓清。中国生态文学应该以"可持续发展"以及由此衍伸的"弱势人类中心主义""生态和谐观"理论为基石，因为社会需要发展是无疑和必须的，关键在于如何可持续发展，这也是涉及整体社会发展模式的世界性难题。生态文学家首要的是担负起人性批判者和生态预警者的职责，这就需要作家具备生态发展的深厚社会理论学养；其次，生态文学家还有着生态社会学家所不具备的文学家的角色属性，文学创作在思想和艺术方面的创新、深刻、经典应是生态作家的最终使命，也就是说文学对于人性的审视、抒写、洞察和拷问，是作家不应放弃的母题，因为生态文学的本质属性是书写人学。

二、西部生态小说叙事的类型生成和文学困境

　　由于中国与西方国家在历史、经济、社会、历史等方面发展的差异性，上述生态文学的价值指向只是一种引领、号召和预警，是一个隐藏着巨大价值悖论的文明理想主义"乌托邦"。但其对人类文化系统的批判性、对人类生态危机的预警敏锐性却具有相当的普世性。世纪之交以来，当中东部地区的作家普遍对自然生态理念还未形成整体性自觉之时，对于身处西部边地文化空间的作家来说，生态和谐理念早已是悠久的民族集体文化伦理。边地恒久而悠远的崇拜自然、敬畏自然的民间伦理，早已成为边地民众规范自我与大地关系的伦理原则，早已内化为观照自我与外在的价值准则。从历时的角度来看，从新时期到二十一世纪，中国西部小说逐步显现出一种新的但还并未很成熟的生态叙事姿态——既兼顾了启蒙时代之初以"人"为价值中心的伦理观念，又延伸出人与自然平等的以"生命"为中心的自然伦理体系。由此，中国文学中"人与自然的同化""人与自然的对立"这样的二元主导局面逐渐被打破，"自然与人的和谐统一"成为中国西部小说的审美维度之一，西部小说也因而呈现出诗性园地的另类面貌，同时对"人与自然不和谐"根源的追溯，对人性、政治和文化的批判，也成为中国西部小说生态伦理的鲜明价值指向。

　　生态型自然叙事能够率先在西部文学中萌生，第一，是与西部边地悠远的文化资源，特别是与游牧文化和宗教文化分不开的。游牧文化信奉自然崇拜，而西部地区的各种宗教也都蕴含着"万物有灵"的思想。这种文化观念和思维方式，不仅是西部民众根根深蒂固的集体无意识思维模式和心理积淀，而且已经融入了西部民众的日常生活当中。也正是在"自然崇拜"与"万物有灵"思想的作用下，西部作家才会将人与自然的和谐共生乃至人地神秘展示在小说文本中。第二，是源于西部

当前生态环境的恶化。西部边地曾以其纯净而原始的自然环境成为现代人特别是都市人所向往的"世外桃源"，但这一"世外桃源"却渐趋消失。较之于其他区域作家，生活于本土的西部作家对此变化有着切身的体验，并在慨叹中怀恋着这一精神家园与生命温床的远去。随着西部现代化和工业化进程的加快，西部生态逐渐身陷一种生存与环保、经济与生态的二难选择当中，"这些问题迫使生态作家重新审视民族命运与传统文化，现代意识和生存意识的双重觉醒与矛盾是中国西部生态文学的直接动因。"① 所以，西部作家诸如郭雪波、杨志军等人，都将其关注的视野投向西部的生态问题，并反思人类在生态系统中的正负作用，"西方许多环境哲学家在分析环境危机的思想和文化原因、探寻环境哲学智慧与文化传统关系时，都不约而同地转向中国古代思想文化。……和西方近代工业化社会主导性的价值与信念系统相比，中国历史承载着一种亲近自然的文化精神的方式"，② 而自然文化精神及人地和谐精神最终使西部小说在更加广泛的生命文化视域中，树立了一种带有生态意识趋向的审美理念和价值主题，西部作家也以较之其他地域作家更为敏感的自然意识，通过文学的方式来思考人与大自然之间最深层的生命关联。

首先，"生态恶化"是西部小说生态叙事所着力呈现的主题之一。生态主义以生态整体利益为最高价值标准，是对"人"的启蒙的反叛，对人性异化的"启蒙"，因此，面对草原沙化、河流枯竭、动物灭绝等自然灾害，西部小说将批判的矛头指向了人类与自然价值关系的错位，即人类发展中心论。但生态作家也明显意识到生态整体利益在西部边地

---

① 王为群：《西部生态文学与生态批评价值观的重建》，《兰州交通大学学报》2009 年第 2 期。

② ［英］詹姆斯·拉伍洛克：《盖娅·地球生命的新视野》，肖显静等译，上海人民出版社 2007 年版，第 2 页。

现实语境中的某种"超前性误读"，当西部民众在物质匮乏的生存线上挣扎，当恶劣的生存环境中人还在与大自然上演着生死角斗的时候，奢谈本应在物质极大丰富之后才具备实践条件的生态利益维护，某种意义上是对前现代的捍卫和现代性的拒绝，表现在小说中就是批判人类对自然的讨伐和征服的同时，又陷入了对人的物质现代性诉求的否定，生存困境的悲剧性成为边地生态作家难以厘清的文化难题。陈继明《在毛乌素沙漠边缘》中讲述了宁夏盐池马儿庄刮沙尘暴时，一个跟随父亲挖甘草的一年级学生王明被沙尘暴吞噬的悲剧，作家对沙尘暴的描写直指生态与生存的悖论：为了生存而挖甘草，挖甘草又破坏环境，最终导致沙尘暴威胁人类的生命，如此恶性循环，传达出作者对底层民众在恶劣环境中生存的深切关怀和沉重忧虑，也彰显出作者鲜明的生态立场和价值困惑。同时，小说中塑造了牛做孚这位生态维护者来拯救沙漠化问题，他用自己的执着种植几万棵树苗，在贫瘠盐碱的荒地上改造良田，正是他的这种精神为生态恶化的拯救点燃了一盏希望之灯。对于生态危机的治理，陈继明在《一棵树》中以神秘事件的方式，传达出生态拯救的根本希望在于"人"，大漠深处信义老汉在临终前始终保护一棵大树，拼死阻挡别人将其砍伐，而在这种人与树的神性般的相通中，老人奇迹般的死而复活，继续厮守着古树，小说通过老人与古树的生命相依，隐晦地折射出对生态危机问题的隐忧。唐达天的《沙尘暴》描写了红沙窝村农民从二十世纪五十年代到二十一世纪，为了建设家乡而破坏自然，对土地资源和水资源的过度开采，枯竭之后不断地兴修水利、打井抗旱等违反科学规律的沙化治理方式，原本贫瘠的土地日益恶化，也让昙花一现的农村兴旺走向整体的破碎，进而探索着农民的生存发展和自然的生态环保的抉择出路。雪漠《狼祸》中的孟八爷由猎人身份到生态保护者身份的转换，遭到了久已习惯打猎为生的牧民的误解和忌恨，以顽强的毅力和隐忍坚持草原生态保护的同时，也不得不承受身份转变之后的生活困顿。王新军《父亲杀羊》中以宰羊为终身"事业"的父亲临终前竟在一只自愿死去的羊面前忏悔。郭雪波《银狐》中的"我"在寻找萨满法师的历程中，目睹了人类对大自然的破坏与掠夺，结果当然是人类遭到大自然的报复，《高高的乌兰哈达》是反对游牧的恶性循环、提倡人工种草的故事，《沙狐》中的大胡子盲目捕猎带来的同样是草原生态的破坏，《桔红色的沙月亮》中愚昧人群因为利益纷争而破坏了沙漠的自然生态，郭雪波以其执着而深厚的生态情怀，书写着人与自然关系对立下的生态破坏，挖掘着这种恶性局面的深层文化原因——原初人性的迷失与传统文化的遗落。西部作家以深厚的生态情怀，书写着人与自然关系对立下的生态破坏，挖掘着这种自我毁灭局面的人性之"恶"的成因，但又辅之以底层立场的同情和关切，最终呈现出的是"生态保护和底层生存"相矛盾的文学困境。

"万物有灵"同样是西部小说生态叙事的文学理想表征。现代性将人从封建伦理、政治权威、神性宗教和消费物役中解救出来，人的个体性得以呈现之后，"人"却成为人之神，信仰坍塌、灵魂躁动、心灵沦陷，现代人迷失了自己，也失去了人与自然的精神关联，可以说"文明"之人获得了理性，却丧失了敬畏之心。西部地区自然崇拜类宗教的盛行，感染着闯入者和本土者的文化心理，演化为他们观照万物的思维方式，在人与大地的一体和人与社会的隔绝中，"孤独"成为身处其间的心理体验，而宗教的庄重和肃穆也让自然界的河流山川、飞禽走兽，乃至一切静物都普泛神性之光。正因为有自然宗教的复魅，人之神重新回归到万物生命的系统当中，人类开始了重新的反省自我，进而审视着人类的不足、寻觅着人类的未来，也探讨着人类存在的意义。当然，这种现代性的祛魅并非文化的倒退，而是对现代性话语的文化僭越，是超越了世俗现代性的心灵剔除污垢杂质后所呈现出的诗意美感。在红柯、乌热尔图、郭阿利、姜戎、刘亮程等的作品中，马、鹿、羊、狼、牛、驴、鱼，乃至太阳、天空、大地、一棵树、一株草，都闪耀着神性的光芒，它们惠泽着人类，引领人类走出精神的迷津，人与万物之间彼此交流，万物予人以心灵启迪，它们是人的日常生活伴侣，更是人的精神寄托，人与物之间的幽冥之语，满溢着自然生命的高贵，就连对待死亡，都充满了圣洁和安详。在萨娜的《达勒玛的神树》、郭雪波的《锡林河的女神》、阿来的《格拉长大》、李宁武的《落雁》等作品中，人与自然之神之间的心灵暗示与生命启悟，奏响的是人与万物、人与生灵的和谐乐曲，人性的狂妄、精神的压抑、世俗的喧嚣，在万物之神的集体召唤之下，一切都被收纳到"本"与"真"的秩序状态，并因此呈现出人向自然复归、人向大地亲近、人向非自然主体依附的"浪漫主义"特质，"在浪漫主义运动中甚至出现了一种'原始主义'（primitivism）的倾向：推崇人类生存的原始状态，认为只有在那个时代，才有语言和人性的纯朴。"① "所有浪漫主义诗人都把自然当作一个有机整体，把自然看作类似于人而不是原子的组合———一个不脱离审美价值的自然"，② 这是宗教神性对理性现代性的反叛，也是对人类生存意义的一种诗意诉求。当然，在西部小说中，自然与人类不是处于平等的位置，而是高于人类，其潜在参照是对现代性的质疑和否定，是对现代性对人的压抑的诗意化反抗，是借助于万物有灵论的宗教神秘主义精神，将文学笔触聚焦于人的精神感受和心灵质地，"自然是崇高的，自然的崇高就在于它伟大的力量和它的不可战胜性。人也是崇高的，人的崇高在于他是有智慧、有情感的。自然的崇高与人的崇高并非两种对立的崇高，而是可以有机结合的。将自然的崇高与人的崇高相契合就意味着，人的崇高不应以征服自然为判断标准，而应该以人保护自然、实现人在与自然和谐相处中的

---

① 王先霈、孙文宪：《文学理论导引》，高等教育出版社 2009 年版，第 129 页。

② ［美］勒内·韦勒克：《文学史上的浪漫主义概念》，载《批评的概念》，张金言译，中国美术学院出版社 1999 年版，第 175 页。

价值为标志",①因而是更具文学的美学气质而非生态伦理思考。因此，西部小说的诗意家园、神化自然所不能忽略的艺术理念，就是这种前现代的人对自然的敬畏立场，同时也蕴藏着"放弃发展""回归原始"的叙事企图，存在着将自然神圣化的神秘主义倾向，这显然是有违历史发展规律的社会立场，也是诗意自然生态的一种文学困境表征。

　　"大地之母"的膜拜也是西部小说生态意识的别样显现。"大地"文学意象的构建，是西部作家认为逼近人性本真和生命本质的方式和渠道，具有实指和隐喻的双重功能。"大地"是乡土民众得以生存的基本物质资料，土地、农业、粮食、生命、繁衍，彼此间构成了衍生与连带关系，其中最根本的是自然的土地与人的生命的内在关联，这使"土地"成为民众最为珍视的生命机体；同时，"大地"崇拜从文化上代表着原始而静谧的生活方式，即前现代生活方式：这里没有现代文明孕育的人性异化，没有后现代文明熏染下的生存困境，而是充满了健康、原始、激情、活力、纯朴乃至高尚的生命姿态和精神状态。因此，"大地"所代表的前现代文明与工业机器为代表的现代、后现代文明相比，具有精神抚慰和人性矫正的"世外桃源"的暗示和参照意义，其美学资源与文学思考在当下的城市喧嚣中可以提供复归人性的文化能量。但是仍然要看到，大地崇拜情结，同样隐藏着对前现代文明简单生活的倾心，对工业文明发展模式的敌视，甚至有退守游牧和农耕文明的"反现代"诉求。在西部生态小说创作中，大地崇拜情结更多的停留于对人性异化的矫正，对精神无根的寻觅，从人性生态的诗意呈现，间接实现着人对大地和大自然"支配"关系的颠覆和重构。郭雪波、阿来、董立勃、杨志军、红柯都将"绝域产生大美"的生命感悟作为创作源泉，将绝域大地当作漂泊灵魂和躁动心灵的精神家园与生命归宿。海力布将大草原看作

---

① 刘文良：《范畴与方法：生态批评论》，人民出版社2009年版，第93页。

牧民和羊群的生命之母（《乌尔禾》），军旅营长将阿尔泰平原视为其灵魂居所（《金色的阿尔泰》），云灯喇嘛（《沙葬》）、老双阳（《大漠魂》）、老铁子父子（《狐啸》）、老沙头（《沙狐》）等对大地的崇拜，都是呼唤人性和灵魂的回归，并上升和内化为他们的生命信仰和宗教虔诚。对大地的崇拜是表象，其实质在于对人性和人文生态的拯救，唯有文化系统和人文生态的拯救，才是自然生态拯救的根本理路。因此，西部小说作家对大地及其孕育的万物的崇拜，就具有了自然生态和文化生态救赎的双重意义，显示出生态叙事理念内涵的深化，以及由此产生的多义生发的可能，进而铸就着珍视生命气质的内在高贵。同时在人与大地的生命相依和精神内应中，人类找到了久违的"诗意家园"，在此岸与世俗的超越当中，体悟到了"天人合一"的至高之美，传达着生态文学人与自然和谐的价值诉求和艺术追寻。

三、西部生态小说叙事的美学价值和文化启示

作为一种类型文学，生态小说的本质为文学，它在思想和艺术方面，对文学经验的丰富、对文学叙事的开拓、对文学美学的创造，应该是衡量生态文学价值高低的重要标准，尽管当前的生态小说普遍存在理论基石自相悖反的世界性难题，但不能否认西部生态小说叙事，以人与自然关系的生态文明立场，在人性洞察和审美经验方面，体现出了鲜明的开拓和构建意义，参与和形塑着中国文学的格局重构。

西部生态小说叙事，将自"五四"以来所确立的文学现代性的"人的文学主题"进行了拓延，自然物象作为与人相异的客体，重新回到现代人的审美感知范畴，并以"主体"的角色成为叙事演绎的动力话语。这是对中国古典自然风景诗的历史续接，包含着对东方传统文化"天人合一"的思想呼应，也是以"新启蒙"的姿态，构建着"自然理性"的现代性。古典诗歌中的自然物象，是以"景"的方式传达人的"情"的

丰富内涵，"有我之境，以我观物，故物皆著我之色彩。无我之境，以物观物，故不知何者为我，何者为物"，由此，王国维将人对自然的审美境界分为"宏阔"和"优美"二重境界。无论是曹操、李白等的山水诗，还是陶渊明、孟浩然等的田园诗，人的主体性都掩藏在自然的审美情境当中，并在人语和景语的对话中，传达出抒情主体丰韵的心语。古典文学向现代文学的转型当中，"人"的凸显成为时代共名，人脱离了与自然的审美对话，更多的转向了政治、社会和文化的叙事结构，建构起了人与自然的工具话语。从鲁迅的乡土寓言类小说到十七年的农村革命题材小说，尽管有京派文学重张乡土古典美学规范，但自然总体上是作为工具性角色而辅助存在，并一直延续到新时期之后。文化寻根思潮之下的西部生态叙事，更多延续着王国维所说的"有我之境"不断分化和发展，自然被作为原始的文化根性和传统文化的隐喻，在新时期文学中开始进入文学场域并大规模的占据叙事空间。黄河、长江、草原、高山、森林、高原、雪山、沙漠等，既是时代政治叛逆的意象，也是多元文化意念的载体，作为叙事主体，自然或者作为与人的对立客体，或者作为人的顺承客体，开始具备了凸显大写之"人"并凌驾于人的社会性、政治性、日常性之上的上帝之威。于是，在杨志军、唐栋等的作品当中，高原、雪山与人的生存的压迫，是为了凸显人性伟力的无限性；而在张承志、红柯等的作品中，大河、草原与人的精神的相通，是为了凸显人的存在的有限性，他们构成了崇高、雄壮、宏伟的美学境界，承接了古典文学自然抒情传统被政治化语境所压抑的"风景美学"，"所有伟大的浪漫主义诗人都是神话创造者和象征主义者。他们的实践必须通过他们试图给予世界的一种只有诗人才能领域的神话解释来理解"；[①] 而在

---

① [美] 勒内·韦勒克：《文学史上的浪漫主义概念》，载《批评的概念》，张金言译，中国美术学院出版社 1999 年版，第 183 页。

郭雪波、阿来等的作品中，人则被视为自然生态系统的一分子，自然万物生灵具有与人同等的生态权力，自然之景与人之景的"物物"观照，正是对古代"天人合一"的"优美"境界的继承，并将对自然的审美情境升华为万物生命的理性观照，从而实现了自然在艺术系统中工具性辅助角色的超越，上升为文学空间中与人性话语相并列的存在主体，呈现出人与自然和谐的"诗意美学"，由此，西部生态小说实现了自然主体的确立，打捞起曾一度被压抑被潜隐的中国自然审美的二重境界。

西部生态小说叙事，让一度失落的自然主体重新复魅，构建着"大生命意识"的文学伦理倾向。启蒙所指之"蒙昧"囊括着古今中外一切反普世、反文明、反人性的文化系统。西方启蒙运动将人从中世纪的宗教神性当中解救出来，五四以来的启蒙文学将人从反人性、反生命的封建纲常伦理当中解放出来，新时期以来的二次启蒙将人从政治神话的蒙蔽中拯救出来，历次的启蒙运动，力图凸显的是"人"，也应该继续沿着"人文话语"走向对人本身的存在的反思和生命永恒的审视。但是，由于中国文学总是与民族解放、政治运动纠葛在一起，五四启蒙和新时期启蒙让位于硝烟的战争和消费的战争，"人"被启蒙之后的何去何从反而成为被放逐的话题。另一方面，由于中国化语境当中，与启蒙现代性相伴而生的是对感官现代性即物质现代性和理性现代性的同步诉求，理性精神在乡土中国并未走向政治、文化、社会的制度化建设，而是首先开启了游牧文化和农耕文化向现代工业文明的物质转型。于是理性精神就体现为对人作为"万物灵长"的"神化"，并用一系列的社会历史实践证明着这一价值哲学的正确性，表现在历史生活中，就是对游牧文化等前现代文明的彻底否定，以期建构理性权威的合法性；表现在社会生活领域，就是对人性话语的强势凸显，人成为社会历史的万能主宰；表现在自然生活领域，就是人对自然万物的认知把握和规律操控。西部生态小说祛除了理性意识形态的一切外在客体的笼罩、束缚和压制，只从"生命"视域审视人的存在，去探究自然人性的"原始性""健康性"，与"生命自由"相违背的政治实践、社会变革、历史迷障、人性因素，都被赋予了寓言化的恶魔性色彩。西部生态小说的生命范畴也延扩至整个宇宙的"大生命"领域，一切动物、植物、山川、河流，乃至静物，都被视为是"生命"的载体，人的生命只是其中的一员，其话语动机是源于对人类中心主义的批判，是根植于人类生存危机的生态构建的价值检讨和"弥补"，但也因为前现代的"物质现代性诉求"和启蒙现代性的"后现代解构"的内在矛盾，他们在"生命和谐"的哲学层面，寻得了话语间隙的折中。因此，西部作家的生态理念未必能上升到"生态整体理念"的指向高度，但却从自然的荒野、游牧的原始，导引出了"狭隘的理性主义"对人的心灵、情感和精神遮蔽的浪漫主义反抗，尽管充满了悲情和孤独的苦难意识。在当前文学创作普遍的"精神狭隘，缺少直面现实的勇气和深远的人类关怀"的语境当中，① 西部生态小说在万物生命的彼此象征、感悟、启迪当中，完成了对人类生命孤芳自赏的超越，具备了更高远的生态利益的宽广视野，它将生命的道德关怀与伦理观照由狭隘的人类推广到了"自然之神"，某种意义上，它是狭隘的理性精神走向反思和深入的一种表征，是理性的契约精神由意识形态层面走向精神和生命领域的一种生态民主现代性，这种"新启蒙"理性，由个体、理性的文化诉求，走向了生命、自由层面的存在肌理，昭示出人类应捍卫对自然的敬畏、关爱和尊重的宇宙法则。

西部生态小说叙事，构建着"批判"与"肯定"的双重文学经验，它包蕴着当前消费主义浸润下人性异化的拯救企图，也内含着生存诗意的正面宣示，是以生态民主的"文化后现代"对"物质现代性"的解构

---

① 贺仲明：《我们时代文学的精神缺失——对当前文学的一种审视》，《当代文坛》2016 年第 1 期。

式疗治。现代理性在人类哲学的历史认知中，在于其以无可辩驳的实践效果和胜利战果一次次证明着"认识世界和改造世界的欲望是人类进步的两个伟大动力。没有它们，人类社会就会停止不前"的社会真理。[①]罗素所倡导的"认识"与"改造"的理性双翼，应该是相辅相成、彼此制约，二者的历史局限性，注定了它们是以否定之否定的方式前行。但是，人类却在"改造"之翼一路高歌，在改造社会、改造历史，尤其是改造自然的镜像当中，不断检验着人的理性精神的伟大，人的存在是上帝的艺术杰作的自我欣赏；也在一次次改造胜利的图景中人的"认知"理性精神未能同步奏效甚至彻底缺位，直接孕育了在改造实践中人的欲望和贪婪的激发和放纵，于是感官享受、消费主义、文化等级逐步成型，在社会生活到心灵境地中欲望符号到处充斥，精神信仰被物质信仰取代、心灵宁静被欲望心魔摧残、精神的诗意生活被身体的消费刺激吞噬。世纪之交以来后现代艺术在对消费主义的批判中，西部生态小说却以中国式的"前现代"途径和后现代哲学，"批判"着消费欲望氤氲下人的存在意义。尤为可贵的是，由于文学性批判已经是中国文学的一种强大经验和价值惯性，西部生态小说在以前现代的自然崇拜和后现代的解构主义中，对现代性的人类沙文主义、自然达尔文主义、社会达尔文主义进行价值批判的同时，还以人与自然的精神共鸣、心灵和谐、自然诗意、浪漫情怀的诗意魅力，建构着肯定性的美学价值，重新挖掘着被消费主义和日常生活所掩埋的真、善、美、尊严、敬畏、本真、纯真、阔达、英雄、豪迈……这些高贵的人类品质，与当下卑微、庸常、苟安的人的生存姿态和生命状态形成了鲜明的图示化"对比批判"，也宣告出一种"人如何诗意生存"的答案，尽管这个答案不无文化保守主义的

---

① ［英］罗素：《罗素谈人的理性》，石磊译，天津社会科学院出版社 2014 年版，第227 页。

倾向，但那久违的文学浪漫主义精神、风景画的诗意描写也终于大规模回归到了文学。西部生态小说的价值指归，直指人类在理性精神实践中的歧途，以生存危机和精神危机为"改造世界的欲望"敲醒了预警之声，对理性精神当中"认识世界"的一翼进行文学彰显，这是对既有理性认识局限性的突破和否定之否定的升华，是对当下人性症候、文化症候、社会症候的疗救，呼唤着健康人性的回归，即"生态平衡、人心平衡、文化平衡和社会平衡为最终的理想目标"，[①] 这种"新启蒙"所指向的"理性精神"的深化，是后现代性在人与自然系统关系中的生态民主构建，并以现代性批判的立场对游牧文明和乡土文明的文化质素进行打捞，形构着当下工业现代性和理性现代性日益狭隘的未来路径，完成着人性异化救赎的文学性构想与启示。

---

① 于京一：《边缘的意义——对新世纪"边地小说"的一种解读》，《扬子江评论》2014 年第 3 期。

第二章

西部小说民族价值取向的宗教化

西部民族文学作为西部文学的重要组成部分，作为西部作家再现西部现实生活、传达西部民众情感世界的重要艺术载体，势必也会因为西部地区独特的边地文化影响而形态各异，某些共性的文化意识形态长期对作家的传承性浸染，会使这些作家在创作时表现出大体一致的定向性思维倾向和审美特征，在文本上表现出相似或相近的一些叙事共性和形式共性，文学的民族性审美特征也由此产生。这种独属于某类文化制约下的文学美学特征，不仅是特定民族文学的突出特点，也是它区别于汉族文学和其他类型文学的根本所在。伊斯兰教和藏传佛教是西北地区主要的宗教类型，宗教文化的根深蒂固为回族、哈萨克族、维吾尔族、蒙古族、藏族作家的文学创作提供了极大的文化优势，他们可以感同身受地体验本民族人群在边地不同文化空间下的生存处境，可以深入地思考各自的宗教文化与其他文化之间的冲突或融合的境遇，更能够深刻洞察本民族民众在历史更迭与社会动荡中的精神嬗变，这些内容普遍成为西部少数民族小说相异于汉族文学的聚焦场域与营造情境，但支配他们的根本文化归属仍然是各自的宗教信仰，西部少数民族小说也因宗教化

的生活观、价值观和生命观的介入而展示出异于主流汉族文学的美学精神和思想气质。

第一节　宗教情怀与民族文学的叙事表征

一、宗教主题在当代文学历程中的演进流变

中国现代文学史上，诸多新文学作家都与宗教保持着较为密切的精神联系，如佛教与鲁迅、周作人、废名、丰子恺，道教与林语堂，基督教与冰心、曹禺等。"十七年"和"文革"时期，由于国家政治意识形态的统摄，此时的国家话语与革命话语已经悄然演变为这段文学历史时期的"新型宗教信仰"，原教旨主义的宗教话语与宗教主题遭到了排斥而潜隐。二十世纪八十年代以来，尽管政治话语仍然对中国文学的整体思想起着制约作用，但国家意识形态对文学思想的控制日渐宽松，宗教文化也趁着文化复苏的潮流开始扩散进入文学表现领域，比如礼平的《晚霞消失的时候》就是较早的一部带有宗教色彩的小说，宗教文化的解禁并全面走向前台，是在二十世纪八十年代中期兴起的"文化热"以及"寻根文学"期间。面对千疮百孔的苦难中国，面对信仰溃败之后的精神荒芜，寻根作家自觉担当起了民族文化复兴的守护者，他们或者对民俗文化进行开掘，或者对地域文化进行审视。宗教文化就是在这样的寻根热潮中被重新发现，并树立为新时期的一个新的文学叙事增长点，作家们或者通过宣扬一种宗教精神来抵挡乱世灾难，如阿城的《棋王》，或者通过展现宗教符号来营造宗教氛围，或者通过叙述各个民族久远的神话传说，来构筑人们对于宗教异域世界的丰富想象，如张承志、扎西达娃等，但除了少数对宗教文化有着深刻认知的作家外，真正的宗教精

神还没有完全明晰和确立起来。二十世纪九十年代市场经济和消费文化的建立，带来中国社会价值领域和精神领域的转型与困惑，原本单一的信仰体系被瓦解，曾经具有凝聚力的政治意识形态也不能完全将民众的思想统一起来，多元文化并存的历史现实其实面临着话语方式与价值诉求的严重混乱，启蒙话语在发挥批判作用的同时，无法提供完整、明晰而有效的适合中华民族的人民性价值建设实践，信仰失落、物欲横流、家园失落、灵魂放逐，整个社会的文化体系和精神系统失去了可供依靠的思想支柱。此时，宗教文化就成为弥补价值真空的一元文化倾向，史铁生、张承志、阿来、扎西达娃等作家通过各自的文学实践弘扬着基督教、佛教、伊斯兰教的思想理念，试图以宗教的超越性的精神主义来抵御世俗化的物质主义的侵蚀。因此，他们的小说世界中充盈着人的日常生活、思想境界和信仰追求的澄明、肃穆与高贵，他们所宣扬和展示的人类原初境界、克己静守的生命姿态，宗教精神的营造与宗教观念的启谕，也就成为抵抗世俗文化冲击、拯救人性沉沦等现代人心灵症候的文化良方。

但悲壮的个体抵抗仍然无法阻止文化的全面侵袭，经过市场经济浸染和国家崛起的理想感召进入新时期的中国作家，早已习惯和适应了商业社会高度发达的伦理诉求和市场规则，受功利主义的蛊惑，许多作家通过宗教异域的文化展示，为的是获取市场利益的份额和文化身份的荣耀。但西部民族作家却矢志不渝地坚持宗教文化体系的建构，坚信宗教在当世仍具有填补人类心灵孤独与抵挡苦难的精神支撑价值，特别是当西部民族作家在深切体验到物质文明的高度发达，带来的却是国人幸福感的普遍下滑的现实处境，他们更加坚信物质的丰盛拯救不了人类灵魂的空虚，技术的进步无法解决国人精神的贫瘠。于是，他们义无反顾地将宗教精神之旗高扬，灼照人类生存处境与心灵黑洞，拯救已经陷入精神苦难与灵魂放逐的芸芸众生，而这种宗教已经脱离了具体的宗教教

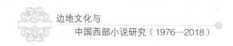

派，演化为一种终极关怀的普世价值。

二、宗教文化与西部民族作家的宗教情怀

文学与宗教的关联首先来自作者的族属身份，而西部民族作家之所以将宗教教义的理解融入文本，就在于其对边地文化中宗教文化的价值认同。中国西部边地文化存在着多维性文化结构特征——共时结构的多维性组合与历时形态的多维性组合。前者指西部边地文化当中伊斯兰教、藏传佛教、萨满教以及中原儒家文化互相融合，后者指西部边地文化当中游牧文明、农耕文明、现代文明的互相交汇。在这种多维性文化机制中，以伊斯兰文化为本色的宗教文化显得尤为突出，这不仅因为中国西部诸多民族的宗教信仰大部分归属于伊斯兰教，"伊斯兰文化精神在中国西部文化的历史构成中始终体现出强烈的精神内聚力和心灵感召力，并成为西部文化鲜明的精神旗帜与优势文化资源。"[①] 对西部宗教文化的文学关注与艺术表现，西部作家由于与宗教的疏离关系、理解差异、内化方式等不同，采取的途径和方式大相径庭——或从文学创作伊始就显示出浓重的宗教文化特色，如石舒清、李进祥、阿来、扎西达娃等本土型西部作家；或是在族属意识复苏和族属身份认同之后才显示出刻意回归的倾向，如张承志、查舜等曾寓居外地的作家；或部分作家虽非少数民族身份，但其精神世界和思想倾向由于深受宗教文化影响，表现出对宗教文化的亲近与熟稔，如红柯（伊斯兰文化）、雪漠（佛教文化）等汉族作家，他们在特定宗教文化的浸润之下，逐渐形成富有宗教感的创作心理定式与美学创造定式，即"宗教情怀"或"宗教情结"。

宗教情怀有狭义和广义之分。"狭义的宗教情怀"是指民族作家在进行文学创作时，有意或无意地将属于本民族的宗教文化意象呈现于文

① 杨经建：《神秘主义文化与神秘主义文学》，《天津社会科学》2002 年第 3 期。

本中，有意或无意地运用某一特定的宗教思维或宗教教义来思考人生、观照命运，以此彰显出文学的民族独特性。这种宗教情怀与作家的特定宗教信仰有关，不同的宗教教派信仰者，在作品中所使用的文学意象、文学语言，所塑造的人物形象，甚至思维方式都有差别，但以宗教文化为底色，力图呈现某一民族和特定宗教的美学气质是其创作旨归。"广义的宗教情怀"则是一种人文观照精神，是一种深厚、普遍的人生终极关怀意识，"人生的本质问题或核心问题乃在于对生命意义的追究，而这是一个关涉'实体世界'的终极性问题。这一问题乃是宗教关怀的真正领域"，① 宗教所观照的是人类的终极需要，"所谓宗教情怀，就是在这种终极需要激发下所产生的一种超越世俗的、追寻精神境界的普泛的情怀"，② 广义的宗教情怀不需要物质化和仪式化的宗教符号来营造，但却需要坚定的信仰和深邃的思想来支撑，广义的宗教情怀所关注的是直面人生的生存困境，重燃人生的生命渴望，追问存在的终极意义，正如周作人1921年在《圣书和中国文学》中所说："人类所有最高的感情便是宗教的感情，所以艺术必须是宗教的，才是最高尚的艺术。"③ 广义的宗教情怀表现在文本中，就是怀有宗教情怀的作家无论是否是有神论者，是否对某种宗教怀有虔诚执着的信仰，是否矢志不渝和身体力行地宣谕某种教义，都对人性、人生、生命、精神、价值、理念等怀有一种敬畏感、神圣感和崇拜感，积极地对人类生存的终极问题进行思考与探索，它因为试图解决人类面临的诸多无法用理性解决的精神问题与存在问题而构成了另一类的生命哲学和生存哲学。从这个意义上说，广义的宗教情怀与宗教信仰并无必然关联，只要作家具备了超越世俗、回归本

---

① 檀传宝：《试论对宗教信仰的社会观照与人生观照》，《浙江大学学报》2003年第2期。

② 贺绍俊：《从宗教情怀看当代长篇小说的精神内涵》，《文艺研究》2004年第4期。

③ 周作人：《圣书与中国文学》，《小说月报》1921年第1期。

质的精神品质，他就具有了宗教情怀，"一个人是否信仰某种宗教与他是否具有宗教情怀并没有绝对对等的关系。"①

尽管新时期以来的西部少数民族文学，呈现出"本民族文化"和"现代性文化"的复合型文化结构，但从本质上讲，影响和决定民族文学审美本质的仍旧是其原初的民族宗教文化，它是特定民族文学创作的根本源泉，并作为一种价值观念和精神理念作用于一个作家的文化思想、思维模式、心理结构以及伦理道德的深层领域。"任何形态的文化，首先是民族性的文化，它是适应民族生存的特点而形成和发展的，是在民族身上体现出来的民族化的精神依托和力量，它往往凝聚为民族特有的国民性格和社会心理意识。"②宗教文化在回族、哈萨克族、维吾尔族、蒙古族、藏族的形成和发展过程中，是维系本民族兴起与发展的根本意识认同基点，民族作家的宗教情结是少数民族历史文化的人文心理积淀，它们共同铸就一种心理结构和民族意识，共同组成宏大而悠久的心理模式和文化系统。二十世纪八十年代以来，张承志、石舒清、查舜、李进祥、马金莲等对伊斯兰文化的自觉表述，创作出一批以反映穆斯林民众生活和精神风貌的作品，他们关注着现代文明冲击下人的精神嬗变与心灵裂变，同时，这些作家囿于与伊斯兰文化的深隐文化关联（或成长于典型的伊斯兰地域文化氛围，或是从域外闯入伊斯兰文化环境重新寻味宗教文化的传统神韵），他们对宗教文化叙事的文学实践，不仅促进了他们对本族宗教文化的深切体验和教理认知，而且积淀为他们创作的丰厚文学叙事资源，转化为一种文学性的宗教情怀。石舒清曾坦言，西部回民"直面和担负生活的那种耐力和韧性，那种对信仰的虔诚和坚定，那种定时对自己的洁净和礼拜，无疑是对我有

---

① 周颖菁：《俗世与宗教情怀——陈丹燕创作论》，《小说评论》2005 年第 4 期。
② 叶舟：《论中国传统文化的价值取向与主体价值问题》，载崔龙水、马振铎：《马克思主义与儒学》，当代中国出版社 1996 年版，第 145 页。

着深远的影响的。"① 藏传佛教对于藏族作家的影响也是根深蒂固的，阿来曾自述："我的宗教观我觉得永远面临困境，一方面我觉得我自己有强烈的宗教感，但是我从来不敢说我是一个信仰什么教的教徒，比如佛教。"② 这种宗教观看似不"虔诚"，其实深藏着阿来对本民族宗教的现代思考，他放弃了对那些带有神秘色彩的宗教仪式的盲目崇拜，而代之以对宗教精神的深入解释和反思，这种宗教观成为他对宗教文化理解的距离式切面而凝结为其深厚的"宗教情怀"。而扎西达娃较之阿来有着更坚定、虔诚和彻底的信仰体系，但他仍然在其小说中持续深入地思考着民族宗教的现代化处境与未来。西部民族作家的宗教情怀是他们普遍的"作家的法则"，并"凭着内心视力来看所描绘的对象、来创造作品。"③ 民族作家的族属身份和宗教环境所赋予的文化取向和情感取向，作为创作文本的主导思想和潜意识支配，都使其小说情境、语言、意象，以及人物、性格、气质，直至思维方式和人世观念氤氲着宗教的圣性。

第二节　西部文学宗教叙事的民族化取向

西部民族作家由于深受西部地区宗教文化的影响，逐渐形成了难以释怀的宗教情怀，并在其指引下创作着迥异于其他民族文化情韵和审美倾向的文本。宗教文化与文学的交融，是通过显在的宗教符号和隐形

---

① 白草：《访石舒清：写作更近于一种秘密》，见 http：//book.sina.com.cn/books/2006-08-03/2009203472.shtml。

② 夏榆：《多元文化就是相互不干预——阿来与特罗洛夫关于文明的对话》，《花城》2007 年第 2 期。

③ [俄] 阿·托尔斯泰：《论写作》，人民文学出版社 1955 年版，第 157 页。

的宗教文化系统或宗教价值理念，以潜隐的观念力量支配着小说中的人物行动与心灵状态，它是一种源自灵魂的生活方式和生命姿态，以宗教世界观的方式展示着特定民族的日常生活和生命意义的理解。因此，西部作家的宗教情怀，促使他们常以更为深入和沉潜的思考，超越宗教仪式的表象层面，努力深入到西部大地民族群体的灵魂深处，挖掘着宗教信徒对宗教精神的追求和对宗教信仰的理解。从这个意义上来说，宗教情怀在西部民族小说中的真正价值，是西部作家在逐渐彻悟了宗教的内蕴与实质之后的一种宗教化境界的飞跃与澄明。

一、以圣洁修为为本的伊斯兰文化叙事

对于西部民族作家而言，发掘本民族宗教文化的优秀质素，激活本民族宗教文化体系的当代活力，并进行创造性的转化与弘扬，在"现代化演进"与"民族性自守"之间定位好叙事指向的平衡点，是少数民族作家立足本土资源而走向普世观照的必由之路。边地文化孕育下的回族、哈萨克族和维吾尔族作家，逐步"放弃"对现代性话语的疲惫追随，反而以"退守"的姿态回归本民族文化和本民族宗教，即伊斯兰文明，在纷扰复杂的现代化和市场化的世俗现实情境下，构建着一种"用灵魂说话，用生命发言，用良知面对世界，超越世俗道德判断"①的"文化保守主义"色彩的叙事伦理，以此充当"文明现代性"的制衡之器，即"审美现代性"，并对理性、实用等线性现代性发展中诸多现代化所导致的现实弊端和文化误区进行有力矫正、反思、批判与拯救，因而，其创作呈现出鲜明的"普世情怀"和"终极关怀"的宗教伦理指向。

第一，伊斯兰文化叙事在"宗教仪式与道德自律"的书写中隐喻

---

① 谢有顺：《重构中国小说的叙事伦理》，《文艺争鸣》2013 年第 2 期。

着民族伦理特有的"精神净化精神"。西部地区的伊斯兰民族的文化聚居形式，均是以社区或村落为单位，文化体系和组织结构相对统一。多元并置的文化格局中，伊斯兰民众同样不可避免地受到了以金钱、权力、欲望为核心的"感性"现代性的诱惑。与中东部地区的汉族作家对因世俗引诱而丧失本我的文学叙事景观截然不同，伊斯兰作家并非将伦理之矛指向"外在"的现代文明，而是依托伊斯兰文化（《古兰经》），将伦理叙事对象指向"内在"的主体自律，并将日常宗教"净礼"仪式隐喻化为一种以道德自律和人性矫正为要义的"净化精神"。"净礼"所包含的"外清内洁"的宗教理念，不仅是一种寻求精神拯救和心灵救赎之径的外在仪式，还是一种应对多元文化侵袭下人性本真错乱迷失的有效规约，成为身处感性欲魔肆虐生存困境之下，伊斯兰民众普遍的一种特定的心理定式与价值取向，具备了形而上学的哲思命题意味。

　　首先，"净化精神"是对因世俗引诱而污浊的人性和心灵的净化。"净化"不仅要求教徒对信仰要"洁净"的忠诚，还要保持对人性"洁净"的守护。这种"清洁"的内心，体现在伊斯兰人的生活姿态中，就是他们追求一种安详与静谧的生活姿态。表现在小说的叙事伦理当中，就是常作为一种道德价值准则，当人性中不同层面要素，如贪婪、虚荣和性欲等人性之"恶"与本真之人的"善"发生冲突时，充当道德净化和伦理叙事的人生航标，并随时在人的精神领域对人的生存选择和心理震荡起着导向与净化作用。因此，伊斯兰文化小说的"净化精神"作为伊斯兰民众深层的价值理念和伦理取向，在当下人性沉溺于世俗纷扰而日益堕落的境况下，显示出难能可贵的对生命状态的指向和期盼。回族作家石舒清《果院》当中的"剪树"与"净心"形成了绝妙的暗喻，修剪果树是人性和心灵"净化"的象征，而耶尔古拜媳妇对剪树男人所涌起的"性欲"就成了人性当中需要去除的"杂质"，从修剪果树到心灵净化，"净化精神"引申出了"心灵自守"与"道德节制"的文化含义。《盗骨》中村人即使在多次折损青年性命的危险下，也要将葬于别处的柳老阿訇的尸骨迁回本村，因为村里有阿訇，大家就会不由自主地约束和检点各自的言行。回族作家李进祥同样将"清洁精神"融入文本的叙事伦理中，"我信奉伊斯兰教，我的血液中就积淀有伊斯兰文化精神。所以我观察社会的眼光，感悟人生的心理，表达出来的文本中或浓或淡地渗透着伊斯兰文化精神。"① 在他的"清水河"系列小说中，人性的"清洁"成为其小说的一大主题，尤其是在面对城乡抉择的两难困境时，主人公往往都在"清洁精神"的召唤之下，踏上了返乡的归程。在他们看来，清洁的乡土世界才是他们漂泊心灵的归宿，清洁的心境才是疗治游子创伤的精神抚慰。穆斯林作家在伊斯兰宗教"清洁"精神的感召之下，对伊斯兰民众在当代社会的心灵状态和精神境遇给予了深切关注，并集体性地表现出对乡土生活的坚忍与诗意心灵的皈依，现代都市是感性欲望泛滥的罪恶渊薮，唯有乡村保持着人类原始的精神家园，而这恰恰是现代性进程所遗失和缺漏的"神性"之所。因此，乡村就成了都市精神创伤者的温馨伊甸园，他们将"清洁精神"作为小说叙事的重要伦理维度，以此构建着穆斯林民族应对现世苦难的精神态度与心灵辩驳的道德指向。

其次，"净化精神"表现在对世俗道德缺陷的宗教式解脱和超越。伊斯兰教认为，人天生有许多缺陷，而皈依真主就成为完善自我和健全人格的唯一途径。"净化精神"的世俗道德拯救，就要求信徒通过"反省"和"宽恕"，对人性的诸如嫉妒、贪婪、绝望等缺陷进行矫正与化解。东乡族作家了一容《蓝色的钻戒》中的伊斯哈尔在盗窃之后无法抚平内心的自责和愧疚，在退还赃物并冥想真主的沉寂中最终获得了内心

---

① 郎伟：《写作是为时代作证》，宁夏人民出版社 2007 年版，第 238 页。

的清净。绝望也是人生不可避免的生命体验，但伊斯兰民族小说却高扬着一种与命运抗争的充满了"反抗绝望"的希望力量，并在生存的困境下追求着精神的洁净和纯粹。《挂在月光中的铜汤瓶》中的老母亲以常人难以忍受的生命毅力服侍残疾的儿子到去世，深重的苦难并没有让她陷入绝望的深渊，却让她从宗教信仰中获得了一份清洁而执着的内心来对抗命运的绝望和不幸。"清洁精神"在这里已经成为一容进行生命价值判断与生存超脱姿态的一种叙事伦理。仇恨同样是人性之恶的一种本质存在，在哈萨克族女作家阿维斯汗·努尔霍加的《自不量力》中，大娘以真诚和阔达的胸怀救助了落难浪子热合曼，但"文革"期间，热合曼却忘恩负义，残害大娘和村民。荒谬时代结束之后，当受到惩罚的热合曼再次登门时，大娘却原谅了他曾经的罪恶。"清洁精神"不仅是消除仇恨的伦理观念，也是维持人间温情的重要准则，"清洁"化解的是世俗的敌视，换来的是灵魂的自守。

最后，伊斯兰文化之于回族和哈萨克族群的精神效应，是注重对真主的虔诚，敬畏生命的可贵，同时也在对真主的虔诚和皈依中，具有"清洁内心"的"忏悔"和"自省"的赎罪精神。这种清洁、忏悔和自省，往往由心理影响到日常生活实践，并以精神启示的影响作为忏悔价值的最高实现方式，从而又引出游牧民族"牺牲自我，成就大我"的伦理准则。哈萨克族作家热斯拜·托合坦的《迷者归途》（韩玉文译）讲述了一个因害怕被追责而无意中犯罪的青年人霍延别克在看守所当中的族群生活回忆和忏悔文化感召的故事。在他静默的孤独中，霍延别克回忆着本族人一桩桩关于"偷盗别人牲畜的故事和笑话"，但在这些看似"可笑"的故事背后，却是哈萨克民族最宝贵的游牧文化记忆、游牧民族伦理的溃败，为了防止牲畜被盗，"游牧，游牧，原本是游了才能牧的，但牧人们何曾像现在这样把牛羊都拴起来'游牧'的。""过去那种几家人把羊群混在一起放牧的日子，已经一去不复返了。这可叫松树不出松脂，兄弟不再和睦。"在他反复的忏悔渲染中，那些所谓的"冥顽不化"的看守所同党，也在潜移默化中渐渐顿悟了罪之深重（尽管这种忏悔和醒悟连霍延别克都怀疑），但人性和人心的"迷途知返"，在霍延别克看来，正是人之存在、人之为人的生命中宝贵的精神启悟，因为唯有重归人心本初、复原母族伦理规约，才是真正的罪之解脱、生之坦荡和活之温暖。维吾尔族的买买提明·吾守尔的《金戒指》（艾克拜尔·吾拉木·买力克·买买提译）在贫富文化的现实差异中，表达了两情相悦的跨域世俗的爱情。与儒家民族对爱情营造和坚守的艰难代价不同，《金戒指》当中流浪者库瓦尼和伊甘拜迪的遗孀古丽阿依姆在一次近距离接触——背着蹚过泥泞街道的瞬间，激发起他们作为异性的彼此吸引，无论是古丽阿依姆慷慨以金戒指相赠作为酬劳，还是库瓦尼赴古丽阿依姆家的回访，爱情成为他们联系的纽带和契机，对"金戒指"所附带的物质价值的放弃，多少让这种爱情显得超越世俗。由于小说是节选翻译，全貌不得而知，但从《金戒指》作为长篇《木筏工》的节选来看，库瓦尼源于底层生存的物质渴望和性渴望的流浪气质，以及隐藏其中的世俗化诉求，与古丽阿依姆较为超脱性的对异性的渴望、对爱情的追求，必将遭遇集体舆论（周边人际环境）、生活观念（资本财富的分野）等的冲突。《金戒指》在传递出南疆与北疆经济差异的同时，也呈现出由于自然气候和地理环境的差异导致伊犁城市化进程的沉滞和缓慢，而西部少数民族民众对贫的拒斥、对富的向往，展示出物质匮乏压抑下人的生活沉重，以及在生之沉重中仍然不失心灵飞扬的精神热烈。

世纪之交以来的伊斯兰民族作家，一方面，因为长期生活在宗教文化的滋养之中，同时又不断接受着现代文明的洗礼，两相参照之下，他们形成了对本民族宗教的独到理解和感悟；另一方面，面对"满目疮痍"的世俗社会，他们试图从宗教的道德自律中汲取"净化精神"，并

"主张敬畏真主，弃恶扬善，崇德向善，注重修身养性，从而保持积极健康的心态，保持宁静的心灵，实现身心和谐"，[1] 以此来宣扬一种理想主义和道德主义的伦理价值。这种带有"文化保守主义"色彩的价值取向，恰是对现代化发展的一种警策，同时作为一种精神高洁之境的标杆，显示出在当下文化混乱局势下，游牧民族作家立足本土文化资源所做出的一种道德与精神的选择姿态。

第二，伊斯兰文化叙事在"生死轮回与人生运转"的守望中传达着民族化的"生命彼岸意识"。左翼文学侧重对人所承受的"政治性苦难"的抒写，其拯救之径定位为"人民革命"与"阶级斗争"；启蒙文学侧重对人所承受的"文化苦难"进行描摹，并提出了"国民性"批判和"传统文化"批判这一深刻的主题作为苦难解脱之径；民间文学则侧重对人所承担的"人性苦难"进行展示，并从人性的自由发展、人性的本真召唤、人性的自然回归等多角度提出警策和疗救之径。与上述创作主体对苦难解脱的"现世"路径不同，伊斯兰民族作家则从伊斯兰教的"两世观"出发，通过抒写"彼岸意识"来完成对现实苦难的解脱，由此形成了伊斯兰民族作家普遍性的将"隐忍""承受""企盼""坚守"与"信仰"等道德准则作为叙事伦理指向。

"两世观"通常被认为是佛教的基本生命观，其实，伊斯兰教同样也认同"吉庆两世观"："将今世的现实生活视为人生的旅途、生活的必经之路，将后世生活视为人生的必然归宿，是今世生活追求的目的。"[2] 今世苦难的修行能让彼世"下临诸河的乐园"，[3] 而今世享乐之人"在后

---

① 丁俊：《"中庸之道"与"真忠正道"——中华文化与伊斯兰文化中的和谐之道》，《西北民族研究》2014年第1期。

② 何建平、张志诚编著：《殡葬与宗教文化》，中国社会出版社2010年版，第228页。

③ 高占福、李志坚：《伊斯兰教与中国穆斯林社会现代化》，宗教文化出版社2013年版，第16页。

世只得享受火狱的报酬"。① 穆斯林的两世观并非佛教的"今生"与"来生"，而是此岸的"世俗世界"与彼岸的"神圣世界"。从哲学角度看，彼岸世界是"生活的一种超越，即超越生活的'日常性'，而赋予其'非日常性'。"② 从心理学角度来讲，伊斯兰教是借助于奖善惩恶的心理设想，来约束穆斯林的现实行为规范，让穆斯林将那个美好的彼岸乐园作为自己的人生追逐理想，通过今世不断的身心净化和行为修养，来达到后世进入"乐园"的资格，这是伊斯兰教"彼岸意识"审美心理的功利性动力。这种彼岸意识体现在伊斯兰民族小说中，主要是通过"死亡书写"和"苦难书写"，来传达伊斯兰民族对待人生磨难的泰然心理和超脱情怀。

首先，"彼岸意识"表现在对"生"与"死"的"相通性"的思索与参悟。传统文化观认为死亡是生命的终结，死亡也必然与悲苦、哀痛等情感体验相关。但伊斯兰民族小说的死亡叙事并不压抑和惨烈，相反，死亡是一种"生存"的参悟与解脱，是生命的休憩与再生。穆斯林认为从"生"到"死"不是人生的对立风景，而是一个完整的生命发展过程，此世的"死"则意味着彼世的"新生"，或者说此世的"死"是为了彼世更好的"活"。对于现世之人来说，死的意义在于能使活着的人观照自身的现世存在，让人从现世的人生悲苦中获取对生命的完整观照，将生与死看作一个自然轮回而不必身陷绝望与痛苦的深渊。所以，生存与死亡都是人生的归宿，而现世的"生活"就是到达彼岸进而获得"新生"的必经环节，伊斯兰民族小说叙事伦理当中对死亡的超然姿态，也因此负载着特定民族对人类生存意义的终极关怀。石舒清《上坟》中的尔里妈，历经丧夫之痛与失子之悲，但在坟院中顿悟到了生与死都是

---

① 高占福、李志坚：《伊斯兰教与中国穆斯林社会现代化》，宗教文化出版社 2013 年版，第 18 页。

② 高长江：《宗教的阐释》，中国社会科学出版社 2002 年版，第 63 页。

人生的必然，并通过直面死亡，荡涤了她灵魂的痛楚，获得了生活的信念；《疙瘩山》中的阿訇小姚，在对安拉的虔诚信仰中摆脱了对死亡的恐惧与痛苦，在自若与镇定中升华了生命，"生"与"死"也成了亲切的依存；《清水里的刀子》中的马子善老人对死亡的心态已经转化为一种生活观，内化为一种对待现实生存的生命态度，成为他彻悟生命、坚实信念的启悟。在"彼岸意识"的导引下，"死亡"与"新生"形成新的轮回，死亡是检验现世所为的人生之镜，它不再是恐怖与惨烈的人生体验，相反却具备了浑厚与深沉的生命美感，成为通达生命永恒的必经之途。

其次，"彼岸意识"表现为对现世苦难的精神拯救。西部地区自然生存条件艰苦而酷烈，生存是民众的首要目标。但在与天斗与地斗的过程中，无可更改的恶劣条件也使他们随时与绝望和失落相伴，苦难注定是人现世生活和生命体验的一个枷锁。面对苦难的现实，伊斯兰民族民众选择了宗教作为灵魂栖居的寓所，尤其是他们坚信"两世说"，并以此信仰来慰藉心灵伤害和寻求苦难解脱。因此，面对生存的苦难与磨砺，伊斯兰信徒并不是绝望或自弃，而是坚忍与坦然地面对，这也形成伊斯兰民族作家所普遍秉持的一种叙事伦理。石舒清《旱年》里的萨利哈婆姨对乡民慷慨解囊，就在于她坚信：此岸行善施舍之为，能消除彼岸之灾。这种"彼岸意识"，不仅是单纯的捐赠与济贫的义举，而是渗透和饱含着"两世观"的宗教伦理准则，从而制衡和矫正着世俗社会的丑恶与冷漠。马玉梅《苦心》里的马五十在凄凉的晚年生活中离开了人世，但他却把生前辛辛苦苦淘垃圾存下的"干净"钱捐给乡民修路，清洁地离开人世。而他如此隐忍的原因，就在于深信伊斯兰民族的"两世"幸福说，坚信只有经历今生的磨难才能获得彼世的解脱。

"彼岸意识"和"两世观"，同样体现于哈萨克民族的生命姿态当中。伊斯兰宗教和族群对待死亡，既有着虔诚的敬畏，也寄予彼岸轮回的企盼。生与死，如同自然规律，并无恐惧与悲凄，亦无绝望与无助。如同真主可以安排生人的一生一般，对于生者而言，也是可以给自己安排死亡之后的命运和生活，而这种对生与死的生命存在的通透，也让生与死在伊斯兰民族作家笔下少去了悲情，而充满了灵魂归宿的安稳。哈萨克族作家胡玛尔别克·朱万罕的《最后一缕阳光》（阿里译），两位老人在暴风雪的夜晚回顾着人生的遭遇，在平静和安详中回味着人之生命的沉重与飘逸。在两人的日常生活中，"回忆"成为对生之留恋的精神存在方式，无论是对包吉克老人在"者那则"仪式之后入土埋葬遭遇困难的遗憾，还是对夭折儿子萨木拉提的追忆，对邻居哈乙木家丈夫因妻子无法生育儿子而毒打妻子的同情，抑或是对极"左"年代与父亲前往夏牧场的体味，哪怕是面对死亡之后唯一幸存的焦勒得阿雅克（狗）的回忆，都凸显出生之艰辛、生之留恋、生之强韧，游牧民族文化和伊斯兰宗教对生命的敬仰、对死亡的坦然，对人从生到死，终将回归大地之母的生命情怀，在波澜不惊的叙述当中又隐藏着惊心动魄的发现，从而赋予了世俗性的生命以超越性的哲思意味。

　　第三，伊斯兰文化叙事在"文化漂泊与精神漫游"的母题中昭示着"母族皈依的自觉"。现代性是以开放性和进取性的姿态介入社会、征服自然，现代性高扬着"人"在万物中的主体性地位，但是，在现代性的线性发展过程中，本土文化和传统文化也在不经意间被忽略，最后，造成的是工具理性的发达与精神归宿的丧失，科技的飞跃、物质的丰富，却并没有带来人们幸福感的普遍增强，相反，整个社会心理陷入一种"无根"与"漂泊"的姿态，前现代、现代、后现代文化共时并存，经典祛魅、权威消解，文化资源的占据几乎是"众神狂欢"，无论是乡下人进城，还是都市异乡人，或是新城市白领，普遍性地将"寻找幸福"作为自己强烈的精神诉求。在重建精神家园的文化诉求语境中，许多少数民族作家选择了回归本土文化的价值立场，以退守民族文化

（宗教文化）的姿态，来抵挡现代化所带来的人性迷失、道德滑坡、文化失落的趋势，并集体性地将目光转向了本民族悠久的历史、深邃的文化之中，试图从对民族精神的深入开掘中，反思民族生存，实现民族复兴，重铸民族精神。

将回族作家张承志的作品按照时间顺利罗列，可以看到主人公普遍经历了一个从"红卫兵—知青—恋母—寻父—皈依宗教"的生命历程。[①] 皈依伊斯兰教母族的生命冲动在其早期作品中并不显著，但在文化困境的孤独抗争中，他感到了个体围困的艰难与寂寥，他在不断的寻找可以作战的伙伴，悲壮而决绝地走着属于他的理想主义的梦想天堑，但最后他"渐渐感到了一种奇特的感情，一种战士或男子汉的渴望皈依、渴望被征服、渴望巨大的收容的感情。"[②] 强烈的归宿诉求中，1984年大西北的一次意外旅行让他终于找到了寻觅已久的情感家园——黄土高原和伊斯兰宗教文化。此后，他以一个黄土地儿子的责任感和穆斯林信徒的使命感，在其一系列作品如《黄泥小屋》等中，探讨着宗教、苦难、信仰等形而上的哲学命题。

回族作家查舜同样表现出对伊斯兰文化的深刻认同。他的代表作《穆斯林的儿女们》最初定名为《归真》，后又命名为《墓地与摇篮》，最后才取名为《穆斯林的儿女们》。书名的更改似乎是作家对作品的修改，其实，从"归真—墓地—摇篮—穆斯林的儿女们"的线索中，可以深刻体会到作者的艺术用心，那就是作者试图将作品的文化指向转入对本民族生存现实和文化选择的深入思考。小说主人公海文接受过现代文化，但是随着生活体验的加深，尤其是在马存惠的影响下，他对自己的民族身份和母族文化表现出了亲近的姿态，最后他从一个没有宗教意识

---

① 薛毅：《张承志论》，《上海文学》1995 年第 2 期。

② 马进祥：《张承志回族题材小说选——回民的黄土高原》，青海人民出版社 1993 年版，第 239 页。

的民族"逆子"回归到了本民族文化的博大宽厚的怀抱中，成了穆斯林母亲的一个"孝子"。在其以后创作的《月照梨花湾》《青春绝版》《月亮是夜晚的一点明白》等作品中，查舜同样体现出强烈的对母族回归与认同的取向。《青春绝版》中不仅有着丰富的有关本民族宗教常识的展览，而且还有着对本民族的发展演变和历史命运的深刻透视，这些都是源于对本民族的文化认同和族属认同的艺术展示；《月亮是夜晚的一点明白》当中，查舜投入了更大的热情，打捞民族历史，塑造民族性格，弘扬民族精神。查舜通过强化小说主题，表现出作家在深厚的伊斯兰宗教情怀的自觉下，对母族归依和宗教认同的心路历程。石舒清的《旱年》当中，世俗的贫富差距在共同的母族信仰面前不仅变得没有鸿沟，而且还出现了物质财富与精神财富互为颠倒的状态，而这一切就在于他们在对伊斯兰教、在对母族的共同认知中所坚持的精神平等性。

伊斯兰民族作家对母族归依的主题书写，彰显出的是一种从"流浪"到"回归"、从"反叛"到"皈依"的叙事模式，因此，"归"与"皈"所饱含的对母族文化的敬畏、景仰与认同的"内向性"和"自守性"成为新时期伊斯兰民族小说的普遍叙事伦理，并与主流文学现代性的"外向性"和"扩张性"形成了截然不同的伦理叙事面貌：一方面，源于他们深刻的宗教文化印痕和母族意识的复苏，使他们在当下较为宽松的文化语境中为本民族代言，宣扬热土上生活着的民族群众真实的心灵状态和精神风貌，并将这一主题作为他们介入现实的一个文化契机和审美情结；另一方面，在当下满目疮痍的文化突围中，伊斯兰民族作家母族意识的复苏，也代表了他们试图寻求某种价值体系来应对现世处境的文化诉求，而回归宗教又代表了他们立足本民族资源的基础上，在深刻领悟宗教文化精神和民族传统内涵的基础上，所做出的一种文化判断和价值选择，这种选择，不仅是他们安身立命的精神高地，也实现了民族文学品质与境界的升华。

　　第四，伊斯兰文化叙事还以个体的质疑和哲思，表达出逾越宗教规约的个体自由，在解构仪式化、世俗化、符号化的宗教本相时，展示以内在性恪守宗教信仰的另类姿态。游牧文化圈层，不仅包含草原地区和高原地区，还包括西域绿洲半农半牧型文化，自然特征、族群文化的显著差异之外，最明显地体现在其对伊斯兰宗教的全民日常化信仰，伊斯兰文化对人的世俗性的抗拒，对精神清洁和修为虔诚的捍卫和营造，使得伊斯兰文化的信仰某种意义上显示出反儒家中庸之道的"极致"，信仰成为伊斯兰民族从思想、观念、道德、心灵等领域的强制规约到日常生活、实践行为、礼仪习俗等领域的行为支撑，因为对真主的信仰，也因为真主子民的自我身份认同，由此形成对真主的无条件服从和崇拜，对《古兰经》教义的严格执行和遵守。哈萨克族作家胡玛尔别克·朱万罕的《无眠长夜》（阿里译），在意识流的心理叙事中，借鉴了《狂人日记》《变形记》《追忆似水年华》《麦田里的守望者》等经典小说的叙述技巧，塑造了一位患有"心理狂想症"的青年人叶塞。小说在一个个由心理逻辑连缀的片段式场景中，穿梭于现实与记忆当中，着重描写了一个成长期少年的精神种种，孤独、恐惧、自尊、自卑、幻想、绝望、憧憬……"成长的抗拒"即"个体的本真与世俗的规约"之间的不可调和，是小说的冲突核心，在叶塞的感知领域中，世界充满了神秘莫测的玄机，黑暗中墓碑的偶遇、人与狐狸、狼、马的共患难、轰塌的地洞中靠着生命景象的意念求得的生机，种种神奇的景象，以及人所经历的痛苦、幸运、悲喜、离合，都是生而为人的"造化"，也是"真主"的安排。"精神狂想症"的叶塞，被家人请来毛拉试图"治疗"和"开导"时，"老汉说：'人活在尘世，肯定会得到很多好事，也会有不顺的时候……'他想也不想：'那您说错了，不是我生活在世界，而是世界生活在我这里边。'他说着，用无名指指了指自己的太阳穴。老人笑笑：'别这么说，孩子！我们可不能说对胡大不敬的话。'他说：'实际上，就是胡大，也生活在我这里。我活着他就存在，我死了，他也就没了。'老人瞪了眼：'真主保佑，真主保佑！孩子，再别这么说了，这样说，可是有罪孽呀！你应该向你哥叶山学习才是，瞧，他可是一个多么懂事的孩子。'"叶塞探索着在宗教世界当中，人的生命权利和生命意义的价值所在，正如他自己所反复思考的"你不能把别人的生活变成自己的生活。再说，模仿人家过日子，跟贪污人家的日子简直没什么两样。那是对生活这个东西，还有对自己，极大的不尊重。老天给了你生命的权利，你就得按自己的方式过日子，还得活出你的精彩，要不然，不就是枉活了这一辈子吗……"小说从个体存在的角度，通过叶塞的"异类"言行，重新诠释了伊斯兰宗教并非是对人的刻板强制，而理应是人的内在精神化和生活化，它不应停留于礼俗化，而应化为自我的内在生命启示，而叶塞对伊斯兰民族所尊敬的毛拉的"不敬"，对哥哥叶宁人格范式的"不屑"，都是个体意识苏醒的表征，同时，这也是伊斯兰民族的宗教神性以生活常态中的"无处不在"展示其深邃的力量与隐形的存在。

边地文化的叙事空间当中，回族、哈萨克族、维吾尔族作家依托伊斯兰文化，在文学的叙事伦理方面，构建着独属的宗教文化系统和宗教价值理念，并以潜隐的力量支配着作家的文化价值取向，支配着作品中的人物行动与心灵状态，并影响着阅读者的认知态度和阅读体验；另一方面，游牧民族作家的伊斯兰文化情怀，也会驱使他们以更为深入和沉潜的思考，超越世俗表象层面而进入到本族民众群体的灵魂深处，不断挖掘着宗教信徒对宗教精神的追求和对宗教信仰的理解，并将之转化为文学叙事，在创作主体和阅读主体之间分享着伦理经验，"叙事不仅是一种讲故事的方法，同时也是一个人的在世方式，能够把我们已经经历、即将经历与可能经历的生活变成一个伦理事件。我们分享这种叙事，看起来是在为叙事中的'这一个'个人而感动，其实是通过语言分享了一种伦理力量。那一刻，阅读者的命运被叙事所决定，也被一种伦理所关怀。"① 伊斯兰民族小说因伊斯兰民族作家彻悟宗教内蕴与宗教思想之后而呈现出鲜明的价值立场和道德体系，构建出了具有民族文化特点的主体叙事伦理，并在伦理力量的感召下，让文学本身以及文学主客体双方都获得了一种境界的提升与飞跃，获得一种生命态度的启示与生存态度的观照。

二、以天人和谐为本的草原文化叙事

草原宗教文化隶属于广义的游牧文化，是西部边地文化的重要组成部分，② 其宗教文化母体为原始宗教（萨满教）与佛教，草原宗教文化叙事主要是民族作家（包括蒙古族作家、维吾尔族作家、部分藏族作家等）对草原游牧民族的宗教日常生活，以及与之相关涉的民族历史史诗、草原社会变迁、游牧精神世界进行文学抒写。草原生活与草原民众在本族宗教文化自守和时代文化变迁境遇中的身心裂变、精神震荡、哲思追问，是草原宗教文化叙事的主题；草原风景、牧民风情、民族风俗，即风景画、风情画、风俗画，是构成草原宗教文化叙事的重要美学特色。特别是原始宗教和佛教文化在草原宗教文化中的主体地位，它的伦理体系和美学原则，成为草原宗教文化小说的内在文学力量，草原宗教文化叙事最核心的价值理念，就是人与大自然顺应其道的严格恪守（自然之道）、人对"长生天"的虔诚信仰（神灵之道）、人对生命存在的决绝捍卫（生命信仰）。

草原宗教文化叙事展示了游牧民族在世俗磨砺和心灵炼狱中不断抵近本土宗教"信仰高地"的精神之坚，草原宗教文化无论是作为地域

---

① 谢有顺：《重构中国小说的叙事伦理》，《文艺争鸣》2013 年第 2 期。
② 吴团英：《草原文化与游牧文化》，《内蒙古社会科学》2006 年第 5 期。

文化的地方性表征，还是作为前现代文明的类属性遗迹，都面对来自现代性和全球化的挑战。全球化试图淹没地方性的独特，将现代性的幻觉景观植入其未蔓延之域，而现代性则试图消解作为特定族裔的民族属性而将其纳入统一的文化版图当中。而民族化的传统宗教、语言、信仰、价值某种意义上充当了反全球化和反现代化的价值利器，而操持这种文化利器的捍卫者或反击者，也史无前例地经历着文化战争的硝烟洗礼，其中的失败、胜利或妥协、升华，正是草原民众在民族化日常生活流当中潜藏的精神剧变。蒙古族作家哈斯乌拉的《虔诚者的遗嘱》以佛教信徒道布敦葛根对心中圣佛以及葛根庙的虔诚坚守，反映了蒙古草原的本土佛教在时代变迁中的历史跌宕，探寻着社会文化语境转型下，传统佛教现代化转型的未来之路。首先，小说以"回顾"的方式，表现了"文革"极"左"年代的政治话语霸权和信仰专制，对以道布敦葛根为代表的少数民族宗教人士所造成的巨大的肉体痛苦与精神灾难，尖锐地批判了党派信仰的话语霸权对民族宗教、信仰多元、文化多样破坏的心灵痛苦，进而从民族宗教信仰在外在权力压迫下，"生存"和"死亡"的残酷现实中，剥离出特殊时代语境下的政治信仰与宗教信仰之间不可调和的指向性矛盾的文本核心，隐晦着表达了信仰之间的巨大分裂；其次，小说以循序渐进的"惊异"情节，反映了道布敦葛根这位极其虔诚甚至略带自封、保守、固执的佛教信徒，在新的物质和经济时代语境下，对本民族宗教的改革与革新。比如，在"文革"期间以生命代价保住的大榆树，是老人道布敦葛根的宗教福祉与人生信仰，但为了妹妹申吉玛和外甥古勒格改变贫穷的面目养殖母牛，竟然甘愿让他们在曾经视为自己的生命信仰和每天祈祷的老榆树下盖牛棚；比如，"文革"期间，一切神像全部被破坏，但道布敦葛根却用各种现代的"材料"做成佛堂，坚守着自己对佛教的圣洁信仰和膜拜；比如，一向认为最虔诚、最遵佛礼的道布敦葛根却在弥留之际要求按照旧规矩（极简的礼仪）超度升天，而放弃作为葛根庙一庙之主理应享有的繁冗和奢华的超度礼节；比如，当古勒格听到包日汉阿爸（道布敦葛根）即将升天而跪在地上时，道布敦葛根却让他感谢旗长那顺，"你要叩头谢恩的是他，要靠我，下辈子仍是穷命鬼。"虔诚的喇嘛和庙主道布敦葛根对"文革"患难当中冒死拯救老榆树的旗长那顺的感恩，一方面弥补了政治话语（那顺的旗长身份所代表的国家体系）和宗教话语（道布敦葛根的喇嘛身份所代表的宗教体系）之间，信仰的二元对立的隔阂，实现了信仰话语的共同体构建——信仰的彼此尊重，以及对"行善""感恩""造福"的共同认知；另一方面，虔诚喇嘛道布敦葛根的宗教礼俗的革新与开放，也是宗教向国家体制一定程度的妥协，他受邀参加旗人民代表大会时的兴奋、弥留之际首先差遣外甥古勒格去告知旗长、对国家政治劫难之后国家大力发展经济政策的欢欣拥护等，特别是在他弥留之际，"道布敦葛根经过这一生的体察，他所崇敬的那顺旗长已经在他心灵佛坛上占据了重要的位置，昔日使他感激涕零的一幕幕，在这时想起来更觉得珍贵"，佛教信徒向危难时慷慨解救自己的人的心存感激，已经上升为"心灵佛坛的重要位置"，这是佛教独立性向凡俗世界"介入"的行动表征，也是佛教的超越性向政治体制的主动接纳，宗教也从神坛上走到民众当中，领悟到所谓的出世宗教其实难以真正"出世"、无法脱离"人情"和"人性"世俗的真谛。道布敦葛根在精神信仰的至死不渝的坚守中，从宗教超度仪式的妥协中，完成了信仰对立的言和与消解，但这种妥协恰恰是道布敦葛根对本族宗教的一种理解升华——佛性与人性是相通的，"他人老了，可信念却充满活力，他想看到一个理想而公正的世界，并为此几十年虔诚地祈祷着……""神佛有眼"，"佛主也是通人性的"。

草原宗教文化叙事不仅捍卫着民族化的价值观感，以此作为民族性独立乃至人格独立的话语标识，同时，草原宗教文化之所以延续至今，也是因为其具有开放性、反思性和革新性的内在机制。面对现代文明以"人道主义"为核心的普世理念，草原宗教文化在文明的参差当中也开启了对文化封闭性的自我启蒙，在张扬民族集体伦理的仁义道德的同时，也对游牧民族"狭隘"的"民族主义"和"地方主义"戕害生命和人性的"民族文化观"进行着具象的批判与反思。蒙古族作家力格登的《哦，我的伊席次仁》（哈达奇·刚译）追忆了我与伊席次仁从相识、相知到永远相别的成长经历，草原景观的地域描写与青春期的叛逆气息，让回忆充满了人生的感悟和忏悔，孤独、倔强、残酷的青春成长，因为有着误会、复仇、狭隘而充满生命的悲剧。在伊席次仁孤独的"死去"的过程中，"我"是他自尊心理和身份认同的颠覆者和刽子手，"我"以蒙古人的种族优越感，处处充斥着对伊席次仁这位"唐古特人"的地域偏见和人种侮辱，即使是在两人情同手足的关系蜜月期，"我"也无形中要做伊席次仁的"英雄"，让他臣服于"我"的麾下，传统民族主义的狭隘，"唐古特人重五钱，挂得拐棍重三钱，拾里拾外才八钱……""唐古特人真狠毒"等地域民族的意识形态和种族歧视，抹杀了"我"对人的个体化的认知视角，让人陷入文化偏见的简单思维当中，最终造就了最亲密同伴的心灵、尊严和肉体的彻底毁灭。小说在成长叙事中，深刻揭示出蒙古族文化的自我意识与地域认知来自久远而无形的草原文化传统，并从"我"的忏悔中，发出了鲁迅式的"救救孩子"的民族文化、地域文化、种族文化的启蒙之声。蒙古族作家巴·加斯那的《老榆树下的风景》（尼·索苏尔译）是典型的村庄型底层叙事，小说叙述一位寡妇布丽图古尔处处保护着村里笨拙的男人喳江布拉，而遭到村民讥笑与嘲讽，最后走向婚姻殿堂的故事。小说一方面反映出蒙古族底层民众在生存苦难境遇中，对生活的信仰和憧憬，以及人与人之间的患难与共、相濡以沫的民间伦理。杨嫂不幸的家庭遭遇，并未让她丧失对生活的信心，在屈辱和坚韧中顽强地挣扎地活着，不仅如此，她还在"我"濒临死亡时，慷慨相助，拯救了"我"的生命，也改变了

"我"的人生轨迹；孤寡的布丽图古尔在大榆树下卖菜，却能够对村里人都鄙夷和轻视的喳江布拉给予真正的关爱和呵护，并用婚姻来回报帮助自己的男人，也借此回击了村人的种种猜忌和嘲讽。但另一方面，小说也并不回避大榆树下底层人的人性劣根、精神痼疾等种种症候，诸如因为大榆树因有人上吊而纷纷逃避对大树的归属权所体现出的民众迷信，却将大榆树所代表的"文革"灾难、人的尊严、神性福祉所遗忘；诸如当布丽图古尔处处保护喳江布拉时，大家却以世俗的心态质疑着她的动机，直到她用婚姻来证明他们的真爱；诸如当喳江布拉坦白与布丽图古尔的夫妻之实的真相时，肉夫牙生却以两人未按"蒙古人的礼性向你家送过厚重的财物，也没有得到过长辈的祝福"而对二人的婚姻关系极尽挖苦，将婚姻的民俗礼仪凌驾于婚姻关系的感情真挚和个体选择之上，同样也是作者对游牧民族传统文化遮蔽个体的一种文化反思。

　　草原宗教文化叙事审视着草原游牧民族特有的"道德观"和"信仰观"，这些民族化的生存理念和精神力量，在面对生活苦难、人性诱惑、时代禁锢中呈现出强大的心性召唤能量。西部游牧民族的宗教信仰、行为方式、价值判断、语言体系，上升为无形的精神权利，并唤醒或强化着族裔成员的身份认同，成为草原游牧民族得以延续的族裔文化想象共同体，当然，这种无形中构建起来的强大民族文化认同，同时也面临着异质文化体系纷涌摧毁的坚守难度和主体危机。蒙古族作家玛拉沁夫的《爱在夏夜里燃烧》，是一部关于"爱""命运""灾难""报恩"主题的"知识分子落难与底层民众拯救"的浪漫悲情小说。小说以1959—1961年的自然灾害为背景，采取了类似于薄伽丘《十日谈》的叙事模式，共青团员王春山及其妻子彩霞和女儿桃桃的落难经历，是对造成三年困难时期的社会恶性运行机制和政治政策导向当中，"政治神话"和"集权专制"的隐晦批判；但小说并未停留于伤痕文学苦难倾诉的情感发泄阶段，而是以荒诞历史为背景，通过个体化的彩霞在苦难境遇中伦理抉择、道德抉择、情感抉择，来彰显游牧民族在国家苦难和人民痛苦的深渊中所独有的宽容、真诚、善良、仁慈、宽厚等民族优秀品质，在严酷人际和悲惨世界中的人性疗治过程。烈士村是特殊年代底层民众生活的理想伊甸园，这里远离时代政治的风潮云涌，远离自然灾害的饥饿寒冷，远离生死边缘中人与人之间的纷争、倾轧、罪恶、阴诈。猎人旺楚克对彩霞炽热的爱，烈士村村民对彩霞妻儿及其丈夫王春山古道热肠的关爱，郭宝林—玉兰—巴拉丹之间的二男一女的历史，在旺楚克—彩霞—王春山之间重新上演，唯一不同的是前者源于客观历史的消息误读导致的判断失误，后者的悲剧则是道德伦理与人性自由的纠葛，无论是旺楚克主动离开彩霞，还是玉兰和巴拉丹帮助彩霞化解爱情结晶（与旺楚克怀孕）尴尬的"策略"——将其送往旺楚克的故乡坎土曼草原生孩子，抑或是彩霞以身体向旺楚克的报恩而旺楚克用理性克制和拒绝的情节，烈士村所代表的草原游牧民族伦理当中特有的信用、德守、理性、宽容，始终是能战胜仇恨、嫉妒、狭隘、欲望等恶魔的"天使"美德操守。因此，烈士村作为极左年代的异托邦——游牧文化的原生地，也就具有了鲜明的对汉民族文化中的夫妻纲常伦理、政治化的时代阶级性话语的批判意义，张扬着游牧民族人顺乎于天的高度理性的人性伦理话语。蒙古族作家瓦·萨仁高娃的《骑枣骝马的赫儒布叔叔》是对草原民族伟大爱情的礼赞和诠释。额吉丧夫后艰难地抚养着"我"，孤独的童年和艰辛的生活中，唯有迎接赤脚医生赫儒布叔叔的到来，是"我"和额吉最大的幸福。在"我"懵懂认知当中，"我"早已将赫儒布视为"父亲"，极"左"年代对额吉生活作风的非人道批判，姨妈给额吉安排的相亲事宜，额吉听从赫儒布坚持让"我"读书，额吉忍受着指责、非难与责骂，坚持生下与赫儒布的孩子，等等，额吉苦难的生活、屈辱的生命历程中，唯有与赫儒布的爱情信仰，是她的心灵希望之灯，也只有与赫儒布的爱情，额吉才获得了个体生命存在的价值实现。

小说在赞美额吉与赫儒布叔叔隐藏的地下爱情的坚韧、执着、真挚、守信的同时，展示着爱情在生命和生活中的永恒；批判了政治文化语境当中，政治性话语和政治性裁决对人性和爱情的残忍戕害，审视着政治对人性压制的人文悲剧；同时也对游牧民族的民间伦理进行了深刻反思，母亲对于自己有违民间爱情和婚姻伦理的坦然和坚韧，与赫儒布叔叔因社会身份限制而迟迟未能认同自由爱情的怯懦，与蒙古民众传统无意识当中对婚姻和爱情程式的固化认知的人性冷漠和残酷，形成了鲜明的对比。尽管作者在情感层面并未对赫儒布叔叔进行批判，相反更多的是同情、依恋、赞美的态度，但是文本也在潜在层面存在着对民族伦理的隐晦批判，对人性孱弱的无情拷问，而额吉对爱情的虔诚信仰和生命姿态，正是游牧民族传统伦理文化，在动荡年代和苦难岁月中的高贵所在。

蒙古族作家道·斯琴巴雅尔的《来自月球的马丁叔叔》（青格里译）在政治理念教育和游牧民间伦理的历时性和颠覆性的反思中，让游牧民族正被"文化化"和"教育化"的人文品格重放光彩。小说中的"我"（查老师）多年后偶遇曾经的学生玛希巴图（绰号马丁）带着小儿子朝克塞来"我"办公室报到，年轻时的"我"，在多年来政治理念教育的蛊惑下，给"戏谑"最高领袖的玛希巴图起绰号，并严厉批评他的往事历历在目。但如今，"我"仍然是个普通老师，玛希巴图虽然没通过读书功成名就，但却成为一位深受牧民拥戴的威望人物，而年轻时"戏谑"当权者的习惯仍然难以改变，导致他在竞选中由于无意中调侃当权者长脖子女苏木为"骆驼苏木长"而落选，但他的热心、担当、狭义、坦荡的性格并未因此而颓丧，玛希巴图无论身处何处和何境，仍然保留着蒙古族牧民最朴素和本真的为人品格。小说在"我"与"玛希巴图"两种人生的对比中，重新思考着"何为成功"的定义，自认为做党和政府好子民的"我"，如今才恍然醒悟，玛希巴图的人生——无私慷慨地为牧民服务，获得牧民群体发自真诚的拥戴，这才是蒙古族传统中真正平凡却伟大的人生理想；而"我"却在"十六年前因为我一时的愚昧和'高度觉悟'变成马丁的玛希巴图，现在已经是风趣幽默、老实本分的牧民了，我的所作所为在他心中没有留下一丝的阴影"的情境中，陷入深深的自责、忏悔和庆幸当中。但这种自责和忏悔，某种意义上又是"多余"的，因为"我"所定义的成功并非是人生唯一的方向，玛希巴图同样以在"我"看来略带"遗憾"和"惋惜"的方式，实现了自己的人生价值；小说更深刻的隐喻在于，在"我"以政治化理念，强行改变了玛希巴图这个有着强烈民族化个体的人生轨迹的忏悔中，深刻批判了国家政治话语及其衍生的教育理念，对人的个性选择、对人的自由天性、对民族化价值，特别是对人的意识形态的"思想愚昧"的强烈冲击和塑造所造成的惨痛的人生悲剧的反思。作者一方面以忏悔的内心独白，指向了"我"自己的心理剖析，赞美了玛希巴图身上在功利时代难得的民族伦理品德，"不记仇，不疑人，你是一个多么心地善良的人呀，难道你真是从月球上来的吗！"另一方面，无论是"我"的自我价值和自我成功的无法兑现，"至今也没个一官半职，仍旧是一个普通的老师"，还是对玛希巴图的人生命运的改变，抑或是玛希巴图在嘎查班子换届的竞选中落选，都是"当初"的政治意识和"如今"的政治权力机制对在社会底层"努力奋斗"的个体之人的捉弄与调侃，其中蕴含着对"清官"的真诚尊敬与对"贪官"的委婉嘲讽的蒙古族民间伦理准则的隐秘接续。因此，小说在看似一段师生往事的回忆、忏悔、谅解、同情的温柔叙事中，隐藏着深刻的对历时性的政治话语与权力话语的社会批判，衍生出对蒙古族传统民间价值伦理的重新审视，而"我"从非人道的政治立场回归到忏悔和自责的人道主义立场，"我现在已经是个非常称职的老师了"，也暗合了对蒙古族传统伦理的价值认同。

三、以悲禅慧悟为本的藏地文化叙事

　　源于自然生态环境、生产生活方式、族裔族群特征的差异，高原游牧文明在藏区更多地将"宗教"色彩列为藏区边地文化的主体，藏传佛教的藏民族叙事，虽然同样隶属于游牧文化叙事的广义范畴，但其同样以鲜明的藏民族和藏文化特色（尤其是藏传佛教的宗教色彩），演绎着高原游牧文明独特的生活方式、精神世界和生命姿态。如果说草原文化的宗教叙事，广袤大草原的相对富饶，使对生命的威胁和不安全感还不是最高级别，而草原文化的民族叙事和宗教叙事更专注于"信仰能否坚守""信仰如何坚守"的心灵症结，那么，高寒地区恶劣的生存环境，以及藏区牧民普遍的生命脆弱体验，使高原藏区的宗教叙事集中于"活之坚守的强韧"与"幸福企盼的执着"，对藏传佛教的"参悟"与"信仰"，寄寓着对族群生存的悲天悯人，以及生之苦难得以解脱的"佛性智慧"。

　　藏地文化叙事首先聚焦于"人"在宗教神圣与世俗沉沦中的存在归属，在宗教生活、世俗生活、精神生活的参悟中，进入到多重否定、扬弃和超脱的虚无境界中，最终触摸到佛性智慧之门，开始了心灵澄明的修行和沉潜。蒙古族作家次仁顿珠的《帅和尚》（次旺多结译）的叙事指向，兼备着藏地佛教与草原文化的复调式文化内涵，作为藏语蒙古族作家，次仁顿珠更多地是从人的存在主义视域，审视着自然生存与个体生存的双重困境。小说首先反映了身处藏区的牧民为争夺有限的草山资源而连年械斗，"仇恨"成为主人公更敦嘉措所在的村庄与曲噶尔县之间的"联系纽带"，哥哥郭巴、郭巴和更敦嘉措的战死的父亲、邻居老汉等等既是捍卫本族利益的英雄，也是疯狂的战争复仇者，小说批判了狭隘的地方主义观念下，人与人和谐的断裂；其次，小说还揭示了所谓神圣的藏传佛教信徒所崇拜的活佛的圣洁面目，还原他们的人性本真和世俗面目，在佛教和尚看来，历世尼赛尔仓活佛虽然"喜好玉液"（美酒）、娶妻有家室，但丝毫不影响他作为仲仁宝切（尼赛尔仓活佛）在佛教信徒中的佛法影响，小说的叙事指向，并非是对活佛的不敬，而是在世俗层面，让活佛的成长与超越，更具有现实和现世意义，这隐藏着次仁顿珠对佛教如何能真正在民众精神根植与切入的文化思考；最后，小说以更敦嘉措被两位一直寻找转世灵童的老和尚，"强行"树立为尼赛尔仓活佛（仲仁宝切）的"机缘"的传奇经历，让更敦嘉措重新体悟了佛教真谛当中的何为"真"、何为"空"，他与妓女拉措在人生沉沦中的相知相守，他对性的新奇体验到逐渐厌倦，他对灯红酒绿的（在文本中是"红灯笼酒吧"为象征）红尘世界的留恋与反感，他对世俗利益纷争的村庄武斗的冲动与退缩，他在佛教的还俗与出世之间的犹豫与徘徊，深刻地反映了人的存在的无助、绝望、虚无、颓废。更敦嘉措最后所看到的拉措被捕的场景，也是他对现实的遗憾和失望，复归佛门就成为他人生选择的某种必然宿命。小说借更敦嘉措的世俗穿梭，传达出对世界冷酷的决然，也传达了佛教观照中人的绝望的存在主义的人类困境。藏族作家端智嘉的《牛虎滩》（龙仁青译）当中牛滩和虎滩的仇怨由来于一个久远的老虎和野牦牛的故事，但现实的影射还是有限的牧场资源的争夺。在有限的生存资源中，化解村族之间的世代仇恨，就是虎滩嘎突如书记最大的心愿。小说讲述了在民间神话和历史村落的代际仇恨下，"结仇"和"解仇"的曲折经历。牛滩姑娘拉毛才让与虎滩青年格桑加跨越村落仇恨自由恋爱、私订终身，也让原本听从父母之命准备做倒插门女婿的吉贤的希望落空（尽管吉贤对无望的婚姻抱着顺其自然的淡定态度，也尊重青年人的爱情自由选择），但是他的朋友南杰及其弟弟才让、邻居扎西，却在狭隘的村族仇恨的心理动机作祟下，将格桑加打伤。小说围绕赔礼道歉与拒不服输的问题，在嘎突如对南杰的情感教育、嘎突如以及金巴格西对顽固年老村民的劝解下，村庄的世仇终于化解，在老毛才让的父亲洛者大叔、老毛才让、嘎突加的祝福歌唱中，一切走向圆满。小说有对人性狭隘、仇恨、自由、宽容的审视，但总体停留于事件叙述和反映的层面，在勾勒了一批藏族人物群像及其鲜明特征之后，小说以大团圆的结局作为矛盾冲突的解决方式，也让整部小说的文化深度和人性深度未能得到多元开掘。

藏地文化叙事在聚焦"诗意"佛教信仰下人性至善的高贵和原初之时，同样以启蒙现代性对宗教信仰的心灵固守进行了祛魅，传达出在欲望放纵的诱惑下，对佛教的形式化恪守，既隐藏着人性信仰的"静止观"，也隐藏着信仰虔诚的"封闭性"。藏族作家端智嘉的《"活佛"》（龙仁青译）在宣扬党的宗教信仰自由的政策的显性主题下，着重讲述了"信仰"理性与"信仰"蒙蔽的故事。一位汉族"活佛"入驻阿克尼玛家，在佛法宣讲、行善施恩、佛教歌吟的"表象下"，让全村大多数人对他的活佛身份信以为真，但实际上却伺机调戏阿克尼玛的儿媳妇吉毛先、邻居单身女珠姆，直到最后因偷窃阿克尼玛家的文物小铜佛、才让的钱、欺骗珠姆的昂贵项链被捕。小说当中阿克尼玛家人和村人对宗教信仰极其虔诚，而这种虔诚的善、简、朴、真，却使他们遭遇到恶之人的戏弄、利用和欺瞒，沦为宗教信仰的弱势群体。小说一方面批判了人性之恶，并以活佛的汉族人这个民族身份作为隐喻，暗示了商业文化熏陶下，信仰的迷失和人性的沉沦；另一方面，小说也对宗教"信仰"的世俗和精神效果进行了冷峻而理性的审视批判，宗教信仰让人在获得世俗超越、赢得精神丰饶的同时，也不能忽视很多的底层信徒，对宗教的信仰是一种自发状态。这种自发既缺乏现代性的内在自觉，也缺乏对生命、人性、社会、心理的理性认知，从而造成宗教脱离世俗之后，其高韬和虚空的姿态对现世之人进行全面介入时所可能面临的日常、精神、心灵的困厄，从而重新审视了宗教与人的精神关联的内在多元性，尽管《"活佛"》尽可能的将文本结构"改造"成一个"善有善报，恶有

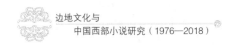

恶报"的佛教理念的庸常宣传故事，来作为这种困厄的突围之径。

藏地文化叙事将佛教的"神性"作为小说想象的源泉，在天马行空、光怪陆离、绰约多姿的神性架构中，呈现出作为佛教信徒的作家对佛教玄秘世界的一种描摹，在脱离日常生活制约的文本叙事中，探索着人身处于时间和空间的网织当中，人性质地的丰富面向。藏族作家端智嘉的《赞普墓游历记》（龙仁青译）是一篇未完结的长篇（只完成了第一章和第二章的一部分，端智嘉便猝然去世），小说开篇"我"与扎西在藏族历史的"掘藏"和藏族文学《米拉日巴传》的文体魅力的争论中，暗示着这部小说是一部关于探幽藏民族、藏文化、藏宗教、藏传奇的鸿篇。从第一章和第二章来看，小说借助于《五部箴言》采用了"梦幻天堂历险记"的《神曲》（但丁）式架构，在一系列充满浓郁和鲜明的藏文化符号的人—神的天堂奇异旅行中，"我"（格桑）经历了坠落黑洞的绝望、与天女的刻骨爱情、侥幸获救的欢欣、仙人和长寿女指引下的身心洗礼、遁入天空的惊喜和失望……小说在一系列神性和奇幻的情节构筑当中，凸显出的是人的佛教想象、历史想象、乌托邦想象的超凡和绚烂，也借"我"的心理感受、视觉幻想和主体思考，逐渐祛魅了天堂之"神性"和"美好"。守卫天国的持国天王对凡俗人的蔑视、歧视、藐视，成为天堂理想世界的异类存在，他的"粗暴、凶狠、不识好坏、不懂取舍""天界的刽子手""他的心黑如煤炭苦似毒药，比牛角还坚硬，比竹弓还弯曲""一定会有失偏颇、丧失公正"，正是人性之恶的一种存在和观照。小说以"世俗化的传奇故事结构"，让人性和神性的升华与沦陷、人性与神性的交织与多面，在梦幻游记当中，得到初露端倪的展示，从而消解着佛教理想彼岸的世俗化描绘，投之以多维的文化观照。

四、以幽冥之思为本的神性文化叙事

宗教文化叙事在"幽冥之思与神秘敬畏"的构织中，宣示着"万物体验的神圣"。从产生的本源来说，宗教源于人类对未知世界的不可把握，而不可把握所引发的恐惧又导引出人类对万物有灵的敬畏和崇拜，因此，宗教与神秘主义在本质方面有着不可分割的关系，"神秘主义话语的中心化所指都是宗教神秘主义。"① 无论是伊斯兰教还是藏传佛教都认为，真主或神是无处不在的，他可以俯视芸芸众生，这个神可能是具象的，如佛教，也可能是无法具象的存在，如安拉，但他们的共同之处是神圣而威严、神秘而肃穆，他们是言行的监督者，也是心性的审视者，更是凡俗之人最终的皈依者。而人与神之间的相通，就是通过某些神秘的实践来达到，诸如冥想、死亡、仪式等。比如使穆斯林与宗教世界之间建立起感应关联的是宗教神秘的内省方式，"穆斯林对安拉的敬拜只能在绝对神秘和诡异的氛围中进行，这种氛围所形成的仪式效应使敬拜者只能从心灵上也仅仅是从心灵上与安拉沟通、相遇"，② 也由此形成了西部民族小说特有的宗教神性和宗教玄秘叙事，而文学哲思无法穿透的一切超越人类未知的命运、心理、精神乃至生与死等形而上命题，都可以借助于神性和玄秘收纳，而"相由心生""境随心转"也成为文学"诗无达诂"的阐释源头。

哈萨克族作家胡安尼西·达力《伤声》中的《月》篇（叶尔克西·胡尔曼别克译），将"月"赋予了神秘、诡异甚至是恐惧的意象色彩，它如同一个幽灵般的女子，每日劳作结束的"我"在回家必经的拐弯处与之邂逅和相遇，而这种充满紧张和焦虑的邂逅，又成为每日生活中让"我"迷恋的心理体验。这里的月亮，以其鬼魅打开了"生"与"死"的通道，与月亮的邂逅，就是生人与亡灵的对话，而"我"（及其所代表的生人）只有在这种恐惧、沉静、焦虑的心理感知和时空越界

---

① 杨经建：《神秘主义文化与神秘主义文学》，《天津社会科学》2002 年第 3 期。

② 杨经建：《神秘主义文化与神秘主义文学》，《天津社会科学》2002 年第 3 期。

中，才能让人超越世俗的庸常，去思考宗教情境下"人活着"的意义。而晴天霹雳将拐弯路口的毁灭，也将"我"与神秘世界的场景通道彻底隔断，在自我的超越性被阻断之后，人只能回归到欲望的本体。小说的神性被神秘所取代，拐弯处的"月"是人与灵之间对话的精神契机，而追求的虚无也验证了伟大神性的不可企及。《新坟与老坟》同样是以伊斯兰民族所尊崇的"坟"意象和"诅咒"仪俗，展开对生与死意义拷问的复调式对话，"新一代人"的"新式生活"充满了各种不可思议的可能，忠贞、信义、自守都已远去，而坚守传统的塔老爷子却成为"新"的群体的诅咒对象。他以神秘的方式走向了死亡，是因为他遇到的是"疯鬼"，他的被"诅咒"，正是村庄中"新"的力量崛起的障碍，属于他的最后的老坟，正如他所唱，是一个传统的"挽歌"，而新人在整体的"人们怎么会变得越来越荒唐了"的"貌似胜利"的质疑声中结束了这一代际的悲剧性对抗。回族作家石舒清《清水里的刀子》通过对牛与死亡之间关系的神秘化书写，来传达马子善老人对生存和死亡之间、人与动物之间、世俗与宗教之间神秘而神奇的体验转换与哲理思索；《赶山》当中，每当七十儿爷喊出邦克，周围那些谈笑风生的人总是会被这种肃穆的宗教氛围所熏染，体会到宗教的神圣与真主的神示；《残片童年·最初的神圣》里，作者饱含着对万物的神圣感恩与神性体验，感受着万物的神奇，神圣的体验在"我"的童年已经成为拥入生活、感受神祇的敬畏；《残片童年·两棵树》中，两棵大榆树因在饥荒年代救过全村人的命而具有了神性色彩："谁的树？谁的都不是。树是真主的"，[①] 在幼小的"我"的心里，这两棵树已经成为童年最为神圣和尊贵的"神"，人与树之间的温情，不仅是荒谬时代借以慰藉心灵的力量源泉，也让身处苦难中的人，享受到真主的福祉与恩赐，万物与生灵让作者触摸到的

---

① 石舒清：《暗处的力量》，花山文艺出版社 2001 年版，第 23 页。

是关于日常生活所蕴含的神圣体验；《小青驴》中，"我"看到临终前姑太太的脸竟像一张马脸的奇怪场景，在充满童真的"我"的认知中，这是一次生命即将逝去的前兆，也是触摸神秘世界和死亡空间的一次心理探险。哈萨克族作家克尔巴克·努尔哈力的《雄驼之死》（阿里译）将"复仇""神性""忏悔"进行跨界叙述，神性不仅体现在真主的造化，还有神性之驼的灵异之为。当地神偷"狗不咬"哈木奇拜将老汉家的神驼"黑大个"偷窃并残忍宰杀，在一次送别亡人的路上，"黑大个"的"弟弟""黑象"充满愤恨地将"狗不咬"咬伤，不久之后，意欲向"狗不咬"忏悔和谢罪的老汉一家，却迎来了"狗不咬"儿子的登门谢罪。哈萨克民族文化对"生命"的珍视（无论是神驼的生命，还是罪人的生命），让带有动物"灵性"的复仇归于人类的宽容。小说在敬畏万物生灵和万物神性的同时，也以哈萨克族文化和宗教伦理的教义，实现了人与动物、人与人、人与世界的自守和宁静，展示出唯有忏悔和宽容才是消除人类偏执、人性丑恶、心灵仇恨的伦理良方。

西方现代性在边地文化空间的蔓延，带来的不仅是对民族文化自足性系统的入侵，同时蕴藏着工具理性所带来的对人与自然、人与人之间神性关系的放逐。人的价值、生命的价值、情感的价值、精神的价值、灵魂的价值，都让位于世俗的功力与实用思维，并在后现代的浪潮中，走向了"群魔乱舞"与"众生喧哗"的"无名"境况，解构偶像、消解崇高与放逐神圣的同时，人也完全沦为世俗之物与物质之奴。由于有深厚的宗教文化情结，西部民族作家寻得了灵魂的虔诚皈依，并将这种宗教道德准则运用于日常生活。在他们看来，与日常生活相伴随的还有一个看不到的神秘世界，这个世界犹如神一般俯视并萦绕于民族信徒周围。超自然的力量，以神秘的方式不断给宗族信徒以某种神性启示，而且，还逐渐使信徒们形成了"万物有灵"的价值观与认知观。因此，日常生活、宗教神秘、生命神性就通过心灵的感悟融合在了一起，以此成为超越世俗的心灵力量，并使小说中的宗教命题演绎与普通人的生存状态成为彼此的精神相通。马丽华曾对藏传佛教的精神功能做出过判断："西藏人臆想并架构了一个庞大繁复的神灵系统，他们需要它的存在并相信了它的存在。世世代代的人就生活在魔幻世界与现实世界之间。或许，对于一个地道的西藏人来说，如果没有这样一个神灵系统来参与生活，该会感到不自由，不安全，不宁静。"① 维吾尔族作家穆罕默德·巴格拉希的《老爷车》（玉苏甫艾沙译），描述了在世俗与道义的挣扎纠葛中，一个弱者成长为强者、一位俗人成长为英雄的身份蜕变与精神升华的故事。小说当中那辆破旧但充满神性、灵性、人性的卡车"老九"，是设置"我"人生轨迹和命运劫数的幽冥之神，乡村当中那位神圣的箴言者和预言者托狐缫奇老人，是"我"无意识认同并始终回响于心的圣者。源于经济的贫困而只能选档次最低的卡车"老九"，却意外带来命运的转折，面对小我和私利的诱惑，"我"最终被迫选择了救助洪水中的村民并受到集体的尊敬爱戴；救助被拐卖的巴郎子时，"我"已经战胜了小我、自私和懦弱，在舍身当中勇敢、机智地面对人贩子的围剿，并赢得了乡民的高度敬重、单位领导的赏识和美好甜蜜的爱情。小说借通灵的汽车"老九"的神性叙事，表达了"善恶有报"的民间朴素伦理，同时，细腻入微的心理描写，合理化和逻辑性地展示出一个自卑、怯懦的生活弱者，怎样在"真主"神性的启悟下抵达人生的乐土，获得世俗的圆满。这种充满宗教善恶观伦理的成长叙事，与汉民族的革命成长、个体成长不同，它是以宗教伦理的宣扬为核心，在关注社会和生活龌龊不堪一面的同时，更将这种批判与反思指向了生存者自我的心灵祈求和精神抚慰。这样的叙事伦理，成就了民族化叙事的宗教性，当然也限制了直面生活复杂的文学处理能力。

---

① 马丽华：《雪域文化与西藏文学》，湖南教育出版社 1998 年版，第 15 页。

　　哈萨克族作家巴依阿赫买提的《神秘雪山》（叶尔克西·胡尔曼别克译），由外国人穆罕和本族人图兰的一场"山上是否有鱼"的打赌生发。在寻觅"鱼"的过程中，图兰已经成为本土文化的阐释者和见证者，而穆罕作为一个异族外来者，他在追随的过程中，成为"这里的哈萨克族文化"和"神秘雪山"的风景欣赏者，"这些山民彼此之间好像没有什么距离，不管认识不认识，总是人见熟，只要扎起堆来，就能天南海北地聊他个通宵达旦。"在一次次的心理质疑和现实说服中，大山之神秘、雪神之传说、波杰克之神化、大风雪的玄惑……在万物"神性"的文本演绎中，小说将边地文化深远浩渺的自然崇拜、宗教信仰、传说鬼魅、生存法则贯穿于人物的对话和感知当中，这里没有了日常生活的世俗烟火，唯有哲人般的对另类世界的探秘。而这场对于穆罕来说注定是失败的赌局，显然是展示图兰一方本土文化和地域风情的叙事策略，具有推动情节发展的动力功能，而两个人的"赌劲"，同样是民族文化和本土文化自信的一种别样显现。在一次次的征服中，穆罕放弃了偏见，转而成为本土文化的崇拜者，甚至一度想见到神秘的雪山之神，那些"只有身体清洁、心中没有任何杂念的人才可以进得山去"，"雪山娘娘，保佑您的孩子，请赐给他坚强与坚韧，赐给他慷慨与大度"等德性的高标自律，恰恰是边地原始宗教伦理对人性和道德的荡涤与警醒，雪山的自然恶劣及其所衍生的苦难在小说当中早已隐退，唯有一幕幕在神性的感召之下哈萨克民众的乐观自信、敬畏虔诚和心灵丰饶的生活景观。

　　在西部小说当中，宗教文化不仅呈现为道德的规约、精神的自律，还表现为对宗族之所以产生的族属文化的回溯，它剥离了对宗教信仰的盲目性，而是从现代个体的生命体验，开始了寻找自我独特标识的文化符号和文化系统，以此打捞正被现代文明所吞噬的精神家园。哈萨克族作家合尔巴克的《狼髀什》（玛力古丽·巴拉汗译）追溯的是一个民族的原始血脉和族群历史。走出故乡奔赴美国的萨毕提，在爱情、事业、怀乡、前途和历史的思绪网络中，开始了一场充满哲学意味和价值辩驳意味的内心独白，在"归乡（放弃世俗和前途的可能）和离乡（寻找事业的辉煌和理想的实现）"抉择的艰难时刻，在现实爱人玛丽娅"为没有价值的东西而牺牲，根本不是有志气的人的选择"的质疑中，"狼髀什"衍生出了一段哈萨克民族阿史那部落的血泪史，在部落与部落、人与自然、人与狼的倾轧与侵略中，人工饲养的狼崽阔克诈勒"回归自然""回归狼性""回顾本色"的情感依赖和族群归属，"狼尤如此，人何以堪？"狼崽阔克诈勒的荒野之行，以及狼崽让人失望地与养育他的主人的作对，让萨毕提悲伤痛心的同时，也让萨毕提彻悟，事业、爱情、前途只能满足个人的世俗的价值，而"我"作为阿史那民族的后裔，作为狼族后代的一员，"体内流淌着祖辈们的那种神圣的血液"，更肩负着完成祖辈未完成的历史使命的责任。阿史那部落的那些传奇和传说，"我"用现代科学和学术研究的方法证明了其存在的历史事实，而传说和历史的双重使命，让萨毕提在个人价值、民族价值、国家价值、母族价值的抉择中作出了清晰和坚定的判断，母族的历史、英雄的传说、神性的召唤，为人的"价值"重新注入了民族的大义内涵，这是对现代社会和启蒙思潮所提倡的"个体价值"的反叛，是对哈萨克民族现代性转型方向的一种批判性继承和价值观超越。维吾尔族作家凯沙尔·克尤木的《苹果树下的梦》（伊力亚·阿巴索夫译）让主人公巴图尔在现实与梦境、小职员与大富翁之间不断穿梭，以彼此的努力寻找对方而不得的经历为叙事结构，在梦幻性、蒙太奇和假设性的情境中，最终将道德主义和物质主义并列，呈现出人对自我的反思由"人的生命意义"到"人的灵魂漂泊"抵达"人的无所归依"的哲学命题。小说当中的小职员巴图尔，在苹果树下熟睡而进入另一个时空领域，在梦境当中，他得以"看到"另一个富有的自己的生活遭遇；同样，富翁巴图尔也在梦境中寻找丢失的那个平庸而本真的自己。小说在反抗现状与向往远方的双重人格的缺失中，最终呈现出"灵与肉"分裂的痛苦与异化。维吾尔族作家阿不来提·努拉洪的《青青草》（麦迪娜，伊丽欣娜译）以青青草与笛丽努尔的对话结构全篇，在人与物的神性化叙事当中，阐释着维吾尔族特有的民族价值观（爱护自然、呵护弱者），诠释着父母之爱、自然之爱、童年之爱的生活实践，也隐晦地批判了人性深处的劣根。小说选取了"神秘诅咒"和"现世报应"这一话语中介，让善良之人（笛丽努尔、母亲）得到美好的回报，也让不敬畏自然之神的行恶之人（阿克巴尔）得到应有的惩罚（蹲班），简单而刻意的情节，传达出冥冥之神（青青草）对人类的告诫，也让生命在互换与理解中，走向博爱的生存伦理境界。哈萨克族作家胡安尼西·达力《伤声》中的《心跳》篇，"我"和"他"围绕"偷心"展开的对话，剔除了血性和恐怖的暴力美学，借用魔鬼与人类的对话，对"人的心到底应该如何生活"的宗教主题进行辩驳，有心与无心，早已脱离生物学甚至是精神学意义，而是上升到生存学的层面，有心（在文本中就是指崇高感）意味着人对自我的主体性确立，对自我力量的确认，对神与人奴役状态的挑战，这是"我"被他威胁索取人心的动因，"有心，意味着一个人身上有崇高感。崇高感虽然让我们健康地活着，但它也是一种病。"人只有永远保持敬畏、谦卑、压抑，才是生活的常态，正如作品中的"他"所说："只要这种病没了，那活着应该是一件轻松的事情。没有崇高，便没有磨难，但会长寿。"这种围绕人是否需要确立主体性的话题，实质是关于人与神、人与世界关系的哲学问题追问，而"我"的畏惧、小心、故作昏庸，就是对外在世界的妥协，"我"的自甘隐忍、自甘萎靡，正是对自我意识成长的压抑和放逐，这是对人应该如何存在的哲学思考，也是对自我与世界隔绝的绝望反抗和救赎，以自我的沉沦保持外在世界对人的本体的保护，以弱者姿态（类似于汉民族文化的道家哲学）

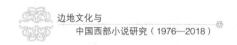

实现对强者对抗的克制和超脱。

第三节　宗教情怀与西部小说的美学精神构建

　　二十世纪八十年代的文学担当的是思想启蒙与价值拯救的文化功能，它同哲学、政治、经济等上层意识形态一道跻身于"文革"结束以后的思想解放与拨乱反正的主流中，这个时期的文学附载着更多的民族精神复归与人文精神重建的意义；二十世纪九十年代以来，文学在摆脱政治话语束缚之后却滑入了市场化与商业化的泥淖中，文学更多地成为展示世俗、技巧、物质、情欲的艺术工具而坠入形而下层面；二十一世纪之交以来，当整个社会将经济作为主导目标，将欲望作为幸福高地，将数字作为评价标准之时，当代人的精神问题的探讨与表现却力不从心，"回看这二十多年来的长篇小说，其精神内涵竟是如此的稀薄和贫乏。由于精神内涵的稀薄和贫乏，这一时期的长篇小说就不可能起到心灵慰藉的作用。"[1] 作家对具体事物和日常生活的关注超过了对人类精神状态和心灵生活的关注，作家对写实性的追逐超过了对精神超越性的追求，小说整体上匮乏一种神圣性、超越性以及精神性的形而上境界，而这一切无不与广义上的宗教情怀的缺位相关。此时，西部民族作家有意识地立足于本土宗教文化，将宗教作为自己作品的精神命脉，从宗教悲悯的理解范式进行人类存在的终极关怀和精神追问，开掘着人类、人性和生存的内在丰富性，对人们的心灵或精神世界给予纯净、温暖和通透的启悟。

---

① 贺绍俊：《从宗教情怀看当代长篇小说的精神内涵》，《文艺研究》2004 年第 4 期。

一、民族化品格的弘扬

二十世纪九十年代以来，许多作家在世俗文化的冲击下开始妥协，他们或者沉溺于叙事技巧和语言迷宫的卖弄，或者以冷漠的心态看待人生的悲苦与人性的丑恶，甚至一些作家迷恋于"审丑"或"审怪"，那些堂吉诃德式的对精神世界与生命意义的追问，遭到了市场和作家的双重抛弃。而西部民族作家立足于本族文化和本土生活，在文学中演绎着西部边地人生的悲欢离合，对宗教文化之于人类精神与当下生活的价值进行着深刻持久的开掘与彰显。也因此，西部少数民族小说具有了对世俗沉沦的超越、对人世苦难的悲悯、对生活希望的通达等人性正能量的多重品格；作为西部民众身处边地境遇中的信仰动力，表现在小说叙事模式上，就是西部民族作家擅长于通过对本民族集体性的优秀品质的弘扬，传达民族宗教文化规约下对生命的热爱、对意义的执念与对人格的坚守。

中国西部地区（尤其是西北地区）聚居着回族、藏族、蒙古族、哈萨克族、维吾尔族等族裔社群，少数民族的集体性格可以用很多词语来概括——正直、善良、淳朴、安谧、释然、豁达、豪迈、隐忍……少数民族群体的集体性格是他们人际交往的日常伦理法则，也是他们对待人生无常与生命坎坷的至高生命伦理。随着全球化、数字化、技术化等现代化进程的加速，现代人在享受巨大物质财富所带来的感官欲望满足的饕餮之时，却又陷入了人性、心灵和精神异化的深渊，中华民族恒久悠长的纯正民族精神，也在滚滚时代洪流中遗失和湮灭。在东与西、纯与污、善与恶、躁与静的参差当中，西部少数民族作家对本民族的道德文化体系产生了深切的认同感，进而凝聚为他们的一种集体性的宗教情结，成为他们观照边地人生、书写人事沧桑的主要思维资源。他们在文学中对本民族文化和本民族性格诸多优秀品质的开掘、礼赞和弘扬，弥补了汉族文化日益孱弱的人文精神现实，吸引了身处西部边地但并非少数民族族籍的作家，如王蒙、红柯、雪漠、刘亮程、李娟等。如新疆很多作家虽然不信仰伊斯兰教，但却一致认同穆斯林民族精神中的诸多优秀品质，他们将那些优秀民族精神品质，化为自己创作的精神指向和文学气质，以此探讨人性和心性的正面力量所具有的普世化的人类共通性，使本民族的族裔文化传统和原始宗教文化精神，在当前杂乱粗鄙的文学格局中显示出希望之灯和信仰之标的航向功能。作家哈丽黛就认为"弃恶扬善"是伊斯兰宗教文化的高贵伦理准则，作家哈依霞·塔巴热克则充分肯定了伊斯兰教的"正面""规范""震慑力"等价值，他们在深刻体悟边地宗教文化精神的基础上，在小说中塑造了诸多体现边地民族优秀品质的道德模范人物形象，以此来弘扬和彰显一种宗教化的道德风尚："宗教者所以维持道德也，维持道德乃宗教之本质也。"①

汉族作家红柯在大学时期就对西部少数民族文化怀有浓厚的兴趣，他不仅通读《古兰经》，还将西部作为其小说的空间背景，他对西部少数民族文化特别是回族文化的熟稔，表现在他将西部少数民族品质和宗教理念化为自己现实的生存方式，体现为他对少数民族优秀品质的叙事展示和精神弘扬。《东干人》叙述中国回族分支的东干人，在清政府的围剿之下所经历的民族苦难与生存磨砺，最终他们只能在异国他乡繁衍生息，小说一方面是对伊斯兰民族历史的悲悯回望，对东干人即使在历史困境中也坚持本民族信仰的虔诚和执着，吟咏着深切的钦佩与悲剧般的崇敬；另一方面，红柯通过东干人在民族磨砺境遇下所表现出的民族性格的坚韧、隐忍等民族品格的高扬，来表达对游牧民族刚性、血性和英雄精神的召唤，这种精神是现代文明异化下东部都市人乃至现代人所普遍的缺失，更是对中华民族源远流长的民族精神的招魂。《帐篷》集

---

① 马绍周、隋玉梅：《回族传统道德概论》，宁夏人民出版社 1998 年版，第 25 页。

中展示了红柯对边地民族"宽容理解"品质的倾心，海布将怀有身孕的苏拉抛弃，但苏拉却没有像革命女性一般对男性充满复仇的心魔，她从大自然最简单最直接的自然演变的规律中认为，自己长得越来越丑才是被抛弃的根本原因。在这里，宽容成为平息内心愤怒和化解人际冲突的价值观和伦理观，宽容成为少数民族群体得以隐忍并默默生存下来的集体性格特征，尽管这种过度的宽容在小说中不无个体蒙昧的嫌疑。西部边地民族的优秀品格，在阿来、叶尔克西·胡尔曼别克、马金莲、萨娜等众多民族作家作品中都在持续呈现，而宗教文化影响下的民众优秀品质，不仅与当下人性异化的现实存在形成鲜明对比，也传递出民族作家试图重建人性完美、重振人文精神的理想文化诉求。

二、精神性信仰的重建

人真正皈依宗教的界限，即检验皈依宗教的精神标准是古今中外宗教精神的古老命题。中国传统文化认为，人必须加入某个宗教组织，遵守某种宗教制度，才是真正皈依，无论心灵是否真正理解宗教、认同宗教，只要一入道门、佛门、禅门等，就可视为脱离世俗纷扰与凡人拥嚷，获得精神的超脱，实现灵魂的净化。但从宗教文化的本质性出发，一方面，对宗教制度的认可就代表着对宗教精神的认可，而加入某种宗教组织的目的，就是为了从外在制度、内在自守、身份认同和身份彰显方面达到高度统一；另一方面，宗教礼仪和宗教精神之间还存在错位现象，即不参加某种宗教礼仪并不代表没有宗教信仰和宗教精神，认同某种宗教制度也并不代表真正领悟宗教精神。因此，中国的宗教皈依观存在着制度认同与精神认同的错位现象。西方国家由于宗教思维的非功利性和理性思维的历史传承，他们对宗教更侧重于自我反省和精神追问，他们用理性和感性的哲学观和生命观去看待生老病死、人世无常等人的存在的终极问题，总是在理性、哲学和神性的探索中构建某种宗教性的价值体系和精神面相，正如蒂利希对宗教的看法："宗教是人的终极关怀"，① "宗教思想，不必定有任何组织，任何制度，在原始人类以至于现代文明人中，日常生活所表现出来的崇拜与神秘思想，都是属于它的范围之内"，② "如果宗教是人们在'不知'时对不相干事物的盲目崇拜，但其发自生命本原的固执的向往却锻造了宗教精神。宗教精神便是人们在'知不知'时依然葆有的坚定信念，是人类大军落入重围时宁愿赴死而求也不甘惧退而失的壮烈理想。"③ 因此，广泛意义上的宗教精神的本质，不只是宗教仪式的完成、对未知世界的圣化崇拜、对人生困惑的精神解脱，更应该是人性本真、精神高贵和生活信仰的虔诚坚守，是坚持不懈的对未知世界的探索精神和求知精神，是对人性、生命、灵魂等人类共同的存在命题和精神理念的神圣敬畏与超越体验。

在当前现代性和后现代性相交融的价值混乱的文化背景下，宗教精神或精神信仰的重建显得尤为重要。"五四"新文化运动以来，知识分子精英在借助西方的启蒙、科学、理性等现代观念打倒封建主义的道统与愚昧之时，将"理性"推崇为人的自由存在的本质，这是中国文化王纲解纽、文化解放的盛世，但随着科学、技术与理性的过度膨胀甚至对人的自由空间的全面占据，现代人的生存体验被蛊惑陷入黑暗的深渊，于是，解构主义和反启蒙主义又借助消解、颠覆、反传统等后现代理念，将启蒙、理性、上帝等之类曾让国人普怀敬畏的心灵之神推翻。权威的树立带来的是精神的荒芜，而权威的瓦解同样带来的是精神的空虚，在"树立与瓦解""建构与颠覆"的历程中，最终导演出的是当代文化历史情境的价值混乱、精神困境以及信仰放逐，于是，重建精神家园、拯救灵魂危机，就成为当代中国多元文化境遇下亟待解决的问题。

---

① 卓新平：《宗教理解》，社会科学文献出版社1999年版，第6页。
② 卓新平：《当代亚非拉美神学》，上海三联书店2007年版，第53页。
③ 史铁生：《自言自语》，载《我与地坛》，中国社会科学出版社1993年版，第346页。

西部民族小说所体现出的宗教情怀或宗教精神，在解构化的社会集体性心理诉求之下，就具有了拯救与重建人类精神姿态的形而上学意义。"作家有意识地唤醒内心深处的宗教情怀，就会以一种敬畏、神圣的心情和肃穆、虔诚的态度去重新思考社会、人生中的精神价值问题，去追问自然和生命的本质，去谛听未来文明传来的振幅。"① 特别是二十世纪九十年代以来的西部小说创作，普遍将信仰大旗和宗教精神作为自己介入当代文坛乃至当代文化的一种独特姿态，面对世俗的困扰、生存的逼仄、命运的无常、人生的厄运，西部作家用宗教精神来面对这一问题，无论是用隐忍来沉默地承受苦难，还是用决绝的姿态来反抗对信仰的亵渎，抑或用"清洁"的精神随时反省自己的灵魂、洗涤污浊的世俗尘埃，他们都始终表现出一种难得的虔诚与道德的自律，而这种自觉意识的形成不仅是个体的单独行为，而是集体性的坚守姿态。虽然他们用宗教之神来作为约束自己现实和精神的隐形力量，但这种自我规约与自守坚忍正是西部少数民族集体性格的一种历史传承，在当代价值荒芜的境遇下显得倔强、高洁、神圣而珍贵。在这个意义上可以说，西部少数民族作家是用本民族博大而深厚的宗教文化资源，赈济着精神信仰和道德伦理的匮乏，"宗教使人认识到人类虽然有卓绝的巨大能力，但也仍然不过是自然界的一部分。而且人类如果想使自然正常地存续下去，自身也要在必需的自然环境中生存下去的话，归根结底必须得和自然共存。对于一个具有意识的存在——因而就有选择力，就不得不面临某种选择的存在来说，宗教是其生存不可或缺的东西。人类的力量越大，就越需要宗教。"②

　　无论是张承志的清洁精神、石舒清的宗教安守，抑或是李进祥的

---

① 贺绍俊：《从宗教情怀看当代长篇小说的精神内涵》，《文艺研究》2004年第4期。

② ［日］池田大作、［英］阿·汤因比：《展望二十一世纪：汤因比与池田大作对话录》，荀春生等译，国际文化出版公司1997年版，第217页。

人性自省、马金莲的日常诗意，贯穿始终的是对信仰的坚守，信仰不仅是小说主人公用来应对生存困境的文化抉择，也是作家自身对现实处境所做出的一种生命选择。《心灵史》不仅探讨信仰什么，还在于探讨怎样信仰的问题，而"不畏牺牲、坚守信仰"就是作者所要昭示的一种信仰姿态。由此，张承志将信仰问题深入到了整个人类的生存高度，探究着人类共同的精神问题："他没有将目光只停留在狭隘的民族情感上，而是透过回族人的生活与命运，站在历史和哲学的高度上去表现更深层意义上的人生，将民族性与历史性很好地统一起来，包括了更多的社会意蕴"，[1] 他的"文学始终激发人们寻求理想生命意义的价值，执着地追寻着道德意义，这使他的作品始终保持强壮的生命体魄，并不断有新的内容出现"。[2] 而其作品中的宗教人物所表现出来的那种以死捍卫信仰的"男子汉"力量的决绝与强劲，是当下萎靡颓废的时代精神的一针"清醒剂"，并从正面传达出在价值无名时代，人应该葆有对理想、幸福、信仰、希望坚守的执着与勇气，应该葆有对人类生命问题和精神存在意义的终极追问，这正是边地民族宗教文化进入文本之后为民族精神重建和精神理想重建所提供的一个独特人文精神建设思路。

三、悲剧性美学的建构

宗教情结制约下的文学宗教性书写，形塑出西部民族小说悲剧性的美学风格。中国文学向来只有悲情而缺乏悲剧，"悲剧意识来自民族意识的回归与强化，来自对民族历史命运的反思"，[3] 因此，西部少数民

---

① 海金宝：《张承志与当代回族小说》，《回族研究》2001 年第 2 期。
② 杨扬：《文化批判和自我批判的历史过程——论张承志的文化批判》，《回族研究》2002 年第 3 期。
③ 白崇人：《推开历史之门——少数民族小说创作的一种取向》，《民族文学研究》1993 年第 2 期。

族小说的一个共同主题，是从民族历史的钩沉中，挖掘着民族先祖的苦难历程，他们因为有着对信仰的执着而遭受到了生命的洗礼，如放逐、侮辱、屠杀等不可抗拒因素，但同样因为有着精神的信仰而显得悲壮而崇高。苦难的重负、历史的坎坷、现实的压迫、生死的考验以及血腥的炼狱等，西部少数民族在反抗、隐忍与安守中，更多经受着不可抗拒的命运不公与生存无奈。"美学悲剧性是指主体为了实现对自身现实的超越，或为了抗拒外力的摧残而陷入尖锐的冲突之中，他们往往处于无从选择的'两难'或'动机与结果完全悖反'的灾难里，但是面对灾难他们敢于殊死抗争，不惜以生命作为代价去超越苦难和死亡，从而显示出超常的生命力，把主体自身的精神风貌和超人的意志力提升到崭新的高度，展示人生的全部价值。"① 以此观照西部民族宗教小说，它们表现出的显然已经具备了这样的美学悲剧意味，作品中的宗教人物往往处于坚守信仰与屈服压迫的处境中，坚守信仰意味着忍受不可更改的生死洗礼，而屈服压迫意味着失去生命的灵魂。而在这种左右突围和奋力抗争中，他们将死亡作为"折中"的方式，他们为了拯救世俗之浊却惨遭苦痛，在信仰坚守中实现着生命的升华与世俗的超越，由此孕育着民族宗教小说的悲剧美学和灵性基调。《黄泥小屋》中的苏尕三在面对官家的羞辱与折磨时，坚守灵魂的清洁与人格的操守，在死亡和信仰的抉择中实现了宗教精神的升华。查舜在《月照梨花湾》中对回族在极端境遇下的生命本质进行着富有探索性的思考和表现，小说的悲剧性不再是血腥屠杀与政治压迫下为求民族血脉的生存所遭遇的惨烈磨砺，而是在日常生活中浸润着一个民族不可预知的生命隐秘与生存艰辛，他们面对着外在文化权利的挤压，更面临着在新的历史情境下民族文化和宗教传统的处境犹疑，在理想与现实、生存与消逝的生存困境中，心灵"乌托邦"

---

① 黎跃进：《西方文学论稿》，中央编译出版社 2014 年版，第 170 页。

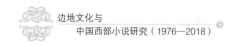
的梦想被击碎，唯有民族集体性的艰难命运与集体记忆在被反复体验。

新时期以来的西部民族小说，由于本土性宗教文化的介入，不仅表现出在社会普遍性的道德混乱与信仰缺失境况下的精神清洁，还通过参照的形式为文学精神的提升提供了一种典范性。尽管西部民族作家源于各自本土性的宗教价值理念未必能得到社会主流的集体认同，但他们所宣扬的人格正面力量，所表现出的对道德原则的坚守，所体现出的高贵生命姿态，在当前精神荒凉的人文历史语境中带来了生命超越性的一种范式，为漫游于精神与现实二重空间的流浪者提供着持续的精神导航。可以说，"精神信仰"的姿态应该是当下人面对生存苦难和精神困牢所应该秉持的人生方式，尽管这种方式不乏保守主义或宿命论的色彩，但在现实层面和心灵内里却饱蕴着对生命、生活和未来的沉潜与热爱，西部宗教文化小说也因此实现了对人类精神境界提升的宣谕，对民族积极性品格重建的启示，对世风魅化习俗的矫正。

第三章

西部小说生存体验书写的苦难化

　　在人类发展史上，苦难是与人类结伴而行的一种不可摆脱的宿命。苦难既包括有形的自然灾难、生老病死，还包括无形的虚空绝望、疼痛孤独等，苦难成为文学关注人的身体、精神和心灵的重要命题。由于个人的心理体验和人生历程的差异，作家对苦难的感受和认知也大相径庭，由此形成古今中外的文学家不同的苦难意识，如波特兰·罗素就认为："对爱情的渴望，对知识的追求，对人类苦难不可遏制的同情，是支配我一生的单纯而强烈的三种感情。"[①] 西部边地由于严酷的自然地理环境、浓郁的宗教文化氛围、孤独的本土生存体验，以及近现代以来所形成的政治流放的历史重负等，孕育了西部作家对本土性苦难境遇的关注与表现的创作情结。无论是历史苦难、现实苦难还是精神苦难，他们都从底层视域中观照着诸种西部苦难现状的本质和根源，并试图在直面苦难、反抗苦难、超越苦难的体验境遇中，对西部民众所表现出的民族

---

① ［英］波特兰·罗素：《我为何而生》，载欧阳友权编著：《艺术的绝响：外国现代卷》，中南工业大学出版社 1998 年版，第 413 页。

性情、生命态度、生存理念等领域，进行富有深度的审美化表现。西部苦难的文学展示和超越，不仅彰显着西部作家人文关怀的责任担当，也成为西部作家思考人类生存意义、探讨生命本真底色的契机与入口。

第一节　本土化体验与西部小说的苦难叙事传统

一、"苦难"的文学性阐释

苦难是来自西方宗教的一个术语，[①] 寻求苦难的解脱之道是中外哲学和宗教的重要主题。"作为人类最自然的理解世界和自身本质的象征性形式，或许文学在本质上就是和悲剧或苦难拆解不开的"，[②] 何为苦难？何为苦难意识？这是一个莫衷一是的哲学问题——一方面在于它的多样性，另一方面在于它的动态性，但其共同之处是痛苦性、被动性、精神性等，即苦难产生于外界压力对主体的人的压迫的时候，人在生理和心理方面所产生的痛感。作为以表现人类心理和精神丰富性的文学，在呈现身体性苦难的同时，也关注到了苦难对人的心灵、人性、情感的伤害。本著认为，文学中的苦难应该涵盖生理体验和心理体验两个方面，其共同特点是主体或个体因承受着超越承受能力的外在与内在的压力而产生的一种肉身性、精神性和心理性体验，最终导致的是自我世界与外在世界的失衡。由此，苦难意识也包含了两个方面——对苦难的理解和对苦难的态度，殊异经历的作家会形成多样化的"苦难意识"。无论是浪漫主义作家对经历苦难之后的希望和理想，现实主义作家对苦难

① 邱业祥：《圣经关键词研究》，宗教文化出版社 2009 年版，第 138 页。

② 汪树东：《论西方悲剧对人苦难根源的阐释》，《西北第二民族学院学报》2003 年第 1 期。

中人性的追问和社会的批判，抑或是现代主义作家对苦难与人的存在主义体验的觉醒，"苦难意识是对人生存困境的认知，是对人生存状态的洞察，是对人历史命运的内省和探索"，① 因此，多样化的"苦难意识"，使文学家们在对苦难根源的溯源中，生成出苦难拯救的多元路径。

二、西部作家苦难主题书写的本土化成因

西部边地的自然环境和人文环境，不仅影响了作家的性格气质、审美情趣和艺术思维，也由此为中介造就了风格化的作品主题、艺术形态和表现手法，西部小说的苦难主题生成，更多源于西部边地文化环境之使然。第一，边地独特的自然地理条件，迫使西部民众首先将生命的延续作为当务之急。西部恶劣的自然环境条件，是西部乡民必须面对的客观存在，其强大的破坏力也是西部民众所无法抗拒的生存宿命，刻骨的艰难生存体验与恶劣自然的灾难磨练，化为西部本土作家挥之不去的对生存环境的忧思和记忆。面对无可改变的自然地理条件，他们普遍疏离着现代性的启蒙批判武器，相反，对西部底层民众给予着深切的同情，而西部底层民众所具有的人性光辉与生命本真，才是最宝贵的生命姿态和生存法则，这种生命的坚守成为西部小说苦难书写的表现中心。新时期以来，西部自然生态恶化所导致的人的生存窘境，人为了摆脱生存窘境而对生态的破坏，更是成为生存与发展的二元悖论。因此，西部作家在呈现西部苦难生活悲情性的同时，更积极的进行着符合本土情境的思考探索。第二，边地经济发展水平的普遍滞后。边地本为一个经济和文化视域中的地理概念，西部经济发展的缓慢所带来的直接后果就是物质的匮乏。市场经济一体化进程，以其无可阻挡的浪潮之势侵袭西部边地，形成商业文化对游牧文化和农耕文化的破坏。资本消费主义的经

---

① 王庆：《90 年代农村小说的苦难意识》，《江汉论坛》2001 年第 4 期。

济形态，为本来深处于地理恶劣和物质匮乏条件下的西部民众，覆盖着又一重无形的现实生存打击，西部作家观照着这样的生活落差和精神撕裂的现实情境，而西部经济发展的滞后与东部经济发展的飞跃，更使这种物质资源占有份额的差距拉大，而物质匮乏所引发的欲望压抑、身份陨落、生存苦难乃至人性变异，成为他们对人的生存进行刻摹的重要视点。第三，政治流放的历史因袭。西部自古以来都是作为政治流放的首选地域，西部的荒凉、旷古与孤独，让人经受肉体、思想和精神的磨炼与洗礼，也更容易让人避开主流化的生活方式，获得一份独处的时空。1949 年之后，西部地区成为诸多右派分子被施以惩罚的目的地，成为诸多知识分子被迫改造的苦难精神历程的空间载体，于是，政治思想的改造与人性本真的释放之间的矛盾，就成为西部小说演绎荒野人生悲欢离合的主要领域。对于闯入型西部作家而言，西部久远而神秘的历史，也是他们展示自己对历史冥想的绝佳契机。而对于那些怀有西部大地家园情感情结的"复归者"而言，西部历史苦难也是他们进行历史凭吊与现实反思的重要叙事资源。第四，边地文化的多重结构中，既有游牧文明和农耕文明的文化依存，也有现代文明和后现代文化的痕迹，因此，西部人的生存体验中，既有安静固守的一面，也有飞扬想象的一面。安静的状态下，时间是停滞或轮回的，人会对生命、存在、生死等命题进行形而上探究；而飞扬的状态下，时间是线性发展的，这种发展所带来的精神困境与人性迷失，也是西部作家所着力表现和深入思考的主题。因此，西部小说的苦难叙事是面向人的生存在不同文化境遇中的多维度进行勘测探究。

西部小说的本土化苦难叙事，破解了域外对西部的浪漫化想象，以较为本真的面目呈现出西部大地的生存面相——既包含了现实生存苦难，也包含了精神存在苦难，进而将一个较为贴近西部本土边地生活的生存风景与生命体验勾勒出来。但不可否认的是，西部苦难更多的是悲情，这或许是西部小说苦难叙事的不足之处，但在新时期以来的文学叙事格局中，它对苦难的关注又显示出西部作家在市场化的话语情境下，其心态的沉潜、其心境的纯正、其理念的悲悯。特别是在西部边地的自然、历史、人文、观念所造就的苦难境遇中，西部民众所表现出的生命姿态和心灵信仰，共同构成当前人性萎靡与心灵异化情境下，世俗化文学所缺失的高贵性、诗意性和灵魂性品质。

第二节　西部小说的底层苦难与悲情主义

一、日常生活视域下的生存性苦难

"底层"在中国常指处于社会最下层的人群，"这个标准的内容如果再详细一些，可能包括政治地位低下、经济上困窘、文化上教育程度低等，被称为底层的，可能是三个条件都满足，也可能只满足其中的一个条件。"① 底层叙事，从周作人的"人的文学"与"平民文学"的文学倡导，到鲁迅、文学研究会成员、左翼文学、革命现实主义文学一脉承袭发展，这些理论倡导和文学实践，逐渐形成了现代知识分子对底层人民苦难境遇关注的文学传统，建构起人道主义精神为核心的人文主义情怀。二十世纪八十年代新写实小说的出现，再次将视野投射于底层民众的苦难生存，在那些普通小人物生存本相的展览中，透露出的是生之艰难与活之卑微；九十年代以来的"底层写作"以及二十一世纪以来的"打工文学"，更是不断上演着底层民众的苦难悲剧。新时期以来的生存性苦难叙事，不仅体现为物质生活的匮乏，更体现在精神意义上的虚

---

① 刘旭：《底层叙述：现代性话语的裂隙》，上海古籍出版社 2006 年版，第 3 页。

无，不仅包括经济阶层的固化而导致的生存悲剧，也涵盖了现代化转型期由于社会价值重建和道德重建而导致的世俗性苦痛。对于这些形而下或形而上的苦难，秉持底层立场的作家们从人道主义立场出发，思考生活在底层的民众及弱势群体的生存苦难以及拯救之径。在底层书写的文学思潮中，西部作家集体性地立足边地本土，以民间化视野将西部人生的底层世相与苦难景观作为自己的书写焦点，"生活在西部的作家，距离土地和苦难更切近，因而写得更多，这不应该受到非议。对于他们来说，这样的情形更是命运而非策略"，① 他们汲取着自五四文学肇始的"哀其不幸"的新文学底层叙事的经验资源，有意地远离主流话语、时代思潮和宏大叙事，倾情于西部日常生活苦难的叙述和营构。尽管他们有时不乏对苦难的诗意书写，但直面现实的精神与对西部大地的乡土情结，使西部作家对生存性苦难的文学表述更为内在自觉，而他们对日常生存苦难的展现，既显示出与新时期以来主流文学相一致的创作基调，同时也有着因西部边地自然、地理、历史和人文的封闭性和原始性而造就的更为严酷的生存维艰的渲染倾向。

首先是自然酷烈的生存性苦难。西部边地"高、寒、旱"的地理特征是对西部地理、位置和气候的典型概括，严酷生存环境使西部地区的民众随时面临着不可抗拒的生存威胁和生命磨难，面对无法更改的边地客观自然境遇，西部小说集中对自然的狰狞恐怖的面孔以及西部人在此环境中的疼痛与惨烈的生存体验进行着精微的叙述。"位于宁夏南部的'西海固'地区是西北地区典型的集中连片特困地区，是西吉、海原、固原、彭阳、同心等七个国家级贫困县的统称。这里常年干旱，年降雨量在 300 毫米左右，蒸发量却在 1000 毫米以上，且多发各种自然

---

① 陈继明、漠月：《对真正文学性的坚决靠近——答〈朔方〉问》，《朔方》2006 年第1 期。

灾害，1972 年被联合国粮食开发署确定为不适宜人类生存的地区之一。20 世纪 30—70 年代，西海固人口增加，水土流失加剧。"① 张承志曾对西部高原的恶劣环境进行过细致的描述："黄土上几乎没有植被，水土流失的严重已经使人们向它要粮的决心归于失败了。近年来退耕种草，改农为牧已经成了政府的国策。这项政策更形象地形容着这片黄土山地可怕的自然环境；因为一般说来，要拥有数不清多悠久的艰苦奋斗、农耕为本之传统的中国农民放弃犁锄，简直不可思议。然而'弃农'在中国农民史上就这样出现了，出现的悄然无声而且毫无阻碍。难道你感觉不到一种巨大的顺从之潮吗？在汉代画像中描画过的原始技术两千年来丝毫未变：两牛抬杠的犁耕，抡甩梿枷的脱粒。黄泥小屋前有一块光滑的打麦场，冬天那里矗立着两个草堆：一堆大而发黄的是麦垛，一堆小而发黑的是胡麻垛。大堆供着一年的吃食；小的碾油卖钱，挣来一年最低限度的花费。"②

西部地区的干旱使人的生命显得十分脆弱，而西部人的人生景观也常因为干旱而上演着幕幕生死悲剧，但这种悲剧似乎是西部人无可抗拒的命运与宿命。陈继明在《干旱的村子》中，描绘了西部大地干旱的景观："看不见一只鸟，也没有一丝风。树叶仿佛在绝对静止中。每一片树叶的叶背上都布满了密密麻麻的旱斑，并散发出一种焦糊的气味。村外坡地里的玉米叶和向日葵散发出的那种味道，也是如此，仿佛含着什么毒气。还有巷子里的那些石头蛋蛋，被阳光晒得白煞煞的，蔫不拉叽的，眼看要融化。"③ 石舒清的《暗杀》当中，西部乡村由于干旱而打

---

① 王延中、龙玉其：《民族地区社会保障反贫困研究》，经济管理出版社 2017 年版，第 132 页。

② 马进祥：《张承志回族题材小说选——回民的黄土高原》，青海人民出版社 1993 年版，第 1 页。

③ 陈继明：《比飞翔更轻》，花山文艺出版社 2001 年版，第 305 页。

井，废弃的深井因为没有做好告示而让少年玩伴牛儿跌入其中丧命，看似偶然的事件却可以从自然的恶劣当中找到惨剧发生的原因所在。郭雪波的《沙狼》当中，干旱的气候使内蒙古大草原只剩下起伏延绵的黄沙，"这里找不到一株绿色植物，听不到一声鸟叫虫鸣。……没有任何生命的信息，除了自己烫手背的呼吸。"① 沙尘暴也是西部自然灾害的重要隐患因素，它以暴虐的力量威胁着西部人的日常生活，生存与生命也常因之而陷入险境。陈继明的《在毛乌素沙漠边缘》讲述了小学生王明跟随父亲挖甘草被沙尘暴吞噬的悲剧，小说细致描述了沙尘暴在马儿庄的肆虐，睡一觉醒来，满脸满嘴都是沙子，门外也会积一尺多高的沙子，恶劣的沙尘环境是造成人们生活和精神贫穷的根源之一，"贫困与生态就是以恶性循环为纽带连结在一起的孪生姐妹"。② 金瓯在《悲伤塑料袋》中关注着西部生态的恶化，农贸市场附近白色污染，沙尘暴泛滥，塑料袋的横飞竟使李胖锤窒息而死。张承志的《晚潮》中，年轻人为了挣钱去沙场挖沙，都"着了魔，入了咒"③ 地将完好土地破坏，而"人和地拼命的场子"④ 的开采方式，最终带来人与生态自然的毁灭。

其次是物质匮乏的生存性苦难。"五四"新文学以来，在以思想启蒙为主题的创作原则支配下，中国作家对苦难的普世拯救多侧重于精神领域，物质层面的生存苦难境遇总体而言附属于思想启蒙话语，随着新时期以来文学的关注重心从政治主题向日常生活主题的回归，物质层面的苦难逐渐成为作家的关注重心。文学与人的联系，一方面固然要关注人的精神，但完整的人的构成应该是"灵与肉"的结合，所以，只有物

---

① 郭雪波：《沙狼》，农村读物出版社 1992 年版，第 319 页。

② 尹绍亭：《人与森林——生态人类学视野中的刀耕火种》，云南教育出版社 2000 年版，第 350 页。

③ 张承志：《晚潮》，《上海文学》1985 年第 2 期。

④ 张承志：《晚潮》，《上海文学》1985 年第 2 期。

质苦难和精神苦难的兼顾表现才是苦难叙事的全面内涵结构。西部边地由于经济发展的落后，温饱问题是他们的首要生活主题。对于生长于此的西部底层民众来说，政治、道德、文化的痼疾尽管也是他们所承受的苦难压力，但物质的匮乏显然更为迫切，即使进入市场经济全面崛起的二十世纪九十年代，西部边地乡民却仍将解决温饱问题作为当务之急。"新时期文学的基本主题，我们可以从各个角度去划分它——我们可以这样说：它包含了两个主题，一个是房子问题，一是粮食问题（一个时期的文学，居然环绕这两大主题，这大概在世界文学中是独一无二的）。从《李顺大造屋》《"漏斗户"主》开始，文学时常把人推进缺吃少住的困境里。这些作品中的一部分，写人的苦难，基本上只是物质的苦难，另有一部分作品，写到了精神上的痛苦，但，精神上的痛苦，仍是由物质的匮乏所引起的：贫穷使自尊心受到折磨；贫穷使精神不能得到必要的享乐，从而使精神感到压抑；……新写实主义写了什么？不就是房子问题和粮食问题吗？"① 西部小说对物质匮乏的文学书写，较之精神苦难而言，更触及了生命的本真状态和西部边地的现实状态，而人则在这样的物质渴望的欲望境遇中，体现出极具原始生命力的求生存抗苦难的意志力量。

石舒清在《童年纪事》中说："我常常怀念起我的童年。我是一个农民的儿子，整个儿童时代在荒凉和饥饿中度过，从生下到十一二岁，不曾吃过花生、西红柿，甚至很大了还光着屁股，没裤子穿。"② 童年物质生活的极度匮乏，赋予石舒清以明确的底层意识，并以深切的同情悲悯情怀，观照着身处底层的人的物质苦难性，以及这种苦难所带来的贫困感和疼痛感，"他是一位长久地凝视并叩问着贫困人生的作家。"③《沉重的季节》中，生活在物质困苦中的农民，只能用"人穷志短"的牢

---

① 曹文轩：《二十世纪末中国文学现象研究》，作家出版社 2003 年版，第 64—65 页。

② 石舒清：《童年纪事》，《朔方》1994 年第 7 期。

③ 王勇：《读石舒清作品有感》，《回族文学》2002 年第 1 期。

骚和感慨发泄无奈绝望的生存处境；《歇牛》当中的马清贵被六个儿子娶亲负担压得喘不过气来，心力交瘁死在自家田里，身边只有两头老牛默默为他流泪；《蜂房里的宝贝》当中，石舒清追忆着集体饥饿的场景："那时候，村里人的日子都不好过，我们吃着从不知什么地方运来的红薯片，有人在红薯片上写着愤怒的文字，对我们吃他们的红薯片表示着厌恶和诅咒。我们只好连同那厌恶和诅咒的文字一起吃下去"；①《牛头》当中的妻子因为一小块牛骨头可以忍受丈夫的毒打，因为牛骨头是最珍贵的美味，"村里宰了两头病牛，家家户户都像过节一样高兴"，"大家都是馋疯了的，大家都想吃肉"，②物质的窘境让人的生存与尊严显得微不足道，而人世之间的一切悲喜剧，无不与物质的极度匮乏有着直接或间接的关联。雪漠以佛教悲悯之情在《大漠祭》当中书写着西部山村农民的贫穷生活状态，小说也因其鲜明的底层立场被称之为是一部"直接反映当今农民生活、将农民的疾苦挂在心上的长篇小说"。③《狼祸》中因为水资源的极度短缺，牧民之间为了争抢饮水常陷入暴力对抗，穷困逼仄的环境里，饿狼也经常偷袭牧人们赖以为生的羊群，人和狼之间为了生存成为天敌，西部民众如张五爷面对物质匮乏的压迫，以其生命顽力和乡村美德与之对抗，让人的生与死升华出英雄般的悲壮色彩。张冀雪的《新麦地》反映了现代化进程下山区农民对改善物质生活的希望破灭的心路历程，通过"山内"与"山外"巨大物质生活的差异，传达出西部民众对物质需求渴望而不可得的心理焦虑与生存残酷，西部乡民虽然力图紧跟市场步伐，但仍然难以逃脱都市物质高速发展对他们的遗弃，祁三娃的死更是资本物质情境对人的生命挤压与扼杀的佐证。张贤亮的《邢老汉和狗的故事》中，自由婚姻的结合降格为迫于温饱生存

---

① 石舒清：《开花的院子》，时代文艺出版社 2001 年版，第 178 页。
② 石舒清：《暗处的力量》，花山文艺出版社 2001 年版，第 194 页。
③ 雪漠：《大漠祭（编后记）》，上海文化出版社 2000 年版，第 532 页。

压力的组合，"我们公社一人一天给半斤粮，我出来就少个吃口，省下他们吃。"① 了一容的《淖里的绵羊》、红柯的《金色的阿尔泰》和《大河》、杨志军《藏獒2》等作品，都细腻地叙述着西部边地物质贫乏所带来的精神麻木和人性变异的悲剧故事。对物质窘境的关注，对底层苦难的悲悯，对人情凄凉的展示，既是西部边地生活的真实一面，也是西部作家集体性的人民意识与人道情怀的彰显。

最后是权力压迫的生存性苦难。底层处境不仅包含着物质或经济地位的被压抑，还包含着文化权力和政治权力对人的自由秉性的牵制与压迫。西部边地自然的恶劣与物质的匮乏，已经让西部乡民的生理承受着深重的痛楚，而文化权力和机制权力的压迫以及反抗权利的被剥夺，更是从精神上和人格上给他们带来惨烈的心灵戕害。中国的话语权力场是由民间话语、知识分子话语和政治意识形态话语三种话语构成，悠久的封建帝王制度，使"官本位"成为中国话语体制的典型特征，话语权力的争夺是中国历史演进的动力之一，也是文学史演进的内部原因之一。在这三者当中，体制之内的政治身份是最具权威的权力话语，体制身份以及对政治权力的掌控，不仅意味着对物质财富分配份额支配权和占有权的优势，甚至拥有对他人言论、行为甚至是思想自由的权力支配，因此，文化权力和政治权力一方面对底层民众起到控制和威慑的作用，正是权威话语的优越性和等级性所带来的自由感或尊严感，它又成为普罗大众向往的话语领域，西部小说对因权力的交易和争夺制造的各种苦难给予着充分的关注与思考。

火会亮自觉地承担着底层代言人的角色，对乡民身处无法抗衡的官场压迫下的苦难处境进行着细致的勾勒，面对强大的官场权势，西

---

① 张贤亮：《邢老汉与狗的故事》，载《张贤亮自选集》，宁夏人民出版社1986年版，第13页。

部民众只能以被愚弄的弱势群体的面目出现，在丧失了现实性尊严以后，只能通过自欺欺人来维护那点并不被认可的欺骗性尊严，这是他的小说《挂匾》和《枯井》等小说力图要呈现的主旨。无论是杨根缠还是梁满子，他们都是民间的"道德圣人"，但在官场权术和官场文化面前，却最终沦为现代官场权力勾心斗角的玩偶与傀儡。虽然《挂匾》当中的杨贤户对"干部"们的莫名冷漠与公开较量，是小说中民间底层力量反抗官场强权势力的矛盾点，但终究无法逃脱惨败的结局，乡民对清官文化的美好幻想破灭之后，只能对现实生活报以质疑、不解和绝望的态度。现代官场体制的权力压迫，带来的是普通民众的话语与精神的受压抑状态，同时，由于政治权力的引诱及其强大的异化功能，乡民往往在对权力的追逐中陷入公正、良知、宽容、博爱品质的沦陷境地。《花被风吹落》描写了底层民众在努力跻身官场的角逐中价值迷失的现实与精神的双重苦难，感动一时的"王小红事件"，却有着重重官场阴谋在借题发挥，苗罗二人既是官场权力的牺牲品和被愚弄者，也是迷失了民间基本道义和道德操守的官场权力的异化体。小说深刻反映出官场文化逻辑与民间伦理逻辑在某种程度上的不可调和性——民间文化在官场权力面前，要么只能甘做毫无反抗能力的弱势力量，要么成为病态反抗者或价值迷失者。石舒清的《选举》叙述了一场近乎闹剧的乡村基层村民选举，经济的窘境促使乡野民众对政治权力进行盲目争夺，但物质失重和精神失重的后果仍由底层民众集体承担，这是官本位文化作祟下底层民众生存的真实本相。《恩典》中的马八斤自被确定为王厅长的"亲戚"之后，"自己近二十年苦苦营造的一种家的安宁竟被这个来认穷亲戚的王厅长轻轻一下就击碎了"，[1] 宰鸡"连参与商量的资格都没有"，[2] 政治

---

① 石舒清：《暗处的力量》，花山文艺出版社 2001 年版，第 96 页。

② 石舒清：《暗处的力量》，花山文艺出版社 2001 年版，第 94 页。

话语的强势带给他"暗哑的愤怒与惆怅"，① 也在无声地摧毁着一位劳动者的人格自尊和生活自信，石舒清以细腻的心理感受和幽微的人性描摹，反映出西北边地农民在权力话语压迫下的生存艰难与现实复杂，敏锐地发掘出权力话语以其强大而无声的力量对人性的异化。季栋梁《追寻英雄的妻子》当中的方其姝，由于"英雄的妻子"这样的政治符号所带来的道德负重和精神重负而躲避"我"的慰问："你们怕我会给英雄抹黑，怕我让你们难堪，我不给英雄抹黑，不让你们难堪，我不让你们蒙羞，我离开你们，远远地离开你们，……可你们还不放过我么？我只是个普通女人呀！"② "英雄"这个看似耀眼的政治光环，却成为遏制民众日常生活自然化的权力禁锢。了一容《独臂》中的残疾人牛平原为了解决学习和工作的问题多次与政府交涉，最终却只是官场的一个"材料"而已。西部作家通过对底层民众的日常生活观照，揭示着一种政治话语处境的真实质地，表达着对有待健全的社会机制对人伦关系和自然人性戕害的民间悲悯情愫。

二、集体记忆视域下的历史性苦难

首先是历史记忆下的族群苦难。任何民族之所以成为独属的这一个，是因为"事实上，一个国家一旦被命名，它就再也无法与世界雷同。从它被命名的那一天始，它在世界上，便成为一个——相对于其他一切的一个。命名就是划分，就是区别。命名之后的任何一件事物，都会在今后的演化中，被明确地得到规定。命名意味着以后的岁月是它自身处于独语状态。此时，它与其他一切同样被命名的事物之间就形成了一种对比关系。面对此种情形所产生的直接效应，恰恰不会是互相抹杀

---

① 石舒清：《暗处的力量》，花山文艺出版社 2001 年版，第 96 页。
② 季栋梁：《追寻英雄的妻子》，《朔方》1999 年第 12 期。

自己，而只会是进一步加强这种对比关系"。① 也就是说，一个民族必然因为其有特定的文化传统、宗教信仰、生活方式和思维特征等独特性而拥有自己的族群记忆。而世界上众多宗教流派的产生基本都是苦难的成长历史，其根源一方面在于宗教本身即为民间集体代言，力图对人的现实存在给予精神性拯救，所树立的各自的圣主与信仰体系，必然与政治统治的君主与政治信仰形成内在的冲突；另一方面，历史上的政治体制对民间的统治基本是依靠强大的法制（即惩罚和死亡）以及思想上的统摄来实施，宗教恰恰在这两方面是对政治体制统治的对抗，而宗教的成长历程也就面临着三种命运，或者被利用，或者被驯化，或者被放逐。

张承志小说的民族苦难书写集中于对哲合忍耶教的成长历程和历史命运的人文审视。他在本民族历史的文史性回溯中，不仅复现出本民族先祖在恶劣自然环境中生存的艰难与苦难，还抒写着本民族先民在晚清强权压迫下为求民族独立和信仰自由而自我牺牲的宗教文化灾难。悲壮的反抗、清洁的精神、虔诚的信仰、刚烈的血性，让哲合忍耶的民族苦难显得凌厉而疼痛。《心灵史》中的七代宗师的悲剧性命运，是宗教领袖和普通信徒不惜向死而生的抗争精神的宣言。《黄泥小屋》《残月》《终旅》《西省暗杀考》等小说，同样叙述着哲合忍耶成长历程中的生死悲苦。面对自然环境的恶劣和物质生活的贫困，挣扎于这片苦土之上的西部少数民族乡民总是被现实弃之于被边缘乃至被遗落的境地，但他们始终呈现出的是神圣而庄严的"手提血衣撒手进天堂"的精神。查舜的《月亮是夜晚的一点明白》当中，作者回溯着本民族的苦难发展历程，从唐宋时期到新中国成立，从传教、起义到合作、归属，在本民族成长历史的日常生活叙事中，折射出民族群体、民族心灵和民族文化所经历

---

① 曹文轩：《二十世纪末中国文学现象研究》，作家出版社 2003 年版，第 4—5 页。

的时代磨砺。《高山过后是深谷》《昨夜情仇》等作品，查舜在对本民族苦难经历的回顾中，充盈着对本民族生生不息的民族坚韧精神的礼赞，弘扬着本民族历经磨难之后的豁达博大，审视着穆斯林民族在集体命运坎坷中所积累的珍贵民族伦理及其当代生活意义。

其次是个体记忆下的时代苦难。"文革"在新时期相当长的一段时期内，成为当代作家无法挥去的集体无意识与深层的心灵创伤，"文变染乎世情，兴废系乎时序"。"自 1977 年至 80 年代末，相当多数的中国当代小说，都和'文革'背景有关，如何回忆和叙述'文革'的过程和细节，如何梳理和解释'文革'的来源和影响，这是一个很少中国当代作家能够忽视和回避的题目。"[1] 特别是对于那些经历过"文革"苦难与磨砺的作家而言，"文革"的记忆和反思成为他们创作的核心话语，一直延续到二十一世纪之后。作家们为了反思十年"文革"所造成的民众和个体精神上的苦难与伤痕，纷纷以"文革"的观察者、体验者和代言者的身份，将政治苦难作为结构文本的背景和主题。但对于"文革"苦难如何表述的问题一直是文学介入历史的难题，"我们是该把苦难作为终点，诗到苦难为止？还是把苦难作为起点，从苦难出发去重新面对新的矛盾？这无疑是两种相异的，甚至是完全不同的文学。前者是经验的某种重复，在经验世界里为苦难找出最终的修辞论阐释；后者是心灵的跋涉，是异数的文学和异教的生活观，在沉思和想象的世界里形成对苦难的轮番冲击"。[2] 苦难当然不应该是终点，对于作家而言，苦难应该成为反思历史和人性拷问的中介和本质，"苦难是历史叙事的本质，而历史叙事则是苦难的存在的形式，对于苦难的叙事构成了现代性叙事

① 许子东：《为了忘却的集体记忆——解读 50 篇文革小说》，生活·读书·新知三联书店 2000 年版，第 1—2 页。
② 周保欣：《历史禁忌消隐后的苦难神学》，《人文杂志》2004 年第 2 期。

的最基本形式之一"。① 新时期以来的西部小说对"文革"苦难的言说，或者由归来者从人性合法性的立场实施个人对历史的批判——历史批判是唯一的目的，个人是受害者或落难者；或者从想象者的角度从个人化的视角抵达对历史和人性的双重批判——历史给人造成了苦难，而人又是历史苦难的制造者，苦难成为一个充满悖论的精神轮回。

右派"归来者"是"文革"苦难的直接陈述者。经历过"文革"苦难的西部作家，在策略性地表达对"文革"批判的同时，并未像西部新生代作家那样，将"文革"作为文本演绎的虚拟背景来考验人性与反思历史——将人"审丑化"和"恶魔化"，将历史"荒诞化"与"戏剧化"，而是通过西部边地民情民风的正面展示，来反衬和折射"政治落难"的历史根源——落难完全是由于极"左"政治的荒谬诞妄，落难遭遇的拯救者是未被时代异化的边地淳朴乡民的民间人情，于是在无情和有情、异化和同化、苦难和温情之间，西部作家的"文革"亲历者以忏悔者或被改造者的表面的"自卑"心态，表达出对历史的批判与对自身价值身份的隐性确认。因此，归来者的苦难，更侧重从自身的叙事经验出发，来展示特殊历史情境下人的生存困境，这种困境包含了"灵与肉"的双重生存苦难。西部文学的特色"就是人物的命运故事情节都是在荒凉的、严峻的自然条件和物质条件都比较严酷、比较贫乏的背景上展开的。"② 张贤亮的文学苦难围绕着自身的政治体验与人生磨砺、落难期间的"灵与肉"的错位焦虑展开书写，这是张贤亮进行人性审视与历史反思的独特场域和经验资本。这种苦难首先生成于特殊政治体制和时代历史乖谬所造就的生理性苦难，他对生理性苦难展示的深隐意

---

① 陈晓明：《表意的焦虑——历史祛魅与当代文学变革》，中央编译出版社 2002 年版，第 403 页。

② 黄辉：《我看西部文学》，载陈思和：《夏天的审美触角——当代大学生的文学意识》，工人出版社 1987 年版，第 212 页。

义，在于回归历史现场和重新审视历史，比如饥饿——"供应嘛，一个月二十五斤粮……七扣八扣，真正吃到嘴的至多二十斤"，[①]"如果一个人极度饥饿，那么除了食物外，他对其他东西会毫无兴趣。他梦见的是食物，记忆的是食物，想到的是食物。他只对食物发生感情，只感觉到食物，而且也只需要食物"，[②] 生存的第一需要温饱问题此时已经转换为肉体和精神的最大渴望，而人在生理困境下的种种"奇思妙想"，如利用"视觉误差"获取食物，或通过自己的"聪明才智"来获取零星食物，"文革"苦难的经历者在用带有优越感的狡黠微笑，展示极左荒谬给人带来的生理苦难的辛酸无奈。生理苦难还表现为性的压抑，张贤亮的小说中，男女主人公的结合无不源于异性的彼此吸引。黄香久、马缨花，抑或是李秀芝，在与男主人公政治落难的人生纠葛中，均被充当了"善良"的性符号意味，这种女性的被"妖魔化"或"工具化"的性别关系塑造，其深层的社会意义是对特定时期造成人的生理压抑的历史反思与人性同情。"文革"时期阶级界限式的人际关系，还造成人的精神的漂泊感与心灵的无根感，人际关系的彼此不信任，迫使人只能在非人群体中寻找情感寄托与心理归宿，如邢老汉与狗、章永璘与马，这是特殊年代人的情感在苦难境遇中无以排遣而扭曲异化的生活形态。但如果连非人的异类都无法信任，"独处"就成为自我保护的最安全方式，张贤亮作品中的主人公总是选择墙角或墙根作为自我思绪驰骋的空间："在集体宿舍里，你占据了墙根，你就获得了一半的自由，少了一半的干扰"，[③]"中国的监狱自然少不了这样的被茨威格称为'阴险'的单独囚禁，但我们也有自己的特色的创造，即精神的隔绝：从表面看，你还

---

① 张贤亮：《绿化树》，载《张贤亮自选集》，宁夏人民出版社 1986 年版，第 386 页。

② ［美］马斯洛：《马斯洛人本哲学》，成明译，九州图书出版社 2003 年版，第 52 页。

③ 张贤亮：《绿化树》，载《张贤亮自选集》，宁夏人民出版社 1986 年版，第 382—383 页。

是生活在群体之中，甚至是在一个相当拥挤的生存空间里，你和你的管教者，和你的难友朝夕相处，经常有身体上的摩擦，但彼此精神上却是绝对隔离的"，① 而"文革"受难者的情感拯救，都是由西部边地火辣狂野和淳朴坚贞的女性来充当——"就是钢刀把我头砍断，我血身子还陪着你"。② 如果生理性苦难和情感性压抑可以通过现实的生存机智策略给予弥补，那么政治身份的丧失，即人格尊严和信仰价值的迷失，则是心理苦难的最沉痛深渊，《绿化树》中的章永璘与营业部主任的"冷战"直接导致他的政治罪犯身份的确认，在失败境地中，他以自我辩解的心理优势与之对抗，而这不过是一种"自欺欺人"的尊严寻觅——知识分子身份的清高与优越，是章永璘实现心理价值弥补的唯一无奈的方式，这种通过贬抑他人为代价来凸显自己的高尚或合法，是知识分子的自我价值和主体尊严遭遇现实性失落的精神错乱，是苦难境遇下人获得畸形尊严救赎的"精神胜利法"，更是畸形政治语境压抑个性扭曲人性的形象诠释。

西部新生代作家以"想象者"的身份担当着"文革"苦难的讲述者。二十世纪九十年代以来，没有经历过"文革"的新生代作家，不乏对"文革"历史的想象性和个人性叙事文本，但新生代作家由于受多元文化的影响，特别是现代主义和后现代主义文学思潮的浸染，他们只是将"文革"当作一个故事展开的叙事背景空间，对"文革"叙事常以个人的想象性或虚构性填充历史的细节内里，其中不乏解构、戏谑、反讽、戏仿等心态，而"文革"历史的真实苦难记忆已经被恋爱、性、暴力、欲望等所充斥，"文革"转身为文学兜售暴力或荒诞时尚资本的媚俗符号。新生代的历史叙事，一方面催化了久被封存的中国作家对历史

---

① 钱理群：《和凤鸣和她的〈经历——我的 1957 年〉——"1957 年学"研究笔记之二（代序）》，载和凤鸣：《经历——我的 1957 年》，敦煌文艺出版社 2006 年版，第 5 页。

② 张贤亮：《绿化树》，载《张贤亮自选集》，宁夏人民出版社 1986 年版，第 545 页。

想象力和艺术想象力的解放，使对人性的拷问与审视在不同的叙事空间中得到了丰富而立体的展示，但极致化的想象特别是其中的媚俗性因素，也将"文革"历史对民族心理和社会历史造成的苦难记忆遮蔽和消解，将民族群体在特定历史情境下的真实状态妖魔化或游戏化。正是在这个意义上，八十年代的"文革"苦难叙事称之为"讲述话语的时代"，而九十年代以来的新生代苦难叙事则是"话语讲述的时代"，即前者以鲜明的政治立场，以历史"后视"的个人化视域，对"文革"历史进行理性反思，后者则将"文革"彻底历史化，将它作为虚拟的小说布景，恢复了对那段历史的日常性和民间化记述的艺术场域。由此引发出西部新生代作家面对"文革"历史叙事的抉择难题。如果说西部"归来者"和"经历者"的"文革"苦难叙事，侧重从意识形态内部对政治进行批判与反思，意欲将政治苦难对个体生存带来的异化以亲验者的感性经验加以描述，那么，对于那些没有亲身经历过"文革"的新生代西部作家，"文革"只是史册资料和父辈口述当中的一个远去的历史，没有亲身的体验，没有历时的反思，只有当下社会肌理和人性内涵的复杂多面的直视体悟是唯一资本，因此，在西部作家个人化的"文革"想象性苦难叙事中，政治历史批判的表象，更多承担着对人性的隐秘探幽和对当下文化批判的功能，以及进一步的形而上层面的对人的生存荒诞性的表现与追问，"迄今为止，人类还没有能力走出自己创造历史也创造灾难的不幸阴影，因而对罪恶的体验与反省和对幸福的渴求与向往总是不可分割地根置于人的动机结构中。每个时代都有它的理想也有它的罪恶。"① 可以说，主流文学的"文革"叙事，在政治——苦难——生存之间的内在深层关联、反思与批判的表现，与西部小说的"文革"苦难叙事是内在相通的，但西部小说的"文革"叙事由于发生于西部边地的民

---

① 张志扬：《创伤记忆——中国现代哲学门槛》，上海三联书店1999年版，第137页。

风民情以及前现代文明遗存的空间，"文革"的苦难形态因而呈现出独特的美学风格——在"文革"苦难的叙述中，西部乡野民间人伦一律是正面的，乡野的民性民风一律是纯朴的，西部民众的集体性格也是质朴而高尚的，他们都是荒诞政治时代的无辜受害者，但他们的善良却被时代的荒谬政治所捉弄和利用，善良带来的不仅是残忍的回报，还有信仰的绝望、希望的迷茫与价值的失落。"20世纪的社会政治运动层出不穷。这些社会政治运动往往以某种'主义'为思想基础，以解救民众、实现崇高的理想为口号，并声称其主张的神圣。被神圣化了的社会理想和社会运动诱发了千百万人的生命激情，激励起无数志士仁人为之奋斗和现身，发动群众为之所用。可以说，把此世的作为、此世的权威、此世运动神圣化乃是20世纪的一大特征。然而，不管西方还是东方，这些被神圣化了的、自诩拥有绝对真理的此世作为、此世权威、此世运动恰恰是人世灾难的根源。"①

张学东的《送一个人上路》叙述韩老七在"我"家"作威作福"，无休止的折磨骚扰令"我"不胜其烦，但祖父却始终视非亲非故的韩老七为座上宾，对他所做的一切荒诞丑态容忍默然，小说最后揭开了谜底："韩老七，贫下中农，早年给生产队放过牲口，曾受命调训队里一匹暴烈的军马遭受意外伤害而永久丧失性能力，之后，他老婆改嫁或跟人跑了？不详。其时，祖父尚任生产队长"，这种"无赖式的追索与无怨悔的偿还"②，传达出"当今社会不能回避的悲惨现象，即社会转轨之后，国家以前给普通百姓的承诺将由谁来兑现"的历史沉重命题，③ 民间化的信用体系被政治权力所利用，而给予弥补的并不是历史的受益

---

① 刘小枫：《走向十字架上的真——20世纪基督教神学引论》，上海三联书店1995年版，第42页。

② 徐大隆：《张学东访谈录》，《红豆》2005年第10期。

③ 陈思和：《在精致的结构中再现历史的沉重》，《上海文学》2004年第12期。

者，而是民间的基本伦理与信义道德。民间道德话语被政治狂热所利用的悲剧在了一容的《饥饿精神症》当中同样得到复现，这是一个荒谬的"全民饥饿表演"，大队长尕喜子的老婆饿死，儿子奄奄一息，但他却坚守着上缴国库的粮食不愿救助受难者，小说以反讽的方式揭示出这种全民荒诞和历史荒诞的虚无意义——村民们拼命节省下来的粮食被送往苏联，最终被拒收倒进河里。民间的信仰使村民遵守既定的逻辑，对政治的信任换来的是牺牲的虚妄："我要是饿死呢，谁来给公家看粮食啊？"①人心的荒芜和精神的焦虑，无不源于悖谬人性的社会道德与特定时代的普遍伪善。石舒清的《两棵树》描述了"文革"时期家里只因还不起生产队的九十几元钱，两棵已经生长了近百年并曾经在饥荒年代救过村人性命的老榆钱竟被无情砍倒的暴行。他在《暗杀》《残片童年》《伊哈的母亲》《乡土一隅》等作品中，书写了那片"苦土"由于极"左"思潮影响而带来的乡村破败、荒凉与饥饿。石舒清以一位灾难经历者的身份，记录着荒诞历史思潮以其绚烂而迷惑的面目侵入生长于斯的苦土之时，即使是有着虔诚而执着信仰的西部民族群体，也无法抗拒时代霸权所制造的生活悲剧。陈继明《一人一个天堂》从人性的层面揭示了极"左"政治给民族集体所造成的永久性伤痛与苦难记忆，伏朝阳年轻时是一位笃信政治权威的"红卫兵"，但政治的异化却让他成为异类，即使是他在麻风病院也无法躲避整个社会极"左"政治的无孔不入和惨无人道的伤害。小说揭示了那个非正常年代，政治的身份符号和社会权威对人的各种权利的挤压，包括人的自然本能、生存本能和日常生活，而一切民间惨剧的发生又离不开群体与个体的共同作用，这是一个无法摆脱的政治悖论，政治与人性、权威与压抑、信仰与盲从、善良与残忍等交织在一起，小说既隐晦地将悲剧的根源指向外在的社会历史政治领

————————

① 了一容：《手掬你直到天亮》，宁夏人民出版社 2008 年版，第 135 页。

域，也无情地剖析着人性的阴暗乖戾。西部新生代作家身处边地却集体性地表现出对"文革"历史的青睐，并以各自富有现代主义探索性和叙事艺术想象力的叙述姿态，面对曾经发生于西部大地的"档案"，在反思历史和整合现实的叙述中，将对历史的审视指向了价值混乱与人性迷失的当下，将悲悯关爱和道德坚守寄托于原始而纯净的西部乡土，他们从历史的个人化和想象化叙事中，寻求民族话语的隐秘与边地文明的守常，以此来表达对当下社会现实的审视与对人文精神走向的忧思。

三、存在主义视域下的精神性苦难

西部边地恶劣的自然条件导致西部民众物质资料生活的匮乏，西部边地前现代封建文化的根深蒂固必然带来现代化民主政治思维机制普及的滞后，西部边地所遭遇的资本商品文明、现代都市文明和后现代文明的"强势"冲击，必然与儒家文化为基础的乡土伦理和民间道德的集体性人文心理结构形成剧烈冲突，人性单纯而完美的"静态"结构因此而"动摇"，蛊惑着人性结构性的多面爆发，包括善的抗争与恶的泛滥。而所有的存在和冲突最终都化为受难者即"人"的压迫与反压迫境遇，这种压迫性力量不断地侵入人性坚守的壁垒，化为"人"难以承受的"精神性""存在性""心理性"之重。这种精神性苦难产生的契机是文化转型时代的冲击，而内在的根源却是人性固有的黑洞，而这些黑洞是主体即使自觉意识到但也无力抗争的客观存在。因此，在西部小说当中，人性的"欲望""恐惧""焦虑""孤独"等精神性命题成为西部作家所着力表现的主题，正如赫舍尔所说："虽然从生物学来讲人是完整无损的，但在实质上他却被走投无路、失意、自卑和恐惧所困扰。表面上，人类可以装作满意和坚强；但在内心，他却是贫困的、匮乏的、软弱的，经常处在苦难的边缘，动辄遭受精神和肉体的折磨，挠一下他的皮肤，你会感觉到他的悲哀、忧伤、恍惚、恐惧和痛苦。……的确，它常常是一种沉寂的绝望的生活。"① "在我们时代，离开了羞耻、焦虑和厌倦，便不可能对人类的处境进行思考。在我们这个时代，离开了忧伤和无止境的心灵痛苦，便不可能体会到喜悦；离开了窘态的痛苦，便看不到个人的成功。……我们有些人就是生活在人对自身的揭示所带来的忧伤之中。"② "在当下这个时代，人的生存几乎被推到了雅思贝尔斯所说的'边缘处境'里：死亡、苦难、斗争和罪过。这个事实严重到一个地步，让任何一个有责任感的作家都无法回避。正如后现代学者查尔斯·纽曼描述的那样：'所有的人都腰缠万贯，然而所有的人都一无所有，从来没有谁能忘记自己整个精神的突然贬值，因为它的匮乏太令人触目惊心了。'这是个生存悖论：物质不断富足，精神却日渐匮乏。"③ 因此，新时期以来的西部小说作家在恶劣的生存环境、匮乏的物质境遇、多元的文化冲击下，将对苦难的关注从形而下层面转移到了形而上层面，从外在的苦难同情转移到了内在的精神困境，并在不断的意义探寻下，勾勒着西部人所经受着的精神本真图景，在"审丑"的反思、同情和叩问中，试图重建道德理想主义的世界，显示出"坚持了精神的孤寂性，坚持了对终极价值的追问"④ 的文学品质。当然，与主流文学的现代主义都市小说对精神性苦难的表述相异，西部小说由于深处边地文化的自然环境、传统文化和新型现代文明和后现代文明的复杂场域，它还没有完全上升到对人的存在的荒诞感和虚无感的层次触摸，其精神性苦难往往能在现实当中找到精神苦难的世俗根源，即只要这些根源消除，这些苦难就可能迎刃而解。最典型的叙事模式就是人性黑洞是由于人陷入物欲不得和文化夹击的境地而造成，人因此丧失了自己的理性反思的

① [美] 赫舍尔：《人是谁》，隗仁莲译，贵州人民出版社 1994 年版，第 14 页。
② [美] 赫舍尔：《人是谁》，隗仁莲译，贵州人民出版社 1994 年版，第 13 页。
③ 谢有顺：《话语的德性》，海南出版社 2002 年版，第 88 页。
④ 谢有顺：《我们内心的冲突》，广州出版社 2000 年版，第 98 页。

主体性，成为物欲或价值围城的奴隶，而主体性沦陷之后的"奴隶"地位，又导致人为摆脱奴隶地位而激愤的扭曲，由此造成人性多面性的内在冲突。

第一，欲望泥淖下的人性困境。西部地区恶劣的自然环境和贫瘠的物质资料，使西部民众在日常生活中将物质资料的占有看作生活中的头等大事，同时，西部边地在市场经济浪潮的冲击下，受到了诸如消费主义、物质至上等思潮的侵袭，物质资料的"丰富"一方面给身处物质"贫乏"中的西部民众带来了感官的释放，另一方面，物质资料欲"获取"而"不得"的现实困境，也为西部民众带来新一重的精神苦难——"欲望"的无法自拔。从人的本性来看，物质匮乏压抑下的人，必然充满对物欲满足的渴望，但这种渴望一旦超过必要的理性限度之后，"物欲"的"自由"就会无限膨胀，制约人类心理的结构性价值体系与行为规范就有可能被突破甚至崩溃，而这种过度释放终会让人陷入欲望的泥淖而丧失自我认识和自我把握的基本认知，形成心理意识的困境，带来一种无法摆脱的"欲望性"苦难。"一个时代在技术、物质领域所表现出来的创造性，又确实难以掩饰其内在的贫乏本性。"① 如果说西部边地由于物质窘迫而导致的苦难可以通过外在经济的可持续发展获得拯救，但人的精神主体和人性本真却可能在无形中消弭和扭曲，取而代之的是人性黑洞的恣意放纵。由此，西部"苦难"的内涵与外延开始拓深扩展到精神和人性层面，"苦难不再是日常生活的困苦，不再只是疾病、衰老、死亡，而是人性和世界的根本败坏。通过无知、通过罪孽、通过混乱"，② 这既是人性的本质，也是无法挣脱的宿命。

---

① 谢有顺：《最后一个浪漫时代》，载《此时的事物》，江苏教育出版社 2005 年版，第74 页。

② ［德］雅思贝尔斯：《悲剧知识》，载刘小枫：《人类困境中的审美精神》，东方出版中心 1994 年版，第 474 页。

　　首先是物质欲望的人性困境。雪漠《莹儿的轮回》通过"换亲"的边地风俗展示，传达的却是源于物质欲望不得导致的人性残忍的文学主题，善良、单纯而无辜的主人公莹儿，由于亲人对物质的渴求沦为换取欲望满足的资本。但是，将人视为商品的捷径并没有带来原初预期的生活和心理满足，集体性的物欲意识在戕害莹儿身边亲人健全人性的同时，也将一个鲜活无辜的生命推向绝望的深渊，死亡成为莹儿灵魂安息和痛苦解脱的唯一归宿。《狼祸》当中迫于对生活资料的疯狂欲望，南北牧民陷入互相厮杀和群体报复的血腥灾难当中，结果只能是人性的丧失与环境的恶化。姜戎的《狼图腾》中人类对物质贪婪的欲望打破了自然生态的平衡，在满足眼前利益的同时，也为子孙后代埋下了深重的隐患，额仑草原的沙化就是很好的佐证。受难的弱者因为欲望而成为异化自身人性和制造自己苦难的罪魁祸首，苦难的轮回以欲望为中介陷入无法自拔的宿命。叶舟的小说一方面将欲望作为人类本性的一种合法存在，另一方面也将这种欲望作为支配人类悲剧的根源，欲望与悲剧、存在与荒诞的并存成为叶舟小说最深刻的悖论性命题。在《风吹来的沙》《最后的浪漫主义骑士》《谁是谁的先人》等小说中，主人公完全浸淫在现代都市的物质感官沉溺当中，但作者却持以暧昧的认同，对他们"欲望"的无度放纵报以温婉的批判，以反讽的手法观照现代单面人被欲望驱使的宿命、无奈和流动。其次是尊严欲望的人性困境。了一容《鳖晒盖呢》叙述一位为了生殖尊严而凄惨无奈的悲情故事，并将悲剧的根源引向对传统封建思想和人性劣根层面的批判。杨拉拉为了生儿子，先后娶了三个妻子，直到晚年才实现这个愿望，为此他忍受着物质窘境的凄苦生活，唯一的精神支撑就是"无后为大"的传统尊严欲望，儿子的诞生在杨拉拉看来是对村民嘲笑的最好反击。"杨拉拉八十三岁的那天，猝然倒在了县城一家烤羊肉串的炉火边，脸上挂着满足的微笑，就像是吃了美美一碗羊羔肉的样子，嘴角弥漫着梦一般的甜蜜，就像是说：你们谁再敢小觑我，你们有的，我也有，而且老婆我比你们多！"① 苦难的一生只为子孙的繁衍，而子孙的繁衍只是源于人格的尊严欲望，这种尊严的欲望成为杨拉拉忍受苦难的动力，也是他的人性压抑与命运悲剧的根源。石舒清《牺牲》中的瘸小孩舍巴因以游戏的心态在灾荒年份与小伙伴一起偷大队的豆子不幸被捉，他的父亲柳进义恼怒之下失手用石头砸死了自己的亲生儿子，成人世界和孩童都并非是悲剧的制造者，唯有集体性的舆论权力压迫下的尊严欲望才是沉重苦难的真正根源。而尊严欲望的无意义在红柯《西去的骑手》中也得到了深刻的诠释，盛世才用政客权谋之术确立起自己的精神追求与道德价值之后，却发现理想不在、亲人不在、爱情不在、人性不在。当欲望成为生存的支配性主宰时，它带来的是精神的苦痛，以及道德体系的崩溃与人性黑暗的涌动。"这是一个缺乏神圣和希望的时代，物欲膨胀与秩序消失共同构成了这个时代的基本特征：存在的隐匿"，② 当政治压迫和物质匮乏的焦虑被消解之后，欲望却成为人无法摆脱的宿命。西部小说在以本土化的文学图景展现着人类共有的欲望泛滥时，其深隐的目的却是对价值重建和灵魂栖息的执着寻觅，精神苦难与疼痛诉说成为警示人们抵抗世俗享受的异质声调。

第二，文化因袭下的无根之痛。如果说物质的欲望和尊严可以在现世中得到满足和验证，那么，欲望支配下的精神本质和灵魂状态，却很难因为欲望的满足而得到抚慰，躁动的灵魂常常陷入欲望轮回的怪圈，造成无望的精神荒漠，于是，人性的存在困境就成为精神性苦难的范畴，如猜忌、宿命、虚无、孤独等，就是文学苦难叙事的新侧面。这些无可改变的人性困境，正如弗里德利希·黑尔在《告别地狱和天堂》

---

① 了一容：《鳖晒盖呢》，《六盘山》2009 年第 3 期。
② 谢有顺：《我们内心的冲突》，广州出版社 2000 年版，第 99 页。

中所说："天堂存在于人类日常保持自我的斗争中，存在于人类在荒谬的大海和非人道的荒漠中建立意义和存在小岛的奋斗中……天堂不仅可以达到，而且可以永远地追寻，通向对于人类可能存在的天堂之路必须穿越过我们自己的地狱"，①"对现代社会的价值信仰之忧虑，一直是现代以来的文学艺术挥之不去的情结。"② 西部小说对身处多重文化冲击中的西部民众的存在困境，进行着积极的形而上的观照探寻，他们不断发现着深藏于西部边地文化孕育中的人性不完整，并将这种不完整的人性困境与人生悲剧以艺术虚构的方式展现出来，形成西部小说悲情苦难上演的内在对应结构。第一是猜忌。董立勃的《清白》中，猜忌毁掉了谷子美好的爱情，也摧毁了人对生活热爱的激情。查舜的《风流云散》是一个由"猜忌"引发的爱情悲剧，秀花因为一个生活细节被丈夫所质疑，美好的情感因为信任的失落陷入冷漠，夫妻之间既有的宽容与关爱最终在猜忌中将人性推向了狭隘与偏执，上演了一曲忧伤的爱情生活悲歌。第二是虚无。了一容的小说集中展示了人类生存的"虚无"困境，虚无来源于"自我主体"与"外在客体"之间的难以沟通与交流隔膜，造成人的内心所无法摆脱的精神性苦难。在《饥饿精神症》当中，孕喜子的痛苦一方面来源于生理饥饿，另一方面来源于内心渴望想象而不得的绝望，自我与外在之间在错位中将人推向虚无的困境。《向日葵》中"我"在贫病交加之中深陷希望与失望、残酷与理想的困境，而隐秘的焦虑与精神的危机成为"我""虚无"感受的根源。《民兵连长的鹤子》中木长元从英雄落寞的人生体验中思考着命运、现实与理想的虚无，"人们的思绪多么容易一哄而上啊，他们簇拥着一件新鲜的事物或者新

---

① ［德］豪克：《绝望与信心——论 20 世纪末的文学和艺术》，李永平译，中国社会科学出版社 1992 年版，第 79 页。

② 陈晓明：《表意的焦虑——历史祛魅与当代文学变革》，中央编译出版社 2002 年版，第 404 页。

鲜的人物，就像一群蚂蚁狂热地抬一根稻草一样，抬了一会儿，抑或将之抬到一定的时间，又突然把它莫名其妙地扔在那里，不复回首。"①《寂静的屋子》《板客》《高原上的经声》等作品，都将虚无作为人类生存的一种真实景深，并在希望与绝望、现实与理想、欲望与静守中表达出人类生活的一种困境，这是人类精神的肌理，也是无法摆脱的人生宿命。虚无的人性境遇不仅是形构苦难的根源，也是人生境遇的困境结果，因为它的存在是人之所以为人的一种真实存在，了一荣探寻思考的是人类共有的生存经验图景："我所说的'苦难'，不是惯常意义上的苦难，不是物质的贫穷和一无所有带给人的痛苦，而是更深层次上的。当然，这里面也包含一些物质上的，更重要的是精神上的。因为人类自身的缺陷、不完美，导致人类总是走不出自我的羁绊"，②他对人性多维和苦难根源的存在主义式的追问，赋予其苦难叙事以生存哲学的深度。第三是宿命。王家达《清凌凌的黄河水》《黑店》《西凉曲》等小说展示着传统文化习俗制约下人类生存的宿命及其渊薮。尕奶奶（《清凌凌的黄河水》）和水香（《麦客》）生活在传统民俗（甚至是非人性的民俗）的因袭重负下，这成为她们精神世界无以释然的存在本体，也是她们命运悲剧的文化根源。"远村派之属浪漫潮流，在于它仍以远和奇作为主要特点。只是这远，不是远离现代文明的草原、沙漠、荒野，而是远离现代文明的村庄……不是浪漫自然中的异域情调，而是充满乡村原始土风和封建遗迹的习俗。"③尕奶奶和二哥子、水香和顺昌之间"无事"的悲剧隐藏的却是西部民众深处传统封建文化重负之下的无力自救，人只能在看似"和谐"表象下"无奈"却"荒诞"地存在着。了一容《火

---

① 了一容：《手掬你直到天亮》，宁夏人民出版社 2008 年版，第 120 页。

② 唐荣尧：《文学直指人的思想和心灵——了一容访谈》，《银川晚报》2003 年 10 月 7 日。

③ 张法：《远与近，奇与正》，《批评家》1986 年第 5 期。

与冰》中的尕细目在阴差阳错中走向杀人的越轨，"人们想不通，那么老实善良的一个人为什么会突然变成这样。"①罪恶的魔咒并非源于生存环境的严酷和社会环境的黑暗，也不是根植于村支书的暴施虐行和村野乡民的愚昧麻木，而是尕细目内心久存的恶魔将他推向苦难的深渊，他"不是但丁地狱的魔鬼，而是生活黑暗和人性野火的牺牲者，而且是无法追问社会意义和人性价值的牺牲者"，②这种人性的深渊与恶魔是他苦难的源头，更是其无可改变的存在宿命。《独臂》《挂在轮椅上的铜汤瓶》中底层的卑微者只能在底层卑微地活着，《大姐》《蓝色的钻戒》《样板》等作品中善良淳朴的西部人群面对生活的苦难虽坚韧地承受，终究难以摆脱宿命的捉弄，这是人性尊严的炼狱，是人性黑洞的暴虐。第四是孤独。张承志《黑骏马》中的白音宝力格在现代都市文明的挤压下，带着受伤的心灵重返草原，在对爱情和亲情的追思中，他试图找回曾经失落的精神家园，但梦想家园的彻底失落所带来的是无可摆脱的"孤独"，孤独是张承志作为理想主义者的现实感受，也是白音宝力格不断漂泊的心理动机。"只有我深知自己。我知道对于我最好的形式还是流浪。让强劲的大海旷野的风吹拂，让两条腿疲惫不堪，让痛苦和快乐反复捶打，让心里永远满满盛着感动。"③"他在细细地回忆往事，思念亲人，咀嚼艰难的生活。他淡漠地忍受着缺憾、歉疚和内心的创痛，迎着舒缓起伏的草原，一言不发地、默默地走着。"④红柯《乌尔禾》中的海里布、姜戎《狼图腾》中的毕力格老人等，在现代文明的入侵之下都无法逃脱精神的"孤独"，而孤独所造成的精神苦难困境，或者为他们漂

---

①　了一容：《挂在月光中的铜汤瓶》，作家出版社 2007 年版，第 203 页。

②　李生滨：《生命承受苦难的文学追求——东乡族作家了一容小说创作散论》，《朔方》2007 年第 9 期。

③　张承志：《离别西海固》，《中国作家》1991 年第 4 期。

④　张承志：《黑骏马》，长江文艺出版社 1993 年版，第 1 页。

泊的心路留下生活伤害的痕迹，或者让他们在虚幻的心理体验中获得虚无的解脱。西部作家于是在生存的真实与不真实之间，言说着对人性的隐忧思虑，探寻着存在命题的形而上哲思。

第三节　西部民族精神与苦难境遇的消解

既然苦难的存在是无法改变的事实，"如何拯救和超越苦难"便成为西部作家本土性书写的一个精神向度。可以说，苦难与对苦难的超越正构成人自主性的一个完整动态过程，而超越苦难所采取的途径，如社会学、人道主义或审美立场，又决定着作品的精神品格和价值向度。因此，对于苦难的书写，在呈现表象的同时，还应该寻求超越和解脱的精神方式。它不仅包含着对现实苦难的拯救，而且涉及对精神困境的拯救，苦难的消解成为西部作家必须面临的文学母题。文学的苦难叙述是由两端组成——一端是苦难的发生源，即导致苦难发生的直接外在原因，它包括了偶然性和必然性、客体因素和主体因素等，对待导致苦难发生的行为和体制，作家往往采取批判和反思的态度，如"伤痕文学""反思文学"的苦难叙事就将根源，即"文革"的荒诞纳入批判范畴。苦难叙事的另一端是受难者，即受难者在承受苦难时的精神状态和心灵痛苦，受难者表现出的或抗争或隐忍的态度，或蓬勃或麻木的生命力，都是苦难叙事所关注的重心。既然苦难叙事是由这两端构成，相应的对于苦难的拯救也从这两个维度切入。

第一种解救苦难的模式侧重于对根源的探讨。其基本模式为将苦难的根源归结为社会政治文化层面，通过对造成苦难的发生机制进行全方位的批判，也就是通过对政治、历史和文化的追问反思，实现对造成人的苦难的根源追溯之后进行精神解脱。无论是"伤痕文学"还是"反思文学"，都将民族所遭受的苦难指向荒谬的历史和政治的狂热，同时也将外在的根源追溯归结到人性本身，诸如国民劣根、理性蒙昧、集权崇拜、权力欲望、生命漠视等，这些都是造成时代罪恶与苦难的发生源。为了实现对人性劣根的拯救，启蒙思想被重新推上文化前台，在启蒙者看来，苦难消除的方式是人性本真的恢复，而国人劣根的"疗救"只有通过科学、理性、民主等文化因子的植入，才能实现自我人格和自我人性的健全矫正，而这种启蒙和矫正一旦成功，所有问题也就迎刃而解，苦难也会借此消弭。另一种苦难拯救模式侧重于受难者一端。启蒙主义者试图通过"启蒙"让受难者意识到自我个体存在的苦难处境，即鲁迅所说的"揭出病苦，引起疗救的注意"，在这种感召之下，如果个体的自我意识复苏，但却找不到解脱苦难处境的出路方向，势必陷入"娜拉走后怎么办？"的抉择性精神苦难。于是，启蒙者通过勾画一个民主自由的未来世界，革命者通过勾画一个崭新时代的美好图景，借用想象性的"乌托邦"，在新时代与旧时代、生活现状与历史传承的对比中，激励受难个体对理想世界进行展望并付诸实践，而受难个体也有选择认同或放弃的精神自由，即他们在认识到自我所承受的苦难时，可以选择默默承受，可以选择主动臣服，也可以选择激愤抗争，但不同的抉择姿态最终又源于他们个体的精神状态和思想体系的自我辩驳。

对于西部底层民众，苦难包含了自然和物质境遇的苦难，更涉及心灵和精神的煎熬，即"不仅是他们的肉身在受苦，更重要的是，生活的意义、尊严、梦想、希望也在和他们一起受苦。"[1] 面对西部民众的苦难生存状态，虽然西部作家试图从苦难根源一端去寻找拯救之径，但更多的作家青睐于从受难者的入口寻求自我困境的拯救。因为边地文化的

---

[1]　谢有顺：《余华的生存哲学及其待解的问题》，载陈思和主编：《21世纪中国文学大系·2002年文学批评》，春风文艺出版社2002年版，第345页。

亘古久远，远不是一代人或一段史的自然生活流可以改变，自然地理的恶劣、物质生存的贫瘠、传统文化的因袭、宗教文化的浓郁等等，都可能构成苦难体验的诱因。既然希冀客体的变革是无望和渺茫的，那就只能将希冀寄托于自我的心理调试与内在坚守。而新时期以来的西部小说消解苦难的方式，在呈现出与其他区域文学消解范式相通之时，也呈现出鲜明的风格性特点。即其他地域作家面对苦难的存在，他们或是放弃对苦难的审思，或是放弃对苦难的拯救，或是转向对苦难根源的历史文化追溯与批判，总体而言，苦难叙事至多作为文学中的一个惨烈图景展览。但西部作家则是始终观照着外在或内在的苦难重压施加于人之后，人的内在精神与人性力量是如何面对苦难的姿态，特别是当受难主体在觉醒之后是如何借助自我启蒙与价值信念来对抗或化解苦难，苦难境遇下的西部民众的心灵状态又如何化为西部边地独特的民性民风。也就是说，面对苦难叙事的艺术挑战，西部小说家显示出集体性的"向内转"的自我拯救途径，当然，因为侧重于对受难者的精神转移，受难者即西部民众的心灵状态和民族性格与苦难拯救就有了内在关联。身处西部边地的高山险岭、戈壁流沙、山崩雪灾等无可改变的客观环境，西部民众只有改变自己的生活认知态度和生命安处方式，才能实现对苦难的解脱与超越。于是，意志的坚韧、胸怀的宽广、心境的安宁等，就成为他们远离苦难客体所做的无奈而有效的生命姿态选择。可以说，西部边地多元化的生态样式和文化形态，孕育了西部民众区别于中原和沿海地区的整体性民族性格伦理，并在悠久长远的时间历史演进中，成为他们在生命延续和生活之流中直面和消解苦难的内在理据，形塑出互为因果的内在生成结构。

一、刚烈与隐忍：体味苦难与信仰超越

苦难和宗教有着同源性因果关联，因为自人类社会诞生以来，苦难就伴随着各个时代的民众，而反抗苦难的集体心理诉求催生了宗教的产生，宗教也就先天地成为反抗苦难和超脱苦难的精神哲学。"对于马克思而言，攻击上帝的观念或者宗教本身就是浪费时间，因为一旦社会压迫被消除，这些思想和行为的意识形态也会随之消失。实际上，马克思在写到宗教时，出人意料地饱含同情：宗教里的苦难既是现实的苦难的表现，又是对这种现实的苦难的抗议。宗教是被压迫生灵的叹息，是无情世界的感情，……他是人民的鸦片……于是对天国的批判就变成对尘世的批判……对神学的批判就变成对政治的批判"，① 宗教的精神价值在于使人从苦难生活境遇中看到解脱与拯救的希望，为人们沉沦的心灵带来慰藉。因此，那些陷入现实苦难和精神苦难之人，往往通过皈依于某种宗教而希冀找到一条精神出路或精神超脱，以此抚慰身体之伤与心灵之痛，从这个意义上讲，宗教产生的现实原因是为了应对现实的苦难，宗教也因此具备了化解苦难的调试功能。虽然宗教的产生与苦难的解脱有着内在的同构性，但不同宗教对人的苦难的拯救方式却并不相同，佛教让"欲望"来承担苦难的根源，并通过灭欲来实现苦难的拯救，基督教让原罪来承担苦难的根源，并通过忏悔来实现苦难的超越，也就是说，苦难的拯救包含了灵魂与肉体的双重拯救："灵与肉的极度分裂，一面让人走向修道院，另一极则走向妓院。这种比喻，对现代国人也未必不是一种警策，什么是我们应该坚持的健康的精神理想，现代人该怎样调节灵与肉的冲突，应给自己的人生赋予什么样的意义，的确是最迫切不过的问题。"② 在西部小说中，对苦难的拯救分别从两个方向抵近——皈依信仰来实现对精神家园的追寻，或自我放逐来麻痹精神苦

---

① ［美］唐纳德·帕尔默：《看，这是哲学》，郑华译，北京联合出版公司 2016 年版，第 175 页。

② 雷达：《思潮与文体——20 世纪末小说观察》，人民文学出版社 2002 年版，第 137 页。

痛，前一类模式在西部作家如张承志、石舒清、雪漠、郭文斌等人的小说中是主导，后者则在众多西部新生代小说中有着细致丰富的艺术表征。

宗教对苦难的消解是其通过将个体的苦难感受，转向对精神信仰的向往，现世的苦难看作是生命状态的必然，看作是对信徒灵魂与精神的考验，而现世苦难从开始到过程到完结，恰恰是完成灵魂与精神的洗礼，并向宗教信仰的最尊者（佛祖、上帝或真主）靠拢过程中的必经环节。这样，人的情感指向就会由现世的苦难和身心的痛感，转向对彼岸世界的向往与抵近，从而实现对现世苦难的消释与化解。舍勒曾将受苦方式分为四类：享乐地逃避受苦、英雄地战胜痛苦、斯多亚式钝化痛苦以及基督宗教福乐式受苦。他指出，前三种应对苦难的态度对生命只能起抑制作用（逃避痛苦必然以向往死亡为终结；英雄姿态只是用更深的痛苦来战胜现存苦难之后的荣耀；钝化痛苦一旦起效就会从灵魂中根除一切高级和低级的欢乐），唯有福乐式的受苦才是既勇于面对苦难的现实，又将苦难看作是人生的必然，"从一个被人反抗的敌人变为灵魂的受人欢迎的朋友"，[1] "只有福乐的人，即与上帝同在的人，才能以正确的方式承当受苦，才能受苦并在必要的时刻寻求受苦"，[2] 因此以信仰的方式享受苦难、应对苦难，就成为宗教信徒承受苦难沉重的力量所在，也形成西部民众集体性隐忍性格的塑形。

分布于西部地区的穆斯林从唐宋时期进入中国，面临着酷烈的自然环境、艰难的生存条件和苛严的人文境况，在历代民族成长中，还经受着被古代王权朝代当权者征讨杀戮的危机。高压的政治权威与笃诚的

---

① ［德］舍勒：《受苦的意义》，载刘小枫选编：《舍勒选集》上册，上海三联书店 1999 年版，第 631—632 页。

② ［德］舍勒：《受苦的意义》，载刘小枫选编：《舍勒选集》上册，上海三联书店 1999 年版，第 631—632 页。

宗教信仰之间的不可调和，苦难的历史生存境遇与不断追逐理想自由的坚韧意志，铸造了穆斯林民众的基本性格——沉默而执着，"从蒙元以后，中国回族数百年间消亡与苟存的心情史展开了；一个在默默无言之中挤压一种心灵的事实，也在无人知晓之间被巩固了。它变成了中国文化的一个死角。散居的、都市的、孤立的回族成员习惯了掩饰，他们开始缄口不言，像人们缄口不言自己家庭中的禁忌的家底"，① 他们的"真实只在心灵之间……人们习惯了：像千里瘠荒的黄土浪涛默默无语一样，这里的居民在数百年漫长的时间里也习惯了沉默。"② 因此，"从总体看，回族是一个心事太重的民族，她善良缄默，不像其他少数民族那样喜歌乐舞，许多交流往往只在几句低语或一个手势中完成。她忍耐间不舍自尊，勤劳中暗存刚毅，爆发时永烈至极。无论是沙漠的酷热，山区的贫瘠，还是隅居城市的冷遇，她都可以忍耐下来，但有一点，你不能戳她的心尖尖——你不能凌辱和侵犯她的信仰和禁忌——说到底是作为人的尊严和原则。否则，忍耐就会在顷刻之间化为反抗，不惜生命"，③ "爆发"形成了苦难境遇下的刚烈，而"灭亡"塑造了苦难境遇下的隐忍。

抗争苦难境遇下的民性刚烈。张承志的《心灵史》提供了理解这一民性特征的最生动文本例证，对于母族的苦难，哲合忍耶表现出对生存苦难与政治压迫的强烈决绝的抗争态度，"硬汉"性格成为这部作品中人物的共同特点。这种硬汉精神首先表现为对生存环境的抗争——哲合忍耶教的产生之地，是一片狰狞而荒蛮的焦旱之地，"外人途经此地，

---

① 马进祥：《张承志回族题材小说选——回民的黄土高原》，青海人民出版社1993年版，第3页。

② 马进祥：《张承志回族题材小说选——回民的黄土高原》，青海人民出版社1993年版，第6页。

③ 王延辉：《回归与认知之路：散杂居地区回族作家的创作个性与本民族特性之关系》，《民族文学》2005年第6期。

一个小时甚至 20 分钟后眼睛便会被旱裸的景色浑浊，接着就发炎淌水，角膜流脓。"① 但为了民族文化血脉的延续，他们以笃诚的信仰承受着苦难，以不屈的精神传播着信仰的力量，这里的生之信仰与生存苦难已经融为一体，因苦难而信仰，因信仰而享受苦难。硬汉精神还表现在对清政府的向死而生或奋死抗争的态度上，"在张承志的小说中，苦难就像一枚坚硬的果核和不断圣洁化的信仰始终并存着。张承志所发挥的精神信仰或理想人道，并不是在世俗的维度可以消除苦难的圣泉，而是在心灵的天平上担当苦难抗衡苦难的砝码，对张承志来说，苦难是苦难，信仰是信仰，二者都是实实在在地存在着，张承志肯定信仰、坚执信仰，并不是否定苦难的存在，并不是叫人们无视到处都有的苦难。"② 无论面对生存苦难还是政治苦难，哲合忍耶都以清洁的信仰实现了对苦难的享受、反抗和超脱，"可是这里的苦难扑面而来，你躲都躲不开，你必须违反你的本能，要创造另一种人性的方式和内容，那就是受苦、受煎熬、受难、牺牲"，③ 张承志也因对理想的信仰在与现代文明的冲突中成为一位"傲岸强悍的灵魂苦斗者"。④ 苦难的重压对于没有像张承志这样有着强烈宗教体验的人来说，以理性的机智来反抗苦难就成为唯一的途径。他们将未来的希望作为自己的信仰，以刚烈或坚韧的反抗等待着曙光的来临，也因此，当前的苦难只是寄人篱下的被历史遗忘的角落，只要自己能经受此在的痛苦煎熬，未来苦难的解脱就是现在承受苦难的意义所在。张贤亮的《绿化树》和《男人的一半是女人》当中的章永璘在生理饥饿的煎熬之下，激发起强烈的反抗

---

① 张承志：《清洁的精神》，安徽文艺出版社 2000 年版，第 35 页。

② 郜元宝：《拯救大地》，学林出版社 1994 年版，第 78 页。

③ 王安忆：《心灵世界——王安忆小说讲稿》，复旦大学出版社 1997 年版，第 59—60 页。

④ 郜元宝：《说话的精神》，山东文艺出版社 2004 年版，第 128 页。

苦难境遇的力量，如清扫锅底土面烙煎饼，利用视觉误差多获取食物，而在性煎熬方面，章永璘采取了种种"反常"手段获得满足，性的满足是他与马樱花和黄香久结合的根本动因。苦难的重压在右派落难者身上，体现出因过度压抑负重而生成的顽强反击的刚烈和决绝。即使是西部小说中物质生存苦难的呈现，也是为了突出人的永不言败的硬汉生存意志，突出西部底层民众面对物质压迫时的生命旺盛力与绝地求生的生存本能，尽管其中充满了悲壮色彩。雪漠《狼祸》中的牧人、猎人以及鸦子，都以极其顽强的生命顽力在逼仄环境里生活，而鸦子对当权者的不屈、对狼的报复，都以其血性激起生命活力的充沛与热烈。而在军旅作家唐栋、李本深、李斌奎等的小说中，同样展示出军人面对生存苦难或社会磨砺的刚烈精神，并转换为革命英雄主义和革命乐观主义的理想气魄，"刚烈"成为西部民众应对现实苦难境遇所必需的民族性格。

体验苦难境遇下的民性隐忍。了一容的小说在表述人对"信仰"的艰难坚守中昭示出面对苦难时的"隐忍"民性。《古兰经》曰："当你未昭示一种迹象的时候，他们说：'你怎么不创造一种呢？'你说：'我只遵守我的主所启示我的经典，这是为信道的民众而从你们的主降示的明证和引导和慈恩。'"① 了一容通过对民族精神和民族品格的深刻把握，树立起文学人物的神圣信仰，以此作为应对苦难的精神支柱，而这种信仰在应对苦难的同时，也因对信仰的笃诚开拓出一条不反抗不挣脱的姿态——隐忍的路径，并将隐忍作为生存的必然、生活的常态，以及抵达宗教理想境界的必经炼狱。他的小说中生活于苦难中的西部民众，总是"静静地老老实实地活着，他们饱尝艰辛，一生都在与灾难抗争"，②

① 《古兰经》，马坚译，中国社会科学出版社1981年版，第130页。
② 了一容：《样板》，载《挂在月光中的铜汤瓶》，作家出版社2007年版，第203页。

人们"无论在多么恶劣的环境、多么艰难耻辱的情形下都要学会生存，都要忍耐，不要轻易放弃自己的性命！"① 人们"脸上身上全是黄土，鼻子里也是，嘴里也是，耳朵里也是。空气中充溢着黄土的芬芳，闻起来香喷喷的。大家在这样的环境里生活，免不了要像吃盐一样吃掉一些黄土的，但是大家却并没有因为吃土而吃死，反而越活越旺。大家活着或死去，都没有什么大惊小怪的。"② 了一容以对民族品格的熟稔，揭开西部乡人以隐忍来面对生活苦难炼狱的生存经验世界。不仅是群体，即使是个体，也在用隐忍应对着生活的苦涩磨难。《向日葵》中的作家贫病交加，但他坚信"本世纪最贫穷的人，总是顽强地活着的，总是以创造精神活着"。③《颠山》中的颠山在流浪途中"有时吃沿途豆地里的豌豆角，还捋着吃绿麦子，渴了就喝山上的山泉水"，④ 对生命自由的信仰与向往使他能够以隐忍面对流浪所遭遇的苦难，"我现在才晓得人活着就是为了自由，人一生都是为'自由'奋斗的。所以，才会有那么多人一次又一次地颠山、逃跑，锲而不舍。"⑤ 了一容在对人所经受的种种苦难表象进行文学性演绎之时，也在不断追问苦难的根源和超越苦难的可能，并从本民族文化伦理中形塑出以"隐忍"和"信仰"为核心的拯救之径——"在生命的旅途中，人的信念是压不垮的"。⑥ 哈萨克族女作家叶尔克西的新疆系列小说，同样描述着本民族牧民面对生活苦难时的隐忍心态和坚韧民性，她所塑造的哈萨克族女性角色普遍经受着苦难的历练，却以隐忍来坚持对未来的信仰，以此获得抵达彼岸幸福的通道。

① 了一容：《日头下的女孩》，载《挂在月光中的铜汤瓶》，作家出版社2007年版，第149页。

② 了一容：《天使》，《朔方》2003年第11期。

③ 了一荣：《向日葵》，载《挂在月光中的铜汤瓶》，作家出版社2007年版，第100页。

④ 了一荣：《颠山》，载《挂在月光中的铜汤瓶》，作家出版社2007年版，第90页。

⑤ 了一荣：《颠山》，载《挂在月光中的铜汤瓶》，作家出版社2007年版，第95页。

⑥ 了一荣：《去尕楞的路上》，人民文学出版社2006年版，第25页。

比如《奶水哺育的林间空地》[①]通过贝贝泰的叙述来观照和体验女性的生育之痛和丧子之痛，面对生活的无常与磨难，女性依持隐忍的品格应对身心之痛；《哑女人》[②]中的哑巴生来就生活在无声世界，亲人的离去或遗弃，让她的生活"像一首泣不成声的人唱的挽歌一样，支离破碎，不成曲调"，但她仍以生活的希望激情在无声世界忍受着丧父之痛与亲情之失，隐忍成为她期盼彼岸幸福的精神姿态。石舒清小说中的底层乡民对苦难的解脱与超越同样是依托信仰，拥有信仰之后的人生即使面对苦难，也仍然坚信彼岸幸福可以抵达，当然隐忍就内化为受难者的惯常状态和内在品质，《乡土一隅·长哭当歌》中的邻家女人通过"苦"的方式面对生活灾难，《一个女人的断记》中的赫丽彻用"哭"的方式寻求痛苦体验的释放，《清水里的刀子》中的马子善老人用沉默冥思面对生死玄妙，《歇牛》中的马清贵以隐忍沉默面对生活重负，底层民众以隐忍的生命形态看待生存处境与境遇宿命，以隐忍的方式反抗不可抗拒的世俗重压对灵魂与肉体的双重打击，隐忍既是态度，也是性格。对于红柯、雪漠、杨志军等汉族作家，苦难的超越同样可以借"泛神论"或"万物有灵论"等信仰获得解脱，即他们往往将生存的痛感体验转化为神秘化或神性化的、带有泛神论色彩的宗教想象与梦幻，以此实现对现实苦难生活的自我解脱，于是，大地是人类之母，高山是众生之神，天空是人类之父，暴雨是苍天奴仆……泛神论的思想成为他们看待自然灾害与灵魂苦难解脱的有效心态和内在信仰。

二、善良与单纯：诗意消解与苦难审美

舍勒在他的哲学体系中将受苦方式分为四类：享乐地逃避受苦、英

---

① 叶尔克西：《奶水哺育的林间空地》，《中国西部文学》1987 年第 5、6 期。
② 叶尔克西：《哑女人》，《民族作家》1989 年第 4 期。

雄地战胜痛苦、斯多亚式钝化痛苦以及基督宗教福乐式受苦，如果说刚烈是英雄式的战胜痛苦的精神状态，隐忍是斯多亚式钝化痛苦的心态选择，那么，还有一类则是享乐地逃避受苦（基督宗教福乐式受苦往往转变为民族宗教"向死而生"的英雄式的刚烈），在逃避受苦的超越和解脱中，享乐转化为了心灵的诗意与精神的安谧，这是西部小说家提出的应对苦难的精神引导。这种将苦难唯美化和诗意化的审美体验，成为文学主体的情感内涵聚集物，成为主导小说情感渲染和叙事指向的形式本真，进而决定着文本的情感取向、价值归属和形式风格，正如海德格尔所言："因为言说构成'此'之在（即构成心态和领会），而此在又是在世界中存在，故作为言说着的在之中，此在早就说出它自己了。……人显示自己为说话的存在者。这当然不是说，发声的可能性独属于人，而是指，人这个在者正是以说话的方式揭示世界也揭示自己。"①西部作家在呈现边地苦难的惨痛与悲情之时，集体性地通过精神升华来抚慰和消解苦难的精神体验，用善良、温情、关爱、纯朴等人性正面的纹理应对苦难给人带来的孤独、痛苦、恐惧、绝望等内在心理体验和精神困境。因此，西部小说就有了另一类苦难解脱方式——将西部民众面对苦难时的绝望、痛感、恐惧等感受，转化为一种诗意化、唯美化和启悟化的精神体验去消解苦难，从而获取对苦难的新的心灵感受和情感体验。这种诗意化的苦难解脱方式，在文本中表现为苦难的生存状态与浪漫的精神体验的悖反模式，而实现这一转化的媒介是西部民性的自然、真诚与单纯，因为只有自然的精神状态才能抵抗苦难袭来之时的压迫痛感，实现精神调试的中庸。人物只有在"天人合一"的自然憬懂之中才会将自我与自然融为一体，进而消弭主

---

① ［德］海德格尔：《人，诗意地安居：海德格尔语要》，郜元宝译，广西师范大学出版社 2000 年版，第 48 页。

体感受与客体苦难的二元对立之间的紧张，实现对自我生存困境的反省与超越。

王蒙流放新疆期间，面对政治厄运、身份失落、信仰质疑等现实和精神的苦难境遇，他以新疆底层民众的人性品格，如善良、达观、包容、慷慨等民族性格作为应对命运苦难的人性力量，而新疆边地民众的精神姿态和品格魅力还进一步内化为王蒙个人的一种人生观，演化为其漫长青春岁月中历经人生磨难的最佳心理调节剂。"在孤独的时候给我以温暖，迷茫的时候给我以依靠，苦恼的时候给我以希望，急躁的时候给我以安慰，并且给我以新的经验、新的乐趣、新的知识、新的更加朴素与更加健康的态度与观念的土地"，① 《在伊犁》系列就是这种诗意苦难的文本结晶。"文革"期间山村举行的"斗批改"在单纯善良的新疆民众看来不过是"塔玛霞尔"（游戏、看热闹）而已，"当维吾尔人说：'塔玛霞尔'这个词的时候，从语调到表情都透着轻松适意，却又包含着一点狡黠"，② 把政治的狂热和荒谬化为日常生活的游戏和幽默，这是应对乱世苦难的机智心态。"反正不论'史无前例'也好，'横扫一切'也好，'一天等于二十年'也好，'办成毛泽东思想的大学校'也好，老爹和大娘总是一样的辛劳终日，克己守法，苦中求乐"，③ 荒谬的历史、肤浅的口号，一切通过幽默、达观与沉静的人生态度转变为简单纯真的日常生活。"他们不贪、不惰、不妒、不疲沓也不浮躁、不尖刻也不软弱，不讲韬晦也不莽撞。特别是穆敏老爹，他虽然缺乏基本的文化常识，却具有洞察一切的精明，和比精明更难能的厚道与含蓄"，④ 与苦难来临之后的哭泣与绝望不同，新疆底层乡民在历史苦难的磨砺中形成的

① 孙郁：《王蒙：从纯粹到杂色》，《当代作家评论》1997 年第 6 期。
② 王蒙：《浅灰色的眼珠》，《王蒙文集》第一卷，华艺出版社 1993 年版，第 361 页。
③ 王蒙：《虚掩的土屋小院》，《王蒙文集》》第一卷，华艺出版社 1993 年版，第 426 页。
④ 王蒙：《虚掩的土屋小院》，《王蒙文集》第一卷，华艺出版社 1993 年版，第 441 页。

乐观豁达心胸，在荒谬时代成为营造诗意生活和静享人性温情的集体心态，它让政治落难者没有丧失生活的希望，并以更加超脱的情怀获得对人生、历史、现实与政治的一种崭新体验感知。了一容的小说一方面用凌厉刚性的笔触沉入苦难的深渊，将人生最惨绝的真实境遇呈现出来，另一方面，他又笃信"文学最终要解决的问题是人的思想和心灵。……我想，没有人会平静地看待侮辱和被侮辱、欺压和被欺压，更不会平静地看待个体生命承受这个世界所给予的幸和不幸。还有譬如永存、爱情、善良和美"，[①] 他常采用人性的宽容温暖来化解现实的苦难，从最残酷的生存镜像里构筑诗意的生存姿态，在小说中"将一种根本反诗性的材料，转化为了小说中伟大的诗性"。[②]《挂在月光中的铜汤瓶》中的老母亲为了照顾瘫痪的儿子尤素福坚韧地活着："老奶奶似乎和衰老、死亡之间进行着一场搏斗，好像一方要征服另一方。同时，她和尤素福又从彼此身上汲取温暖。儿子从老奶奶那颤颤发抖的双手中获得力量"，[③]但生活的磨砺并没有让生活失去诗意的感受，隐忍的母亲不仅因为爱而幸福，而且因为宗教信仰的存在而愈加激发出生的顽强意志，人性的善良与纯洁成为应对宿命苦难的动因，而这种人性之真也暗示出苦难超越的可能。《废弃的园子》中的小矮人易丝哈在废弃的院子里过着孤独卑微的生活，但即使残酷的生存境遇里同样不乏诗意，"他吃东西的时候，从不挑三拣四，从来都带着虔诚的感恩的心情，不管多么差劲的食物，他都能吃出香的味道，都满怀感激"，[④] 他和蚂蚁和鸽子做朋友，甚至悄悄爱着一位姑娘，易丝哈内心葆有的人性温情与美好企盼，昭示出高贵的精神诗意超越现实苦难沉沦的文学向度。同样在郭文斌、王新军、雪

---

① 杨骊、徐娟梅：《了一容的西海固》，《朔方》2009 年第 12 期。

② ［捷克］米兰·昆德拉：《小说的艺术》，董强译，上海译文出版社 2004 年版。

③ 了一容：《去尕楞的路上》，人民文学出版社 2006 年版，第 263 页。

④ 了一容：《挂在月光中的铜汤瓶》，作家出版社 2007 年版，第 209 页。

漠、刘亮程、马金莲等的小说里，苦难境遇中的受难者都选择以善良和单纯为核心的人性力量，作为应对肉身与灵魂双重苦难的生命姿态。西部小说的这种以诗意化的方式来消解苦难的哲学理解，一方面来源于中国传统文化（儒家的中庸、道家的超脱、佛家的弃世）的痛苦消解机制，在历代文化传承中被西部民众在当代生活中作为应对现实苦难和精神苦难的文化武器，另一方面来源于西部边地的民族集体性格和民族心理机制，西部民众长期处于游牧文化和封建等级体系的底层，随时都会遭受伤害和凌辱，长久的底层境遇和苦难侵袭，让他们选择豁达与超脱的民间生存智慧来应对苦难，并由这种民间智慧引申出单纯与善良、仁爱与正义等诸多民间伦理的集体认同，并最终塑造出西部民众的普遍民族性格。

但诗意苦难同样有其遮蔽生活真实面向，阻断对现实境况进行反思或追问自觉的简单化倾向。也就是说，当西部作家以诗意心态面对生活苦难时，他们很容易滋生出"命运无可改变"的宿命观，催生他们安于苦难现状、麻木苦难体验、消解生命激情的惰性，无法实现对苦难的反思、审视、批判和拯救，最终停留于苦难的直面或臣服于苦难的威慑。因此，这种诗意化、浪漫化和享乐化苦难的心理机制应以辩证和理性的态度给予审视，这是西部作家进行诗意化苦难叙事的艺术困境和未来契机。

第四节　西部小说苦难叙事的人文关怀精神

在所有的苦难范畴中，生存性苦难是人类最直观最基本的身心体验，很多精神性苦难都是从个体的生存性苦难诸如物质苦难与生理苦难中产生、延伸和拓展而来，但无论对生存性苦难的书写，抑或是对苦难形态的艺术演绎，新时期以来的中国文学由于受市场经济大潮和商业利益诱惑的影响，苦难反而成为作家用以煽情或渲染读者情绪的文学资本。一方面，当代小说对大都市繁荣景象的展示，在刺激着人们的感官欲望，制造了城市文明全面崛起的表象，殊不知这样的景象只存在于东部大城市，甚至只是大都市的局部景观，并以此制造着都市形态的幻觉和想象，掩盖了都市结构的科层化和层级化参差格局；另一方面，苦难在诸多作家的文学构塑中成为借以卖弄和消费人类同情心或悲悯心的文学噱头，苦难的形态越离奇、越古怪，赚取读者的泪水和同情越多，似乎对现实的表现就越深刻，于是如同"鸳鸯蝴蝶派"一般，将"苦情"演绎得越超越日常生活经验，小说就越具有介入现实的深度。但是，繁华的都市景象并不能掩盖身处差序格局中西部边地乡村的艰辛，"苦难"噱头的争相演绎也无法消解身处西部边地民众的日常生存困境。于是，西部小说的苦难叙事，一方面与主流文学相呼应，对民众的苦难存在进行积极的艺术介入与人文审视；另一方面，西部小说由于受制于西部边地自然历史文化人文境况的规约，如自然的恶劣、经济的滞后、历史的负重等，其苦难书写呈现出鲜明的"边地化"特色，那就是对西部底层乡民"物质形态生活"苦难的直面关怀意识，而其苦难拯救的模式也构建出独异于主流文学隐晦指向于经济发展理念、社会机制弊端、反现代性的人性变异等的"去欲化"或"保守主义"的"心灵净化"与"信仰坚守"的观念模式。

首先，西部作家普遍具有直面底层生存性苦难的人文关怀意识。西部小说的底层生存苦难书写，是立足于西部边地本土化的现实境况使然，这种底层意识的写作立场、文学命题和观照态度，是对当下文学丧失对现实感受力、现实介入性和现实批判性的艺术精神赈济。一方面，西部作家直面底层生存性苦难的创作倾向，根植于他们对本土生活的真挚热爱与对本土民众的深切悲悯。在王家达、柏原、邵振国、王新军、刘亮程，以及雪漠、石舒清、了一容、陈继明、马金莲的小说中，他们集体性地对边地民众的现实生存本相进行着真实透彻的展示和审思。新时期文学之初，西部文学为了追赶和迎合主流文学的寻根潮流，不惜通过对西部的刻意浪漫化渲染，营造西部大地的神秘化、狂野化和悠远化，造成域外读者对西部边地的想象性误读。随着西部小说作为边地文化现实映射的艺术主体性确立，西部旷野乡村的真实图景逐渐浮出水面，西部边地所发生的生死歌哭，无不与西部大地的恶劣环境、物质贫瘠和文化因袭相关，即使是精神性苦难，也大多缘起于人在物质渴求和传统伦理之间的纠结焦虑，因此，西部作家普遍性地对边地民众的日常生活苦难进行"慢"节奏的叙事，在"慢"中突出苦难的亘古、恒定与久远，这是西部作家直面底层境况的现实主义精神彰显，也是他们尊重现实、直面真实和介入现实的人道主义精神自觉。另一方面，西部作家对苦难的表现始终恪守着在经济浪潮席卷之下真实书写现实、观照世道人心和悲悯底层命运的价值原则。从作家与文学制度的关系来看，"十七年"期间的创作基本是一种国家意识形态体制内的文学生产，特殊的体制身份制度使作家只要创作一部有影响力的作品，就可获得巨大的文化资本和社会声望，由此产生了众多的"一本书"作家；二十世纪九十年代以来，市场经济在驶入快车道之时，文学失去了体制内稿费制度的经济保障，而文学注重精神追求和艺术先锋的品格先天与市场经济和日常实用思维相去甚远，在与其他艺术门类诸如影视等的抗衡中，带来了普遍性的文学轰动效应的淡出与被迫的艺术处境边缘化。对于以写作为安身立命的作家来说，这样的体制转型迫使他们不得不将文学作品的受众，即读者的认可纳入写作行动的隐形关注视野，因为读者是否认可直接关联着自我的艺术声誉，虽然不排除许多优秀作家坚守对艺术法则的忠诚捍卫，但时代、身份、市场、体制等的诸多利益蛊惑，也让许多作家陷入文学炒作与题材渲染的舞台，甚至完全将个人隐私的展览作为吸睛的叙事资本。在此心照不宣的文学生产、流通和消费的产业链当中，作者获得了资本、热度和声望，大众获得了感官的刺激、释放和满足，而文学最为高贵最为本体性的对现实的直观、担当与介入的艺术品质，却被视为落伍理念而抛弃。广袤而恒久的西部边地世界，同样成为域外审美视域与关注对象的"边地想象"而被误读或遮蔽，但文学的渲染无法弥散边地现实世界的真实而复杂的存在。在此文学情境之下，西部小说家自觉地远离那些时尚化与市场化的命题演绎，与那些疏离于民众日常生活的宏大时代政治命题保持间距，而是扎根于西部边地本土，持久而深切地对西部民众的日常生活境遇下的生存苦难进行着本真的观照与自觉的代言，在中国文坛中坚守着文学应有的艺术纯然性、历史真实性和底层关怀性，张扬着文学替底层受难者代言的现代知识分子的担当精神，诚如雪漠所言："我认为，文学的真正价值，就是忠实地记录一代'人'的生活，告诉当代，告诉世界，甚至告诉历史，在某个历史时期，有一代人曾这样活过。伟大的作品，应该像生活一样丰富，也像生活一样质朴，没有任何虚假的编造，有的只是对日常生活的升华与提炼，以及从日常生活中发现的文学诗意。它可以坦然地对历史和世界说：瞧，他们就这样活着。"[1] 直面边地生存苦难之时，西部作家还把生活表象的苦难上升为集体精神和民族心理的体认，在对人的普遍内心压抑进行触摸表述时，也在平静的日常生活之流叙事中，传达西部边地民众深隐着的真实而无奈的生活喟叹。西部作家的直面现实、直面底层、直面真实、直面苦难的文学精神，是对想象性和神秘化西部的本真呈现，对苦难的关注引申出的对人性的反思和对世俗的超越也就具有了人类普泛性的精神哲学意义。

---

① 雪漠：《我的文学之"悟"——代后记》，《猎原》，北京十月出版社 2003 年版，第481 页。

　　其次，西部小说的生存苦难叙事构建出以"净化心灵"与"虔诚信仰"的"保守主义"和"道德主义"的苦难拯救模式。作家在对西部本土和日常真实的苦难观照中，人的心灵是直接的承受者，与诸多文学对人的潜意识甚至异化人性和扭曲心理的传达表现相异，西部小说普遍以拙朴而凌厉的艺术风格关注着多重苦难重压下人的心灵活力的阉割或伤害，不断地探讨在边地无可更改的苦难境遇中，心灵拯救与灵魂救赎的可能性。宗教文化的传承浸染使西部作家（无论是汉族作家还是少数民族作家）普遍怀有"去欲化"的保守主义精神，并将这种保守主义精神树立为面对"物欲蒙蔽"和"人性异化"情境中的"新启蒙意识"。新启蒙主义精神既作用于西部作家的创作心态，也塑形着西部小说的价值取向。一方面，西部作家身处并不发达的旷野边地，却能经受住世俗思想和市场潮流的诱惑，保持着对文学的虔诚、对本土的热爱，他们普遍宁静清洁的文学心态和甘愿为文学耕耘的姿态，让他们的写作精神能够过滤掉时代的浮躁疲软而显得饱满充沛。特别是从小说文本来说，书写乡土苦难"在意的是人的常性的拥有与常性的葆有，看重的是人的个性保持和天性流露，并以此摒弃变态，抵抗扭曲，因而在他们自己的作品中，普遍重视童年生活情趣。高度强调日常生活趣味，力求把一种宁泊淡定的人生美学定格在西海固，并传达给更多的人"。① 西部作家在坚持不懈地向着自己的"灵与肉"写作，向着需要安慰和同情的心灵写作，这是一种艺术安守的文学信仰和文学品格。另一方面，从苦难叙事的拯救模式来看，面对生存性苦难为主的边地现实生活，以及由此所衍生的精神性苦难，西部作家的救赎模式普遍依靠心理调适、理念辩证和欲望保守的方式来实施，而西部边地的宗教场域为这一方式的兑现提供了最有效的文化契机。宗教的产生是对现世苦难和人性罪恶的一种抗议

————————

①　白烨：《"三棵树"之后——宁夏青年作家群创作印象》，《黄河文学》2006 年第 5 期。

控诉，而人性的本能则是趋苦求乐，当现世苦难无法避免，人就只好转向精神的追求。边地宗教信徒就生活于这种世俗和超越的悖论性世界当中，于是，西部作家在小说中将"新启蒙精神"或宗教性的"清洁精神"追求作为创作指引，西部作家"多多少少都怀有一种宗教情怀，他们以一种虔诚的姿态来对待写作，因此在他们的文学叙述中流露出神圣感来"。① 因为西部作家普遍性的与宗教文化的隐形关联，其心灵和观念就更多单纯、静谧和持守，更有接近原初性的生命真义的可能。他们始终凝望着自己的故土和苦土之上的人的生活状态，希望尽力靠近生命的本质和生活的要义，努力将人与生活、人与土地、人与生命、人与存在的个体化感悟上升到智性层面来体悟，以此传达心灵的哲学辩证法。在郭文斌的《大年》《吉祥如意》等小说集当中，生命是一个顺应天候的自然性存在，"春来草自青"，生命在什么样阶段就应该表现出什么样子，该开花时开花，该结果时结果。作者对生命始终抱有一种喜悦和感恩的情愫，即使在哲理层面，生命也是一种大道至简的自然状态，由此衍生出对人世间的一切承受包括苦难都是一种自在、自然的存在，它们的存在与消亡都合乎天地之道。石舒清写生死却时刻试图探究生命的意义或洞悉生命的隐秘，而他借助于宗教来进行生命探寻，又使得他的生命思考显得沉重而深刻。即使面对苦难，他也总是从宗教情怀的生命感悟来化解，其小说叙事呈现出生命与宗教相互交融感应的宗教性哲思。如果说对生命意义和苦难超越的探究，郭文斌和石舒清侧重于生命哲理的维度，了一容和季栋梁则深入到普遍人性的结构进行探询。了一容的生存苦难和人性虚妄异常真实和惨烈，人性的善与恶在一瞬间有着不可思议的转变，苦难生活中人性的卑微和人性的阴暗对生命也有强烈的杀伤力。季栋梁在焦灼中探询着隐藏于生命本体内部的人性

---

① 贺绍俊：《宁夏文学的意义》，《黄河文学》2006 年第 5 期。

黑洞造成的伤害，体察着苦难痛感的细微，看到了存在于生命中的美好诗意和丑恶狰狞的本真面目。西部作家无论是注重生命哲学还是注重人性的开掘，其生命苦难书写都试图构建一种"清洁精神"，这种新启蒙精神既来自苦难中的边地民众集体性的身心信仰的高洁安守，更是西部作家在本土化苦难书写中的自觉艺术追求和有意识的价值话语构建。而这种"保守主义的新启蒙精神"或"宗教性的清洁精神"，不仅适用于前现代文明历史语境中的西部边地生活，也为其他"先进"文明形态主导下的文学精神但却缺少对灵魂关注和心灵慰藉的自我局限性提供了文化反思的参照——边地乡民所秉持的对传统伦理道德和民间价值体系的坚守，是对当下物欲困境中的人性的审美批判与价值反衬，是最原始却最有效的苦难境遇拯救的精神旨归。正如海德格尔曾提出"良知"是疗救人性的唯一方式那样："此在在常人的共性和闲谈中迷失自己，在听他的那个常人自我时，此在听不到它本己的自我……这种偏听必须打破；换言之，将打破这种偏听的另一种听的可能性，必须由此在自己给出。打断偏听的可能性，在于直接被唤及。此在听不到它自己，却去偏听'常人'；这种偏听将被某种呼唤所打断。假如这呼唤符合其自身的特征的话，它将激起另一种听，即另一种与迷失之听有关的听，与偏听处处对立的听……以这种方式呼唤着让我们领会的东西就是良知。……良知的呼声为想要回家者所闻见"。① 西部小说家用信仰、隐忍、善良与单纯等民族化品格，作为应对现实苦难的精神武器，而他们在对边地民众生存的苦难书写中所表现出的缄默的生活态度，那种对边远地域的自我认同，那种对生命价值分量的珍视，在普遍缺乏普世情怀与生命尊重的文坛症候式格局中就具有了看似回望保守实则高贵圣洁的"思

---

① [德] 海德格尔：《人，诗意地安居：海德格尔语要》，郜元宝译，广西师范大学出版社 2000 年版，第 49—50 页。

想先锋性"，而他们无论是情感倾注还是理性审思，都在宗教性的"清洁精神"模式中，勘探着对人生命运、人性结构和精神世界的丰富与深邃、宏阔与幽微的体验转换，构建起一种对苦难实存的保守主义式的拯救范式。

第四章

西部小说现代性价值选择的焦虑

第一节　边地文化的多维性与西部小说的现代性焦虑

一、文明形态转型与中国文学的现代性焦虑

现代性一词自产生之日起，就是一个鬼魅四射而扑朔迷离的概念。现代性既是一种文化理念，也是一种思维方式，按照福柯的界定，现代性是"一种态度"："所谓态度，我指的是与当代现实相联系的模式；一种由特定人民所作的自愿的选择；最后，一种思想和感觉的方式，也就是一种行为和举止的方式，在一个和相同的时刻，这种方式标志着归属的关系并把它表述为一种任务"。① 杨春时在此基础上，对现代性做了进一步界定，即"现代性作为一种推动现代化的精神力量，具有三个层

① ［法］福柯：《什么是启蒙》，载汪晖、陈燕谷：《文化与公共性》，生活·读书·新知三联书店 1998 年版，第 430 页。

面，即感性层面、理性层面和反思超越层面"，"现代性不是其中某一个层面，而是三个层面的整体结构。"① 感性层面的现代性，是指在压抑状态下而释放出来的人性欲望，它是现代性发生的深层心理动力，正如舍勒所说是一种"本能造反逻各斯"，感性现代性包括了物质消费欲望和感官享受欲望；"人的欲望的解放必然体现到了理性层面上来，被理性所肯定和规范，现代性也就体现为一种理性精神。由于理性具有制约感性的作用，理性精神就成为现代性的主体"，② 启蒙思想就是理性现代性的观念体现；前两个层面，无论是物质感官欲望的释放，还是启蒙主体理性的制约，或曰酒神精神和日神精神，都是以牺牲人的自由为代价——消费主义把人异化为"物"的奴隶，科学主义把人降格为"技术"的奴隶，人最终沦为感性和理性的附庸存在物而失去了作为人本身的高贵性、神圣性和整体性。于是就有了第三个层面——"反思—超越"层面的现代性。反思—超越现代性持续对感性现代性和理性现代性的理念窠臼和效果弊端进行自我批判与自我超越，包括从哲学、审美和艺术等层面进行全面反思与批判，因此，完整的现代性就包含了感性、理性与反思—超越三个层面的完整结构。马泰·卡林内斯库也将现代性分为社会现代性和审美现代性，并对二者进行了区分："一方面是社会领域的现代性，源于工业与科学革命，以及资本主义在欧洲的胜利；另一方面是本质属于论战式的美学现代性，它的起源可追溯到波德莱尔"，③ 他所界定的审美现代性因其论战式、反思式和对话式特征，一定意义上正是"超越—反思现代性"的文学化表述。

现代性在西方国家的直接效果就是从精神层面使人实现了"脱神

① 杨春时：《现代性与中国文学思潮》，生活·读书·新知三联书店2009年版，第1页。
② 杨春时：《现代性与中国文学思潮》，生活·读书·新知三联书店2009年版，第1页。
③ ［美］马泰·卡林内斯库：《现代性、现代主义、现代化——现代主题的变奏曲》，载汪民安等编：《现代性基本读本》上册，河南大学出版社2005年版，第254页。

入俗"，这里的神指西方的宗教神学，中国现代性的效果则是使人实现了"脱圣入俗"，这里的"圣"是指中国的封建道统。但在中国近现代的政治史、社会史和思想史的历程中，所谓本源意义上的现代性的三个层面并未能很好的深化、实践和发展：近现代以来中国的经济发展和物质财富普遍贫乏，使感性现代性只在海派文学、新感觉派文学以及都市通俗文学当中觅得些许踪迹，感官欲望的合法性一直遭受传统儒家文化和民间道德伦理的压制甚至恶魔化；理性现代性虽是二十世纪中国文化的主导思想，启蒙知识分子精英也试图建立现代民族国家和建构现代民族社会，但是，"救亡"的民族政治使命与"启蒙"的价值核心——"大众化"和"化大众""人民性"与"个体性"之间的内在悖论，终究未能使启蒙思潮在中国完成其应有的文化历史使命；由于感性层面和理性层面的现代性未能得到很好的发展深化，第三层面的"反思—超越"现代性自然也就无法得到实践彰显。因此，"中国现代性正是由于缺乏形而上层面而片面化，最后导致现代性的自我否定，因为它丧失了对意识形态的反思、批判能力，导致意识形态的绝对统治；它失去了对现实的超越功能，使人们丧失了自由的意识。更严重的是，片面的现代性并没有消除现代人的形而上冲动，反而把这种冲动引向意识形态狂热。"①

　　现代性在近现代思想领域未能很好地实践深化，并不等同文学领域对现代性问题的反应滞后与观念漠视。对于现代中国作家而言，他们既有对物质层面的社会现代性的集体展望，也有对人的理性现代性的思想构筑，同时还有对物质层面和理性层面的现代性进行制约的审美现代性的反思。多维化的文学创作理念，不仅反映出现代性概念本身的丰富驳杂，还影响着中国新文学多维结构格局的生成，导致中国作家集体性

---

① 杨春时：《现代性与中国文学思潮》，生活·读书·新知三联书店 2009 年版，第 8—9 页。

地对现代性问题的思想理念焦虑。作为一个总体仍处于前现代文明阶段和以农耕文明为主的国度，面临的首要问题就是因为物质贫瘠和经济落后所产生的乡土中国的现代化转型的社会心理诉求，但这种社会形态转型和文化变革升级的实现途径，却始终是中国文学面临的历史难题，更是二十世纪中国知识分子所积极探讨、努力实践却悬而未解的思想价值难题。与西方实现现代性希冀于科技进步与工业革命的途径不同，中国作家集体性地选择了以"欲先救国，必先立人"的方式，从思想领域革新与人文精神重塑的途径来实现中国的现代化，也因此，"人的现代化"问题成为中国文学聚焦的核心命题。

中国长期作为一个封建农业文明占据文明形态主流、底层农民群体长期占有中国人口绝大多数的发展中国度，在"人"的命题确立之后的具体文学实践中，"五四"新文学发生之初就有周作人的"人的文学"和"平民文学"的理论倡导，将农民这一长期被忽略但却是构成中国大众的阶层主体，率先纳入以鲁迅为代表的"五四"乡土小说家的关注视野，由此形成二十世纪中国文学影响最大和成就最高的文学流派。而"五四"乡土小说在关注农民世界和观照乡土农村之时，为了根植"现代个人主义"意识形态，他们秉持西方现代性的启蒙理念，无论是"画出沉默的国民的魂灵"，还是"揭出病苦，引起疗救的注意"，其最终指向都是力图重塑民族之魂，造就现代个体人格。"五四"启蒙者坚信，唯有人的现代性的实现，才有希望实现社会现代性、民族现代性和国家现代性。在文学主题领域，他们通过对乡土世界与乡土文化给予揭露、批判与反思，来警醒国民摆脱中国传统封建文化的束缚，最终实现文化、思想与精神的真正现代化。因此，启蒙作家的文化参照自然是西方人文主义和启蒙主义以来的科学、民主和理性的现代性理念，也就是现代性三维结构中的第二层次，而启蒙文学的"树人"诉求与中国本土的悖论境遇，所造就的就是情感上的"哀其不幸"，理性上的"怒其不争"。

　　以废名、沈从文为代表的乡土小说作家，从反现代化的维度对乡土中国的现代化转型进行着自己的社会文化构想，他们回归自然和古典民间立场是对现代性的感官欲望与理性异化的带有"反思—超越"层面的现代性价值观念，表现在文学中则是他们以集体退守乡村的面目，以保守主义的创作姿态，对民族精神的重铸和乡土世界的转型进行着深具中国风的艺术探索。退守乡土和回归自然的创作理念，其目的仍然是乡土中国的现代性转型，但他们却更敏锐地意识到以社会现代性或启蒙现代性方法对乡村改造之时，其决绝的力度也摧枯拉朽地将诸多符合人性自然的道德伦理秩序一并湮没。于是，他们对乡土民间文化的坚守，就不仅是企图从中汲取天人合一、原始人性、自然之道等伦理观念，来实现对人的感官现代性批判的"审美现代性"转换，他们还以立足坚守本土的姿态，对以启蒙主义和革命主义的范式实施乡土农村现代性转化的改造思路给予警惕。也就是说，他们敏锐地预感到以启蒙姿态和革命姿态改造乡村时所可能产生的诸多负面效应，包括工具理性、政治想象等可能无形当中会成为新的道统，进而可能造成对人的"异化"，使人失去本我的自然天性。他们由此选择以诗意化、古典化、节制化和浪漫化的乡村伦理为参照，实现对社会现代化进程和民族革命化进程的退守式制衡。也因此，他们笔下的乡土农村更多的是田园牧歌、释放天性、温馨恬静的人与自然合而为一的人类精神家园，乡村成为患有"都市文明病"者的理想世外桃源。

　　无论是以鲁迅为代表的启蒙式的批判乡村，抑或是以沈从文为代表的民间式的诗化乡村，无论是将现代都市作为现代乡村转型的理想模式，还是将乡村家园作为都市文明的理想参照，均蕴含着现代知识分子精英对乡土中国理想世界的文学构筑和乌托邦幻想的不同路径。尽管前现代文明当中的传统乡土农业文化与现代工业文明特别是都市文明的博弈、交融与重组，已经经历了一个多世纪的历史行程，但这一文化难题远非时间矢量可以自行解决。新时期以来，政治体制与意识形态的逐步开放革新，全球性的多元文化也在中国这个充斥着复杂文化生态格局的土地上开始了文化表演与生存竞争。面对乡村与都市的审视，中国作家笔下之所以会出现截然不同的判断、期待和想象，或者说他们对乡土农村的现代性转型充满着决绝、回归和犹疑等不同的态度，归根结底是与中国知识分子对现代性的认知复杂性和悖论性紧密关联。由于中国文明形态的差序格局，感性现代性、理性现代性和"超越—反思"现代性同时作用于中国知识分子，导致他们对乡土中国的现代化转型，甚至对现代性这个世界性的文化哲学命题，往往因为立场的悖论性而普遍怀有焦虑困惑。而新时期文学虽然力图从现代性的三维层面弥补之前的不健全或不完善，全面建构文化现代性（表现在文学领域就是对感性的解放、启蒙的重续与对现代性的反思），但中国国情的复杂和现代性本身面目的多样，使得中国作家的现代性焦虑从"五四"时期一直延续到当前，这也是文学不断进行思想演变和美学创新的文化内生动力。

二、边地文化的多维结构与西部小说的现代性焦虑

"边地"是一个相对于"中心"的命名，它包含着地理、经济、政治、文化的边缘性。从地理上考察，西部边地的自然地理与气候条件相对恶劣，在其影响下的西部边地民众也孕育出独特的生存方式和生命观念；从经济角度考察，西部边地是与"东部繁华中心"相对而言的经济欠发达地区，由于物质生活的匮乏，民众的精神状态和民族性格也呈现出了封闭却坚韧的特点；从文化角度考察，西部边地是与汉民族中原文化而言的异质性和边缘性文化体系。① 在纵向型的自足历时体系和横向

---

① 于京一：《"边地小说"：一块值得期待的文学飞地》，《中国现代文学研究丛刊》2011
年第 2 期。

型的文化生态格局当中，西部"边地文化"是一个文化形态不断演进、内涵不断充实的带有历史性和时间性的概念，是一个既包含了稳定性因素（如边地的"自然地理"、边地的"宗教文化"、边地的"民俗风情"、边地的"民情民性"、边地的"生活方式"这些稳定性因素），又包含了动态性因素（如前现代文明、现代文明和后现代文明，以及游牧文明、农耕文明和现代都市文明之间的博弈与对抗的动态性重组）的结构性文化形态。

第一，西部小说的现代性焦虑源于边地文化质素组合的驳杂。西部除了个别典型的城市之外，绝大多数乡民的生活环境、生活方式和生活理念，仍停留于传统的游牧生活和农耕生活，历史时间的演进性在西部乡村基本是停滞的。"在前现代社会，自然时间还没有充分转化为社会时间，自然过程还没有充分转化为历史过程。时光是悠长的，人们日出而作，日落而息，生产力发展极为缓慢，社会几乎是停滞的。这个时期，真正的历史还没有展开，时间性也没有被发现"。[①] 甚至在宗教色彩浓重的乡村，时间是轮回或断点的，诸多宗教信徒认为，今生是人生活的全部，现世是一个独立的存在，虽然"彼岸"世界是美好的，但彼岸的实现必须经过今世的磨难与虔诚的信仰才能抵达，因此，享受现世、珍惜今生，就构成宗教文化的普遍时间观与生命观。西部农耕文明和游牧文明为主的生活方式，使西部乡村的时间概念与现代性的时间概念有了本质区别，所以，西部乡村的历史自觉并未完全觉醒。而历史时间的演进才是打开现代性之门的唯一钥匙，西部乡土小说在停滞型的文化空间中，显然是自成一体的稳定样态。但中国差序性的地域格局也经受着全球化和现代化进程的蔓延侵袭，西部边地不可能是完全独立的自

---

① 杨春时：《现代性与中国文学思潮》，生活·读书·新知三联书店 2009 年版，第 22—23 页。

足的世外桃源，特别是边地文化当中的一对典型文化关系——"时间的静止性与历史的演进性"与"时间的进步性与历史的否定性"，更是导致西部作家文化立场的分化与犹疑，"现代性发生之后，人的价值被肯定，生产力高速发展，社会剧烈变革，时间性才被发现，历史才真正展开。现代（modern）本义就是区别于以往的时间性概念，它预设了现代与古代的区别，而现代性概念则指向未来，从而包含了一种进步的内涵。"① 西部小说中不断涌现出的"乡下人进城"和"城镇文学"就展示出西部乡土社会形态的城市化进程在艺术领域的渗透，于是，西部小说的表现对象就不仅是乡土之"静态"的一面，它们更多地关注到了西部世界之"变革"的另一面。在这种前现代、现代和后现代共存的文明图景中，如何看待这种"变"与"常"，就成为西部作家不得不面对的价值抉择难题，"使试图给出答案的西部乡土小说作家最终总是陷入难以解答的现代性焦虑中。"②

第二，西部小说的现代性焦虑和困境源于创作主体即西部作家对现代性的认知差异，即对"现代性"本身概念的多重性的理解差异。现代性包含了感性、理性与反思—超越三层结构，不同的层面具有不同的意义取向。对于身处多重文化空间的西部作家，他们既可能表现出对物质现代性（都市文明）的想象向往，可能表现出对乡土封闭形态的启蒙批判，抑或可能表现出对民间乡土文化的浪漫怀恋，还可能表现出对乡土文明和都市文明的双重反思与自反省批判，即"现代性本身内涵上的自相冲突，或者说源于现代性的复杂性"，③ 最终导致西部作家在现代性

① 杨春时：《现代性与中国文学思潮》，生活·读书·新知三联书店 2009 年版，第 23 页。

② 李兴阳：《中国西部当代小说史论（1976—2005）》，安徽大学出版社 2006 年版，第 166 页。

③ 贺仲明：《一种文学与一个阶层》，人民出版社 2008 年版，第 200 页。

问题上的分化，从而在思想价值立场形成"前现代""现代""后现代"之间的继承又冲突的共存局面。① 对现代性问题的不同认知所带来的现代性焦虑，体现为西部作家的思想观念认同与文化身份认同的焦虑，表征于西部作家面对乡土世界和都市文明等文化象征物象时，所构建出的差异性内涵的文学审美世界。因此，在新时期以来中国文坛思潮迭起的文学史演进中，西部文学不仅具有坚定地继承着中国乡土文学对现代性探索这一传统母题的典型文学史意义，更因为对西部乡土世界的现代性进程所独有的反思性和构建性立场，呈现出与以"新"和"后"命名的文学思潮演进相异的整体本土保守型姿态，而文学实践中所面对的文化价值多元混杂，最终使西部小说在现代性问题的开掘上具有了"中国经验"的典范意义。

第二节　边地文化视域中的"身份认同焦虑"

"文化身份"也被称作"文化认同"，它最早出现在以斯皮瓦克和霍米·巴巴等为理论代表的后殖民理论研究中，指的是某一文化主体在特定的文学与文化创作中，所体现出的该文化的本质特征，如民族文化身份、知识分子文化身份、女性文化身份等。不同的文化身份认同反映在文学或艺术的创作中，会形成文化艺术的独特美学属性与思想特征，同时，文化身份的认同并非是单一的，它可以是多重身份的认同同时表现在同一个艺术样式中，比如政治阶层、经济阶层、文化阶层、社会阶层、血缘角色等。边地文化空间的文化多维性使得西部作家的身份认同体现得较为驳杂，而政治、文化、地域是他们身份认同的主要领域，这

① 周宪：《现代性与后现代性———一种历史联系的分析》，《文艺研究》1999 年第 5 期。

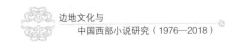

三个领域不仅构成了他们小说创作价值立场的主要方面，而且也反映出了多元文化挤压下的文化困境和生存焦虑。

一、个体自由与政治同化的"身份焦虑"

无论是从西部文学在中国文坛的登场，西部文学出场时的叙事想象方式，抑或是从西部本身地域的历史印证与现实联想，以及西部作家生命体验的历程来看，政治流放、政治迁徙、政治改造等一系列以"政治"为核心的主题特色，构成了西部文学建构伊始的主要叙事取材倾向。这一时期的作家构成，主要是外来的右派流寓知识分子。新时期历史之初，这批作家率先集体性地对政治苦难进行着追忆与反思——反观历史政治、反省人生历程、质疑政治灾难等是他们这一时期创作的主要内容。在这一系列的历史记忆与政治回顾中，凝聚为集体历史记忆的正是受难者对自身曾经的历史身份、阶级身份和政治信仰的合法性的认定，可以说回归历史情境与政治记忆的首要任务就是确认自身的历史合法性归属。政治身份的认同焦虑当中所贯穿的强烈的对阶级性生存和政治性归属的基本诉求，由于身处边地这样一个有着政治重负与历史因袭的环境中而显得具有相当的悖论典型性。

政治体验的生存焦虑表现在文学中，就是当"归来者群体"以回忆的方式反思那段历史噩梦时，对自己在受难期间的身份归属进行的自我辩驳与体验思考，其典型体现就是"个体自由"与"政治同化"之间的身份困惑。个体自由在文本中化身为知识分子精英，政治同化在文本中化身为西部底层民众，二者之间是"民间愚昧与知识文化"的教育与反教育，是"政治驯化和思想独立"的置换与反置换。这种精英与大众之间的身份焦虑，不仅包含着右派知识分子归来之后对"文革"造成人的身份失落的历史荒谬的批判，也包含着在特定历史时期政治信仰不断侵入人的原有思想独立体系时，人的无意识反抗的精神生存困境。通过这样的身份焦虑的曲折表达，西部作家实现了对历史谬误的反思，传达出对人性自由的坚守。这种政治身份焦虑的文学性表述，在新时期之初中国思想界开始对"文革"进行彻底否定清算但还"欲说还羞"的历史语境下，其"叙事智慧"在于——它在右派改造的文化认同、政治认同和信仰认同的服膺之下，在貌似迎合主流意识形态和"文革"历史话语的表象下，借自身的历史政治身份焦虑及其困境修辞，潜隐地将批判锋芒指向那段荒谬历史的制造者，而身份焦虑消弭过程中的精神洗礼、思想改造、人性辩驳，都是传达历史荒诞给人所带来的精神剧痛的隐晦表征。其中对个体自由的束缚与向"底层大众"文化的被迫学习的心灵伤害，都是这种身份焦虑表达的叙事模式，这在张贤亮、王蒙、董立勃等的文学世界当中有着相当典型的表现。在他们的小说当中，政治身份的焦虑主要体现为启蒙者与大众化、个体性与一统化、批判性与合法化之间难以逾越的鸿沟。启蒙者的基本原则是对现存社会不合理的批判与否定，对现实压抑性语境的背叛与超越，"按其先进的主张，它是大拒绝——对现状的抗议"。① 但是中国社会对启蒙现代性的追求，由于过于急切的现实功利性，放弃了对哲学、宗教和艺术形而上层面的关注，却将希望寄托于政治权力和意识形态，认为唯有它们的奏效才能实现民族的复兴。在这种对意识形态狂想的理想主义感召之下，作家和文学也理所应当地成为国家意识形态的维护工具。那么，启蒙者的个体性就要让位于政治意识形态，启蒙者的批判性就要让位于政治体制的合法性，于是，政治意识形态的整合性与个性启蒙身份的独立性就试图寻求一种新的整合。"在通常的情况下，只要一诉诸言谈，作为'小我'的他就悄然隐去，呈现在我们面前的则是'大我'——意识形态"，② 西部小说

① ［德］马尔库塞：《单面人》，左晓斯等译，湖南人民出版社1988年版，第54页。

② 俞吾金：《意识形态论》，人民出版社2009年版，第345页。

就在这种艰难的文本叙事资源整合中呈现出明显的价值裂隙，以国家化的合法外衣隐藏了个体化的理性质疑。

张贤亮在政治认同合法化的叙事姿态之下，却处处洋溢着知识分子的优越感与对这场改造运动的"质疑"，在其小说中表现为知识阶层与底层大众之间的错位，由此造成的是西部底层大众的"贬抑化"和知识分子受难者的"神圣化"。在《绿化树》当中，章永璘是被迫改造的右派分子，是一个现实的受难者和政治意义上的亟待被教育者，但在"崇尚文人"意识的马缨花看来，他却是一位拥有文化知识身份的精神优越者，"你是个念书人，就得念书。只要你念书，哪怕我苦得头上长草也心甘。"，政治优越者身份的马缨花与政治遗落者身份的章永璘，通过知识话语这一中介完成了"愚昧"的底层与"文化"的圣人之间不平等地位的置换。《土牢情话》中的乔安萍与石在之间源于知识魅力的爱情，《河的子孙》当中的韩玉梅因文明之物——废表而许身于科长等，都是张贤亮在政治改造合法性的叙事外壳之下，隐藏着知识分子身份优越于底层大众身份的精神自信。而小说中所谓的正面人物，特别是女性人物虽然由于西部地域的封闭和传统道德的束缚呈现出善良淳朴等优秀品质，却因为在文化层面的失语而无法与知识分子精英达成精神或思想交流，"政治导师"最终沦为知识精英落难时的"性别异化"对象。

"几乎所有的政治，都要把自己的欲望、利益和理想普泛为大众所共有的，而且是永恒的。……它们的这种'打扮'带有明显的'遮蔽性'，即政治愚弄和欺骗。"[1] 董立勃的《白豆》在政治合法化的国家话语叙事之下，同样隐藏着对政治"合法"介入人性肌理的理性质疑。当马营长觊觎已经订婚的白豆时，"恋爱自由，婚姻自由"[2]，可以成为他

① 高永年等：《百年中国文学与政治审美因素》，《文学评论》2008 年第 4 期。
② 董立勃：《白豆》，人民文学出版社 2003 年版，第 52 页。

实施情感强迫的革命理由；小说中老杨因为胡铁的威胁不得不放弃白豆时，"共产党员"这个属于政治色彩的身份却可以成为掩盖失败的挡箭牌；小说中的杨来顺虽经历了革命思想的洗礼，却难以摆脱封建小农意识的束缚，他既没有因为现代政治理想宣言的教导而建立起一位革命者应有的革命思想观念和革命英雄素质，却在世俗权力的构陷斗争中失去乡土农民本应具备的本真性品质伦理，最终沦为一位无赖式的形象怪胎，这是一个典型的政治同化与小农个性无法弥合的异化人物。对于历经政治炼狱的西部作家而言，政治意识形态以它的强制性和神圣性为现实抹上了一层温情面纱，成为作家在特定历史时期意识形态领域无可辩驳的强大理由，一切行为与事件在"政治"与"人民"的宣言下变得合理而合法；但作为个体的知识分子却由于启蒙思想与批判思想而不断地质疑着政治行为的合理性，不断揭示着诸多虚假表象下的不真实领域，于是，国家意识形态的统摄对个性言说自由的束缚，以及个体自由对国家意识形态的反抗，最终造就出"无形的话语权力垄断产生的隐性统治权才是今天政治权力施展的主要手段，……因此，话语权力的垄断已经成为政治权力特别是一元政治权力体制不可或缺的前提"，[①] 并在小说当中呈现为特殊政治语境下作家及其人物形象的自我身份话语姿态的归属焦虑。

二、启蒙理性与感性解放的"身份焦虑"

二十世纪九十年代以来，西部中青年作家所面对的时代境遇已经不仅是以"回忆"的方式，对那段政治意识形态对人的强制改造的历史的反思，对自我政治身份归属和焦虑的历史追问，同时，他们还面对着一个全新的社会转型——市场经济的发展和消费时代的全面到来。当西部中青年作家在社会转型期集体踏入中国文学场域之时，沉重的"文

---

① 葛红兵：《障碍与认同——当代中国文化问题》，学林出版社 2000 年版，第 280 页。

革"记忆和历史体验他们并未完全经历，因此，他们对历史的书写，要
么滑入对西部历史的纪实性或非虚构书写，要么滑入对历史的个人想象
性书写。但他们的文学叙事经验资源，仍旧是个体所面对的社会文化转
型语境，以及在此语境下西部城乡世界不断演绎的人生悲欢离合。也就
是说，西部作家目睹边地乡土世界的沉滞与动荡，凝望边地民众在转型
间隙当中的心灵安守、人性制衡和物欲诱惑，集体性地选择了以"积极
介入"的姿态进行着个体化的审视思考，作品也呈现出多元化的思想诉
求和美学风貌。遗憾的是，他们积极探索之时的整体性身份立场依然模
糊，个体作家作品甚至出现身份立场前后矛盾和背离的焦虑。虽然叙事
身份的焦虑在中国当下文学创作中非西部作家所独有，但在西部小说的
整体性框架中，将不同的文化体系，即如农业文明、都市文明和后现代
文化等不同文化形态，将现代性的不同层面同时吸纳并被作家所演绎，
在中国文学生态格局中是较为独特而典型的。而这种文化的多元与价值
的焦虑在西部中青年作家中，普遍体现为启蒙理性与感性解放之间的身
份抉择困境。

　　二十世纪六七十年代出生、八十年代初登文坛的西部中青年作家
较之前辈作家，他们没有"反右"风波的历史体验，以亲历者的心态对
"文革"进行反观的自觉意识并不强烈，但他们体验至深的是亲眼目睹
和身心经历的时代历史变迁与社会文化转型。特别是九十年代以来，封
闭已久的西部边地同整个中国大地，都经受着全球化的文化开放和消费
主义的冲击，尽管整体步伐略显滞后，但毕竟为西部作家赈济着多元丰
富的文化思想资源，其中对西部边地浸淫最深入的当属市场经济和消费
意识的全面运行，它激发着长期被政治话语所压抑的对物质欲望和消费
狂欢的能量释放。这一以物质解放、感官解放和欲望合法为主导的现代
性社会思想文化潮流，叩击着深处西部边远的传统乡土文化联接的人伦
关系和乡土伦理，最终衍生为西部中青年作家的文化混乱和价值迷失的

主体焦虑困惑——传统的乡土伦理被人遗弃背离，宁静沉滞的乡土生活开始躁动，而现代文化和都市文化并未带来预想的生活实践效果。即使对全球化的启蒙现代性、社会现代性、消费现代性和技术现代性，他们也普遍怀有谨慎怀疑的理念，甚至一度认为在西部边地以游牧文明和农耕文明为历史现实的文化机体上，现代新型文化未必能够奏效运行，或许只是一场文化场域的喧嚣闹剧和虚幻蜃楼。西部中青年作家在面对这一借助强大权力支配的文化浪潮侵袭时，深陷难以明晰的身份认知和文化焦虑的困境当中，由此形塑出西部作家价值立场与文学叙述的分化动荡。对于这样的身份焦虑与价值混乱，许多西部作家试图进行文化精神脉络的重建和心灵家园的寻觅，"那些文化上灾变性的大动乱，亦即人类创造精神的基本震动，这些震动似乎颠覆了我们最坚实、最主要的信念和设想，把过去时代的广大领域化为一片废墟（我们很有把握地说，这是宏伟的废墟），使整个文明或文化受到怀疑，同时也激励人们进行疯狂的重建工作。"①

边地多重文化的共存导致的身份困惑和角色游移，迫使文化夹击中成长的西部中青年作家必须选择个体理性姿态来定位和确立自身的生存处境和身份归属，特别是现代消费语境下人文精神坚守的脆弱崩溃，使西部作家缓释焦虑或化解尴尬的方式，或者融入现代市场潮流，或者坚持民间乡土伦理，抑或反思乡村与都市的综合效应，导致"作家对写作目的、性质的不同理解的身份上、价值取向上的分化"，对于既想维持文学的"精神旗帜"形象，又想在消费文化中获利的作家群体而言，他们更是陷入一种"紧张状态中"。然而，"清醒地选择、确立自身的某一'位置'，又使另一些作家从惶惑、紧张中走出"，②也就是说，焦虑

---

① [英]马尔科姆·布雷德伯里：《现代主义的名称和性质》，载《现代主义》，胡家峦等译，上海外语教育出版社1992年版，第3页。
② 洪子诚：《中国当代文学史》，北京大学出版社1999年版，第236—237页。

的身份必然引导作家寻找自己的身份归属，尽管这种身份归属的寻觅充满了游移与不确定性，但边地文化空间的多维性所提供的价值选择空间，也让西部作家在现代文化大历史语境的混乱与西部文学前现代文化小语境的驳杂中，不断逼近和切近了自身文化身份的位置，即这种总体性在西部小说创作中自二十世纪九十年代便逐步显露出"总体性的退守乡土传统"的保守主义方向，不断在角色游移中贴近西部本土底层，在乡土传统中不断挖掘着西部边地的地域风情与西部人群的心灵诗意。由此，西部作家在面对多元化的文化冲击下，从自身的叙事经验出发，显示出亲近乡土、回归本土的立场倾向，进而从激进的现代时代跟踪中反身回归固守本土性。

西部作家固守乡土的价值立场甫一确立，并将审美视野重归于本土，在重新对现代性主潮的追风标榜中回望生长于斯的西部边地之时，他们对边地现实与生活未来的困惑反而更为焦灼。因为在现代资本文化意识形态的裹挟下，西部边地亘古的民间价值体系已经分化崩溃，继续坚持农耕文明时代乡土的"静美""安守""古典""节制""和谐"等俨然成为理想主义的乌托邦想象，当中东部地区在经济发展的高歌猛进中不断蜕变，西部作家集体性地在内心也在质疑精神坚守与物质进步到底孰重孰轻的天平，最终他们从边地政治化书写的传统文脉中彻悟，文学的理性启蒙、批判精神和人性呵护，正是对社会风潮的有效警醒，他们有责任有使命对生长于斯的西部边地所日日发生的现实巨变与西部民众在现代化进程中的灵魂战栗给予文学性代言，以此破除域外对西部边地的想象，营造出一个本真世界来荡涤心灵的异化。"一切有能力思考的人，都应该对社会发言，何况作家"，①"关于土地和苦难——谁也不能

---

① 陈继明、漠月：《对真正的文学性的坚决靠近——答〈朔方〉问》，《朔方》2006 年第 1 期。

否认，这两样，是文学的基本母题。生活在西部的作家，距离土地和苦难更切近，因而写得更多，这不应该受到非议。对于他们来说，这样的情形更是命运，而非策略"。① "作为作家，我们是没有能力帮助他们怎么样会好一点，或变成什么样就更好了。作家的本事就是写出能引起读者共鸣，甚至震撼的作品来"。② 这些西部作家的创作自述都表明，他们选择了不为什么而写，只为写而写，在这样的扎根本土生活的创作理念下，西部中青年作家将文化热情、民间话语和人道主义情怀作为自己安身立命的三大文学精神资本，以消费主义时代罕见的群体圣洁精神去审视现代化进程中，西部众生在多重文化形态共时共存的境遇下的精神震荡与人性变迁。其中包括书写西部乡民对诗意生活的追求，审视西部民众人性弱点的形态根源，以及西部乡民进入现代都市之后的文化冲突与心理震荡，他们孜孜以求地构建着一个烂漫、自然、原初的民间边地世界。由此，西部小说无形中经受了一次文学性的"精神换血"——从二十世纪八十年代在地域文学纷呈展露之时，西部文学从急躁与刻意的"发现"与"标榜"边地西部，到九十年代在文学的多元化格局中，以回归退守的民间姿态，"表现"与"咀嚼"着西部世界，西部文学由此从"刻意化"的异域想象特色，逐渐呈现出"自然化"的本土化真实。

因此，西部小说是新时期以来中国文学的一个极其典型性的缩影标本，西部文学也在不断的主体性构建中，在面对西部本土人世领域，在立场选择的焦虑分歧中，无意或有意地形塑出一些源于本土、思想特异而深有寓意的审美特征与价值倾向。这种倾向标志着西部小说家在一度的文化身份焦虑中，对自身身份属性的逐渐明朗，即回归大地、立足本土、回归底层。这种民间化、本土化和保守型的文学价值立场，是对

---

①　陈继明、漠月：《对真正的文学性的坚决靠近——答〈朔方〉问》，《朔方》2006年第1期。

②　董立勃、李海诺：《对话作家董立勃》，《西部》2006年第12期。

现代文学传统的一种无意识承继，其对文学审美世界构筑的用心良苦，对西部本土真实性的立体呈现，对西部民众在边地多重文化制约下的人性变异与灵魂动荡所进行的形而上追问，使西部小说在呈现西部大地的日常生活表象之时，具有了超越性和普世性的内涵性哲学思想，在中国文学场域各种文艺思潮纷迭起但却价值含混的生态格局中，显示出一种独特、坚韧和安守的退守式固守。这种固守既是西部文学的主体性文学身份标识，也是文学强化人文关怀品质和提升超越性境界的重要文学资源。

三、地域边缘与话语中心的"身份焦虑"

对于作家而言，能否跻身于中国文学场域中心，掌握一定的文学史学演进的话语权，或者被纳入当代文学制度权力的覆盖范围，是涉及自身的写作命运，涉及自身写作是否被主流文学场域认同的身份权力问题。这一问题对于西部作家而言，关联着他们在当代文学的话语声音分量，对于当代文学格局则涉及文学权力主体之间的力量牵制或制衡。文学某种意义上是特定作家群体的思想、美学和个体的话语媒介，"话语总是某一制度或者组织利益的代言，大众媒介作为最发达的意义表达体系和社会话语的组织者，自然成为社会各种力量角逐的战场，……这种角逐、影响和制约又使媒介的话语得到了强有力的制度和组织的支撑，它所拥有的权力并非完全属于媒介自身，其中蕴含着一定社会组织的权力"。① 西部边地与政治、经济、文化中心权力的疏远，自然使他们在当下以媒介主导的"新型意识形态"的权力格局下被抛掷于一个尴尬的位置。当大多数中东部作家在本地区以积极努力的姿态介入文化圈的时

---

① 樊葵：《媒介崇拜论——现代人与大众媒介的异态关系》，中国传媒大学出版社 2008年版，第 138 页。

候，对于广大的西部作家而言，他们跻身文坛主流的道路却异常艰难。无论是从行政体制对文学创作的政策扶持，种种文学集群口号的树立与推广，还是作家自身对体制内认同的符号性事件如获奖荣誉的珍视，都在表露着西部作家与主流文坛、与文学制度的权力中心进行对话并被认可的急切焦灼。

　　西部中青年作家的小说类型主要是乡土小说或城镇小说，乡土题材的集体倾向与当前的"城市喧哗"与"现代演进"相异，这是西部作家除却地域偏远之外备受冷落的文学话语权力成因。当中东部地区特别是沿海地区正全面急速地进入"现代化"和"大都市"时代之时，文学也在以象征的方式制造着对整体中国形象的误读式想象，进而隐喻着广袤深邃的"乡土中国"已经全部进入现代化的快车道。对于西部作家和边地民众而言，他们大多数依然生活在一个乡村人口占据绝对多数的游牧文明和农耕文明为本位的前现代乡土世界。西部城市尽管逐步涌现出诸多现代都市物化符号，但由于边地文化的封闭性与悠久性，乡土文化仍然有着相当厚重的话语权力和文化份额。西部作家不仅要面临如此情状的文化事实与生存历史，作为一种很难完全脱离文学制度体制规约的艺术创作实践，又必须考虑自身的文学实践和文学价值的被认可。从西部作家整体的文化储备和理论资源看，他们对歧义难解的后现代文明有着天然的隔膜，于是只能将创作视野转向对本土生活和边地世界的体验式思考，并将"西部边地"特有的文化传统、人文精神、民间情怀、乡土伦理和审美理想等融合在一起，构筑一个充盈着斑驳想象的西部文学世界，以此作为走向文学场域中心和跻身中心话语的叙事特色和实践筹码。尽管他们以源于本土文化资源的文学机智方式提供着边地文化质素来作为文学话语场当中安身立命的叙事资本，但在差序格局的中国，特别在中东部与西部边地的政治制度、经济发展和文化权力发展存在巨大步伐错位的"中国国情"之下，西部作家无论是从自身的文学话语权，抑或是作品受众群的阶层分析，都普遍有着渴望跻身但却被拒之门外的身份焦虑。因为当中东部地区已经在向全面小康社会迈进的现代民族国家的想象性构建之下，西部作家仍然以遥远寂寥的西北民众为了基本生存而战天斗地为主题，但这个文学的声音却是真实生活的一种叙事表达，也构成了西部文学得以存在和具有内生艺术活力的文学性价值所在——第一，它反映出西部作家与乡土大地的文学传承和精神联系，这是他们的文化母体与精神家园；第二，西部乡土小说的美学资源与保守主义的文学形态构建在当下现代性的价值喧嚣中可以提供复归人性原初的文化能量；第三，西部乡土小说在当下普遍低迷而沉沦的人文精神危机情态当中，始终具有关注现实与凝望本土的文学品质，这是西部作家在边缘与中心的焦虑中的文学精神坚守。尽管他们的这种边缘与中心的焦虑仍然存在，但其立足本土和追求精神纯粹的文学品质正逐步得到主流文坛的认可。当然，对于西部作家而言，更大的挑战在于如何在本土化叙事的文学题材中实现普泛性的价值观照，构建具备思想美学主体性的叙事实践范式。

第三节　边地文化视域中的"西部乡土焦虑"

一、本土化精神：城乡文化空间的叙事精神构建

新时期以来，国家城镇化战略举措的全面推进，城乡人口比例的大幅跃升，中国社群的组织形态正经历着由乡村向城镇的整体转型，与传统乡土生活相联系的乡土文学，在争议中也面临着类型存在的危机。一种类型文学的危机，往往是因为有着更具强大生命力的文类的催生，应该孕育着另一类型文学的华丽诞生，但吊诡的是，中国城市化的转

型，却并未催生出与之相应的成熟的城市文学。尽管围绕"上海""北京""深圳""南京""西安"等城市的文学抒写，涌现出了一部分典型和优秀的作品，但中国许多城市的"郊县化"或"乡镇化"等"半乡土化特征"（文化乡土特征），还是无法真正构建起明朗和清晰的城市精神。按照社会学家乌尔里希·贝克的界定，城市精神或城市意识——如果以欧美城市文学为参照的话，应该具备"普世主义视角"，在中国主要集中在制度化和主体化两大领域的"个体化"意识的独立构建，显然，成熟经典的城市文学仍然还"在旅途上"。于是，"60后""70后""80后"中的绝大多数，一方面已经与乡村隔阂或者陌生，成为既回不去也不愿回去乡村，又苦苦在城市挣扎的漂泊一族；另一方面，他们的精神归属，既无法以传统乡土文化为皈依，又不可能完全构建起公共认知的城市意识，导致了"城市文学还没有表征性的人物，城市文学没有青春，以及城市文学的纪实性困境"的创作局限。[1] 因此，中国当下的社会形态正转向乡土与城市两大空间的叠加和碰撞的融合、抵牾和互渗期；当下中国文学的版图正由较为整齐的模块划分，走向碎片化、异质化、重组化，一系列无法命名而姑且称之的"新乡土小说"或"城镇文学"正成为由"传统乡土小说"拓展而来的文学主体。面对中国文化语境的前现代、现代和后现代并存的文化局面，[2] 重建文化无序年代的价值标准，并在日益明显的"上帝、自然、真理、科学、技术、道德、爱、婚姻，都转变成'不确定自由'"[3] 的个体化风险社会语境下，以更具前瞻性和高远性的文化制高点，审视当前文学叙事空间的糅杂，

---

① 孟繁华：《建构时期的中国城市文学——当下中国文学状况的一个方面》，《文艺研究》2014年第2期。

② 丁帆：《中国乡土小说生存的特殊背景与价值的失范》，《文艺研究》2005年第8期。

③ [德] 乌尔里希·贝克、[德] 伊丽莎白·贝克–格恩斯海姆：《个体化》，李荣山等译，北京大学出版社2011年版，第2页。

探索能有效介入城乡转型文学空间的思想与美学路径，正是作为"现代性"内在激化和深化结果的新意识形态，即"本土化精神"提出和建构的历史文化必要性。

本土化精神不同于本土化、本土文化。如果说本土文化是静态而稳定的文化结构和系统，那么，本土化是一个将本土性与现代性、地域性和世界性、民族性和全球性进行融合的重组动态过程。较之前两者，本土化精神则更为抽象，它既贴近于本土现实，能深入到本土生活的内在；又具有超越本土的姿态，具备一定的超前和前卫的姿态。它的宗旨是以矫正缺失、抵达完善、追求完美为过程指向。它一方面接近于马泰·卡林内斯库所谓的"审美现代性"，整体性的反思与批判是其主导姿态；另一方面，它还兼具"第二现代性"的意味——"第一现代性是线性的"，是"从传统共同体和旧制度，到第一现代性，也即工业现代性形成自身规范，经典启蒙个体主义变成常态"，它主要"涉及裁定判断和规则遵守"，"个体是反思性的"；而"第二现代性是非线性的"，[1]"是一种流动逻辑"，具有"用不完备的知识、没有非理性只有永不确定的合理性等观念"，"个体则是自反性的"，"涉及规则探寻和反思性判断"，"在反思性判断中，个体必须去寻找规则。反思性判断总是不确定的、有风险的，但也向革新敞开了大门。"[2]城乡空间叠加期，线性现代性规则正陷入失效状态，但是，新的有效的现代规则还未完全"寻找"得到，于是，本土化精神就包含着对第一现代性的质疑，蕴含着在现代性和后现代并存语境下风险社会时代当中，进行文化价值和立场阈定重建的企图和努力。

---

① [德] 乌尔里希·贝克、[德] 伊丽莎白·贝克–格恩斯海姆：《个体化》，李荣山等译，北京大学出版社 2011 年版，第 14—19 页。

② [德] 乌尔里希·贝克、[德] 伊丽莎白·贝克–格恩斯海姆：《个体化》，李荣山等译，北京大学出版社 2011 年版，第 1 页。

因此，本土化精神是一种继承和扬弃、容纳和排斥兼备的价值意识，这样的"动态中"的文学审视精神，源自当前社会城乡转型时期的现实处境，它以"文化现代性"作为其审视基点，以"文化和现实批判"为方式，以"人类与社会的健康"为最高理想，以此去考量当前的都市文学和乡土文学呈现出的价值趋向。首先，它需具备"自否性原则"，即为了更好的发展和发扬某一文化体系，它能"自己否定自己，走向自己的对立面"，但是，"它并没有把自己完全取消，而是改变了自己的形式，提升了自己的层次"，[①] 本土化精神需要具备对西方现代性和传统民族性的双重怀疑，摒弃将其中之一奉为解决一切社会文化弊病的万能圭臬；其次，需具备"抽象继承法和具体批判法的统一"，[②] 在深入理解的基础上，继承其中"更带普遍性的内容"，揭示出某些"具体内容违背了它们所标榜的抽象原则"，[③] 以此试图实现"价值提炼"和"建设旨归"；最后，还要具备以"现代性为主导"的革新意识，进而对传统本土文化进行创造性和现代化的改造，而传统乡土文化则需要对现代性的发展和氤氲进行部分的补充和完善，两者之间是以本土性为基础的现代性改造，是以批判性为主的建设性弘扬。因而，"本土化精神"更多的是"反思—超越"性质的"现代性"，它是当前审视城乡文学空间版图叠加杂糅局面的一种判断视域，是破除城乡二元对立价值思维模式的更具包容性的价值立场。本土化精神还将集体和个体融合在一起，它要求深入大众生活的内里，感受集体人群心理和精神的挣扎，又能触摸到每个个体之人在生活激流和社会转型中的人性纠葛，进而以主体性流动的姿态，对文化、族群、制度、市场、人性做出全面而立体的审视与研判。

---

① 邓晓芒：《我与儒家》，《探索与争鸣》2015 年第 4 期。

② 邓晓芒：《我与儒家》，《探索与争鸣》2015 年第 4 期。

③ 邓晓芒：《我与儒家》，《探索与争鸣》2015 年第 4 期。

正因"本土化精神"是一种"批判性"的"建设"，僭越了对"第
一现代性"的整体规则向往，又有意抵制着"后现代思潮""解构性"
的巨大碎片陷阱，因此，本土化精神的主体就需要具备以下一些构建要
素：首先是主体生活体验的完备。它要求作家要热爱本土生活，能真正
沉潜到本土生活当中，体味本土生活的丰富与复杂，感受本土生活的精
彩与艰辛，发掘本土民众生活所蕴藉的意义和力量，还要求作家能出乎
其外，审视生活当中的缺陷和困境，揭示隐藏在日常之下的暗涌，考察
生活境遇所形成的命运、文化、人性和制度原因。其次是主体角色定
位的完备。它要求作家具备真正知识分子的操守和底线，担当起爱德
华·萨义德所说的"真正知识分子"的角色，"以现代人道主义等为价
值尺度，对现实进行批判"；[1] 要放弃非此即彼的二元思维，摒弃对美好
和丑恶漠视的姿态，直面真正的现实和自我的心灵，将深刻的"真实"
作为言说的唯一依据。最后是主体建设导向的完备。要求作家在对各种
本土文化深刻理解的基础上，提取和挖掘符合健康"人性"的文化质
素，在互补当中形成恒定的"人道主义理念"，以期"将这个社会引向
一个绝对健康的方向上去"，[2] 这个方向或许不具有终极的形而下实践目
标，但是，它却具有处于动态当中不断抵近完美的共同性目标，是以追
求人的全面自由发展为最高准则。

由此反观新时期以来的西部文学，尽管乡土的社群化和城市的个
体化具有社会属性的巨大差别，但在"人"的层面上却具有内在的统一
性，游弋于城乡之间的"离去—归来—离去"文学叙事模式的背后，内
隐着对人的自由现代化层面的不断抵近。无论选择文化启蒙、文化守
望，还是伦理批判、社会批判，人在"自由"和"不自由"之间的精神

---

① 丁帆：《中国乡土小说的世纪转型研究》，人民文学出版社 2013 年版，第 22 页。

② 李工真：《德意志道路——现代化进程研究》，武汉大学出版社 1997 年版，第 62 页。

和心灵的挣扎，始终是恒定不变的核心。而本土化精神可以让作家兼备多元视角的优势——既让小说文本孕育于具体的社会历史和现实生活语境中，避免了将文学寓言化和符号化的抽象演绎，并在母题、语言、叙事、美学方面具备了地域性和民族性的依托，进而具备了被接受、被解读和被传播的文学独立性前提，又具有对生活审视、对社会透视、对历史审视的理想视域，内蕴着对现代人道主义和健康高尚人性的捍卫，坚守着"人文价值"底线，并可以展开对压抑或放纵人性诱因的批判实践。西部小说的本土化实践，尽管由于主体性的不完备，也存在着价值认知的简单化或者含混化，但始终是以"人性和自由"为核心的经济、政治、文化的深入理解和有效体系的建设为指向，在重组、弘扬和融合城乡文化中优秀文化质素之时，构建着个人和社会、感性和理性、物质和精神、真实和审美层面"相通与融合"的可能契机。

由于中国自然、文化、经济等因素存在着巨大的发展差异，广大的西部地区呈现出了与中东部地区截然不同的状态。何为真正的西部本土"真实"，这是进行主体言说和价值判断的前提。文学在努力对当代社会的"真实"进行"有效度的反映"，对本土真实的解读又直接涉及当代人文价值观的构建和输出。西部作家以"本土化精神"为内在审视姿态，在本土真实与文化改造两大方面，试图消除本土性坚守与现代性变革之间的内在价值隔阂。西部文化或文化西部，既成为中东部地区饱受现代化恶果摧残的避难所，成为矫正工业文明和都市文明负面效应的世外桃源；西部地区总是扮演着国家发展和文明前进的"后进生"，关于西部的体验、描述和想象，总是与一些悲壮性词语关联，在获得了消费时代的猎奇之后，又成为众多闯入者最终逃避的地方。如何审视西部地区的真实体验与想象描述的巨大差异，西部作家普遍选择了对"城"与"乡"的双重"批判"，以此呈现多侧面的"本土真实"。对本土真实的批判，包含着对本土世界乃至变迁的本土生活的熟稔与感知，避免了文学创作中文化理念先行的弊端，代之以对本土世界的深沉之爱，又能越出对本土生活悲欢离合的感性沉溺，辅之以现代化的普世价值观照，并以外显或内隐的批判姿态，呈现本土生活的复杂景观和改造路径。

西部小说的本土化精神转化为主导性文学精神，则是西部作家从创作主体到叙事价值的"乡土焦虑情结"。乡土焦虑来自中国作家对乡土大地、乡土生活、乡土人生和乡土伦理的悖论性态度，即他们面对乡土世界及其所诞生的农耕文明的矛盾性——情感的亲近熟稔和理性的审视反思，乡土焦虑某种意义上是当代知识分子价值抉择困境的文学投射。一方面他们身处农耕与现代文明形态转型的罅隙区间，作家普遍对乡土文化以及与之相关的人、事、物报以深切的情感依恋，对吾乡吾民始终怀有精神归属感；但是，知识分子又普遍受到与农耕文明传统相"断裂"的现代文明，包括启蒙主义、人文主义、自由主义、资本消费文化等的意识形态规约，在乡土农耕传统与都市现代文明的对抗中，形成其对乡土文化的认同/抗拒的矛盾型价值姿态，即"乡土焦虑"，"乡土文学作为农业社会的文化标记，或许可以追溯到初民文化时期。那时整个世界农业社会古典文学都带有'乡土文学'的胎记，然而，这却是没有任何参照系的凝固静态的文学现象，只有社会向工业时代迈进时，整个世界和人类的思想发生了革命性变化后，在两种文明的冲突中，'乡土文学'才显示出意义。"① "五四"时期至今的乡土小说作家，面对传统与现代的文化抉择，固守乡土、批判乡土、改造乡土和怀恋乡土等文学叙事姿态，让中国作家整体性地陷入对乡土的认知困惑当中——鲁迅乡土小说的"哀其不幸"和"怒其不争"，"侨寓作家"对乡村的"欲说还羞"，京派小说家的"乡下人"自称，二十世纪四十年代之后的革

---

① 丁帆：《中国乡土小说史论》，江苏文艺出版社 1992 年版，第 1 页。

命乡村、礼赞乡村，新时期以来的寻根乡村、荒诞乡村，二十一世纪以来的唱衰乡村、乡村乡愁等，都隐含着中国历代作家对乡土文明的深刻思索。无论何种叙事立场，对于一个乡土传统悠久而又处于文化调整重建期的现代民族国家来说，其目的都是为了实现乡土社会的现代化转型，这既是知识分子话语和政治意识形态话语的集体历史使命，也是一种全球化时代的本土文化难题。面对乡土文化和伦理观念的封建性，他们在与其决裂之时，表现出一定的决绝的启蒙主义理性信仰，但事实上，他们的价值观念和行为方式却难以摆脱乡土传统文化的深刻影响，"传统意识与现代意识，依依乡情与敏锐的理性时时在冲突纠结中……这些'地之子'们，不管他们走向哪里，都会听到地母的呼唤，绵绵乡情成为他们不好处置的一份精神财富。一方面，这乡情使他们时时关注养育过他们和这个社会的广大农村，而且又是他们抵御腐化的都市文化的有力盾牌；另一方面，这乡情又成为他们的文化包袱，影响制约着他们，使其对乡村文化的批判与选择失却理性，判断悖常"。① 最终，乡土小说家陷入了普遍的身份焦虑和文化困厄，深陷传统与现代的进退两难处境。

起步于二十世纪八十年代的西部作家，他们的乡土焦虑感较之中东部地区的作家愈显强烈。现代城市化进程在西部边地的缓慢稚嫩，让绝大多数西部作家更多拥有的是与乡土文化或乡村生活密切关系的生命体验，但他们又在长期的现代教育或现代文化的规训中逐步获得了思想变革、生活经历和身份蜕变的契机与实践，现代知识分子意识成为其人格意识的主要部分，因此，他们绝大多数都秉持着现代文明的创作立场，对乡村保持着启蒙、俯视和审视的批判姿态；但部分作家因为一直成长生活于边地本土民间现场，边地乡民的歌哭悲欢、嬉笑怒骂、人生

---

① 陈继会：《中国乡土小说史》，安徽教育出版社1999年版，第83—84页。

无常等，是他们难以漠视的历史生活，于是，他们以鲜明的底层立场代言着民间世界的整体声音，深入感受着西部民众的生之艰难与死之沉重。也就是说，西部作家的启蒙与底层的身份焦虑生成，一方面是因为他们共同的乡土生存经验，使他们对于西部农村和乡土农民的一切弊端缺陷极其熟稔，特别是面对正处于进入现代化转型的边地乡村，绝大多数西部作家都有过乡村经历和乡土记忆，都经历过离开—回归—离开的身心体验，因此，乡村成为他们在异乡漂泊的精神家园和心灵乌托邦；但当他们回顾乡村的整体面相时，又大多拥有了城市人身份或者现代知识分子身份，城市与乡村之间的巨大物质、文化和生活形态差别，以及在现代文化的浸染中所形成的"人文意识"和"个体人格"，使他们开始从文明演进的差序格局和文化等级的视域，介入农耕乡土文化的立体结构内力，以观念改造、意识改造、制度改造、身份改造等维度，重构一种文学性的"现代人"与"现代生活"，此时的乡村及其一切存在，都成为实现"改造"和"断裂"的前现代参照体。因此，西部作家在面对农耕传统与现代文明、流动城市与静态乡村在历史与现实层面的冲突时，总是力图保持启蒙理性的现代性批判精神，但当这种冲突转移到个体记忆、群体记忆乃至公共情感层面，又表现出前瞻与恋旧交混的矛盾态度，并在悖论矛盾的权衡中，整体走向"认同乡土"或"留恋乡土"的立场方向。当然，这种略带回归或保守的叙事姿态，既不同于启蒙主义视域对乡土的寓言化和抽象化，也与民间主义视域对乡土的狂欢化和表象化相去甚远，而是构成一种对乡村真实、生活真实、人性真实的"复杂性"的叙事范式。西部作家怀想乡土过往、寻求精神慰藉、构筑精神家园的乌托邦情结，也成为对现代性视域下乡土小说理性批判精神的悖反。

二、本土化视野下的乡土启蒙与都市批判

广大的西北地区由于自然的恶劣、地域的封闭、文化的驳杂、物质资料的贫瘠等现实层面的"真实",使西部乡土的现代性转型格外艰难、沉重和迟缓,"当中国东部地区特别是沿海地区迅猛地向现代转换时,西部乡土还在传统的文化形态中挣扎",[①] 文化形态等级的巨大反差背景塑造着截然不同的生活景观——人对自然的成功驯服与被迫顺从、人对生活器物的支配与无效、人际关系的集体性规约与个性化张扬,即人的心灵的解放与压抑,于是,那些有碍西部乡村现代性进程的本土文化痼疾便成为他们审视和批判的对象。启蒙观照下的西部乡土文化痼疾,在文本叙事中常呈现为两种形态,第一种是久远历史中形成的、由于物质生活的极度匮乏引起的精神麻木和思想愚昧的国民性,第二种是由于现代市场经济的冲击,消解着民间乡村伦理的健康自然的原初人情人伦人性,催化出金钱与权力相互交织缠绕的人性异化困境。因此,西部作家以本土化精神的普遍自觉,聚焦于对西部乡土和西部城市症候的真实展览和文化批判,本土性成为展示欲望、愚昧、冷漠、麻木、自私等人性劣根和文化窒息的空间场域。但事实上,西部作家在继承着中国文学的启蒙主义传统,对乡土大地上封闭落后愚昧的人的生存状态给予关注之时,又不可避免地秉持着复杂乃至悖论的价值立场。情感上他们试图以民间立场来表达对底层民众的深切同情和悲悯情怀,但理性烛照与精英意识又让他们最终立足于启蒙立场,对乡野民性之劣进行着委婉的批判,这种理性与感性的矛盾正体现出对西部作家在多重文化认同下对乡村改造的思想焦虑。

---

① 李兴阳:《中国西部当代小说史论(1976—2005)》,安徽大学出版社 2006 年版,第 167 页。

张学东的《获奖照片》通过水霞照相、卖救济衣服、偷扶贫队的电线，以及最终被山洪冲走等几个重要事件来塑造这位乡村姑娘，立体呈现出山村的封闭、落后与愚昧。正如小说中一直关注乡土底层疾苦的热心记者柳虎所说："这帮狗日的山汉活该受一辈子穷"，① 但作家对苦土之上的乡民始终怀有一种复杂性，即揭示贫困山村苦难艰辛的现状之时给予着深切同情，又不乏对乡村人性愚昧顽劣之性的深刻批判。陈继明的《青铜》当中乡村女孩招儿出外到城打工五年，回家之后的招儿在城里染上不治之症，招儿无法忍受包括父亲在内的乡民歧视，将四万块血泪钱捐给学校后，在一个山洞中自杀。招儿的钱盖起了明亮的大教室，但人们却依然在为刻碑时是否写上招儿的名字而大伤脑筋。两年后，那位爱慕过她的民办教师李福来用匕首在手臂上刻下了"1997，西海固大旱五年"的血字，干旱的不仅是天和地，更多的是人性的枯竭和人心的干涸。了一容在《宽容》当中对乡村知识分子意识与小农意识的糅杂所造成的人性自私和观念狭隘进行着委婉的批判，乡村教师"二爸"与邻居"红"恋爱怀孕，但"二爸"因为"文化身份"的差异拒绝与"红"结婚，但要求"红"不能嫁人，善良却愚昧的"红"走投无路投水自尽。即使如此，"二爸"亦无忏悔之意，而是用自我安慰的虚拟方式幻想着"红"能原谅自己。由此，作者完成了对边地小农意识文化因袭下成长起来的知识分子劣根性的尖锐冷彻的演绎与批判。乡土文化的反人性还反映在乡村性别结构的错位、倒置和失衡，最典型的是边地女性普遍深处于乡村男性权力话语的社会秩序中，她们被剥夺了性别话语、生活话语和个体话语的一切资格，弱势化、工具化、从属化和失语化是她们的生存宿命，尽管她们谨小慎微、安分守己、任劳任怨。面对这样的生活处境和生命状态，西部作家有着巨大的悲悯之情，在不断追

---

① 张学东：《获奖照片》，载《跪乳时期的羊》，作家出版社 2003 年版，第 134 页。

问思索中，将文化批判的锋芒指向了整个前现代时期乡土传统文化结构的负面机理。石舒清的《一个女人的断记》中的残疾女人赫丽彻只会爬着走，长大一点后，"走路不摔倒了，但还是麻花似的"。① 赫丽彻后来和一个外来人结婚，但丈夫却是个在逃杀人犯，养育的孩子智力不全，这个智障孩子在村里惹是生非，最终被赫丽彻的父母兄弟们亲手送上死路。乡民的善良朴实在小说中隐退到了生存苦难之后，但通过对待残疾女性和乡村恶瘤的过程展示出底层生存的狰狞惨烈一面。这些小说聚焦着乡村文化的陈滞和封闭、乡村集体文化心理的罪恶和沉疴，揭示了乡土边缘底层坚韧地"活着"，以及为了"活着"陷入残忍冷酷的生物状态。当然，这种凝望西部乡土文化的蒙昧、对人性劣根的批判，内在的却是寄托着对西部乡土现代性转换的热切企盼，这正是"人性启蒙"视域中的一种"乡土真实"。

改革开放的大潮为长久闭锁的中国传统乡村社会的发展注入了生机和活力，在商品经济和都市想象的双重刺激下，处于闭塞状态的乡民也被卷入一个巨大的物欲漩涡，对金钱的疯狂追逐与及时享乐人生的精神症候急剧蔓延，并以悄然无息的无物之阵侵入乡土社会肌理。于是，横亘几千年的乡土伦理、民间道德和心灵自守在漩涡中被重构或消隐，欲望笼罩下的中国乡村逐渐失去了小农自然经济社会中的那种缓滞但却宁静的韵致，取而代之的是一种欲望躁动的集体情绪。"在城市文明和乡村文明的极大落差比较中，作为一个摆脱物质和精神贫困的人的生存本能来说，农民的逃离乡村意识成为一种幸福和荣誉的象征。"② 西部边地是一个经济欠发达地区，二十世纪九十年代市场经济大行其道之时，它也不可避免地受到经济大潮的冲击同化，于是，洞察被金钱欲望

---

① 石舒清：《一个女人的断记》，载《伏天》，中国文联出版社 2004 年版，第 20 页。
② 丁帆：《中国乡土小说史论》，江苏文艺出版社 1992 年版，第 30 页。

牵制之下的人性内部的斑驳，审视在资本话语影响下的人际关系、生活观念和日常精神的精微嬗变等，就成为西部作家的体验投射。而面对苦难丛生的"悲情乡土"，他们在投以人世悲悯之时，更多则是对"欲望乡村"对"道德乡村"所可能的解构性、破坏性和失落性进行着冷峻批判。石舒清的小说擅长对离开土地走向城市的农民形象进行"贬抑化"塑造，以此传达"欲望"与"大地"、与"和谐"、与"本真"的生活矛盾。《赶山》中的尔斯马乃常年在外做生意，是村人眼中见过世面的大人物，但他却品行不端，无视妻子碎姐的存在，公然与尔里媳妇偷情，最终导致碎姐的死亡；而小说中另外一对固守乡土的马立克夫妇则是乡土本真和谐的人性隐喻——马立克的妻子看着他的"蹩脚子"，"突然间竟觉得男人如此走法，很好，很合她的意了。她觉得他走得稳实，像个男人"。[①] 在对形态殊异的两对夫妻和两个男人的书写中，作者将外在欲望对人心自守以及生活形态的消解改造的批判展露无遗。《贺禧》中的暴富农民牛蛋"倒卖假银圆，给羊绒里面加面粉喷水"的行为，[②] 宣示着他发家致富的手段是坑蒙拐骗，但乡民却依然对他高度崇拜和无限向往，作者通过对金钱力量与道德观念的正面冲突演绎，将乡民的物质蒙昧与世俗劣根展示得淋漓尽致。《深埋树下》通过父子两代人价值观念的尖锐对抗，谴责了尤素夫的见利忘义、游戏人生的思想行为。《修坟手记》中塑造了柳金武这位资本积聚的"成功者"形象，而"我"只是穷酸困顿的小学教员，资本身份和知识身份作为装饰人的尊严的两种方式，最终走向一个悲哀的现实结局——柳金武这样的资本拥有者才是经济语境时代集体认同和人格尊严的胜利者，物质量化已经成为佐证与验证尊严的唯一标准。这些小说都对物化权力无形而强大的腐蚀人性和

---

① 石舒清：《赶山》，载《苦土》，百花文艺出版社 1994 年版，第 71 页。

② 石舒清：《贺禧》，《朔方》1996 年第 10 期。

戕害心灵的现实景观进行着审视与批判，昭示出现代物质同化语境下民间道德与人性自守的变异性。漠月的《青草如玉》在宝元老汉和副镇长蒙生这对父子的伦理冲突中，展示出的正是两代人面对乡土和城市的不同态度，宝元老汉将西滩草地视为生命之源，而走出草滩地的蒙生已然失却了生命根底的乡土气息，作者在礼赞宝元老汉守护青草地的高贵品质之时，更是反思着现代资本话语对乡土精神与农耕思维的价值冲决。陈继明《干旱的村子》当中的万福从城里回到乡村，"西边的坡路上，一辆摩托车正向村子驶来。骑在摩托车上的那个人越来越清晰，戴着墨镜，长发飘动——是在镇上开饭馆的万福"，[①]"无事"的日常生活却导演出万福妻子豆花抱着孩子投进水窖的激烈，万福因救人丧命，只剩豆花孤独生活，无言的生活平静之下却暗藏着汹涌的对抗，女儿琴琴的"回家没意思"，正是万福的"变"与豆花的"守"的内在对抗隐喻，也是城镇的喧嚣声色与乡村的静谧轮回的生活观念的折射。唐达天《绝路》当中的都市人虽然拥有政治资本和经济权力，但他们的精神和灵魂却早已消散，道貌岸然的外表和空虚孤寂的躯体只剩欲望的泛滥与道德的沉沦，都市文明带来的是人与人之间的欺诈虚伪，以及信念与理想溃散的生活形态。叶舟《最后的浪漫主义骑士》中的王玲浸淫于都市享乐与感官放纵，她的道德底线全线失守，唯有身体恣意和灵魂堕落。虽然叶舟对现代都市人的"漂浮"生存状态有着"在宽容地承认其合理内涵的同时，又表现出某种疑虑和感伤"的生活理解和人性理解。[②]季栋梁在《水香与木瓜》当中则塑造了一位被生存艰辛逼迫到不堪地步的乡村姑娘水香，城市如同无情怪兽吞噬消磨着她的身体与希望，但乡土民间伦理又让她始终葆有着善良纯朴的自然天性。尽管西部作家对都市文明

---

① 陈继明：《干旱的村子》，载《比飞翔更轻》，花山文艺出版社2001年版，第315页。

② 李兴阳：《现代性转换中的西部都市书写》，《晋阳学刊》2004年第6期。

采取的批判力度不甚相同，但对都市文明破坏乡土道德体系、销蚀完美人性的批判与忧思，基本是西部作家集体观照都市的价值立场。

西部乡村的现代转换，在文学当中普遍呈现为"离开乡土，走进都市"为主旨的城镇小说，"农民的逃离乡村意识成为一种幸福和荣誉的象征。"① 在都市梦想的感召之下，"成群的农村劳动力放下锄头，抛妻别子，背井离乡，怀抱梦想涌入城市"。② 但"城镇"也并非人类理想的伊甸园，相反却激起了西部传统乡村伦理浸润下静默人性的躁动蔓延。在集体逃离涌进城市的过程中，物质主义主导下的"欲望"放纵及其导致的人性扭曲、生活悲剧、生存荒诞，又成为西部作家审视和批判的对象，那些走向城市但却在消费主义浸润下，欲望泛滥、道德沦陷、人性丧失的"能人""庸人""空心人"形象，隐晦地传达出"拜物教"的全面来临。西部小说对以城市为表征的物质现代化对人性、心灵和精神的戕害现实景观进行着冷峻展示与文化批判，昭示着西部乡土在向都市转型的现代化进程中，传统人性的自然健康的迷失和破坏，人的心灵和精神陷入了巨大迷宫的痛苦，从而解构了对城与乡的双重想象，回归到对人的存在的整体性思考，而这样的都市风景线，同样谱绘出"理性启蒙"视域中的"城镇真实"。

城市不是人类的理想归宿，却沦为罪恶渊薮的代名词。当以退守姿态"由城返乡"之时，"乡土风景"就成为都市精神创伤者的温馨家园。市场经济在中国的扎根确立引发的是社会思潮的剧烈转型，西部作家敏锐地意识到这场物质进步和思想变革必将对边地文化形态、生活形态和人文传统产生深刻影响，乡土伦理与乡村文明在现代文化侵袭中终究要陷入一种尴尬境地。当怀有深厚乡土情结的作家以怀疑或游移的态

① 丁帆：《中国乡土小说史论》，江苏文艺出版社1992年版，第30页。
② 李新宇：《为一个新兴阶层留影——关于"农村劳动力进城打工"的写作》，《扬子江评论》2015年第3期。

度审视现存的乡村世界时，不仅发现了现代化进程所带来的种种问题，而且感同身受地陷入了一种无所适从的精神痛苦深渊，因而对传统乡村文明与乡村伦理秩序在社会转型中的命运走向表现出集体性的怀恋乡土倾向。这种情结折射出的是乡土文明秩序被现代经济机器所吞噬的感伤，以及在现代工业文明冲击中分崩离析而不能回复的忧心忡忡，但乡村却始终以一种归宿的想象乌托邦魅力消除着"城市羁旅者"的困惑和不安。于是，在城市欲望如沟壑和乡野牧歌如诗歌的参照之下，西部作家生成出集体性的"还乡"情结，小说也相应地形成了"入城—返乡"的叙事模式。李进祥的《屠户》中，屠户马万山对城市生活充满了强烈渴望，为了使黑键牛及早上膘，马万山用掺了血的饲料喂养牛，最终黑键牛嗜血成性，顶死了屠户儿子。"一直想着把儿子供养成城里人，没想到培养成城里的一个坟堆"。①乡民所向往的城市激发起人一直被遮蔽的物欲，这是社会的悲剧，更是人性的悲剧。而马万山破解这一迷局的方法就是"返乡"，清水河此刻成为深受"城市文明病"戕害的马万山重新寻得精神家园和回归人性本真的慈母，"屠户一回到河湾村，吸进村里的第一口空气，他就感到浑身舒坦。空气中有成熟的麦子的气息，有土腥气，还有些说不出来的亲切的气息……他闻着自己的汗味儿都是一股香味儿，不像在城里，他的汗总是臭的，是血腥的。这会儿屠户感到自己很干净，从身上到心里都很干净。……他感到有一股力量通过泥土往他身体里涌，让他的身体高大起来"。②"他走了这么远，还是没有走出清水河，他有些走不出宿命的感觉。"③李进祥的《换水》中的新婚夫妇马清和杨洁结婚不久，就在对城市丽景的憧憬中"入城"，但杨洁这位有着根深蒂固乡土情怀的女子，在刚刚步入城市起就显示出与现代

---

① 李进祥：《屠户》，《小说二题》，《回族文学》2005 年第 2 期。
② 李进祥：《屠户》，《小说二题》，《回族文学》2005 年第 2 期。
③ 李进祥：《屠户》，《小说二题》，《回族文学》2005 年第 2 期。

都市的文化冲突，处处充满着诱惑的城市是吞噬她的生活理想的强大机体，丈夫的意外伤残、自己为筹钱而出卖肉体，带着身体不洁和心灵不洁的痛楚，这对都市流浪人在人生边缘离开了当初的梦想之地而返回乡村，乡土已经成为主人公们在遭受城市灾难之后的最佳精神避风港。季栋梁《意思》中的老人被进城创业成功的儿子接到城市生活，却始终无法适应都市环境，"他觉得街上的一切东西都在撞他、挤他、骂他、踢人，他从街上回来就觉得浑身不舒服，有一种隐隐的疼，却又说不出来到底哪里疼，但只是疼，仿佛是来自骨头里的"，① "男男女女总离不开那些事"，② 城市里"女人穿得像啥，儿子给他讲的时候，手就在那女人光溜溜的大腿上摸来摸去……"③ 老人选择了回归乡土大地，这也正是西部作家文化抉择和价值选择的隐秘叙事传达。"入城—返乡"的叙事模式和精神取向表明，西部乡土现实生活的复杂性不仅给作家带来了叙事立场的文化焦虑，还导引出启蒙精神和批判精神的内在游移与困境。一方面，西部乡土作家作为走出乡村的突围者，以现代个体性文化意识反观乡村时，不可避免地对传统乡村的文化体系和生活方式进行人性审视和文化批判，深蕴着实现西部乡村的现代化改造。另一方面，这些怀有深厚乡土乌托邦情结的文化先觉者，在现实层面和思想领域感受到两种文化体系的冲突、矛盾，进而集体性地表现出对现代都市文明的反感厌倦和对乡土人生的归依亲和。因此，乡土在小说当中既是乡民人生苦难的原生地，是意图逃离和挣脱的羁绊之所，但更是对都市寓居者的温情和安宁的精神召唤之境，这种对乡土逃离和回归的悖论性，正是西部作家乡土焦虑的艺术表征。

总之，西部作家在对"城"与"乡"的"真实"呈现中，确立了

---

① 季栋梁：《意思》，《朔方》2002 年第 1 期。

② 季栋梁：《意思》，《朔方》2002 年第 1 期。

③ 季栋梁：《意思》，《朔方》2002 年第 1 期。

双向文化批判的审视基调。但是，本土化精神又让他们能僭越对人性批判、理性批判的形而上层面，不再停留于寓言化、符号化和象征化的艺术视域，而是将叙事视域深入到"真实景观、人性景观、生活景观何以如此"的视点下移的现实成因领域。因此，西部小说一方面秉持着对"城"与"乡"的批判，但又结合着西部本土的形而下的实践介入，最终则是不断消解着文化批判的认知与清醒。西部本土的形而下实践视野中，自然恶劣导致的物质贫瘠和经济落后，弱肉强食竞争下人性生存本能的完全裸露，现代文化欠缺的思想封闭和窒息，人的原始性中蕴藏的淳朴与野蛮，西部本土人的生存与生态保护之间的矛盾和无奈等，都是西部本土的人性景观、文化景观、精神景观成型的直接或间接原因。特别是随着城乡社会转型的进程，社会结构和社会机制在体制、法治、制度、权力等方面都存在有待改良之处，社会阶层结构及其导致的相关群体基本权力的难以保障，改革红利并未在全民实现共享等，造成了"面对强势者的侵权，这个'权'能得到保障吗"的质疑和局面，[①]权力寻租、权力崇拜、权钱合谋等主题同样出现在西部作家的作品当中，构成了当前城乡发展过程中形而下实践层面的症候，也是"社会启蒙"视域中的"城乡真实"。也就是说，囿于人性的、自然的、文化的、政治的种种原因，西部小说在思想艺术层面的文化批判，与社会生活实践层面的本土现实之间又形成了启蒙间隙，文化现代性的展望与西部现实处境发生了错位，从而消解着一切前瞻性的文化批判的锋芒与锐利，形成"文化批判与现实同情"的文学立场。同情之批判的态度是西部作家的"世纪乡愁"，而这种本土化精神体现出的是启蒙与底层结合的视域融合努力，它让西部小说的叙事能沉潜到本土生活的内里，为打通文化理想和现实复杂的隔膜提供了巨大的可能性；但这种努力的不成熟和不确

---

① 秦晖：《切实保障人地二权是土地流转的核心问题》，《探索与争鸣》2014年第2期。

定，也影响到他们对乡土、都市和现代人未来走向的更高远认知。从这个意义上讲，西部作家在思想认识领域的本土化精神具备了初步雏形但却止步于雏形，如何化解其中的思想悖论和二律悖反，正是西部作家本土化精神所具有的巨大思想构建空间。

三、本土化视野下的乡土浪漫与城镇诗意

西部作家还以本土化精神的自觉，聚焦于对西部乡土和西部城镇的"静好岁月"的呈现，策略性地从文化保守的立场进行浪漫化的意境营造。当然，这种浪漫诗意很大程度是借传统道德宗法文化，张扬着自然精神境界和理想人性价值，但这种乡土乌托邦的叙事却从别样的维度对现代化进程进行批判与矫正。新时期以来，西部边地的社会现代性步伐尽管缓慢，但毕竟已经侵入西部乡村成为不可更改的历史事实，在带来物质急剧进步之时，社会现代性也加速了传统文明的自行溃败，导致道德体系的迅速下滑与价值观念的严重混乱。怀有深厚乡土情结的西部作家深感于现代化和现代都市文明对传统乡村的侵占与破坏，同时又怀恋着西部乡村的美好与温情，于是，西部作家高举着"回归""安守""清洁"的大旗奋起抵抗，集体性地选择回归乡土、讴歌自然、构筑田园乌托邦来对抗现代性的悄然侵袭。虽然这种回归或退守不无保守的色彩，但其中却隐含着西部作家对乡村文明所具有的自然性的内在精神境界和理想人性价值的欲望诉求，是从逆反的维度实现对现代性发展的矫正与警惕，而"乡土自然的诗意化"与"现代都市的粗鄙化"，就成为作家观照乡村改造的文化态度和参照选择。

郭文斌的小说在对民俗文化"慢"的叙述节奏中发掘着乡土生活的诗意，《大年》讲述西部乡村过年的景象，写对联、贴窗花、糊灯笼、拜年等，年味的诗意就在浓郁的民俗物象中升腾溢出。两个小主人公明明和亮亮，有着童真无邪的生命纯然本色，父亲俨然是乡村文化和传统

道德的精神标高，父子、兄弟、邻里完全被民间美德笼罩，生活的艰难被和谐的人伦所掩盖，小说昭示出的是生活的欣喜和希望，荡漾的是心灵的幸福与温情。李进祥的"清水河"同样呈现出精神慰藉与静默沉稳的诗意生活，物质生活的苦涩并不消弭精神生活的浪漫，"我把我写的人物都放在清水河边，因为他们的人生就像清水河，洁净而浅薄，苦涩而欢乐。"① 《一路风雪》叙述乡民历经坎坷到内蒙古抓发菜，却在到达目的地后发现上当受骗，返乡途中这些共同经历着生活磨难的乡民展示出伟大的民间美德，他们把珍贵的发菜捐给了与他们发生械斗的本地村庄的小学老师马老师和大学生杨明，西部民众在艰辛的物质生活困境中，始终葆有着人性之善与品质之纯。漠月《锁阳》中的乡民生活在寂寥荒凉、风沙弥漫的苦土之上，但人的心灵世界从未丧失对未来诗意的向往，爱画鸟的大哥不愿意一辈子蹲在沙窝子里，他渴望像鸟一样在城市飞翔，新婚的大嫂在空旷的大漠孤寂地挖着锁阳，大嫂的温善和锁阳的香气让生活变得持守澄明，也让大哥那颗一心往外飞翔的心落到他一直厌恶的沙乡——大哥发誓不再离开大漠，爱情和锁阳足以生长出自由舒展的诗意人生。季栋梁《西海固其实离我们很近》里的"他"持有着纯朴、善良、踏实、慷慨的人格品质，这个看似丑陋的人身上有着未被物质匮乏击垮的民间伦理美德，乡土文化孕育的"他"是这个孤寂冷漠世界的温情之源，是乡土道德存留的策生之地。石舒清的《乡下》同样展示着底层凡俗人生的诗意与温情，"最受不了最教人感动的就是老百姓的那种纯朴和热情，那种古道热肠，那种毫无条件的帮助。譬如你拍戏需要一个人的衣服吧，他会马上脱下来给你；譬如你要用一家人的灶房，他一家人宁肯不吃饭，也要把这个灶给你腾出来。"② 马金莲的

---

① 郎伟：《以悲悯之心感受和描写世界——回族作家李进祥访谈录》，《回族文学》2006 年第 4 期。

② 石舒清：《乡下》，《回族文学》2005 年第 3 期。

《1987 年的浆水和酸菜》以丰沛的卧浆水的过程细节和生活形态，展示物资匮乏年代人的生活的欢乐和隐忍、希望和悲悯，艰辛的现实内蕴着难以泯灭的生之向往与诗意，"一缸浆水的馨香滋养两个家庭的日子又开始了。"① 西部乡土作家发掘着乡土生活的诗意，在乡村伦理与人际方式中，寻找着生命的美感、高尚的道德与本真的生存，贫瘠而窘迫的现实，因为有着静守与超脱的生命姿态而显得诗意盎然。城乡转换空间的文化境遇下，这类乡土浪漫小说所描述的地域性乡村景观和文化状态，成为现代性在西部全面蔓延的反作用力，是对现代都市文明和现代性话语恣意横行的一种文学边缘性警醒与存在，那些早已被都市文化与感性欲望所放逐的道德伦理与心灵自守，那些隐藏在民间的人性纯正与人性温情，就成为世纪之交西部作家进行本土文化变迁批判的有效手段。

西部作家的乡土情结与底层意识的结合，使西部小说呈现出"诗性"特征的"浪漫主义色彩"。这种诗性与浪漫特征是西部小说既能够实现对现代性的审美批判，也不乏现实文化基础的根源，其内涵包括"现实关怀"，即通过讴歌边地乡民人性之美来对抗城市文明的腐蚀与人性的异化，它关注着现实人生与人类生命的意义；"理想化的写实境界"，即西部小说是以理想化的手段描写西部乡土社会即将逝去的游牧文明和农业文明，选取人性中美好、理想和光明的一面而放弃了批判视角；"积极健康的心态和明朗和谐的风格"，即改造传统浪漫主义情感的汪洋恣肆，选取古典文学的中和之美来表现节制与和谐的情韵；"平民意识"，即西部小说以理想化的方式从西部底层民众中寻求对抗现代性的思想资源，隐忍、纯真、信仰与美德等民间化的儒家要义是民众所集体葆有的人格品质；"多元混杂"，即西部小说作家由于受不同思想的影响而形成的多元化浪漫主义，比如郭文斌受禅宗思想影响，郭雪波和雪

---

① 马金莲：《1987 年的浆水和酸菜》，《长江文艺》2014 年第 8 期。

漠受佛教影响，石舒清和红柯受伊斯兰教影响等，也因此，西部小说这种复调型的浪漫主义，正是作家主体与边地现实之间"内在介入关系"复杂性的艺术呈现。①

　　在本土化精神的真实视域中，西部小说的诗性浪漫又有着苦涩悲情的质素，这源起于西部作家在艺术层面进行审美现代性批判的同时，不乏对本土化现实进行观照之使然。在西部作家的小说世界，"命运的苦难、物质的苦难、政治的苦难"如同一枚枚砂砾，始终是萦绕于艺术作品世界内外的一个隐痛，让诗意浪漫少了一些亢奋和激情，多了一层悲情与凄婉，最终呈现出"诗意与反诗意"的"构建与消解"的结构状态。"本土化精神"让他们看到了都市文明参照下传统乡土文化的静穆与安好，但他们并未在此路上一味地孤意前行，而是不断从本土出发审视甚至质疑着诗意浪漫的真实性。他们清醒地意识到"艺术化诗意"的可疑，由西部本土的人性原初、自然恶劣、政治封闭、文化保守、经济落后，尤其是城乡转型期社会运行机制的诸多症候导致的乡土悲情与生活凄婉，在浪漫诗意的世界中仍然如影随形，这同样是西部本土的真实存在。因此，西部本土需要现代性的牵引与改造，城乡转型中需要人的理性机制与社会运行机制的确立。尽管在文化消费主义的语境中，对这类小说常常解读为西部浪漫主义的范本并逐渐定型，但是西部乡土和城镇文学的诗意与浪漫的背后，是一曲传统乡土文明"人性化"质素悄然退场的挽歌，这反而是西部现代性不充分所导致病象的一种"追忆式"疗救，深隐着强烈的批判意味。因此，西部作家的本土化精神让他们呈现艺术诗意的同时，还有着对诗意的超越，即表征化的诗意是与内隐化的批判互为表里的，其主体思想是以稳健的姿态实现现代化改造的中

———————
①　杨春时：《现代性与中国文学思潮》，生活·读书·新知三联书店2009年版，第222—226页。

和、节制与和谐，是试图将传统乡土文明的优秀质素融入现代化的文化体系中，其中包括了人性的健康、理想和光明的一面，以及西部本土文化中的纯真、信仰和德性。

因此，西部作家的这种回望乡土、立足民间、营造诗意、彰显美德的文化选择，是别一种对现代性发展的警惕与反思，但这样的叙事选择与美学方向又始终无法脱囿西部边地的历史文化与生活现实。西方浪漫主义试图从宗教神秘当中寻求对抗现代都市文明和工具理性的精神力量，而中国浪漫主义由于受到传统古典主义的影响而表现出对自然人性之美的讴歌，这种从乡土文化伦理传统中寻找对抗现代文明特别是都市资本文明的建设思路，在西部小说中显得尤为迫切。西部乡土形态的现代性转向，首要的是物质与感官的解放，但西部的物质贫瘠与物欲的激发之间必然是难以彼此制衡的关系，最终形成物质逼仄境遇下的人性扭曲，于是，有着虔诚乡土情结的西部作家看到的是现代化进程中的诸多失望境况，自然会以批判甚至逃离的姿态来面对现代性问题。现代性的第二层面即启蒙思想同样在西部出现难以维继的尴尬局面——启蒙要求的是人对科学、民主与理性的崇尚，源于物质贫乏、传统因袭、集体秩序和伦理内化，西部乡民所体现出的"国民劣根"大都源于西部经济发展的滞后所造成的人性封闭和个体意识的遮蔽，因而，本原意义上的理性启蒙主义某种意义上很难扎根西部边地并发展蔓延，因为启蒙主义所批判的人的精神或文化症候，都可以从西部本土的政治、经济与文化现实中找到合理的因果阐释关系。物欲的解放激发出人的异化，启蒙的批判在西部似乎已经失效，西部作家深重的乡土记忆与底层意识，使他们以集体性的回归乡土大地，来重新审视和整理西部乡村所固有的乡村伦理机体，来实现别一样的人性启蒙建构。从这一角度看，西部小说的诗性浪漫主义营造，是对物质现代性的反抗，也是对启蒙现代性的反动。这种诗性浪漫主义文学世界的塑造，却具备了现代性的第三层次"反思—超越"层面的审美文化意义，即在安静祥和的本土守望中完成对现代性发展路径中感性现代性与理性现代性所带来的局限、困境和弊端的普遍性批判，特别是对消费文化和都市文明蔓延过程中对人性本真、人性自律、人性敬畏和人性野性失落的深刻批判。当然，西部小说的"诗性浪漫主义"在突出乡土美德和乡土理想的同时，本真的艰辛生活苦难也一并被消解，特别是普遍放逐了对苦难成因的立体性外在社会运行机制的深层质疑或追问，甚至可能将小说审美转化为艺术消费的感官资本，这是西部作家对现代性问题以"复归"为姿态进行逃避但又始终无法逃避的价值立场建设危机。

四、西部小说乡土焦虑的叙事困境

西部小说作家的群体构成，一部分是从乡土走出并怀有深厚乡土情结的作家，一部分是接受现代学院教育而成长起来的作家。但在现实中，底层立场与启蒙立场却并非泾渭分明，而是呈现为两种身份甚至多重身份并存，在作品中表现为立足现代文明立场上对乡村的理性与批判和立足民间立场上对乡村的诗意与眷恋。"现代和传统，理性和情感，自傲和自卑，往往交织在一起，构成乡土小说复杂的艺术风格。……这种看似合理的创作姿态其实存在着深刻的裂隙"，[①] 其背后是西部作家主体的深重身份悖论与叙事焦虑。

一方面，乡土叙事遭遇到启蒙现代性的尴尬。第一是源于西部乡村现代化进程滞后的历史现实处境。西部地区由于自然地理条件的恶劣严酷与历史因袭的沉重恒远，至今仍处于相对贫困的状态，比如1972年"西海固"被联合国粮食开发署确定为"全球最不适宜人类生存的地

---

① 贺仲明：《一种文学与一个阶层》，人民出版社2008年版，第203页。

区"之一，素有"中国贫穷之冠"之称，这样的生存境遇自然使西部民众对物质现代化有着强烈渴望，这既是合理的生活需求，也是现实的发展逼迫。而启蒙现代性以人性批判为核心的话语体系，启蒙以"理性权威"与"个体觉醒"为内涵的话语模式，必然与西部底层以满足基本生存为目标的价值观念，以期望尽快实现乡土现代性转型为要义的集体文化心理期盼之间难以达成内在话语体系的一致。第二是西部作家现代思想资源与主体性构建的欠缺。西部本土作家很多都是在边地苦土环境中成长起来，成长记忆中的苦难贫穷会使他们对乡村改造投以极大的未来期盼，但过重的乡土记忆与故土留恋从情感上也制约着他们的主体性构建，使他们很难彻底站在以文化批判和现实批判为话语中心的启蒙立场，很难完全以个体理性的启蒙主义审视西部乡土世界的现实弊端与人性肌理。正因如此，西部作家不仅欠缺主体性精神构建的现实资源，其叙事立场也总是出现悖论或游移，所以，他们在超越现实的理想审视与贴近现实的情感悲悯的双重姿态下，羁绊了集体性的现代思想与生活现实的互为介入。第三是根植于启蒙者与被启蒙者之间的对话障碍。启蒙主义乡土小说家希冀以人性自觉和人性批判的方式实现对乡村改造的理想，但现实的结果却是彼此的沟通障碍与对话错位。比如张承志就对西部小说启蒙立场与民间接受的关系状态有着深刻的体会："我通过科学加感受发现（真像哥伦布一样发现）回族人民心灵蒙受着的那可怕的侮辱、孤立和苦难，并神圣立誓要用我的笔推翻大山——但我几乎在同一个刹那就明白：我最热爱的他们是绝不可能读懂我的小说的；就像我热爱过的蒙古牧民不仅不可能品味我那么'纯情'地写成的《黑骏马》，甚至我每天都等着他们臭骂我一样。"①启蒙文学叙事所遭遇的接受尴尬让张承志试图寻找一种精英化和大众化融合的折中方式，于是，《心灵

---

① 赵玫、张承志：《荷戟独彷徨——黄泥小屋来客之六》，《上海文学》1987 年第 11 期。

史》就成为他寻求对启蒙叙事困境改观的文本实践——"我踏上了我的终旅。不会再有更具意义的奋斗，不会再有更好的契机，不会再有能这样和底层民众结为一体的文章"，[①] 但现实仍然是再一次的叙事尴尬——作品的叙述仍然包含着高度的知识分子身份话语，与作者所期望的普罗大众接受效果还存在相当的距离。[②] 第四，启蒙叙事的困境来源于启蒙话语实践的失效。现代性启蒙的目的是让人"脱圣入俗"，即让人从封建道统的规约中回归到日常人性的世俗生活，让理性成为人的价值准则，但启蒙现代性在不断破除封建宗法文化束缚之时，也推动了物质和技术的巨大进步，随之而来的问题是人类在未完全"脱圣"的情境下又陷入"入俗"的异化泥淖，即过度的世俗化、物语化和感官化追求。西部边地由于地域的边缘和经济的落后，这种人性的异化更有滋生的温床，启蒙现代性在西部的发展不仅未能实现文化与人性的"换血"，却可能因为改造乡村所附带的物质现代性使西部边地陷入拒绝经济发展的片面或极端。因此，启蒙效果的现实复杂性，使启蒙话语在西部小说的叙事中成为一个既无法切近西部本土，又无法实现文学演练的尴尬思想理论武器。

另一方面，乡土叙事遭遇到了底层乡村代言的尴尬。西部小说在追求社会现代性的同时，就有审美现代性的存在对其进行制衡与反思，这种对社会现代性的反思表征于西部叙事当中，就是作家以底层身份或民间代言的立场，以审美方式来书写封闭乡村世界与乡村生活，他们将对现代性的负面效应批判隐藏在民间化的浪漫美学观照之内。启蒙现代性对人的极力张扬，引发出世俗现代性的过度膨胀，所造就的局面正如海德格尔所说，是"诸神的逃遁、地球的毁灭、人类的大众化、平庸之

---

① 　马进祥：《张承志回族题材小说选——回民的黄土高原》，青海人民出版社1993年版，第243页。

② 　南帆：《隐蔽的成规》，福建教育出版社1999年版，第247页。

辈的优越地位"，① 这些关于现代性的种种反动形态，在西部作家小说中均被用或浓烈或悲愤的激情来加以批判，他们在文本中以乡村浪漫诗意的乌托邦，来为被物质现代性所击溃的文化流浪者构筑一个精神家园。但是，秉持底层立场或民间代言的西部作家在切近西部本土现实之时，其文本精神特别是文本的真实性也同样受到了质疑，即他们虽然选择了诗意想象和守望乡村的范式，但西部乡土世界毕竟已不是前现代文明时期的静止形态，而是不断经受着来自资本市场、经济形态、政治文化、机制规约等多重权力话语的挤压，他们此时要想完全将西部乡土世界按照古典主义或京派文学那样极致美化也必然遭遇叙述的困境——西部乡村在现实改造中的种种不适应性的客观存在，与西部作家精神取向的唯美化之间存在难以填补的沟壑；西部乡村的底层将现代化的实现希冀于现实政治的期待，与政治弊端对乡村原有伦理与道德体系的侵袭使得作家的叙事陷入了两难抉择，最终导致西部作家乡村代言的理想性与失真性。许多西部作家在经历了启蒙改造者到乡村坚守者的叙事身份和价值转型之后，仍然无法完全厘清乡村发展的未来图景，尽管他们试图选择以底层的代言人身份去表现和再现西部边地现实，但西部现实和历史文化的正负效应随时随地地共存于现实生活中。这样，他们就无法用超越现实的理想性去思考乡村本身的内部悖论，却因极力美化苦难或诗意西部贫穷而被西部本土民众认为是刻意粉饰与虚假营造。

西部作家本土化精神的观照视域中，艺术世界并非是单纯化的，因为有着对本土世界的情感与热爱，他们有着诗意西部的情怀；另一方面，他们借助于"国家、政府和社会倡导的主导价值观念"，或者是"知识界思想界主张的现代价值观念"，或者是"社会各利益群体实际信奉和践行的价值观念"，或者是"借鉴西方现代性的人性启蒙资源"，或

---

① ［德］海德格尔：《形而上学导论》，熊伟等译，商务印书馆1996年版，第45页。

者是"源于现代化对传统乡土道德伦理的怀恋"，对西部本土又呈现出了温婉的批判。西部作家以本土化精神贴近本土变迁、审视生活丰富，而反思和批判的姿态，则是对种种或保守或前卫的时尚文化和流行价值进行抗拒，他们警惕着快速流动的多元文化带来的巨大虚空和迷失，执着地坚守着人道主义和人性底线。

第四节　边地文化视域中的"民族文化焦虑"

西方现代化浪潮裹挟下的当下中国，信息、资本、经济一体化高速集聚，现代化的结果，一方面，实现了自清末以降国人梦寐以求的富国强民的夙愿，中华民族在以西方化为理想模板的感召下，历经多次革命和改革运动，跃升到了现代文明高度发达的强国序列；另一方面，国人在对现代文明强烈渴望的集体话语和行动中，也将属于本土化的优秀文明质素一并扫入"前现代文明"的坟墓，摧枯拉朽的狂热中失去了理性明辨的节制。从"五四"运动、"文革"运动对中华民族传统文化的批判，到历史发展到当下，在与邻国重夺文明"专利权"的竞争中，国人才逐渐意识到本土化或中国化文明流脉的缺失甚至断裂，所造成的后果，就是在享受全球化文明"物质趋同"的同时，也陷入了全球"文化趋同"的危机泥淖。由于中国地域文明演进程度的巨大差异，当中东部地区已经深深浸淫于现代文明乃至后现代文明，享受着现代化的物质成果和科技便捷之时，深处西部边地的民族作家，却由于目睹全球化所带来的诸多文化"罪恶"和现实"罪恶"，不再集体性和统一性地将现代性视作是毫无瑕疵的文化观念和理想模态。特别在目睹了现代文明挤压、消弭和正在同化民族文化和族属信仰的现状之后，民族作家表现出了集体性的主体文化焦虑，并通过小说叙事策略和民族身份构建等方式，在现代性和民族性之间做出抉择，并寻觅两者深层的文化关联和理念共识，以此实现价值主体文化困境和心理焦虑的缓释。

一、趋同与自守：民族文化的生存境遇

西部边地文化的重要特征是文化开放，它既包含了稳定性的地域文化，又包含了动态性的文化演进。在这个文化区域，各种不同的文化形态，诸如前现代、现代与后现代文明可以共存、融合与博弈。多重文化的同时空并存，不仅使西部地区存在着历时性的文化渐变与文化冲突，使作家的文化立场和小说面貌呈现出彼此包容和悖论式的状态，还存在着共时性的现代性与民族性之间的冲突，造成了民族作家与民族文化的身份危机与文化焦虑。科学、理性和人文等，是构成现代性的几个主要内容，但现代性本身也包括了民族、国家、制度等内容，包括了"一系列政治制度，包括民族国家和民主"，[1] 因此，现代民族的建立，不仅应该包括地域、经济和文化的民族共同体，还应该具备现代民族观念的主体建立，即"与非个人的行政权力观念相联系的主权观念以及一系列与之相关的政治理念"。[2] 从本质上讲，现代性的理性、科学、民主、人文等，同样是现代民族共同体所具备的文化理念，这是现代性与民族性之间可能构成内在一致的理论基础。

另一方面，民族性还强调民族主义，而民族主义的本质则是族群文化的封闭、族群阶层的森严、族群信仰的神化。现代性要求以开放的姿态和包容的胸怀，张扬个体的"人"的意识，个人价值至上，而民族性张扬的是人的"群体"意识，族群利益至上；现代性强调以理性为武

---

[1] ［英］安东尼·吉登斯：《现代性——吉登斯访谈录》，尹宏毅译，新华出版社 2001 年版，第 69 页。

[2] ［英］安东尼·吉登斯：《现代性——吉登斯访谈录》，尹宏毅译，新华出版社 2001 年版，第 4—5 页。

器，反对遮蔽人的主体意识的"神性"，以民主实现对封建制度的政治重建，而民族性恰恰是通过信仰的神化来实现民族群体的内在文化凝聚，通过族群秩序的权力等级实现民族内部的政治维序；现代性突出以科学的思维矫正对世界的非理性认知，而民族性则强调以非理性的信仰来观照"万物"之"有灵"。现代性的历史过程性与民族性的族群稳定性，往往构成了外迫性的同化与内质性的拒斥，即现代性总是试图将所有的异质文明，包括民族性纳入其带有西方化色彩的文化版图，甚至企图淘汰和湮灭弱势文化和民族特性，实现全球文化想象共同体的构建，即赛义德所说的建构一种文化霸权和"文化帝国主义"，而民族性则在现代性发生的过程中，始终处于无法完全接纳却又不断自我矫正的被迫性演变当中，由此形成了所谓的"文化滞差"——现代性的理性启蒙还未完成，但现代性内部的文化弊端，诸如人沦为理性奴隶、技术奴隶、感性异化等，则在民族性的文化自守中得到退守式的补充，最终造就了现代性与民族性之间既有内在统一又不可能同位的不一致关系。

西部边地的现代性与民族性的一致与冲突，由于西部边地文化形态和民族制度的特殊性显得非常典型。由于中国历史传统华夏中心主义文化观的支配，西部边地在汉民族看来是处于多民族格局中的"四夷"位所。新时期以来，国家意识形态和中东部地区现代化和都市化进程等"外迫性"力量，共同构成了对西部边地民族文化的挤压与冲击，即国家意识形态和现代都市文化的摧枯拉朽的姿态，试图将民族文化纳入自己的文化统治范畴而加以"同化"，这就形成了现代性与民族性之间的内在冲突——民族独特性与政治一统性、民族传统性与现代演进性、民族道德性与科学实用性等方面的冲突，西部少数民族的身份认同也陷入了深重的悖论当中。如果说建国初期的民族认同焦虑主要源于民族性与国家意识形态建构的矛盾，那么，随着九十年代以来中国现代化进程的加快，西部边地的民族性在前期政治意识形态规约的基础上，又遭遇到了与正在快速发展的现代文化理念的冲突——民族共同体的"群体性"与"封闭性"为了实现与社会文化的同步和全面发展，不得不将原有的保守意识打破，民族地区在文化形态方面必须向占据绝大多数人口的汉民族文化学习，但他们固有的信仰体系又需要保持自己的信仰价值观和民族独特性，最后造成"建设现代性与抵制现代性的两难处境。"因此，对于西部边地民族地区来说，现代政治意识形态的同化与现代都市文化进程的裹挟，一方面给他们的经济发展与技术进步带来了历史契机，另一方面也给民族地区的传统文化带来了震荡与冲击。表现在文学领域就是少数民族作家和汉族作家虽然同处于全球化的现代语境，但汉族作家的写作目的是追求对本民族传统文化的"拿来主义"和全球化现代思想的植入，以期跻身于世界文学之林；而少数民族作家在追求现代化步伐的同时，还需要强调自己作为独立民族的特性，所以说汉族面临的是身处于全球化与东方化的民族焦虑，那么，少数民族就在此基础上，增加了一份汉民族同化情境下的少数民族文化焦虑。这种民族身份和民族文化的焦虑，体现为文学创作内部与外部的诸多方面，包括语言、思维、题材等领域在汲取与选择时，与民族本位的融合或背离，使民族主体身份与非民族文本之间构成难以辩驳的尴尬与夹缝态势。① 这种内在的思想与形式裂隙，既是民族作家身份焦虑的显现，也预示着民族文学文化焦虑表达策略构建的可能。

二、顺应与抗拒：意识悖论的文化表征

"民族是在特定历史的人文和地理条件下形成，以共同的血统意识和先祖意识为基础，以共同的语言、风俗或其他精神和物质要素组成系

---

① 参见姚新勇：《悖论的文化》，江苏教育出版社 2002 年版。

统特征的人们共同体"，① 在多元文化共生的当下语境下，"民族研究中
的新趋势，即对民族文化特征的强调，对民族成员的民族自我意识（以
血统意识和先祖意识为核心）的强调"，② 就成为彰显民族文化、弘扬民
族价值的应有之义。与此同时，当下文化的共生也带来了民族文化的挤
压与侵袭，即民族文化焦虑，这在西部少数民族小说中主要体现为宗教
心理焦虑，具体指藏族、回族、蒙古族、哈萨克族、维吾尔族作家的民
族本位认同（藏传佛教、萨满教、苯教、伊斯兰教）与其他文化认同之
间的"一致"或"错位"。新时期之初，政治意识形态的规约迫使全民
将政治话语作为唯一的信仰，政治性的思想规约与民族的宗教信仰形成
了内在的矛盾与悖论；改革开放以来，新的市场化意识形态逐渐形成，
市场化所信奉的经济原则、参与意识与商业竞争，与宗教的超脱精神、
脱俗意识之间形成了不同层面的关系状态。迫于政治文化与市场意识的
形态统摄，民族作家对民族本位的认同、对宗教精神的追寻，就不仅是
一个复杂的认同过程，而且是一个无法对自己的民族本位身份和文化做
简单肯定或否定的问题，这种一致和错位表现在小说里就是对民族性认
同与追寻的若即若离的错综复杂局面。西部作家民族文化或宗教心理的
焦虑，决定了西部小说在文化的碰撞相交时，体现出了多样化的焦虑性
表述和主题。

　　首先是"民族宗教信仰"与"政治革命信仰"之间产生的文化冲
突与主体焦虑。藏传佛教的多数分支派系与家族势力或实力集团结营，
成为具有一定政治权势的宗教组织，形成其"政教合一"的宗教制度，
并与历代的当权政府和机构形成或独立或对峙的行政关系；伊斯兰民族
从进入中国本土，就因为信仰的坚定与执着，与清王朝当权者的宗法专

---

① 　纳日碧力戈：《民族与民族概念辨正》，《民族研究》1990 年第 5 期。
② 　纳日碧力戈：《民族与民族概念辨正》，《民族研究》1990 年第 5 期。

制"驯化"相抵牾而遭受血腥洗礼，也由此生发出现实生存的集体记忆焦虑。一九四九年以后，由于政治一体化的大民族国家制度的建立，必然要求在民族国家的内部培养一种共同的民族认同，包括对各少数民族资源的整合，但这种整合必然会影响到少数族群资源的现存模式，于是，一体化和个性化之间的矛盾由此产生。这种民族意识认同焦虑的焦点，主要表现为民族意识（对自己民族归属的体认）与国家意识（政治化的国家主义）之间的冲突。"十七年"期间，在人民性与革命性的政治话语下，人的身份只具有阶级色彩与政治属性，宗教话语由于与政治话语的意识形态冲突而被否定或批判。二十世纪八十年代中期的"寻根文学"思潮，将民族传统文化作为重铸民族之魂的良药而被加以提升和强调，此时的宗教题材才逐渐脱离了政治话语的桎梏。但是，民族性与政治化、宗教性与革命性的内在焦虑，始终是一个难以挥去的潜在心理意识存在于作家心理结构中。这种宗教心理焦虑的危害，不仅表现在用同一性话语遮蔽个性化话语，而且从文化共建的角度来讲，政治文化此时也以其话语霸权，侵袭、控制甚至破坏了富有历史传统和文化继承的民族性文化。查舜在《穆斯林的儿女们》中就对这种政治文化与民族文化之间的冲突做过深刻的反映。杜石朴作为国家政策的执行者，强制推行"左"的极端路线，强迫回民养猪，最后杜石朴不幸丧命。与此对照，在彻悟了对政治信仰的虚幻之后，海文则在精神导师马存惠的引导下，完成了对政治的疏远与宗教的亲近。小说从深层的文化意蕴上，表现了政治对民族的同化，带来的是民族感情的伤害和悲剧，而唯有回归民族本位才能获得精神归宿这一带有政治禁忌的主题。

民族文化作为族属成员无法抹去的心理意识，当面对政治文化的挤压时也必然会进行有意识的反抗，但这种反抗的现实处境，要求民族作家既不能在话语形态上违背政治意识形态，但还要凸显或强化出自己的民族特色，那么，叙事策略的选择就成为作家重要的文学言说"智慧"。查舜的《穆斯林的儿女们》当中,阶级路线和民族政策只是故事演绎的政治背景,民族特色没有刻意强调,即表面上主要叙写政治背景下人物的众生相,但作者却将主要人物全部设置为穆斯林群众,并通过政治意识形态对穆斯林群众和回乡生活的影响,折射出伊斯兰文化和穆斯林民族的价值观念与政治话语形态的内在悖反与冲突。而张承志在表达文化焦虑命题时同样有其叙事智慧,即作品常通过对民族、人类、土地、母亲、父亲等符合国家主流认同,但同时隐喻着大写之"人"的文学意象的讴歌,来彰显伊斯兰教的"高洁"精神与国家意识形态之间的一致,由此实现了民族认同与国家认同的统一。现实国家的诸多话语禁忌通过民族历史反抗图景的文学言说,既实现了对当下政治权威的映射与质疑,也完成了对当下历史的善意警示,民族文化与政治文化的焦虑状态和内在悖论通过历史叙事实现了策略性的表述。政治与民族文化冲突的存在,激发着少数民族作家在话语的裂隙中,不断寻求二者之间矛盾调和的途径。而新时期以来西部民族作家用文学写作的实践,证明了这种调和的可行性:一方面,民族国家在建构统一的集合体时,从制度层面和政治层面赋予了少数民族族群以一定的权力,使他们有资本有身份和主流社会进行对话;另一方面,少数民族族群在认同与确立本民族身份时,也清醒地意识到不能将本民族与国家意识形态分裂开来,而应该努力寻求民族与国家在整体性体系当中的对话机制来达成共识,从而实现民族文学能够既保持民族身份的相对独立性,又不构成对现实国家的对抗。

其次是"民族道德主义"与"现代技术主义"之间产生的文化冲突与主体焦虑。如果说民族个性与国家同一之间的内在冲突所造成的民族文化和民族身份焦虑,可以通过政治权力和意识形态的民族性话语转型而实现对接,那么,民族文化除此之外还面临着现代科技主义思潮的同化。现代性以其物质的解放与感官的释放,从普遍的人性层面力图实现独立的人的重塑。这是一场源自西方而波及全球的文化思潮，在汉族文化因西方文化的冲击而产生"东方化民族"身份焦虑的同时，西部少数民族文化则面临着全球化与中国化（汉族化）双重抵制的处境遭遇，民族作家也因此陷入了更加迷茫的文化困境和身份焦虑当中。对于少数民族而言，民族身份彰显的首要条件就是希望社会提供一种可能的范畴和网络，形成一个有效的社会支持氛围，从而体现出自己的个体价值与民族价值。[1] 但是现代化语境（特别是都市化）却以其"模式化"和"同一化"的力量呈现，这构成了一个对民族和宗教独立性考验的温床。

扎西达娃就在其小说中表现出了对现代技术主义所衍生的现代商业资本制度侵袭和挤压宗教文化制度的心理焦虑："全世界最深奥和玄秘之一的西藏喇嘛教（包括各教派）在没有了转世继位制度从而不再有大大小小的宗教领袖以后，也许便走向了它的末日。"[2]《骚动的香巴拉》就是典型的对现代技术主义和物质浪潮与宗教道德主义相抵牾的心理焦虑的文本反映，作品安排了"文革"十年动荡的凯西庄园和改革开放之初的新拉萨做对比。政治意识形态的狂热让农奴推翻专制统治翻身解放，但现代化的物质感官放纵却也带来了价值观的混乱与物欲的恣肆，灵魂得不到安慰，心灵坠入空虚。作者最后将文化与历史的拯救寄托于藏传佛教，则可以看作是对民族精神资源守护的拯救之径："人们从嘴里喊出一声'神必胜！'的呼唤，苦难也就从他们心中抹去了一分。在危机四伏、充满忧伤和各种不幸的孤独的地球上，西藏人从来没有绝望过，他们怀着雍容的气度和朝气蓬勃的乐观主义精神蔑视着西方的文明和人类创造出来的一堆垃圾。"[3] 虔诚的宗教情怀使扎西达娃将非藏传佛

---

[1]　张静：《身份认同研究》，上海人民出版社 2006 年版，第 4 页。

[2]　扎西达娃：《西藏：系在皮绳扣上的魂》，《民族文学》1985 年第 9 期。

[3]　赵学勇、孟绍勇：《革命·乡土·地域：中国当代西部小说史论》，山西教育出版社 2009 年版，第 154—155 页。

教文化，特别是西方化色彩浓重的现代文化全部视作是对本民族文化机体吞噬的刽子手，并以决绝的姿态守护着心中的神，而这种守护显然具有对现代文明反思和矫正的价值取向，"科学与民主并不能建立心灵的终极价值。科学是有用的，但唯其有用，它更多地表现在技术操作层面。民主也是有益的，但民主是一种制度而不是目标。人，尤其是文化人的心理需要更深层的生存意义来填充，需要更虚玄的人生价值来实现，也更需要有一种脱离了具体的使用的生活的平静心境来支撑"，① 扎西达娃从人的生存意义和存在本质的层面表达出对现代文明的厌恶和对藏传佛教的信仰皈依。

元康的《回族人家》当中民族的传统商号、穆斯林的社区文化、民族性的京堂教育、民族性的地缘关系，甚至穆斯林的族内通婚等，都随着城市化进程而成为一种久远记忆，作者在这里显然提出了一个重要的文化命题：民族传统文化在现代都市文化和汉族文化的挤压之下日渐消亡，这种趋向到底是悲哀还是进步？查舜的《穆斯林的儿女们》当中，回民杜石朴进城要准备两顶帽子：一顶回民小白帽（民族身份的象征），一顶有檐蓝布帽（现代文明的象征），这种在现代文明面前的身份不自信，深刻地揭示了现代文化（都市文化）对民族尊严的挤压和伤害。在《月亮是夜晚的一点明白》当中，丁玉清的文化纠结与突围的过程性体验，就隐含着伊斯兰文化在多重现代文明挤压和诱惑下的历史遭遇，"丁玉清……是许许多多受到多样文化冲撞的穆斯林青年的代表，……也是一个民族与其他民族相遇的经历"，② 丁玉清的文化体验历程其实就是民族文化传承在面对现代文明同化环境下的艰难成长史和心灵演绎史。作品借王智斋阿訇的论文表达了有着清醒民族意识的宗教领

---

① 葛兆光：《难得舍弃，也难得归依》，《东方文化》1997 年第 7 期。

② 摘自雷达对中国作协重点扶持作品《月亮是夜晚的一点明白》初稿审读笔记，见 http：//www.chinawriter.com.cn/2008/2008-05-27/71322.html。

袖，在面对本民族文化与现代文化冲突的时代境遇下，关于民族命运的久远思考，并提出了自省自律、善于比较、善于创新三种精神，作为本民族应对文化挑战和文化同化的理性对策。这个结论不仅是作品人物的情节营造，更是经受着民族立场和身份认同考验的查舜个人，在彻底领会本民族文化当下处境的深刻内涵之后，所做出的一种理性而长远的关于本民族命运的思考结晶。尽管这样的应对策略不乏对民族文化生存与传承的情感隐忧，但更重要的是，它显示出了一种难能可贵且冷静理性的多元视角观照下的文化包容与开放姿态，这也正是当下民族文化焦虑处境下，民族作家所应秉持的一种价值态度。

三、复归与疏离：身份认同的两难抉择

对于民族作家而言，现代性与民族性的内在矛盾是必须面对的文化难题，而文化身份的构建与认同，注定是他们从事文本叙事时价值立场抉择的必备条件，唯有如此，才能在特定的文化空间内，做出具有公共话语的民族性表达与叙事，才能反映出具有民族性或人类性的生存状态。身份的抉择是缓解、释放和解决主体文化焦虑的一种最直接（虽然未必是根本的）的方式。面对现代化蔓延的西部边地，一方面，部分民族作家深感文化潮流的不可阻挡，试图做出理性辨析，并利用身份抉择的消解策略来达到民族性与全球性、本土性与现代性对话的可能；另一方面，部分民族作家面对现代化的"文化趋同"，更加意识到了保持民族文化独立性的重要，并通过民族文化的文学展示来挽救本民族文化生存的逼仄空间，以此寻求民族文化在丰富和拓展当下文学价值体系构建中的可能性。纵观西部作家对主体身份的认同，基本采取了"隐匿"与"彰显"两种方式，而且这两种方式往往在某一位民族作家不同的创作阶段，呈现出彼此互现的态势。

面对现代化倾袭下的民族文化现状，一部分作家选择了顺应潮流，通过消弭和隐匿身份来实现文化主体心理的焦虑缓释。查舜就经历了一个对民族身份"坚守"到"放逐"的艰难转型。作为伊斯兰文化孕育成长起来的作家，他在早期创作中基本恪守着本民族文化的纯雅，在《青春绝版》《穆斯林的儿女们》等作品中较少有涉及性的描写（伊斯兰教认为这些词汇是"不洁"之语，性描写也往往被视为是现代文明感官泛滥的文本表征），①而选用伊斯兰教允许的"洁净"之词；但其后期的《月亮是夜晚的一点明白》不仅叙述语气和语言词汇发生了很大变化，而且还有了直白的与性有关的事件和场景。②这种变化是作者在多元文化并存局面中所做出的文化转向与价值取舍，以及面对世俗文化对民族禁忌之时的主动出击或被迫突破。在张承志的早期作品中，对伊斯兰教的虔诚置换为一位人文主义者对理想主义的追寻与信仰，因为主流文化与宗教文化毕竟是两个话语体系，彼此之间必然存在着某些相异甚至背离之处，于是，他试图寻找宗教理念与主流理念的内在相通之处，通过提炼某些共同命题来彰显出宗教教义的普适性。他将伊斯兰的"清洁精神"作为民族文化和人文精神的共同命题，通过对"清洁精神"的张扬而达到让汉民族和主流意识形态接受的民族教义，因此，在"清洁""人民""国家""民族""全球"等话语的链接中，其民族身份逐渐被其他文化质素所遮蔽。"张承志第一阶段写作所寄涵的文化因素是多方面的，至少具有五个方面：'文革'文化因素，反'文革'文化因素，蒙古草原文化因素，西方浪漫主义文化因素，西部边疆文化因素"，③而其文化精英的身份来源于民族精神的事实也在多重文化的挤压下被误读。

民族身份的隐匿看似是对现代化浪潮的一种顺时应接，但其背后

① 查舜：《穆斯林的儿女们》，人民文学出版社1988年版，第412页。
② 查舜：《月亮是夜晚的一点明白》，人民文学出版社2007年版，第148—348页。
③ 姚新勇：《悖论的文化》，江苏教育出版社2002年版，第180页。

所隐藏的却是对民族文化的悲观、对民族身份的不自信。现代性之于西部民族文化，是一种外迫性和外源性的文化侵袭，而不是西部民族文化演进的自身要求，一味的承接和顺势外迫性文化，带来的是对本民族文化自足机体的戕害，还可能将本属于本民族的优秀文化质素在狂热中遗失。特别是现代性的发生是源于西方国家，有其产生的社会背景（西方工业化的高度发达）和文化背景（科学主义和人文主义已经深入人心），并不一定适应于所有的东方国家，何况是大部分仍处于前现代游牧文明和农耕文明主导下的西部边地。尽管西部民族作家已经意识到，应该以包容和接纳的方式来应对文化的冲击，但他们又很难从实践和文化层面去构筑现代性所必须的宏观环境和文化基础。最后，反而让他们既迷失了原初的文化根基，又无法构建起理想的现代"乌托邦"家园。

而另外一些民族作家则选择了抵抗现代化潮流，通过凸显和张扬自我的民族身份，来实现文化主体心理的焦虑缓释。面对着西方文化、商业文化、政治形态等诸多强势文化的包围，少数民族的弱势文化一方面试图寻求融入对话的契机，另一方面也通过文化自省和立足传统而抵御着异质文化的渗透和侵蚀。在文学领域，以经济指标为核心的新型市场意识形态，顺势将边地文化置于一个消费或消遣的对象，真正的民族性创作被挤压到了边缘位置，在这种文化权利的制衡过程中，民族传统受到了前所未有的冲击，民族作家也对本民族的文化传统和自身的民族身份产生了迷茫与自卑。尽管后殖民理论对这种现象给予了理论上的解释与矫正，但在现实层面上，深处西部地区的诸多少数民族作家，最终还是从自身的生存体验中，产生了对民族身份主体焦虑的超脱诉求。他们以其对民族文化和民族历史的价值认同与文化溯源，坚持着本民族文化的弘扬，坚持着对本民族精神的传承，因为他们深刻地意识到，"在全球化境遇下，多元文化之间的冲击必然会带来文化认同的危机，民族精神与文化认同感、生存归属感是密切相关的，如果一个民族的生存归属感被削弱了，那么民族精神也被消磨了"，① 简言之，越是被迫卷入文化同化，民族本位意识越是强烈。体现在文学创作当中，就是对民族身份独特性的张扬彰显，对母族回归的强烈夙愿，对民族信仰的热情高扬，这种决绝的态度，正如一首藏族诗人嘎代才让的诗歌所体现出的价值坚守："那列火车 / 朝前爬行 / 让我极其反感和厌恶 / 实质上，我和这列火车 / 有什么关系呢 / 火车依然在爬行 / 在我眼里，它将要变成 / 一条巨蛇 / 吞掉我的家园。"② 石舒清在谈及自己的少数民族作家身份时，就充分表现出作为一个民族作家难得的身份认同感，对于他来说，坚守故土与坚守母族是融为一体的，他的创作资源不仅建立在真实的本民族特色文化之上，而且他还持续地对本民族的历史、生存和文化进行着积极而深入的思索，"我很庆幸自己是一个少数民族作者……这就使得我的小说有无尽的资源……愈是我写我的民族的一些日常生活、朴素情感和信仰追求的作品，愈是能得到外部的理解和支持。"③《清水里的刀子》《恩典》《果园》等集中表现了民族文化在面对政治强权、物质泛滥和欲望蔓延等现代文明滥觞之时，作者所做出的坚守本民族的宗教超脱与道德主义的价值立场，其民族身份和民族文化俨然也成了矫正和疗救"现代文明病"的药方。石舒清一以贯之的坚守对母族文化和民族身份的认同，并在深刻认同的基础上建构着作家身份多元化中的一元主体性，传达着母族文化在当下多元文化语境中的精神高洁与价值馈赠。阿来在其小说中也表达了类似的文化自信和身份认同，如《空山》当中的叙述者虽然深知现代化进程的不可阻遏，也因边地藏区物质生存的困境而喟

---

① 吴兰丽、潘斌：《"全球化与民族精神"国际学术研讨会纪要》，《华中科技大学学报》2004 年第 5 期。

② 嘎代才让：《西藏十六》，"藏人文化网"文学频道"嘎代才让诗歌评论"专辑，见 http://www.tibetcul.com。

③ 石舒清：《自问自答》，《小说选刊》2002 年第 4 期。

叹，但通过"政治被改造者"人性光辉的闪熠与"政治改造者"被"邪魔俯身"的道德标签，做出了对革命话语与民间话语的"颠倒性"价值评判，传达出他内隐的民族身份认同，以及对藏族文化的维护和对现代革命话语的拒斥。

面对现代性对民族性的侵袭，民族身份的恣意张扬是民族情感使然的必然结果，张扬的同时也要防止陷入偏执的身份固守，以及由此带来的狭隘民族主义，甚至是种族主义。现代性虽然不是西部边地民族群体的主动诉求，不是内发性的文化趋向，但却是当下正在发生和未来必将蔓延的文化思潮。西部边地尽管有其悠久的文化自足系统，但和现代性的碰撞却也被迫开始，多元文化之间的交流、砥砺、融合正在发生。在这样的文化境遇下，民族作家如果缺乏开阔的视野、包容的胸怀、沉着的理性去面对，带来的首先是民族文化的僵滞，无法在参照对比中发现本民族文化的优劣，无法进行更有深度的精神资源开掘，更无法提供当下文化资源所缺失而本民族所独有的价值理念；其次，偏执的身份执着，在呈现异域风情的同时，容易陷入消费文化"猎奇"原则的窠臼中，主体的文化意图表达往往会造成受众误读的现象，而大众消费一旦获得饕餮盛宴的审美满足后，作者或者陷入呓语般的自恋抒写，或者陷入文化传达的障碍鸿沟，最终带来文学精神的戕害和主体资源的枯萎。

面对现代性与民族性的文化悖论，民族作家除了集体性地表现出对民族文化生存现状的焦虑倾向之外，更多的思考着如何实现焦虑的消解和身份的建立。对于少数民族作家来说，建构民族身份与彰显民族文化，主要涉及如何在民族性和世界性、本土性和人类性、独特性与普泛性方面开掘相通性命题。集中表现为作家民族身份的建构，既要体现本民族文化的独特性，也要得到非本民族的价值认同。我认为，"本土型身份"的建构是一条可行途径，它要求创作者在立足本民族传统文化时，通过呈现一些民族性符号和意象来体现出民族文学的美学魅力，但在强调民族意象符号独特性的同时，又不能仅仅局限在表层民族符号的罗列，而要抵达可以被普世化接受的文化和主题共同体，如人性、生命、精神、灵魂的观照。也就是说，民族作家要试图通过不同的意象，构建共同的文化和价值认同，只有这样才能形成对话的共识。对于西部民族作家来说，既要建构本民族的文学特色，对母族传统文化做深度开掘，在文化多元的语境中寻求到适合本民族文化发展的独特路径，还要注意将这种文化命题与人类性形成一种弥合与互补，而不能因为过度强调民族独特性而陷入狭隘的民族主义窠臼中。阿来、石舒清等在立足民族文化和本土资源的基础上，将民族文化与探询人类终极命题以及形而上思考的人类性相结合，并用小说实践证明了这个思路的可行，为当下文坛提供了非常难得和成功的民族性当中彰显人类性的创作范型。而张承志的《心灵史》则代表了对民族性与现代性融合思考的某种偏颇。小说被哲合忍耶教的穆斯林称为"圣书"，但对于非此派的穆斯林而言，作品则是文化异端，对于汉族受众而言，能接受的也只是历史与抗争这些具有民族特色的文学内容，作者真正想表达的主题却被误读或遮蔽。当然，《心灵史》并不代表张承志的全部创作，而其缺憾也从反面启发民族作家在建构民族身份模式的时候，要注意寻找与主流文化价值的或互补或参照的共享契机，才能发挥本民族文学普世价值弘扬的作用。因为不同身份和类型的读者，所关注的内容并不一致。对于民族文学而言，画地为牢必将作茧自缚，非此即彼也必将固步自封，民族与人类应该是由点到面的立体结构：既要顾及民族本位主义，也要将国家认同、民族认同和个人认同相结合，使彼此互动对话、双向反馈，才能使各个民族作家的独特文化言说转化为明晰而独特的公共价值体认。

第五章

西部小说的文学性意义及其反思

西部边地多元复杂的文化现实构成，使西部文学缺乏统一而集中的文学传统，只是在形式上表现出民族史诗的相对繁荣，但西部边地以游牧文明和农耕文明为主导的生存空间，西部边地独特的自然地理样貌，西部边地发达的宗教信仰体系，西部历史悠久的战争流放传统，西部民众应对苦难的不屈民族性格，不仅成为西部地域文化的恒定因素，而且随着文明形态的转型与演进，这些边地文化类型逐渐成为西部文学传统可能形成的精神资源。对于新时期以来的西部小说，这些区域性的文化资源在事实上一直充当着西部小说传统得以生成的文学背景，并在西部小说流脉的发展变革中以不同方式渗透进了叙事内容和美学形态，可以说西部小说传统从新时期以来逐渐步入一个成型构造的生成过程。当然，西部小说的流变与成型，一方面是与当代文学主流思潮相呼应，受到主流文学的话语主题与审美风尚的宏大影响，但它更是在二十世纪八十年代由西部边塞诗的美学特征与主流文学的审美期待的共同合谋下产生的一个文学标语或文学旗帜，即西部文学是一定程度的被建构过程，这与新文学史上的"山药蛋派""荷花淀派"等由文学的共同性而被文学史所归纳的过程不同，前者是在有明显地域性特征和美学风格的文学实践的基础上，为迎合域外读者的审美心理而进一步被刻意强调的有意识强化这种新奇风格的"文学实践性概念"和"文学想象性概念"，而后者则是创作美学特征的无意识显现而被文学史家加以归纳概括的"文学史概念"和"文学地域性概念"。因此，西部小说的被建构过程，一开始就带有某种目的性、想象性和迎合性，尽管这种新奇的文学渲染最后陷入了一个无可自拔的光怪陆离的境地。另一方面，西部小说在被建构之初，在迎合域外读者审美想象的过程中逐渐意识到，与其刻意追赶，不如退守本土，真正立足西部边地空间，书写苦土大地的歌哭悲喜，此时，西部作家对文学方向发展的自觉意识和艺术忧患的化解性选择——"退守"带来的正是"真实"西部大地的美学呈现，西部小说的发展也因而呈现出"从异域性文化想象到重新发现"的流变脉络。① 尽管西部文学自身主体性演进历史有着如此巨大的转型，但西部边地的地域文化资源始终是小说美学魅力的基础，特别是随着全球化资本、消费、技术和意识形态的蔓延，以及中东部地区现代化进程和城市化发展的加速，城乡差别逐渐隐退，形塑现代文学史上具有典型地方文化特征的文学流派显然已经不太可能，但西部小说由于深处边地空间，前现代文明、现代文明和后现代文明共存于同一时间端点和空间范畴，这种文明差序格局区隔于现代文学和中东部文学而让西部小说成为差异性文明与艺术实践关联的"典型标本"。特别是西部边地独特的自然地理样貌、西部边地发达的宗教信仰体系、西部历史悠久的战争流放传统、西部民众应对苦难的集体民族性格等命题，在西部小说的叙事美学形态中是如何呈现、如何被赋予新的文学史意义，都是它在文学演进和美学转

---

① 李兴阳：《中国西部当代小说史论（1976—2005）》，安徽大学出版社 2006 年版，第 24 页。

型中始终不变的稳定性内涵。因此，韩子勇将这种稳定性写作称之为"有方向的写作"，① 而作为"有方向的写作"，其内涵一方面是指西部作家（无论是本土型作家还是闯入型作家）普遍通过艺术表达和文本构筑来呈现边地文化资源的魅力，另一方面，他们在强烈的本土化自觉意识中，表现出立足本土而又超越本土的普世性文学先锋精神。这种文学精神逐渐形成绝大多数西部作家的集体创作共识，西部文学也因此在全球化与现代化语境下显示出根植于西部边地并越来越清晰的整体性文学传统。可以说西部文学的这种"正在构建中"的文学经验和美学传统，既展示出西部作家对本土资源的深刻体验、文化自觉与创造性转换，又成就了它在当代文学格局中所特有的文学品质与价值话语。而这种日益自觉的本土意识在凸显西部边地美学风格之时，也构成了它持续获得文学话语权与艺术主导权的文学资本。

第一节　时代喧嚣中的本土地域坚守

改革开放四十年来，关于中国当前的文化历史形态已经逐渐被诸多后学家们所定义——中国已经进入了高度都市化和后现代时期。全球第二经济体的国际地位、现代市场经济体制的日益成熟、城镇化建设步伐的稳固加速，为现代民族国家的发展带来了巨大变革，但另一个问题则是中国区域发展的不平衡性，这种不平衡表现在东西部之间经济、社会和文化发展的巨大差距，也表现在城乡发展节奏的错位差距。在文学创作领域，当中东部作家普遍持有现代主义和后现代主义的文学观念作为创作法则，甚至陷入了求新求奇求异的创作思维怪圈，使文学对人

---

① 韩子勇：《西部：偏远省份的文学写作》，百花文艺出版社 1998 年版，第 80 页。

生、生活的反映与"真实"相差甚远，成为都市潮人猎奇消费的艺术资本，成为先锋作家贩卖新奇观念的载体，成为实现人性欲望放纵的空间之时，深处边远的西部文学仍然将乡土书写作为他们的创作母题，新时期以来的西部文学乡土小说是其主要实绩，成熟的都市文学至今仍然处于建构阶段，因此，本土化的坚守首要的就表现为西部小说的主题取向特征。

第一，西部小说的本土化书写传统表现在边地乡土主题的集体取向上。如果说乡土书写是中国新文学的一个传统，从"五四"时期肇始乡土文学一直是中国文学的主流，那么，时代发展到世纪之交，西部作家仍然矢志不渝地书写着西北乡土。与东部地区正在蓬勃成长中的都市文学相比，乡土主题已经成为西部作家集体性的主题取向，"内地文学在 70 年代后期浪头迭起，一个接一个，而包括西北在内的边远地区则龙尾随龙头般地追赶着，十分吃力。1980 年以后，偏处西隅的人们慢慢明白，与其吃力地追，倒不如另走自己的路"，[①] 西部乡土便是他们的另走之路——退守本土。一方面，西部小说乡土题材的主题取向源于西部地域的边缘性与文明演进的滞后性，西部地区的文化主体是游牧文明和乡土文明，与之相应的西部小说主体是乡土小说，书写乡土成为西部作家无法逃脱的集体情结。老一辈作家如张贤亮、王蒙等的作品均以西部大地或西部乡村为故事演绎场域，二十世纪九十年代以来崛起的新生代作家也大都是从乡土文学创作起步。而且，新老作家们一致地表现出天然的对城市文学的抗拒，因为当他们将创作激情与审美聚焦集中于西部本土风景、风俗和风情的内在肌理时，呈现出的是充沛的创作活力与从容的创作自信。另一方面，西部作家对乡土主题的集体性观照，是在老一辈作家的引领之下，新生代作家从生存体验与生活思考中所做的一

① 余斌：《"西部文学"可以提倡》，《中国西部文学》1986 年第 10 期。

种自觉选择，乡土主题的书写传统也正是在代际传承中以潜移默化的方式形成，他们并不热衷于介入正在热烈争执中的城市喧嚣当中，而是始终关注着生于斯长于斯的西部本土，尽管他们有着不一样的观照视角与审美表达，但对乡土世界所发生的或丑陋或美丽的人事纷扰，对乡土乡民在纷繁复杂的时代变迁和宁静生活中的心灵世界的关注，已经成为他们自觉或不自觉的文学聚焦点。与中东部城市化进程日新月异的急剧变革相比，西部边地明显缺乏与之相抗衡的成熟或完整的城市文明，少了城市鬼魅的诱惑与欲望，西部作家却获得了许多作家所遗失的宁静心态，西部乡土小说呈现出在浮躁时代下的一抹绿荫，成为域外读者和本土读者想象西部与观照本土的一种艺术途径。无论是石舒清、郭文斌、陈继明，还是王新军、雪漠、董立勃，他们都以独属于自己的乡土艺术世界丰富着西部乡土文学的版图，尽管他们的艺术策略、美学表达、主题构思等有着各自的思考与特点，但对乡土世界日常生活下所隐藏的人性隐忧与生活本质都显示出深刻的发现。他们不断捕捉着在这个喧嚣世界中正在不断消失的乡土记忆，进而清晰明朗的在与城市文学的对比下，展示着一个被现代民族国家想象性的乌托邦幻觉所忽略的中国暗角，而他们对乡土主题的关注也充分表征着西部作家本土意识的确信、确立和自觉。

吊诡的是，集体性的传统既可能是一种优势，也可能是一种思维局限。西部作家的乡土主题创作传统，一方面，展露出西部作家鲜明的本土意识与地域意识，展示出在当代文学格局中的另一幅文学美学世界，另一方面，西部小说的乡土主题也存在如何突破、如何获得进一步拓展、深化与提升的艺术困境，特别是如何在贴近现实和日常生活流当中，以"文化现代性的自觉"重新审视其文学所营造的或诗意浪漫或苦难困苦，其外部客体、社会机制和时代话语转型与整体性生活形态之间的深度介入以至深刻重构，及其最终造成的人的现代性体验。许多西部乡土作家尽管在不断地尝试新的主题、内容和美学的开掘型构建，但囿于强烈的本土化意识，他们对乡土的观照由于缺乏文化现代性的意识，普遍陷入自我重复的叙事困境。董立勃的"下野地"故事、红柯的绝域新疆、雪漠的底层代言、郭文斌的童年诗意化叙事，他们普遍的惯性观念、惯性情感和惯性思维，造成他们无法逃离获得自我艺术高峰之后的主题重复，如何实现地域性与世界性、民族性与人类性的沟通与突围，就成为西部小说家所面临的集体思想艺术挑战。"文化传统在现代哲学意识的透视下是一个开放性的传统。体现在时间上，传统是根植于过去、承接现在、预示着未来这整个时间性中的一种过程。因此，传统并不是一个已经被规定了的东西，它在被改造与转化的过程中，不断向世界敞开着自己无限广阔的可能性与多样性。"①

第二，西部小说的本土化书写传统表现在对本土民间艺术资源特别是民俗文化的摄取上。任何一部文学作品总包含着"共时性"和"历史性"的文化符号："所谓共时性的文化转换，是指文学作品要受到诸如经济、政治、哲学、宗教、科学等社会文化因素的影响，文学作品总是能见出一个时代的文化印痕"，②"所谓历史性的文化积淀，是指在文学作品的表层文化征象背后，总是沉淀着某种深层的文化内核，残留着一个民族进化历程中所遗传下来的文化基因，潜藏着文化系统中最丰富、最稳定的东西。"③西部边地文化空间对西部小说的影响，除却西部边地独特的自然地理、浓重的宗教文化、苦难境遇下的独特民族性格以外，还有大量的民俗文化对西部乡土小说有着深隐的美学生活规约。虽然学界关于民俗文化的概念界定仍然处于争鸣阶段，但"民俗文化根植于特定民族、特定地域、特定历史"这一观点是基本共识。既然民俗文

① 陈黎明：《魔幻现实主义文学与"寻根"小说》，《文学评论》2006年第2期。
② 畅广元：《文学文化学》，辽宁人民出版社2000年版，第141页。
③ 畅广元：《文学文化学》，辽宁人民出版社2000年版，第142页。

化的母体是民族，考察"民族"的概念就成为理解民俗文化的有效引导途径。"民族是血缘和文化的共同体，所谓民族文化特色在很大程度上不是取决于其精英的成就，而是取决于其民族大众的风俗习惯，包括服饰、饮食、居住、婚姻家庭、宗教信仰、人生礼仪、节日岁时等等有自己特有的行为模式，并以此与其他民族相区别"，① 其中，能够影响到文学的民俗文化内容基本是两大类："民俗艺术"与"民俗场景"。对于西部本土型作家来说，长期的地域民俗文化生活体验必定影响到他们的审美方式与思维习惯，而对于外来型作家，他们同样对地域独特的民俗抱有极大兴趣，甚至较之于本土型作家更为敏感。对民俗文化的热情自"五四"以来就引起了诸多新文学干将的重视，无论是周作人、茅盾等对民俗文化的搜集与研究，还是"乡土小说派"为代表的众多小说流派对特定地域民俗的文学演绎，民俗一直是构成文学艺术魅力的重要源泉。但进入当代文学发展阶段以来，中国作家对民俗文化的热情逐渐隐退，而热衷于对日常生活和都市生活进行文学演绎，在带来文学的民主、自由和现代的同时，也不可避免地陷入了千篇一律与自我重复，而能够集体性地、持之以恒地关注着本土性的民俗文化，西部小说作家显示出特立独行的美学偏好。他们因为有着普遍的乡村生活经历，乡村又是民俗文化的集中之地，所以无论是从生活体验还是乡土记忆，民俗文化都成为西部作家普遍的文化意识而定格于心灵深处，丰富而神秘的民俗艺术和民俗场景就成为他们文本世界的艺术资源和背景模式，甚至成为小说情节演绎和人物命运发展的驱动力量。"这种影响已渗入到各少数民族社会生活诸领域，并积淀为稳定或超稳定的文化心理因素，隐含于各少数民族的精神文化之中，在不同时代和不同条件下，以各种形式

---

① 牟钟鉴：《中国宗教与中国文化》卷三，载《宗教·文艺·民俗》，中国社会科学出版社 2005 年版，第 101 页。

展现出它颇具能量的作用",① 因此，西部小说的一个文学艺术传统就表现为充分利用本土艺术资源，实现文学与民俗文化的完美结合，以此作为跻身主流文学版图的美学资本，成就西部小说本土化书写的艺术高度。

　　虽然新时期以来的中国文学对民俗文化的展示已经整体性隐退，但由于西部边地空间多元文化并存，特别是前现代和现代文明的并存，底层民众仍然以乡土生活为主，产生于西部乡土的民俗文化就能够以"既是新鲜活泼的民俗生活事象，又有古老深沉的文化内蕴"的持续潜隐的资源方式支配着西部作家对文学艺术的再造和构建。② 在邵振国、雪漠、王家达、郭文斌等作家笔下，民俗艺术和民俗场景是小说叙事的主体，而且民俗具象还是作为探讨和思考特定民族在历史转变时期心理动荡和精神巨变的文化契机与观照窗口——"第一，在作品中，风俗习惯不再是政治的附属品，它已回归自身，成为一个民族或地区世代相传的风尚习俗，即这个民族或地区广大人民群众创造、享用并传承的生活文化。第二，对风俗习惯的描写已从表层进入深层，作家不再像过去那样，把笔触停留在物态化的生活现象上，而是透过生活现象，开掘其历史内涵和文化底蕴，表现一个民族的心灵乃至共同的人性。第三，罗列各种民俗事象，是二十世纪五六十年代风俗描写的通病；这种通病八九十年代逐渐减少，把民俗事象审美化，已成为少数民族作家的普遍艺术追求"，③ 这种"从物态化到心灵化，从事象化到审美化"的转变过程，④ 是西部作家对本土性的民俗文化的观察方式和表现方式的深入开

①　李正文：《当代少数民族文学创作与宗教》，《西南民族学院学报》1998年第2期。
②　赵学勇：《沈从文与民俗文化》，载《文化与人的同构》，兰州大学出版社2000年版，第108页。
③　李鸿然：《中国当代少数民族文学史论》上册，云南教育出版社2004年版，第53页。
④　李鸿然：《中国当代少数民族文学史论》上册，云南教育出版社2004年版，第53页。

掘，也是西部作家对日益兴盛的中东部都市文学的一种有意识对抗，宣示着他们在一味地追赶中终于寻觅到真正属于自己的本土型的艺术表现方式。西部作家那些富有地域特色的方言词汇的运用，那些独具地域特色的民间艺术的穿插，那些新奇而光怪的民间礼仪的展示，是最能够传达特定地域之人的情感世界、观念方式和伦理思维的本土艺术资源。

第一是地域化的方言运用。民俗文化当中的一个重要组成部分就是方言俚语。语言作为一种交流工具，是特定地域对事物认知的直观反映，是特定地域的人的思维方式的媒介反映，"是一种任意语音的结构系统，系由一定群体的人们习得和使用的一种工具，以标明和划分他们环境中的事物、过程和经验。语言和文化是密不可分的，二者都是后天习得的，并用以传达价值、观念、信仰、感知和规范的。"① 文学的语言是文本的首要形式因素，"文学的第一要素是语言，是给我们一切印象、感情、思想以形态的语言，语言是文学的主要工具，语言是一切事实和思想的外衣"，② 由于共时性的双重影响，语言既承载着特定地域的文化信息，也承担着形成审美想象的形式中介。随着二十世纪八十年代"文化热"与"寻根热"的兴起，怀有深厚民族情怀的作家试图摆脱西方文化的侵袭，力图从本土文化中寻求民族复兴的文化质素，而作为本土文化表征也是民俗文化重要内容的"方言写作"就在这样的语境中被推向前台。方言在当代作家笔下的创造性吸收与艺术性运用，带来了文本阅读的陌生化效果，传达出特定地域的文化观念与思维方式，构建起"严肃地探求当代汉语叙事的一种可能"的契机，③ 也就是说，对本土性方言的自觉意识表达当代作家对文本语言叙事的创新意识和本体意识。边

---

① ［美］萨姆瓦、波特、简恩：《跨文化传通》，陈南等译，生活·读书·新知三联书店 1988 年版，第 182 页。

② ［苏］高尔基著，林焕平编：《高尔基论文学》，广西人民出版社 1980 年版，第 8 页。

③ 王春林：《二十世纪九十年代以来的方言小说》，《文艺研究》2005 年第 8 期。

地文化结构的多维性导致方言不可能是齐整统一的形态，它们内部存在着宗教语言和汉族语言的区别，即使在同一语言区域内，由于"民族内部在民俗上的地区差别，则是大同中的小异，形成多样性的统一，如同一个语言系统中有不同的方言一样，民俗文化中的多样性将是一个永恒的存在"，① 方言文法也不可能整体划一，但"方言"这个大概念所呈现出的地域特征和语言魅力在文本中的文体成型、表意样式和文化传达功能的实施，是"方言的运用，更足以增加人物的生动性，而性格，由于语言的关系也更突出，几个人的性格，……也具有极清晰的印象。这是方言的力量。"②

　　雪漠在其小说中充分化用了本土性的民间方言和各种俚语、谚语和顺口溜，它们构成了雪漠小说西部风格的表意标志，他在通过方言词汇的叙事运用与人物对话，将西部底层民众的生活本相和思维方式形象地呈现出来。方言某种意义上饱蕴着丰富的民间智慧和特殊的生活态度，如"体子""贼死""婆姨""溜风""拾掇"等词语的运用，使小说显示出浓郁的乡土气息和民间活力。民间谚语是反映西部民众生存态度的一种语言表征，"牛吃菠菠菜，猪香狗不爱"表达爱情婚姻的自主性，"嫌沙湾涝池小，怕盛不下他这条大龙，想蹦跳着上天哩"则表述着民间婚姻门当户对的社会伦理认知，③ 青年与老年之间的代际差异以及对于理想、现实与爱情的巨大反差和观念冲突，借用民间谚语起到了生动的修辞效果。"《猎原》和《大漠祭》都有一个鲜明的特色，即追求语言的原生形态。作者非常熟悉西部民间尤其是甘肃武威一带的民间话语，通过对方言俗语、土话乡音的巧妙化用，大大激活了汉语

① 牟钟鉴：《中国宗教与中国文化》卷三，载《宗教·文艺·民俗》，中国社会科学出版社 2005 年版，第 101 页。

② 阿英：《晚清小说史》，江苏文艺出版社 2009 年版，第 174 页。

③ 雪漠：《猎原》，北京十月文艺出版社 2003 年版，第 7 页。

的表意功能，提高了作品的艺术魅力。"① 方言的运用使得雪漠的文学世界和语言本体"杜绝一切干巴没有个性的书面语，也没有佶屈聱牙的欧化句式，贯穿始终的是农民日常使用的口语。"② 此外，石舒清小说中的"碎""松""号""咬"等方言词汇，杨争光《从两个蛋开始》当中的"踏蛋""受活""民子""耍"等方言词语，增加了小说的原生态情味，也透露出了鲜明的文化地方性与民间生活性，诚如老舍所说："写通俗的文艺，俗难，俗而有力更难。能做到俗而有力的恐怕就是伟大的作品吧!"③ 对于方言词汇的运用同样存在去粗取精的艺术转换难题，这是小说的"文学性"的根本属性所规约，有些作家在充分灵活地运用方言时，也将民间语言中的诸多粗鄙词汇一并收纳，它们对文学性的美学形态来说则是一种对艺术性的玷污，这是语言词汇过于民间化和方言化的艺术偏颇。因此，作家对方言的运用在捍卫文化坚守性的艺术虔诚品质之时，也要将方言词语的运用与文本的艺术美学的融合进行创造性转换，不能为运用而运用，这是所有方言作家所面临的普遍文学性难题。

在肯定方言的运用增加文学地域美学风格、强化表意修辞功能的同时，也要看到方言的运用在当下跨文化语境传播中，特别是在普通话为中国官方语言的文化语境中所遭受的挑战。"在这样的网络时代，在这样的处境中，抗拒格式化，抗拒'中心语言'的霸权强制，坚持方言的独立性，重新审视方言的价值和意义，呼吁并确立语言的平等，是文学，也是每个人都无法回避的事情。"④ 而新文学的发展历程也表明，"一

---

① 唐瀚存：《苍凉的大漠深处的声音》，见 http：//www.xuemo.cn。
② 吴金海：《大漠祭·编后记》，上海文化出版社 2000 年版，第 534 页。
③ 老舍：《未成熟的谷粒》，《老舍文集》第十四卷，人民文学出版社 1991 年版，第147 页。
④ 李锐：《网络时代的"方言"》，春风文艺出版社 2002 年版，第 33—34 页。

个没有语言自觉的文学史，就是一个有着巨大欠缺的文学史。"① 西部作家有意识地运用方言来结构文本和表达民族情感、审美思维和文化心理，不仅是一种自觉的本土文化意识的复苏，也是对西部边地的地域思维、地域文化、地域审美的责任担当。"从严格的意义上来说，所谓'共同语言'永远是人类一个遥远的目标。如果我们不希望交流成为一种互相抵消，互相磨灭，我们就必须对交流保持警觉和抗拒，在妥协中守护自己某种顽强的表达——这正是一种良性交流的前提。这意味着，人们在说话的时候，如果可能的话，每个人都需要一本自己特有的词典。"②

第二是地域化的民俗场景的空间设置。西部小说的民俗场景是西部民众日常生活的共同背景，更是西部民众传统生活的日常主体。"西部是中国的民族博览会，是民族文化的百花园"，③ 西部地区由于民族的混杂性和文化的多元性，扎根于西部民间的民俗文化、民俗礼仪和民俗事项丰富多彩。"藏女、帐篷、炊烟、奶茶的生活剪影，陋村、孤镇、独屋、苍凉的行者所组成的意象，以及转经轮的老人、叩长首的朝圣者、草原上的那达慕会、黄土高原的花儿会等图景和仪式都如陈年老酒一样，给西部文学带来了醉人的芬芳，成为西部作家描写的共同无意识。"④ 民俗场景进入文学不仅使小说的地域色彩得以从表象呈现，民俗场景同样具有营造诗意氛围或推进情节发展的叙事功能，成为"藉以突入到西部生活的内核，剖析民族文化心理结构，展示西部少数民族的历史命运，从中评价反思民族的文化精神"的方式，⑤ 民俗场景在西部小

---

① 李锐：《网络时代的"方言"》，春风文艺出版社 2002 年版，第 106 页。
② 韩少功：《马桥词典》，作家出版社 1996 年版，第 401 页。
③ 肖云儒：《西部热和现代潮》，《人文杂志》2000 年第 4 期。
④ 丁帆、马永强：《现代西部文学的美学价值》，《河北学刊》2004 年第 1 期。
⑤ 李兴阳：《中国西部当代小说史论（1976—2005）》，安徽大学出版社 2006 年版，第 205 页。

说的叙事结构中已逐渐成为小说的叙事主体。

郭文斌小说中的丰富民俗场景是其重要的美学资源，它们是地域文化的呈现，也是观照西部民众的精神生活状态、再现西部乡民在苦难境遇下心灵体悟的风物外化，具有"大善大美的生命之灯"的美学意味。① 《吉祥如意》在缓慢的叙述中以诗意的散文化笔调，将过端午时节的种种乡风民俗展示得摇曳多姿，这里的风俗描写已经与美好心灵、诗意生活、超脱情怀、古典韵致联系在一起，共同营造出一个世外桃源般的乡村美景。比如供神——"等他们从大门上回来，爹和娘已经在院子里摆好了供桌。等他们洗完脸，娘已经把甜醅子和花馍馍端到桌子上了，还有干果，净水，在蒙蒙夜色里，有一种神秘的味道，仿佛真有无数的神仙在他们看不见的地方等着享用这眼前的美味呢。爹向天点了一炷香，往地上奠了米酒，无比庄严地说：艾叶香 / 香满堂 / 桃枝插在大门上 / 出门一望麦儿黄 / 这儿端阳 / 那儿端阳 / 处处都端阳 / 艾叶香 / 香满堂 / 桃枝插在大门上 / 出门一望麦儿黄 / 这儿吉祥 / 那儿吉祥 / 处处都吉祥……接着说了些什么，五月和六月听不懂，也没有记住。爹念叨完，带领他们磕头。六月不知道这头是磕给谁的。想问爹，但看爹那虔诚的样子，又觉得现在打扰有些不妥。但六月觉得跪在地上磕头的这种感觉特别的美好"；② 比如采艾——"六月开始采艾。采着采着，就把露珠儿的问题给忘了，把手的问题也忘了。六月很快沉浸到另外一种美好中去。那就是采。刀子贴地割过去，艾乖爽地扑倒在他的手里，像是早就等着他似的"。③ 美好的时节，古朴的民俗，无邪的世界，悠远的梦境，在五月和六月两个孩子眼中，乡村诗意不仅是精神的家园，也是童年的天堂——"六月想起爹说，采艾就是采吉祥如意，就觉得有无

---

① 郭文斌：《回家的路：我的文字》，《朔方》2008 年第 4 期。
② 郭文斌：《大年》，宁夏人民出版社 2005 年版，第 16 页。
③ 郭文斌：《大年》，宁夏人民出版社 2005 年版，第 25 页。

数的吉祥如意扑到他怀里，潮水一样。一山的人都在采吉祥如意。多美啊。"①《大年》描写了敬鬼习俗"泼散"——"母亲拿起一个馒头掐了几小块，让亮亮去大门上泼散。曾听母亲说过年时有许多无家可归的游魂野鬼会凑到村里来，怪可怜的，就给他们散一些，毕竟在过年嘛。这样想时，亮亮觉得五花八门的游魂野鬼像队伍一样排在大门口。亮亮把手里的馍馍又往小里分了一下，反手向门两边扔去，然后迅速地跑回厨房"；②比如"上坟"——"太爷的坟院到了。父亲在太爷的脚下跪了，明明和亮亮跟着跪了。太阳懒洋洋地照着。有风，父亲把上衣襟子揭起，在里面点了火，捧在手里。明明把一页黄表折成条状，接了火，再把纸钱点燃"；③比如"祭祖"——"父亲站在供桌前点香行礼。明明和亮亮跟在后面。大红纸三代（家神牌位）坐在桌子后边的正中央。前面的红木香炉里已经燃了木香，木香挑着米粒那么大的一星暗红，暗红上面浮着一缕青烟，袅袅娜娜的，宛若从天上挂下来的一条小溪。左右两边的红木香筒里插满了木香，像是两个黑喇叭花，又像是两支就要出发的队伍。"④郭文斌在其小说中以"童年视角"与"慢的节奏"，对西部乡村丧葬风俗（《开花的牙》）、生育习俗（《大生产》）、点灯礼仪（《点灯时风》）、礼尚往来（《中秋》）进行着细致雕刻。"在这里，无论是节日习俗里乡民敬祖先、爱亲人、近亲戚、睦邻里的民俗生活图景，还是繁复的民俗文化，都是为了展露民俗人生境界，表达血缘亲情的另一种方式，生活与民俗也由此被置入对生命意义的追寻中，获得智性的提升与诗性的审美呈现"，⑤可以说民俗场景在郭文斌的小说中已经具备

---

① 郭文斌：《大年》，宁夏人民出版社 2005 年版，第 16 页。

② 郭文斌：《大年》，宁夏人民出版社 2005 年版，第 47 页。

③ 郭文斌：《大年》，宁夏人民出版社 2005 年版，第 51 页。

④ 郭文斌：《大年》，宁夏人民出版社 2005 年版，第 51 页。

⑤ 李兴阳：《西部生命的多情歌者》，《文艺报》2005 年 2 月 15 日。

了"日常生活流"的叙事特征，具有了对生活感悟和生命体验的美学意义。雪漠在《大漠祭》中对甘肃武威的乡风民俗进行了全面展示，猎狐子、打醋弹、唱"花儿"、祭神等民俗已经成为西部底层民众的日常生活方式。比如"按鹰"是小说的一条重要线索，作者事无巨细地对按鹰之前的准备活动进行细致展示，更将按鹰的惊心动魄的过程描写得酣畅淋漓，以"按鹰"为中心，作者展示出西部民众复杂的情感、爱情的纠葛，从而赋予"按鹰"以深刻的文化隐喻意义，包括生态和谐、人文深思等，从而使民俗场景的描写超越了现实层面而具有了深远的精神指向。他在《猎原》中详尽地展示着西部迎亲、满月、发丧等乡俗礼仪，这些民俗不仅是苦难境遇中西部底层民众暂时得以"解压"与"愉悦"的精神良药，也是西部民众坚韧生活的精神支柱。民俗场景的文学展示成为雪漠小说具有浓郁地域风格的美学符号，蕴含着西部底层民众在隐忍和静默中的生命守望与心灵归宿，完成和弥补着域外读者对西部边地的"文化想象"。高建群《最后一个匈奴》当中的杨作新一心想着自己的远大革命事业，妻子灯草却因为受冷落而剪窗花。"灯草儿正在油灯下，剪窗花。……剪的是一对门神，右首秦叔宝，左首黑敬德，三张纸塌在一起铰，铰完后再分开。过年期间，这三幅门神，就将贴在杨家的三孔窑洞的门扇上。不过，灯草儿最擅长铰的，是一个叫'抓髻娃娃'的图案，这是一幅从远古流传下来的著名陕北民间剪纸。一群抓髻娃娃，手拉着手，站成一排，对着世界歌唱。这种图案，往往是给那些添了丁口的人家剪的。将这抓髻娃娃，贴在坐月子的婆姨的窑里，据说可以辟邪。可怜灯草儿，不知为多少人家剪过这种图案，却没有一幅是为自己剪的，想来真是一件伤感的事"。① 杨作新沉溺于"一个幽灵，共产主义的幽灵，在欧洲大地上徘徊。旧欧洲的一切势力，教皇和沙皇、

① 高建群：《最后一个匈奴》，北京十月文艺出版社 2010 年版，第 64 页。

梅特涅和基佐，都为恐惧这个幽灵，而结成了广泛的神圣同盟"的冥思，① 与灯草沉溺于"剪纸"的民俗场景的对比，已经传达出个人文化观念差异背后所可能导致的命运悲剧和婚姻必然。

　　民俗场景在西部小说中不仅是故事演绎的生活空间背景，而且也是西部小说地域特点的最直接的地域符号，民俗场景在增加文学的地域特色、推动情节的演进和人物的塑造方面，实现了民俗场景生活化和民俗场景日常化的叙事功能。但是，由于民俗场景强烈的地域性，在其传播与接受中，如果过于强化民俗场景，同样会造成读者的阅读障碍而影响主旨的传达，因为文学毕竟要在"立足本土"的基础上"突破本土"而达到对人类普泛价值的构筑和对人类共同命题的沉潜思考，而非简单的文学反映论。过于强化民俗场景会造成民俗决定论，进而可能会失去对生活、生命和人性的深入思考。因为民俗场景与人文精神相比还是处于文化负载的表层，"人"的精神状态和人性本真才是文学透过民俗场景所要探索的最终内容。在当下消费文学观念盛行的文化语境中，过于浓郁的民俗场景的呈现，特别是那些带有野蛮性质的民俗场景，往往容易成为消费文学的文化资本，将文学的民俗陷入一个市场与民俗共赢的局面而失去对真实生活的观照。许多作家对民俗场景过于渲染，热衷于对那些玄奇色彩和蛮性意味进行铺排，使小说成为民俗"说明书"，而小说本应具有的对"人"的关注反而冲淡。

　　第三是地方化艺术形式的文体渗透。伍尔夫曾在二十世纪二十年代指出，要对传统的现实主义和自然主义小说进行观念革新，并提出了"诗化小说"概念，以此来探讨小说艺术的某种未来的形式设想。② 她认为小说完全可以脱离对主题与现实的依赖而上升为如诗歌那样的形式

---

① 高建群：《最后一个匈奴》，北京十月文艺出版社 2010 年版，第 64 页。
② 参见 [英] 弗吉尼亚·伍尔夫：《小说的艺术》，载《论小说与小说家》，瞿世镜译，上海译文出版社 2000 年版。

艺术，她进一步探讨了"诗化小说"的形式构想，认为小说"将会像诗歌一样，只提供生活的轮廓，而不是它的细节。它将很少使用作为小说标志之一的那种令人惊异的写实能力。它将很少告诉我们关于它的人物的住房、收入、职业等情况"。① 新时期以来的西部小说充分化用了本土艺术资源如民歌、花儿、传说、史诗等，并在淡化情节的基础上构建出一种极具地域特色的文体。这种文体的主干是小说，但在形式方面又将民歌和花儿的凝练性、抒情性和跳跃性等融为一体，从而使小说的形式构建既具有鲜明的地域特色，又具有超越地域的情感激荡，既具有小说的表意功能，又具有诗歌的表情功能和传情功能，营造出一种浪漫化、散文化和诗意化的美学特征。郭文斌、张承志、红柯等的小说就是典型。西部边地的民间资源极其丰富，悠久的史诗、神话、民歌长久地滋养着生长于斯的西部本土作家，其中民歌在所有的艺术样式中对新时期以来的西部作家影响最深。一方面与史诗和传说相比，民歌在以乡土农村为主体的西部大地仍然是民众日常生活的精神方式，它们不仅是乡民繁忙劳作之余的精神放松方式，还由于抒情性强而成为西部民众表达喜怒哀乐的一种通俗性情感宣泄方式。西部边地由于生存的艰难、孤独的体验、无望的守候，民歌就常成为伴随他们的一种心灵抚慰，而西部小说与各种民歌的结合也就呈现出浓郁的民俗文化气息，发挥着塑造人物形象、强化人物心理体验的表现功能。

民间花儿与小说形式的文体互渗。"西部'花儿'大约形成于元末明初，流行于青海、甘肃、宁夏三省交界地区，……'花儿'主要是用当地汉语方言歌唱，是以汉文化为主体的多民族山歌，其曲调、语言、歌词内容所反映的生活、习俗等，都蕴涵着多民族的因素。'花儿'

---

① ［英］佛吉尼亚·伍尔夫：《狭窄的艺术之桥》，载《论小说与小说家》，瞿世镜译，上海译文出版社 2000 年版，第 214 页。

作为民间口头创作的山歌，始终伴随着歌唱，它不是经过冥思苦想写成的，而是歌者的口头即兴创作。"①"花儿"的内容绝大多数是关于年轻男女的"情歌"，"情歌成了窥探人类爱情生活、窥探人类生命长途的一道豁亮的窗口。"② 正因为"花儿"所具有的独特的爱情表意功能，花儿被诸多本土西部型作家所吸纳运用，传统的语言心理描写在小说中用更加富有地域特色和抒情意味的"花儿情歌"所取代，并通过花儿内容的细微差别来表现特定场景下的人物关系与心理隐秘。雪漠《大漠祭》中的莹儿是个"花儿"高手，她能恰当地用"花儿"来表达自己的情绪体验，当莹儿主动向灵官表示好感而灵官却害羞地离去的时候，莹儿唱到："阿哥没有维我的心，/ 枉费了尕妹的意思"，③ 随着两人的感情日渐深厚，莹儿的"花儿"韵味已经由无奈转为对情感的直接抒发："黄河眼上的牛吃水，鼻尖儿拉不住水里，端起饭碗就想起了你，面条儿拉不着嘴里"，④ 当灵官还是表现出懵懂而不敢相信的状态时，莹儿继续表白："别看我人伙里不搭话，心里头有一个你哩，"⑤ 当两人终于袒露心扉身陷爱河之后，莹儿的"花儿"又传达出幸福的感受与对未来的美好期盼："宁叫他玉皇的江山乱，不叫咱俩的路断"，⑥ 莹儿在作品中已经成为"花儿之神"，她的生命的单纯与爱情的炽热通过"花儿"的运用，将西部乡村女子的真诚、热烈甚至狂野的一面精准地表达出来，其中也蕴含着苦难生存境遇下西部人的忧伤而

---

① 李兴阳：《中国当代西部小说史论（1976—2005）》，安徽大学出版社 2006 年版，第 205 页。

② 李雄飞：《河洲"花儿"与陕北"信天游"文化内涵的比较研究》，民族出版社 2003 年版，第 22 页。

③ 雪漠：《大漠祭》，上海文化出版社 2000 年版，第 50 页。

④ 雪漠：《大漠祭》，上海文化出版社 2000 年版，第 67—68 页。

⑤ 雪漠：《大漠祭》，上海文化出版社 2000 年版，第 68—69 页。

⑥ 雪漠：《大漠祭》，上海文化出版社 2000 年版，第 248—249 页。

乐观的生命力量。"花儿"在这里，不只是民间艺术的文学展示，而是化为作品人物的生命之歌。红柯也用"花儿"来表达男女之间的情感变化，《西去的骑手》中就以苍凉悠扬的情歌来表达人物的情感波动："白牡丹者赛雪哩，红牡丹红者破哩。/ 源上的甜瓜（者）实在甜，戈壁上开下的牡丹；/ 想了想尕妹心里酸，独个儿活下可怜！"①抒情的"花儿"将马仲英硬汉性格中的柔情一面展示得细腻悠扬，也让紧张的节奏凸显出情感的舒缓。而当马仲英即将走向战场时，未婚妻的"花儿"唱出了对丈夫的忠贞不渝，让人在激烈而残酷的战争背景中体会到了深厚而浓烈的爱情之火："自从那日你走了，悠悠沉沉魂丢了。/ 撩见旁人撩不见你，背转身儿泪花花滴"，②"怀抱上人头手提刀，舍上性命与你交。你死我亡心扯断，妹子不死不叫你受孤单。"③"花儿"的民歌文体因为其具有"感情和思想是人类灵魂的一对孪生姐妹，交流思想的过程有时候也就是抒发感情的过程。人们把语言和音乐结合起来娱人娱己，'抒发感情、娱乐生活'也就成了人类创作民歌的原初动力"的总体特征。④在西部作家的创造性运用与转化中，"花儿"不仅是地域文化的显在载体，而且参与到了文本的叙事结构要素当中，具有了控制叙事节奏与表达主体心理的功能，实现了小说与民歌的价值互动与互补。

诗歌与小说的文体融合。巴赫金曾经说过，小说是一种正在形成中和远未定型的文学体裁。"文体绝不是一个平面的'语言'问题，而是一个深邃、复杂、立体、多维的系统结构，它牵涉到小说的故事、情

---

① 红柯：《西去的骑手》，江苏文艺出版社 2009 年版，第 36 页。
② 红柯：《西去的骑手》，江苏文艺出版社 2009 年版，第 36—37 页。
③ 红柯：《西去的骑手》，江苏文艺出版社 2009 年版，第 37 页。
④ 李雄飞：《河洲"花儿"与陕北"信天游"文化内涵的比较研究》，民族出版社 2003 年版，第 172 页。

节、人物、结构、修饰、叙述、描写等几乎所有的方面。"① 西部边地久远的史诗传统，西部民众能歌善舞的艺术传统，使得诗歌在西部甚为繁荣，就连西部文学在新时期的崛起都是从新边塞诗开始。在西部作家的艺术认知中，诗歌悠扬、阔达、舒缓的节奏，正好与西部边地沉滞、凝重、缓慢的生活节奏相吻合。西部民众对乡土大地的热爱，对生命舒展的向往，只有通过诗歌才能得到酣畅淋漓的表达。诗歌与小说的融合带来的不仅是形式的融合，还有着内在的表意功能的融合，"文学的诗情画意是其生命力所在……我们无论如何不可放弃对诗意的追求。"② 而诗化小说就是有意对现实和人物的真实或直观描摹反映的疏离，在努力创造一种回归内在丰富性的艺术境界——"超以象外，得其环中"，这种境界所引起的审美感受是人生的顿悟、心灵的共鸣和永恒的艺术美感。张承志对诗歌、散文和小说文体的融合有着创造性的艺术自觉，在他看来，诗的抒情才是最适合自己的情感表达方式，小说只是为了抒发感情的一种文体尝试，无论是从其小说到散文的创作经历转型，还是"理想主义"和"清洁精神"的张扬，他显然在努力寻找一种功能兼备的文体，而其最后为了抒情而彻底放弃小说，也可看作是抒情的内心诉求与小说文体的局限所致的必然结局。在他的小说中，诗的精神成为小说的精魂，并创造了独属于他的"诗化文体"，"文体……应该是与作品内在气质同构在一起，从作家的心态中派生出来的，是自然而然出现的，它的推动力是作家为了更好地到达他眼中真实的世界图景。"③ 为了更好地抒情达意，他便将小说的形式与诗歌的精神融为一体。"多少年来，……我一直热爱的是诗，我早就在哪里说过：倾述的本质只能是

---

① 吴义勤：《难度·长度·速度·限度——关于长篇小说文体问题的思考》，《当代作家评论》2002 年第 4 期。
② 童庆炳：《新理性精神与文化诗学》，《东南学术》2002 年第 2 期。
③ 谢有顺：《文体的边界》，《当代作家评论》2001 年第 5 期。

诗。"① 无论是《骑手为什么歌唱母亲》《阿勒克足球》《北方的河》，还是《金牧场》《心灵史》，贯穿小说内在的始终是诗歌浓情、诗的跳跃、诗的境界。《黑骏马》就是一部以蒙古族歌谣《钢嘎·哈拉》（蒙古语的意思为"黑骏马"）为主线的小说，在悠长的抒情中，流逝的青春、沧桑的人生、负重的历史、慈母的温暖编织为一曲草原交响乐，也是一曲生命长调歌。"每当我听见了它遥远的流音，我就想竭尽全力地喊出一响回声；我总想以它象征的生活本质，批评傲慢而空虚的文化"。② 诗化小说成为他寻找生活真谛、探究人生奥秘的梦幻形式。当然，文体的融合导致的情感泛滥，也造成了小说叙事动作线的弱化，因此，文体的融合既是一种传统的革新，也带来了新的理论建构空间。红柯在《库兰》中将诗歌作为小说演绎的情感契机，诗歌的抒情与紧张的战斗形成的叙事差异，也形成文体融合的文本张力，而贯穿起诗歌和小说内在精神的是对英雄主义的敬仰和对雄性之美的崇拜。他在《乌尔禾》《金色的阿尔泰》《西去的骑手》等小说中，将叙事与散文化的诗意抒情相融合，来表达对绝域新疆的大爱，但也因为耽于对浪漫与理想的情感享受而冲淡了情节的演进，削弱了对现实和历史的透视，从而使小说陷入了自我风格重复的窠臼之中无法自拔。

无论是"民歌"还是"花儿"与小说文体的融合，在增加小说地域艺术表征，开拓文体表现功能的同时，也存在着文体界限模糊的危机。沈从文的《边城》虽然也是散文和小说的体式融合，但抒情始终没有离开潜在的矛盾以及矛盾境遇中人的生命与人性的表现，文体融合的"新瓶"里装的还是"人性"的"旧酒"。而很多西部作家由于过于注重诗歌的抒情功能，从而演绎为现代白话诗的极限——抒情式的散文与小

① 张承志：《错开的花·自序》，北京师范大学出版社 1993 年版，第 1 页。
② 张承志：《音乐履历》，载《以笔为旗》，中国社会科学出版社 1999 年版，第 225 页。

说的文体融合，在实现小说表现功能扩展的同时，也由于感情的恣肆过于充斥于小说，小说文体本身所应有的"人的形象塑造"与"情节的演进"被大量的诗化和散文化的情感分解得支离破碎，小说成为表达真实的作者情感的文体，已经缺乏了类似于鲁迅多重"看与被看"模式当中对虚构人物的高度审视，也缺乏了对现实想象力的有效控制，缺乏小说文体本身所固有的来源于生活而又高度典型化的"虚构"和"幻想"的气质，小说成了代言式和变相式的散文，这使他们在创作小说时越来越青睐散文，有的作家如张承志则彻底在后期转向了散文写作。

西部作家将小说与方言俗语、民俗场景、民歌艺术形式相融合，体现出鲜明的先锋文体意识，这在当前小说亟待强化"历史意识""文化意识""文体意识""语言意识"的文学呼声下，[①] 开启了新时期久违的浪漫主义文学审美思潮。源于西部边地文化演进的滞慢与错位，西部作家普遍对都市文明为代表的现代工业文明抱有紧张甚至排斥的态度，而对乡土主题的书写、对民俗文化的展示，在呈现西部乡土小说美学特征的同时，根本指向还是对现代性局限的反思与批判，他们试图以回归本土的姿态，重建一种人类生活乌托邦的理想情怀，由此实现对工具理性和物化世俗的超越，而这一点也吻合了浪漫主义本身兴起的初衷："浪漫派那一代人实在无法忍受不断加剧的整个世界对神的亵渎，无法忍受越来越多的机械式的说明，无法忍受生活的诗的丧失。所以，我们可以把浪漫主义概括为'现代性的第一次自我批判'。"[②] 新时期以来的西部小说将民俗、民歌、诗歌等诸多地域艺术资源融入小说，通过各自的艺术匠心和文学修辞，营造出与中东部地区特别是都市文学的欲望化叙事所截然不同的诗意化和浪漫化文本，以此实现对人的自然和高贵品

---

① 张炯：《攀向高峰的艰难》，《文学评论》2005 年第 4 期。

② 刘小枫：《诗化哲学：德国浪漫美学传统》，山东文艺出版社 1986 年版，第 6 页。

质的弘扬，对世俗与物欲的抵抗，"贵族就等同于一种不懈努力的生活，这种生活的目的就是不断地超越自我，并把它视为一种责任和义务。"①当然，西部作家对方言的运用，对民俗场景的刻意渲染，对民间艺术资源，如诗歌、花儿与小说的融合所带来的文学语言品质的去粗取精，对民俗场景所可能隐藏的消费资本的心理诉求，以及对民俗场景的过度渲染而削弱对人物的关注和对生活的深入思考，以及文体的混杂所可能导致的文体界限的消弭所隐藏的小说体式的弱化等，都是需要在未来深入探索并持续进行艺术反省才能破解的文学艺术困境。

第二节　暧昧语境中的艺术立场坚守

新时期以来的中国当代文学涌现出观念贩卖与文本实验的一个快速而纷繁的演练热潮，中东部地区的文学出现了大量追随后现代文化演绎的诸多冠之以"后"和"新"命名的文学文本，这些文本力图从题材之新奇、技巧之颠覆、观念之革新来树立自身的史学地位，并充分运用现代传媒与出版运作规则制造着虚假的文学繁荣和旺盛的创作激情，由此带来的是一个混乱而暧昧的文化语境——精英知识分子的崇高性与神圣性被市场快车所遗弃，大众文化以狂欢性和消费性权威成为新型的意识形态指标，文学从关注国家与民族命运的宏大叙事转入日常生活的庸常展示，但这种庸常最终堕落为对个人隐私与欲望放纵的展览；小说的叙事场景基本是灯红酒绿的现代都市，角色主体基本是都市白领，故事情节基本是都市恋情，叙事方式基本是情绪化或玄奇性叙述等。这样的

---

① ［西班牙］奥尔特加·加赛特：《大众的反叛》，刘训练等译，吉林人民出版社 2004 年版，第 59—60 页。

文学最终成为满足都市人的消费心理与心理慰藉的商业产品，直至被纳入到了文本复制的生产线，但这种繁盛的文学虚幻景象终究不能掩盖文学穿透生活本质力量的日益孱弱。而西部边地作家作为沉默而巨大的存在，一方面反映出主流文坛对政治文化中心权力关注的传统思维惯式，另一方面也反映出西部作家远离文化中心的寂寞与无奈，但地域文学的存在不仅是文学美学的重要源泉，也是丰富文学史的重要资源。难能可贵的是，西部作家在寂寥的西部边地以独立而静默的姿态关注着本土大地，以虔诚的情怀观照着芸芸众生，营造出当代文学难得的寂静而厚重的文学景观。西部作家的地域坚守集中表现在创作姿态与创作立场的逐渐明晰，即西部作家"以怎样的姿态"和"为谁创作"这一根本问题的渐趋清晰，这是他们在文化价值无序混乱的暧昧语境中的文学抉择，并逐渐形成西部作家所集体认可的创作立场传统。

首先是文学为西部乡土底层代言的立场确立。"文学是人学"的命题本应是出于对二十世纪中国文学与政治关系的过于亲密状态的一种文学命题的反驳与矫正，这一命题力图将文学与外部政治、经济与文化关系的非正常桎梏关系转入到对文学主体性与人性丰富性的探幽与判断的轨道上来。但是，贯穿始终的一个问题是文学的创作立场问题，即"文学为谁而写"。"对于任何一个文学来说，它都是一个先在的根本问题。因为只有明确了写作的目标，文学才能给自己一个清晰的定位，才能确立标准和规范，寻找到自己的发展方向。"① 不同时代、不同立场的作家对"文学为谁而写"有着差异的标准定位。中国古代文学历来将帝王将相、才子佳人、市井民众等作为文学的潜在读者，文学所反映的也是这类人群在特定场域的爱恨情仇。现代文学史上，在周作人"人的文学"与"平民文学"的理论建设下，文学开始转向"世间普通男女的悲欢成

① 贺仲明：《文学价值与本土精神》，《文学评论》2010 年第 6 期。

败"，现代文学作家开始将视野投向了底层农民、市民和小知识分子。
与此同时，政治对文学的束缚使得"左翼"作家将"革命阶级"作为文
本主角和潜在读者，文学成为配合革命运动的宣传工具，这种强烈的政
治功利性口号在二十世纪四十年代以后被直接替换为"为工农兵写作"
的要求。新时期以来，中国文学终于从极端的政治意识形态的附庸中获
取相对自由，但二十世纪八十年代兴起的"文化研究热"以及中国作家
的"诺贝尔文学奖"情结，又使得他们无形中形成了对西方文化与西方
文学的臣服姿态。对西方文学的热衷模仿与艺术偏爱，客观上为中国文
学带来了艺术创新与文化命题的变革活力，中国作家逐渐树立起"走向
世界文学"的雄心，形成了"为人类写作"的宏观命题，认为唯有通过
对人类共同的审美共性与价值主题的彰显，才能实现中国文学与世界文
学的接轨，这样的创作理念也造成中国作家向西方靠拢、向西方看齐的
自卑姿态，逐渐丧失了对本土文化与本土民众的关注。正是在如此的创
作历史现场，西部作家始终不渝地关注着本土民众，将本民族的底层民
众作为自己的文学书写对象，他们没有刻意去追求世界性，却以厚重扎
实的文学实绩彰显着属于人类共通性的普泛价值，并逐步构建起明晰的
文学叙事立场——为西部底层书写。而他们对本民族生活的持久而深入
的开掘，使他们在当下喧嚣的时代语境中表现出难能可贵的独立、严肃
和纯正的文学风貌。

其次是文学精神的虔诚与严肃立场的确立。二十世纪九十年代以
来，社会文化的转型使大众文化成为新型意识形态，经济指标上升为社
会主导价值评判的唯一标准，文学在获得相对自由之时，也走向了被大
众市场所被边缘的境地。文学的边缘固然是文学的一种正常状态（文
学成为社会生活或文化意识的中心的非正常性已被现代历史灾难所佐
证），但也不可避免地带来作家生存境遇的尴尬。于是，为了能够在这
趟经济快车道上获得自身的利益，文学创作转为了文学生产，作家纷纷

放弃了坚守艺术至上的原则，转而以大众的审美口味为标准，无论是题材与样式，还是价值观与艺术观，都以迎合大众消费性心理、情感性宣泄、猎奇性期待为标准，文学在轰轰烈烈的繁华景象之下其实是在日益颓废，"名作家写着有名的'无聊'，无名者也不敢落后，绞尽脑汁地炮制'无聊'。生活的惨白，人格的萎缩，责任感的丧失，思想的缺少钙质，使本该塑造灵魂的文学，堕落为颓废者的自慰。"① 相比之下，西部小说作家却集体性地表现出对文学严肃而虔诚的姿态。西部作家身处偏僻边地地隔，却始终以"地之子"的诚挚与热情，观照着本土民众的人生百态与人生沧桑，并将这种深沉的思考化为精益求精的文学锤炼与艺术思考，他们以宗教般的虔诚对待这小说写作这一精神创造实践，对语言的用心、结构的编排、人物的塑造、主题的挖掘，他们都以固执工匠般的精微在喧哗中守卫着精神的高地，思考着人类生存与小说创作之间的内在隐秘，成为当下迎合市场的普遍性文学心态蔓延下的一群拙朴而勤劳的本土书写者。雪漠就曾表示要将文学、宗教、人格等置于一个澄明的境界加以锤炼的文学态度："宗教情绪，是必要的精神素养。精神上的顿悟，会导致文化上的顿悟"，② "一个作家，最重要的是人格修炼。如果不使自己的心灵，像这个世界一样丰富和博大，而仅仅是进行文学本身的训练的话，他不会成大气候。……作家更应该注重的，是灵魂的修炼。当心灵的丰富和博大成为一个世界的时候，写出的东西自然会有一种'大气'。"③ 红柯的创作态度同样昭示出艺术至上和精神纯粹的文

---

① 雪漠：《谈作家的人格修炼》，载《狼祸：雪漠小说精选》，中国文联出版社 2004 年版，第 4 页。

② 雪漠：《文学：流淌的灵魂——关于文学的对话》，《狼祸：雪漠小说精选》，中国文联出版社 2004 年版，第 425 页。

③ 雪漠：《谈作家的人格修炼》，载《狼祸：雪漠小说精选》，中国文联出版社 2004 年版，第 6 页。

学精神："认同西域有大美，就让大漠的一切自现其性。……我几乎是本能地抗拒复杂的东西，这基本上是我的生活观念。"① 他对西部大地的情感皈依和精神归属的自白，同样是他对创作理念和艺术圣洁的一种精神表露。石舒清以西部农人般的勤奋和虔诚对待着文学这项事业，在物质至上的蛊诱下坚持自己宁静而严肃的文学书写，因为"经受着中国最贫穷地域的生活，因为文学成为困苦生命艰难时世当中的心灵寄托，成为照亮生存暗影的一盏理想的灯火"，② 文学在他的生活中如同宗教一般具有了神圣的意味，"坚持本土写作，沉潜于土地深处，致力于发现人性深处的古典意绪，寻求一种高贵且纯粹的精神向度"，③ "文学的气质应当是宁静与深邃，它永远揭示的是一种精神现象。……我奢望我能在我的作品中既不单调地控诉，更不滥情地喜悦。我希望我的作品能要求我成为一个宁静深邃者。"④ 如果说作家的"自述"还不足以佐证西部作家区别于中东部作家对待文学姿态差异的话，文学的艺术品质就是最好的实证。石舒清在家长里短的日常生活流当中不断发掘着生活的诗意，在淡化情节的题材取向中展开对生命存在和心灵隐秘的文学探索，比如《清水里的刀子》是一个无事却忧伤的哲理故事，小说在安静的牛、老人、水、大地当中展开了对神性世界与生死命题的不断追问，以心灵的不断自省和参悟而实现对生活与生命的深刻认知。西部作家关注着西部乡村的真实生活图景，观照着在时代冲击下西部民众心灵的单纯、丰富和撕裂，书写着客观存在但却被虚假现代所掩盖的乡土苦难。他们虽然身居地域与话语的边缘，但在这种寂寥与独处的边缘下，他们并没有表现出被边缘之后的冷漠与失落，却以远离都市尘嚣的宁静对待着崇高的

① 红柯：《敬畏苍天》，上海人民出版社 2002 年版，第 340 页。
② 郎伟：《偏远的宁夏与渐成气候的"宁军"》，《小说评论》2005 年第 1 期。
③ 达吾：《发现不屈不挠的激情——石舒清小说印象》，《小说评论》2005 年第 1 期。
④ 石舒清：《随笔两则（代创作谈）》，《朔方》1997 年第 4 期。

文学事业，文字成为他们表达生命态度和丰富精神生活的最好方式。

最后是坚持书写本土真实的文学精神。西北边地无论是从经济的发展还是文化的演进，仍然是以游牧农耕文明为主，与中东部地区正在崛起的都市文化乃至后现代文化有着较大差距。尽管在西部城市也出现了现代都市的诸多消费符号，但这种都市文明的成熟程度既无法与东部地区的大城市相媲美，更不能代表西部生活的整体性。很多城镇可以姑且称之为"放大的乡镇"，且这些城市绝大多数受"乡下人进城"的移民文化影响，并未构建出完整的都市文化形态，乡村文化的痕迹在都市随处可见。从文学反映现实的角度而言，由于缺乏成熟而稳定的现实文化实体，作家对现代都市的表现要么陷入矫情的虚构，要么陷入表象的判断，因此，当西部作家以现实直面或记忆怀旧的方式面对西部大地时，自然会将关注视野投射于这片养育万物生命的乡土大地的日常生活。而当他们将文学笔触深入到西部苦土与西部民众的内在肌理当中时，他们悲哀地看到与中东部地区现代化日新月异的都市兴起不同，西部无论是从地域的中心与边缘的关系，还是从发达与滞后的关系，抑或从文化的封闭与开放的关系，都无情地被市场经济的快车与正在快速发展的都市文明进程甩入弱势群体的区域范畴。"真实"的西部乡土要么成为浪漫诗意的奇崛之地，要么被"那些坐在书房里吟唱现代化高调的文化人"的呼喊所遮蔽。[①]

在这样的历史文化话语境遇当中，西部小说将视野始终集中于西部本土大地，以其"写真实"的文学直面精神和创作实绩，勾勒出了一幅被狂妄乐观情绪所掩盖所误读的西部真实图景。二十世纪九十年代以来的西部作家面对自然环境的恶劣、历史因袭的重负、政治体制的弊端

---

① 王晓明：《1990 年代与新意识形态》，载《半张脸的神话》，广西师范大学出版社 2003 年版，第 11 页。

等问题，集体性地以同情或理解的心态，选择底层代言的价值立场，以鲜明的民间立场和平视的眼光来审视西部底层民众的生存状态，书写他们在生存困境中的人性景观，再现他们在那种生存困境中的生命情怀、血泪痛苦、挣扎无奈，以及在生存困境中的精神坚守与人格裂变，让西部这个"沉默的大多数"在众声喧哗中发出属于自己的声音。表现在文本中是西部小说体现出独特的主题选择、审美追求、语言特色和宗教氛围，建构出一种集体性和地域性的文学传统，并以其丰富而多元的艺术姿态破除了域外读者对"新新中国"的文化幻想，以"说真话"的现实主义精神呈现出中国发展差序格局的不平衡，以及这种不平衡带给西部生活的人们悲喜忧欢与心灵波澜，传达着苦土之上人们对生活与存在的另类理解与姿态。无论是石舒清、郭文斌、漠月、马金莲，还是张学东、陈继明、雪漠，甚至以汪洋态肆地铺排文字和以启蒙大旗为立身之本的张承志，都从民间化的价值立场出发，怀着为民族代言的责任感，表达底层民众的生存现实。这种底层代言的集体写作立场是对现代化进程中都市文化对乡村伦理侵袭与消解的有意抵抗，反映出中国现代化进程下对真正覆盖面最广的人群的忽略的维护与正言，也是西部作家深厚的乡土情结的文学流露。虽然这种人民性情结并非西部作家所独有，但他们集体性地选择这样的价值立场，正是中国文学现实主义品格关注民生疾苦传统的当代续接，而他们在现实主义的悲悯或批判中所构建出的诗意情怀和浪漫特色，使西部小说在艺术美学的开拓方面显示出"跨界融合性"的文类价值。

第三节　消费漩涡中的人文价值坚守

二十世纪九十年代以来，中国文学的粗鄙化倾向越来越明显，但这种粗鄙化倾向却被创作者自称为反叛与颠覆，甚至被冠之以"后现代"标本的荣誉光环。中国文学的反叛性力量本身是源自"五四"时期对传统文化的先破后立的文化拯救，启蒙知识分子希望以反叛的方式求得民族自救与国民自醒，这是文化体系的自我批判与自我反省，蕴含着进化论的希望与理性。但世纪之交以来，许多中国作家却将这样的"反叛性"用来作为自己标榜身份的资本，这不仅是对"五四"传统的亵渎，也是集体压抑的一种泄愤，因为他们反叛的对象是"物欲的不能满足"，而不是对时代文化症候和人文精神沦陷的自我批判，是感官享乐式的恣意放纵，而不是精神束缚而解放不得的反抗，"'新写实'是冷漠的极端。'新人类'小说是狂欢的极端。但'新写实'的审丑溢恶倾向和'新人类'的纵欲狂欢倾向都是鄙俗化倾向的表现。"① 即使是传统的乡村小说，淳朴美好的民间美德隐匿，世俗功利成为作品的焦点，乡村美好的人际伦理崩溃，物欲权欲的人性之恶成为故事主题，乡村不再是传统诗意的精神家园，而成为"藏污纳垢"的生存场域。不能否认人类丑恶在乡村的存在，许多作家也是怀着文化拯救的主旨进行小说叙写，但这样的创作风尚带来的是严重的现实误读和真实景观的遮蔽。因为传统乡村仍然有着精神与人性的高贵质地，而西部小说家正是从正面视域对本土乡民或城镇底层用深沉的悲悯意识和深远的忧患情怀，集体性的将弘扬人性、情感、生活的正面价值作为小说文本的价值指向，在当下的文化迷失和人性粗鄙中提供了一座道德指引的灯塔。

第一，西部小说表现出对人性真、善、美等正面价值的集体弘扬。这几个看似古老的话题却在当代的物欲汪洋中被虚假、丑恶、庸俗等主题所遮蔽甚至取代。物质的巨大进步和技术的突飞猛进，一方面让国人享受到了前所未有的现代化成果，实现了感官欲望的解放，当长期压抑

---

① 樊星：《论八十年代以来文学世俗化思潮的演化》，《文学评论》2001 年第 2 期。

的感官在获得极大满足时，却也因理性的缺失带来诸多精神问题，价值混乱、道德滑坡、欲望放纵，人性迷失，人类最本初的真诚、善良、美好、信义、宽容的品性，在感官的洪流恣肆中消失泯灭，人们在共享物质财富、同享现代成果时，心灵却备受孤独、寂寞与冷漠的煎熬。"没有对日常生活的琐屑和无聊的克服，就不会产生真正有价值的作品，作家就不可能赋予自己的写作以丰富的诗意和内在的深度。就此而言，写作即显示高贵与尊严的精神创造活动。它意味着升华，意味着照亮，意味着对庸俗的超越"，① 而新时期西部小说恰恰成为这一文学理想和价值诉求的当代文化实践。与中东部文学精神的多元混杂晦暗不同，西部小说显示出在苦难境遇下仍不失对生活与生命热爱执着的美好品质，高扬着人性真、善、美、纯等人性光辉。贯穿雪漠、石舒清、郭文斌、王新军、红柯等小说中的不是人性恶劣与绝望体验的展览，而是以诗意般的笔触对自然、生命、情感与心灵的美学体悟，并在世俗的尘埃中寻求超越生活困境的精神旨归。红柯笔下的新疆大地，呈现出人与自然、人与生命、人与万物的和谐与统一，升华出一种对"大美"境界的追求，对人性之美与生命力量的正面弘扬。雪漠的小说将西部底层普通人所承受的恶劣自然、物质窘境和权力压迫下的日常生活苦难作为小说主题，但那些受难者却并不悲观，而是用人性的顽强与生命的力量支撑着自己的精神生活，在灰暗而混沌的生活里始终闪现出对未来希望的斑斑亮色，这些人物"饱含痛苦，满载不幸，但却并不压抑，并没有令人绝望，它既表现了在严酷的自然条件下西部顽强的生命力量和生存智慧，又表现了爱这人类的伟大品性所给予他们的支持与安慰，伦理亲情之爱、男女之爱、朋友之爱如美丽的鲜花开放在人们心灵的原野上，使他们哪怕近乎原始的劳作方式充满了浪漫的诗意，给了人们无比

---

① 李建军：《升华与照亮：当代文学必须应对的精神考验》，《小说评论》2005年第5期。

的欢乐。"①董立勃小说中的"下野地"充满了罪恶与污浊，人在欲望的驱使下将丑恶的本性在绝境中展露无遗，但作品却并不是一味渲染苦情、丑恶与绝望，而是让女性充当黑暗境遇中的亮光，他们的美丽、善良、纯朴与坚韧，成为荒漠世界中的美丽风景。季栋梁的小说擅长将自然环境的恶劣作为悲情发生的直接原因，干旱、风沙、贫瘠成为小说中人物的生存背景，但在生存绝境中并没有想象中的你死我活的生存挣扎，人与人之间相反充满了沁人心脾的人间温情，这种关爱也正是深处苦难深渊中的人们借以抗争的精神支柱。马步升的《鱼蛋蛋的革命行动》中荒诞时代的儿童以强奸地主女儿作为革命成功的光荣，而许老师正是以其人性的善良、关爱与宽容，净化和抚慰着深受时代毒害的"童心"。石舒清的《节日》当中妻子明知丈夫背叛自己，但仍然忍痛割爱牵着尕羖羊为丈夫的恶行赎罪，宽容成为夫妻之间最难能可贵的情感维系。郭文斌的都市题材小说在以"乡下人"立场关注都市当中的丑恶时，也没有将生活的未来引入绝望，而是书写了一曲浪漫爱情的都市挽歌——那种为"爱"而放弃物质诱惑甚至生命的价值观，正是对人间真情在冷漠都市存在的诗意发现。可以说，西部小说始终对人性正面力量进行弘扬，这不仅是时代颓靡之下的人文价值诉求，同时也为历史化的人文精神症候的文化修复和人性矫正提供了某种可能，在对乡土传统价值体系、民间道德伦理准则的艺术展示中，成为当下价值多元化格局中确立"伟大人性标准"的艺术实践。

　　第二，西部小说始终坚持着民族化品格的重建企图。中国传统文化的自我中心主义，导致了文化意识的狭隘与封闭，使国人在近两千多年的历史演进中逐渐丧失了吸纳其他文化的契机与能力。这种文化意识的固步自封，表现在世界范围内的东方与西方，也表现在中国大陆的东

---

① 李星：《现代化语境下的西部生存情境》，《小说评论》2005 年第 1 期。

部与西部，当以现代民主化的后殖民主义理性祛除这种早已固化的文化等级偏见之后可以发现，深处内陆腹地的西部边地文化始终在边缘的位置，彰显出与中东部文化价值体系相异的前现代文化根性——"原初自然精神"。这种原初自然精神包括了对人性本初的清洁，包含了对人性欲望的净化，对自然万物、对人际伦理、对生命状态的一种自然性敬畏。因此，"自然"与"原初"的"本真"成为西部边地文化的重要内涵核心，在与中东部地区中心文化的参照之下，是对孱弱的民族活力和人性本真的纠偏与调整。这种"原初自然精神"表现在文学当中就是西部小说始终具有"粗犷、妖媚、宁静与苍凉，足以把现代生活中的人的生命感觉重新激发"的独特魅力，[①] 为深处现代文明和都市文明泥淖中的人，提供着一个带有矫正性价值取向的精神家园。也就是说，西部小说虽然身处"失语的无奈，失尊的尴尬"的地位，[②] 但却高扬着一种血性的精神，并试图让陷入物质主义窠臼中的民族本性实现精神自救和民性复苏。红柯、雪漠、董立勃、王家达等都通过塑造富有异质力量的民族性情人物，试图实现文化拯救与人性疗治，重新激发被现代文明特别是物质文明所压抑的人的野性生命能量，这是西部边地文化的"边缘的活力"。"西部乡土小说不只是一种地域性的文学概念，更重要的是一种文学精神的体现"，[③] 西部小说也不仅仅是一种文学精神的树立，更是一种边地文化资源与中东部现代文化资源的共享或赈济，是一种"文学转型期的审美期待或审美心理描述。"[④] 无论是精神标高抑或是审美期待，

---

① 《光明日报》书评周刊编：《边地中国：边地是不是桃花源》，中国社会科学出版社2004年版，第3页。

② 王列生：《世界文学背景下的民族文学道路》，安徽教育出版社2000年版，第64—66页。

③ 赵学勇：《全球化时代的西部乡土小说》，《唐都学刊》2003年第1期。

④ 赵学勇：《全球化时代的西部乡土小说》，《唐都学刊》2003年第1期。

西部小说的文学精神就在于它并非一味地停留于对现实的批判，而是试图以西部本土资源为底色来建构一种完整而刚健的民族品格，也就是它在"破"的同时试图提出"立"的启示思路。比如西部小说当中的"人性之神的确认"是作家反复吟咏的母题之一，面对现代性的诸多弊端，价值的混乱和信仰的迷失已成为现代人精神困境的一个根源，造成现代人民族品格失"根"的悬浮与漂泊。"人类一定会从千年的梦幻中苏醒过来；这样，人类就会发现他自身是完全孤独的"，① "文明已经把上帝拉下了宝座，又把金钱供在了上帝的位置上"，② 世界万物"在人的手下则一切俱败坏"，③ 最终的局面是"震惊一切、歪曲一切"，④ 于是，重建民族品格、恢复精神信仰，就成为当下社会亟待解决的精神问题，而西部小说当中的宗教文化就为现代人的信仰重建和民族性重建提供了一个理想的文学参照模式，"许多当代思想家曾经描述过现代性的困境，但是，如果没有宗教的参与，那么，对于现代性的批判就只能提出一些没有答案的问题。"⑤ 西部小说通过宗教性和悲剧性的文学展示，给现代人浑浑噩噩的灵魂世界提供了一幅精神超越与生命升华的美好图景，也为现代人自然本性的复苏指明了一条文化航标和生存指向，"吸收神圣文化的传统的合理成分，同时避免它的落后性。"⑥ 因此，在西部小说当中，人

---

① ［比］伊·普里戈金、［法］伊·斯唐热：《从混沌到有序：人与自然的新对话》，曾庆宏等译，上海译文出版社 1987 年版，第 35 页。

② ［美］马克·吐温：《来自地球的信》，肖聿译，中国社会科学出版社 2004 年版，第 6 页。

③ 杨守森：《灵魂的守护》，山东友谊出版社 2002 年版，第 230 页。

④ ［德］狄特富尔特、［德］瓦尔特：《哲人小语——人与自然》，周美琪译，生活·读书·新知三联书店 1993 年版，第 165 页。

⑤ 刘宗坤：《等待上帝，还是等待戈多？——后现代主义与当代宗教》，中国社会出版社 1996 年版，第 26 页。

⑥ 刘宗坤：《等待上帝，还是等待戈多？——后现代主义与当代宗教》，中国社会出版社 1996 年版，第 52—53 页。

性因宗教的氤氲而显示出高贵与神圣，心灵因宗教的虔诚而显示出纯朴与坦荡，民性因宗教的注入而显示出坚韧与活力，生活因宗教而显示出诗意与温馨。西部作家在小说中对本土文化资源优势的艺术展示与美学构筑，是民性革新的重要资源，其所表现出的价值坚守也在当下价值芜杂的文学世界具有了典范意义。

当然，西部小说在坚持对正面价值的弘扬，营造出民间正义性文学精神气质的同时，也存在缺乏对现实复杂性与人性阴暗面深入揭示的整体局限。启蒙现代性意识观照下的西部边地由于文化的前现代型滞后，较之中东部地区存在着诸多封建文化的遗存，以及由之所决定的人性劣根包括冷漠、愚昧、封闭、个体性缺失等，但西部作家往往通过对正面价值的弘扬，营造出一个"世外桃源"的乌托邦生活世界。有的作家甚至以贫穷作为温情炫耀的资本，以麻木作为人性善良的体现。虽然由于人性的复杂性，人性当中的对立要素不可能泾渭分明，但作家对于生活丑恶的批判、对乡土生活的审视、对乡民人性的同情，总体显示出某种带有保守主义的价值立场。现代性进程对西部地区的侵袭必然是不可抗拒的历史宿命，西部作家应该更深入地思考如何在立足本土和发扬本土文化资源优势的同时，寻找与现代性话语相对等的文化对结区域，进而实现异质文化资源的互补内生，而不应蜷缩于西部边地吟咏着一曲曲文明牧歌。一些作家为逃避现实复杂而陷入童年视角的浪漫，更是被斥责为天真主义的童话，西部本真的复杂存在，也由恣肆浪漫转入细缓抒情，表现出缺乏对生活本相进行升华或提炼的胸襟气魄，更难以在文化现代性的层面赋予个体在贴近农耕静态日常生活之时以超越性的个体现代性反思意识。他们奉文化传统主义为万能圭臬，人由外在客体的不健全不正常所造成的肉体、精神、心灵和日常生活苦难，在文化传统主义的个体化践行中都会自动消除，这也是西部作家创作的普遍"现代性思想瓶颈"。

西部小说中民族化品格重建固然以其刚健甚至狂野的气质，为当代文学的孱弱文气带来新鲜质地，但这种狂野同样隐藏着文化危机，这种文化指向在激活民族活力和原始野性之时，也带有某种非理性和非人性甚至宣扬一种弱肉强食的生存竞争原则，直至发展成为对前现代文明的"反人性"价值的确认。而"人性的标准"是西部小说乃至中国文学应该始终恪守的最高价值立场，西部小说对人类野性的渴望，某种意义上就是文学价值立场的倒退或退化。比如红柯小说中的战争枭雄，他们固然显示出某种尚武的精神和坚毅的气质，但对他们血腥杀戮残暴的精神礼赞，早已偏离了对现代伟大人性重建的预期，而陷入对武力或暴力的崇拜。最典型的是《狼图腾》，姜戎在崇"狼"情结的驱使下表现出强烈的对"狼性"的宣扬，对生存残酷法则下为达目的不择手段的智慧钦羡。"《狼图腾》所张扬的'狼性'不同于新文化运动时期对'兽性'的提倡，就这一股文化思潮理念的本质而言，它是反文化、反文明和反人类的。在后现代思潮的推波助澜下，它在中国文化语境里以先锋的面目出现而蛊惑人心，获得巨大反响，凸显了当下文化伦理的紊乱，并暴露出了知识价值和人文价值立场的沦丧。……它在价值观上的倒退则是需要特别警惕的"。[①] 因此，对民族活力的激发、对人性活力的构建，需要西部作家对人性的伟大、生命的本质和生活的肌理做哲学式的深入思考，需要在特定的历史语境、文化机制和日常体验中做出富有艺术性的人文探索。"如何处理'生态人'的'内自然'与'外自然'的平衡，是一个不能脱离具体文化语境、也无法忽略个人生命体验的'人'的问题"，[②] 这既是西部小说需要更进一步反省和明晰的文学命题和文化立

---

① 丁帆、施龙：《人性与生态的悖论——从〈狼图腾〉看乡土小说转型中的文化伦理蜕变》，《文艺研究》2008 年第 8 期。

② 丁帆、施龙：《人性与生态的悖论——从〈狼图腾〉看乡土小说转型中的文化伦理蜕变》，《文艺研究》2008 年第 8 期。

场，同时也是西部小说在当代文学格局中能够持续获得发展成型、拓展文学观照空间、丰富文学价值体系的可能契机。

第四节　文明等级中的文学民主坚守

西部边地特有的自然地理、宗教文化、风土人情、精神世界、审美风貌和地域艺术等，合力构成了西部文学独异于非西部文学的文学特质，而西部的这些合力要素的文明依托，正是游牧文化、农耕文化和现代文化的"混杂融合"，其中游牧文明的前现代性、原始性和本土性构成了西部文学不同于其他文学的精神气质、美学面貌、人文内涵、历史图景和生活景观。可以说，西部文学是以游牧文化为底色，包涵了由游牧文化所孕育的游牧民族的日常生活、历史传说、宗教叙事、情感表达、伦理展示、审美模式等，这是西部文学在文明差序格局中的"后发性"的特征。但这种"前现代文明"的"后发性"特征，形塑着西部文学的基本文学精神、美学取向，构成了西部文学相对自足和封闭的文学伦理，而游牧文化与农耕文化、工业文化、都市文化乃至后现代的生态文明和数字信息文明的融合、借鉴、抵牾乃至对立，也构成了西部文学内源性的叙事动力。但是，当人类社会发展到后工业文明和网络信息文明主导的当前时代，曾经在华夏历史进程中风姿绰约的游牧文明，在线性时间观和文化达尔文主义的逻辑历史观下，被视为具有历史局限性的前现代文明遗存，只能在被动和构建的历史回溯中完成社会风貌的影像再现。游牧文明作为历史上生活在欧亚大陆的游牧民族（包括蒙古族、藏族、维吾尔族、哈萨克族、裕固族、东乡族等少数民族）在特定的自然生态环境中所创造、传承的与游牧的生计方式、语言传统、行为准则、价值观念、宗教信仰等物质文化和精神文化的总合，① 已在漫长的全球历史积累中形成公共性和地方性兼备的文化价值体系，渗透在后世多元的意识形态内里，"我们血管里流着的血液既是在耕地上也是在草原上酿成的。"② 在现代性的视域中，隶属于前现代的游牧文明，总是与个体意识的缺失、科学精神的匮乏、理性精神的遮蔽、民主权利的剥夺等相联系，它造成了社会转型的困厄，制掣着历史行进的力量，不具备与现代文明进行平等对话的机制，是一类亟待现代性启蒙和现代化改造的"落后"文明形态。但游牧文明与他者文明的梯度滞差却具有文学现代性景观中异质美学的天然优势，它是百年来被现代性所遮蔽所遗弃的审美资源集散地，西部作家对之的叙事倾心与艺术复归，正源于其强烈的前现代性的美学反差，并藉之建构富有原生态、抒情性和自然性质素的浪漫主义文学精神。因此，历史的前现代性和审美的后现代性之间横亘的文化悖论，不仅持续为西部文学的叙事和美学构建提供着不竭的艺术动力，而且在后现代空间理论的观照当中成为重新审视文明存在和社会现实的有效广角，衍生出反叛文明进化论教条恪守的构镜冲动，捍卫着"我们正处于一个同时性和并置性的时代"的反等级化文明秩序新认知。③ 反映在西部文学领域，就是涌现出如张承志、阿来、龙仁青、阿云嘎、满都麦、艾克拜尔·吾拉木、艾克拜尔·米吉提等典型作家作品，他们追溯游牧民族历史，打捞游牧文明遗迹，整合游牧文化的思想与美学经验，冲决着游牧文明在历代文史书写中被妖魔化被边缘化的刻板印象，在洞悉知识和语言具有的隐秘话语权力的深刻反省中，决绝地

---

① 邢莉：《内蒙古区域游牧文化的变迁》，中国社会科学出版社 2013 年版，第 3 页。
② ［英］赫·乔·韦尔斯：《世界史纲》，吴文藻等译，人民出版社 1982 年版，第789 页。
③ ［法］米歇尔·福柯：《不同空间的正文与上下文》，载包亚明：《后现代性与地理学的政治》，上海教育出版社 2001 年版，第 18—28 页。

进入游牧民族的本初、族群和精神深处，将之从历史话语的权力禁锢中祛魅，进入审美现代性的文化比较框架，释放其所包蕴的当下性、现代性和未来性影响。在现代性主潮的强势话语中，对前现代文明进行描摹与叙事的文学思潮，正引发一场质疑、解构和颠覆"汉族文化""农耕文化""现代文明"为价值构建核心的后殖民主义文学革命，坚信"'所有的人群和文化都同样值得研究'，都有它独特的存在价值和意义"。① 西部小说强化着祛除话语霸权和历史偏见之后的"文化多元主义"价值观，吁求进行不同文明类型之间的反思、互补和交融的文学价值体建设。同时，西部对游牧文化"有意识"的"再造"或"重构"的合目的性、合意识形态化的文学叙事构建，虽然难以避免"要知道的是这些话语的存在形式……在某时某地的出现究竟意味着什么"的话语企图，② 以及"人是悬挂在由他们自己编织的意义之网上的动物"的陈述嫌疑。③ 但是，西部小说游牧文化叙事的"正在进行时"状态，即历史的化石延续到现实的活力，能重新激起陷入现代性危机壁垒的人类，在前现代、现代和后现代"差序文明"格局的彼此砥砺和实践对话中，对前现代文明进行现世汲取和文化重建的整体思考，立体透视西部小说在中国文学场域的时空阵列释放思想能量与美学魅力的有效方式。

一、文明等级的哲学批判与前现代文明的文学回溯

文明等级论可溯源至英格兰学派亚当·斯密的历史发展阶段论，④ 转道志贺重昂、福泽谕吉等日本学者，"文明、半开化、野蛮这些说法

---

① 丁琪：《新时期蒙古族小说与游牧美学，《当代文坛》2016年第5期。
② [法] 米歇尔·福柯：《知识考古学》，谢强等译，生活·读书·新知三联书店1998年版，第109页。
③ [美] 克利福德·格尔茨：《文化的解释》，上海人民出版社1999年版，第5页。
④ 郭双林：《"文明等级论"的偏见》，《北京日报》2016年12月26日。

是世界的通论，且为世界人民所公认"，① 入境晚清中国并被早期启蒙思想家如梁启超、郭嵩焘等接受和宣扬，"泰西学者，分世界人类为三级：一曰野蛮之人，二曰半开之人，三曰文明之人"，"吾中国于此三者之中居何等乎？可以瞿然而兴矣。"② 循此文明逻辑观，二十世纪中国文学的历史抉择范畴内，西方现代思想和文学精神被精英知识分子视为中华民族摆脱现实苦难、获得国民新生的外来救星。尽管围绕文明等级论的正负争辩，知识分子一直寻找折中道路，比如"中西体用"之争，期望在追赶西方现代化之时不失本族文化传统，于是在百年来的文化、文学和思想史进程中，不断涌现着对唯西方化的反制思潮，诸如"五四"新文化运动中文化复古派的坚守、左翼阵营将中国气派和民族风格作为国家意识形态的文学指南、当前复兴中国传统文化的文化战略，都是对西方文明霸权的自觉警惕，但仍无法抵挡文明等级论深入国民集体意识深处的强大渗透力，最终内化为吾国吾民进行文化构想和社会改造的潜在价值准则。

　　文明等级论作为国家走向现代化的宏观社会战略，对推进民族独立和经济富强起到了巨大的推动作用，但文明等级论的高度认同也潜伏着巨大的危机——和平贸易或者民族战争以不确定性随时可能上演，"国与国之间的关系，则只有两条。一条是平时进行贸易，另一条就是一旦开战，则拿起武器相互厮杀。"③ 对于在文明等级结构中被编设为中等或野蛮的后发国度，如果文明等级秩序成为他们集体高度认同的模式，那么，在带来对本民族文化集体自卑的同时，社会与文化的走向，或者是主动臣服于文明国家而被殖民化，抑或是民族激进主义的革命爆发，并在本民族文化超稳定性的制约下，发生主动遗弃或被动改造的痛

---

① ［日］福泽谕吉：《文明论概略》，商务印书馆 1959 年版，第 9 页。

② 梁启超：《文野三界之别》，《饮冰室合集》二，中华书局 1989 年版，第 8—9 页。

③ ［日］福泽谕吉：《文明论概略》，商务印书馆 1959 年版，第 174 页。

苦剧变。而文化的独立乃国权持久和民族自立的重要之本，中国社会近代以来唯西化的趋向，在日益强盛的全球化动荡规训中，正经历着文化基体的自我构建和吸纳变异。随着现代化危机的日益暴露，立意于批判现代化的后现代性思潮开始涌现，民族殖民化和民族独立性在双向延续的同时，二元对立模式此刻正面临和经历着"多元文明"的"命运一体化"的新型网络关系格局——进行不同文明体系之间的对话，寻找彼此之间的契合点，"将本国或本民族的历史置于全球—世界体系的范围或框架下进行动态考察"，[①] 建构具有各民族特色、各文明特征的共同体普世价值认知，取代既有的文明等级论的霸权专制思维。

现代性具有时间序列的不可逆性，它指向的是未来的发展趋势和思想观念，是对现实不合理的超越和对理想化预设目标的无限抵近。对于文学这一能够穿梭于记忆、现实和未来的艺术体式来说，它不仅需要以现代性作为基本的文学精神，构织关于当下人应该如何审视生活、如何寻找家园的叙事方向；同样也可以将前现代性作为一种"反向的现代性"或"自反的现代性"，[②] 为文学打开充满现实性和想象力的叙事张力空间——在前现代/现代性、前现代文明/现代文明的并置中，人性的压抑—解放—自由，成为衡量文明体系的唯一标准，由此，前现代的压抑可能由现代性进行解放，而现代性的危机同样可能从前现代文明形态的创造性转换中获得疗治资源，人类沿着否定之否定的哲学逻辑走向螺旋式上升的新的自由境界。因而，西部小说对游牧文明的历史回溯、美学呈现、哲学思考，就具备了与"文学现代性"相参照映衬和激发补葺

---

① 赵京华：《福泽谕吉"文明论"的等级结构及其源流》，刘禾：《世界秩序与文明等级：全球史研究的新路径》，生活·读书·新知三联书店 2016 年版，第 234 页。

② 参见 [德] 乌尔里希·贝克、[英] 安东尼·吉登斯、[英] 斯科特·拉什：《自反性现代化：现代社会秩序中的政治传统、传统与美学》，赵文书译，商务印书馆 2014 年版。

的平衡功能，在跳出单一甚至极端的现代性视域之后，获得反观和俯视"中国文明进程全局"的广阔和深邃。

中国新文学的内部壁垒，应是在彼此开放的状态下进行对话、嫁接、吸纳，构建以个性美学通达人类精神共性的艺术境界，但在文学话语场域当中，文学批评标准的确立、文学经典化的进程，一定程度上是国家、政治、精英、民间等多元权力主体进行"文化领导权斗争"的产物，造成在中国文学话语中一些奇特的现象：厚古薄今、厚西薄中、厚汉薄夷，已然成为批评和史学的一个构建取向。于是，在时空序列中，无论是地理格局中的族群边地、文化格局中的族裔文化、文明形态类型中的游牧文明、文学类型中的少数民族文学都被贴上了诸多负面标签：边缘、保守、奇异、落后……——这是将社会演进标准简单等同于文学话语标准的价值误区。因为文学有其特殊的构建取向，它是人的精神世界和情感结构的艺术凝结，它既与社会变迁、文化战略、时代诡谲相互动，它同样与人性内里、集体记忆、历史想象相激发，主流的、大众的、先锋的文化现象可以成就文学的伟大，而那些边缘的、幽密的、潜在的人性洞察同样能成就文学的经典。因此，西部小说的边地书写，即游牧文化的历史书写、裔群书写、民族书写、跨界书写、宗教书写等，不仅是中国新文学版图不能忽略的文学现象和文学实绩，而且，它们的存在一定意义上构成了文学的"审美现代性"，消解着"社会现代性"为主导的文学思潮，呈现出在现代性统摄下"异质化景深"的思想和美学的"差异之美"。这种"差异"和"错落"的风景，之于人的精神、情感、心理，乃至灵魂的震撼、感悟和思考的启悟，正是文学不断获得超越力量的生命美学与内在动力。

因此，在现代性歧义丛生的文化语境当中，本土、边缘和族裔的文化实体，可以被视为审美现代性批判的文化资源，进行运用、汲取、加工和改造，这种有意的误用和误读，是文明更迭的历史悖论和困境——当新的文明形态在历史行进中出现自我危机时，回望与复古就成为对现状纠结无力厘清的一种逃避姿态。虽然饱受现代性捍卫者的非议和责难，认为这只不过是无力挣扎的虚妄心态，但这同样可以被视为一种反现代性的现代性力量，即文学对前置文化的回望与纠葛，正是于停顿徘徊中寻找着新的出路，蕴含着文化资源整合与改造的宏伟重建理想。因此，对于前现代、现代和后现代文明共时共存的边地文化现实来说，讨论如何完善多元文明形态之间有效的运行机制，如何实现文化和谐共处的路径，就是当前文学走向的迫切渴求。而文化重建的方法之一，就是从前现代文明包括历史恒久的游牧文化当中，寻觅与第一现代性、第二现代性进行跨文明对话的资本，修葺现代性的风险与困境，完善现代性的自我革新机制。对游牧文化的文学叙事，是将渐趋隐匿于历史深处的文明形态的活态呈现，其中的价值体系、生命姿态、生存信仰、族群哲思等，孕育着人类社会和人类整体以记忆的改造对未来的想象和期盼，这是对文明化所湮灭的人类原初的追溯，对人被现代文明所支配的历史行进过程中所日益暴露出的人文危机的参照和反思。同时，西部小说对游牧文明的回溯，恰恰续接起后现代需要借助文化利器对现代文明解构的逻辑渴求，使前现代文明以后现代解构之后进行文化真空重建的身份资本登上了文明历史的对话舞台。尽管后现代性的消解与前现代文明的节制之间存在着巨大的话语裂隙与语境差距，但毕竟让那些被淹没在前现代深处的人的信仰、观念、敬畏，即人与外在世界的主体间性模式，重新回归到主体性的压抑（农耕文明）、主体性的独立（现代文明）、主体性的解构（后现代文明）、主体性的节制（游牧文明）的历史轮回和对接中，激发出游牧文明所具备的"文化先锋"能量，在批判现代文明体系的固化和狭隘之时，为构建"多元主义""美美与共""文明并置"的文化秩序提供可鉴资源。

二、文明空间的跨界体验与西部小说精神的品格构建

　　游牧民族有其自在的生活模式、时间演进、行动准则、伦理逻辑、生命信仰，构成与中原乡土和东部帝都相异的自为世界，游牧向农耕和工业的文明形态转型更迭，往往借助群体或个体之人的生活磨砺和精神嬗变验证其悠远浩渺。人在"时间压缩"和"空间迁移"的文明跨界穿梭中，体验连续性的生活机体和异质性的日常世俗，进而释放出巨大的主体性延展能量——人性的深邃、心灵的辩证、思维的重组，直至生活之流的重设与社会历史的变革。西部小说的游牧文化书写，将主体之人置于时空同质与时空跨界的情境中，输出独属于游牧民族的普遍价值观念，以此参与并置空间和损蚀空间的话语构建。而这种话语体系和价值理念，可以作为感性现代性反思和批判的资源本体，也可成为现代性图示和现代性歧义的重要一元，还可参与后现代性的话语建设，无论跻身现代性话语的何种语义结构层次，游牧文化书写都具备前延和后移的价值跨界性。

　　二十世纪中国文学是在封建性的农耕文明与现代性的工业文明的现实和想象当中，进行思想艺术创建的挣扎与蜕变，民主、科学、理性、自由等西方思想话语提供了民族革新和历史再造的巨大蛊惑，奠定了文学立场抉择的现代性趋向。但它们在中国化根植过程中的激进，与政治文化、市场资本的语境糅合，孕育出舶来理念的"新"语境与"新"内涵——理性被理解为丧失博爱感情的社会冷漠，民主被误用为满足底层大众渴望的集体狂欢，科学被改造为获得个人功利诉求的神秘力量，自由被挪用为超越一切至上的欲望放纵。面对错位移植境遇下中国文化的现代化，隶属于前现代文明形态的游牧文化，与中原农耕文明、东部现代文明和后现代文明，共同构成了多元文明形态的参差图谱和文明梯度，消解着中国文学的二元文化抉择倾向，将时间循环与空间

记忆融为一体，在流动现代性的语境当中寻找着后现代解构之后的规则确立，"那些不为我们所道的，不被我们所感知，不被我们所珍惜的那些东西，也许其实才是最重要的。"① 西部小说的游牧文化叙事，要在现实观照和文明想象当中，感知游牧民族群体或个体在被现代文明裹挟之下的抗拒、顺应或变异的灵魂撕裂；在多元文明的彼此碰撞、融合和损蚀的万千变化中，整合独异于主流文学的业已边缘或行将没落的生命哲学、民族精神和文明质素，将之提升为现代文明危机更新的可生发性和创造性资源；族群生命或生命个体在既有文化本体与异文化的碰撞中，所引发的奇异或新鲜的心灵体验和精神震撼，人在文明时空的穿梭中对高贵伟大人性的洞察、理想完美生活的向往，都是西部小说对游牧文化书写独特的文学价值诉求和精神品格构建。

第一是复现族群英雄的原始生命力。儒家理学的礼制文化惯性，以及西方科技理性力量的引导，是对人类挣脱丛林法则和生物本能的自觉激发，推动人类不断走向个体理性；但是，过度的理性化隐藏着对人性原始能量的道统压抑，对人性自由的社会机制压抑。因此，鲁迅晚年对"复仇"的青睐（《铸剑》），莫言对民间野性生命力恣意的礼赞（《红高粱》），都呼唤着感性形态的"生"的自由与欢乐，即"生命自由发展自我"的一翼。张承志笔下的马氏哲合忍耶教领袖（《心灵史》），抑或是在阿云嘎的《狼坝》、莫·哈斯巴干的《枣树梁》、韩静慧的《吉雅一家和宝贝》、马哈孜·热孜旦的《蓝宝石》、艾赛提·阿布都热西提的《白纱巾》、才布西格的《冰凌上》等小说所塑造的游牧民族英雄，是人类原始的"力""勇""神""武"的综合体，他们以天道大义和生命自由的精神信仰为使命，尽管不无丛林法则的残忍和冷酷，但在苦难生存境遇中，决绝强力又具有命运反抗的悲剧意味，是对启蒙话语理性意识

① 李敬泽：《发现中国人开放的传统》，《北京晨报》2017 年 1 月 22 日。

的反叛，宣告了西部小说当中民间野性与人类蛮性的原生美学和暴力美学的复归，也是去理性化的文学精神和人性质地的招魂。

第二是顺应自然的人伦法则。农耕文明孕育出民间伦理和精英道德两大体系，前者以俗语谚语、家庭教育、群体舆论等方式代代渗透，时至今日，其威力和稳固仍然横亘于日常生活的方方面面；后者以文献经典、体制教育、官方提倡、法律制度等方式，在社会意识形态领域强行推广，在国家组织的文化宣传中都被历代统治者所重视，并辅之以相应的奖惩机制。广场和庙堂的道德话语和价值取向相互影响、彼此制衡，形成根深蒂固和彼此胶着的统一体，共同作用于人的社会公共生活和日常私人生活。西部小说对游牧民族的道德人伦叙事，将"宗教之道"与"自然之道"确立为社会、群体、个体、官方、民间等领域的潜在规约，它们将每一个生命体乃至万物视为天地造化，即使是将先祖之神的箴言作为道德法则，也将其经过民间实践和时间洗礼的智慧之则加以内化，而非如农耕民族和封建帝制般教条地对圣人、天子、圣徒的文献说辞全部照搬、僵化恪守。张承志的《黑骏马》、哈斯乌拉的《虔诚者的遗嘱》、瓦·萨仁高娃的《骑枣骝马的赫儒布叔叔》、道·斯琴巴雅尔的《来自月球的马丁叔叔》、次仁顿珠的《帅和尚》、石舒清的《疙瘩山》等作品当中，顺应自然之道的道德人伦在附带宿命论的盲目、促使人放弃命运反抗、顺从苦难现状的同时，又在精神超越性方面标示出在天地之间寻找个体心灵和灵魂归宿的精神家园的泰然与安详，这使西部小说的价值姿态整体呈现出对凡俗世道的超脱，以及宗教般的静穆、生存方式的自制、精神追求的清洁。

第三是人的群体性维度的现代确认。中国文学现代性的发生，是希冀将人从封建道统意识中挣脱，以完成个体精神的张扬重塑，对个体生命、个体命运、个体生存的强烈关注成为启蒙现代性的叙事主题。尽管左翼文学同样开启了对小资产阶级个人主义的批判叙事，强调个人对

劳苦大众的革命投入和历史臣服，但左翼话语的大众之爱却充斥着政治
阶级规训的反人性窠臼，直至新时期以来个体性话语在有限度的冲决政
治意识训诫的同时，才完成对自我主体意识的基本确立。然而，个体意
识的后果与危机正日益上演着一幕幕心灵之殇——孤独、流浪、漂泊、
荒诞乃至绝望。鲁迅的个体清醒所引发的孤独让他独创出反抗孤独的
生命哲学，但最终仍归结于巨大的虚空；时代动荡中的个人迷茫被革
命理想所化解，但革命浪漫性的乐观无法回应个体心灵的空谷回音，
于是，在破解这一现代人精神魔咒的努力中，西部小说对人的集体性
维度和群体性意识被激活。玛拉沁夫《爱在夏夜里燃烧》中的"烈士
村"、张承志《黑骏马》中的"额吉一家"、热斯拜·托合坦《迷者归
途》中的"故乡牧族"、巴·加斯那《老榆树下的风景》中"榆树下的
乡民"等作品，对个体生存的群体性构建，是富有人性质地的集体家
园和摆脱个体孤独的心灵召唤，是卸负了农耕文明灭人欲的道统之威
和工业文明生存荒诞的虚无困境之后的族裔生活实体，展示出心灵狂
欢的酒神精神、感恩万物的博爱精神、道德自发的牺牲精神，在"反
思—超越"层面的现代性话语平台，构建着游牧文明和异质文明的价
值共同体，开拓出个体意识独立之后仍然无法抵达灵魂彼岸的世俗的、
此岸的、烟火的、情感的生命寄托方式，也为"人，诗意地栖居"的
生命姿态构筑出将彼岸宗教幻想和现世集体狂欢相结合的群体乌托邦
哲思。

第四是浪漫主义精神的文学诗性。现代性确立了人为万物灵长、
人定胜天、人类中心的天人关系理念，人类渐次失去了对非社会性和超
功利性的形而上的敬畏和尊重，陷入了人类绝对中心主义的唯理性化的
自信式狭隘。西部小说的游牧文化叙事将"生命的意义是什么"等形而
上思考作为文学主题，重构着人与大地的神圣性和情感关系，凸显着将
情感和生命作为印证主体性存在的充分合法与有效性，彰显出鲜明的

反启蒙化的浪漫主义诗性精神。在阿来、李进祥、海勒根那、叶尔克西·胡尔曼别克、梅卓、次仁罗布等作家的文学世界中，他们警惕现代科技理性对人性自由的桎梏束缚，反对人和社会关系的过度捆绑，批判人类在无止境的工业理性和知识熟稔中丧失人与天地、人与神、人与自我的情感关联，将心灵的自由和生命的和谐视为浪漫主义的最高境界。他们的文学诉求意图远离社会理性主义当中人与社会彼此改造的意识形态介入，淡化人对人性本色和情感质地改造的强力控制和知识逻各斯主义，转而在天地人当中寻找属于心灵稳定结构但又不失情感恣意的反逻各斯实践作为生命存在的本真依托。也就是说，中国文学起源于国民精神改造和民族国家重建的形而下语境，但"文学是关乎人类人性、心灵乃至灵魂"的经典命题和高贵品质，[①] 却在前现代文明孕育下的西部小说叙事的"边缘处"，续接起中国文学与世界文学的普世话语，道德、心灵、灵魂、生死等命题的深刻开掘、飞扬、纠葛、自省、体悟的精神指向，以及通过内在的修为抵达绚烂而神圣的生命伊甸园，展示出启发和唤醒人性、心灵和灵魂追求彼岸目标的生活哲学、宗教哲学、生命哲学的旷远意味。西部小说的浪漫主义精神，还扩展为对万物生命的人道主义呵护，衍生出人与自然和谐的生命中心主义的生态文学创作，包括人与自然的生态和谐、人与动物的生命和谐、人与人的精神和谐、人与自我的心灵和谐，以及对阻碍和破坏这一和谐状态生成的现代化批判。在现代工业文明危机的境遇中，这一文化理念演变为新启蒙精神而成为游牧文明最受青睐的哲学思想宝库，涌现出如郭雪波、萨娜、满都麦、龙仁青等典型生态文学作家。

第五是整体式神性幽冥的宗教思维。游牧民族地域的广阔分布，

---

① 谢有顺：《尊灵魂的写作时代已经来临——谈新世纪小说》，《文艺争鸣》2008年第2期。

囊括了伊斯兰教、藏传佛教、喇嘛教、萨满教、苯教等广大信徒，宗教的道德话语和思维定式，成为西部小说家所极力推崇和张扬的民族特色。虽然，对宗教的态度大相径庭，比如藏族作家阿来对本族宗教的理性反思，[①]与张承志对本族宗教的决绝推崇，代表了两种宗教书写的基本取向，也并非文学涉及特定宗教就一定代表文学达到了精神美学的新高度，但西部小说叙事对宗教与人这一主题的矢志不渝的叙事构建，以及将民族宗教上升为宗教精神、将符号性的宗教实体转换为精神性的悲悯情怀，构成独异于当代主流文学的人性、文化和生命景观。在张承志、石舒清、李进祥、了一容、郭雪波、次仁罗布、梅卓、胡安尼西·达力、克尔巴克·努尔哈力、穆罕默德·巴格拉希等的作品中，宗教精神挣脱了对具体宗派及其典籍的文本恪守，超越了个体之人对宗教身份和仪式的认同局限，将人的生存的苦难、悲悯、希望、企盼，以及在生活实践和日常世俗中的信条守护、道德自律、神性敬畏、彼岸追随，升华为人类共通的对万物生命和人类生存的悲剧理解和灵魂救赎。当然，普遍的宗教式思维也隐藏着排斥其他文化话语的偏狭，固守宗教本我的坚定在成就其鲜明特色的同时，也存在如何突破这种宗教局限而实现与现代性进行对话的叙事困境。

西部小说的游牧文化叙事是在跨界的文本空间构建游牧民族的文化家园，勾勒游牧社会的"文学景观"，[②]使之成为一个实指性、超越性、宗教性、隐喻性、历史性、反思性等异质的文学主体都可在此找到话语生成的意象载体的意义生成场域，并在多元文明的差序格局中，展开对人的自由与压抑命题的充分文学性阐释和演绎，抵达文学对文明形

---

① 阿来、陈晓明：《藏地书写与小说的叙事——阿来与陈晓明对话》，《阿来研究》2016 年第 2 期。

② ［英］麦克·克朗：《文化地理学》，杨淑华等译，南京大学出版社 2003 年版，第 29 页。

态书写的艺术高度。因此，"华—夷"结构震荡为内在冲突的游牧文化叙事，饱含着对游牧民族历史存在和现世存在的文化定格，包蕴着现代工业文明风险境遇的警惕、期盼和救赎的渴望，它是对人类文明乡愁或民族故乡充满人类想象力美学的集体回望，超越了先进/落后、野蛮/文明、中心/主流的文化对立思维，具备了完成人性之深邃、心灵之广阔和生命之超越的文学性命题谱绘的立体功能。

三、西部小说民族性维度的深描与文学史逻辑的拓延

西部小说的游牧文化叙事是民族地方志的文学存档、前现代文明的想象回溯，是游牧文化境遇当中的人的生活实践、精神情感、生命姿态"肌理"的深度刻摹，那种文明记忆和异域风物的整理、语言精妙与叙事逻辑的美学、生活介入和精神观照的姿态，以及以缅怀或眷顾的体验对前现代的历史、当下和未来的独特主体性确立方式，不啻是一幅幅人类集体精神的家园景象。但西部游牧文化地方志"深描"的新异，倘若并未提供独具本质性和深刻性的价值共享与艺术美学，仍然无法逃脱沦为文学消费时代贩卖情怀和异域饕餮的命运。因此，西部作家面临如何在强势现代文化的权力格局中，确立文学的地域化和民族化的本质独特性，构建具有"重叠共识"的"在场"辩证统一的挑战和困境，以期达到"浓描的民族志是介乎本文化和他文化之间的'第三种'作品，是'过程之作'和'协商之作'，是'致中和'的作品"的叙事理想。① 而边地游牧文化之于文学整体影响的深描效度，直接涉及这类文学在以现代性为主导的文学史观中，其嵌入方式、对话机制和史学定位。西部小说的游牧文化叙事当中对本土化、民族志、地方性的人文阐释，既要突

---

① 纳日碧力格：《格尔茨文化解释的解释》，载 [美] 克利福德·格尔茨：《地方知识》，商务印书馆 2016 年版，第 19 页。

破普遍主义思维制掣下文学对"文化的整体""产物的意义""思维的结果"只承担"再现"的惯性，还要消解"糊涂的偏狭心态"和"认知的相对主义"那类仅停留于"表现"的歧途，这需要将西部小说的游牧文化叙事深描所呈现出的现代理念、文学特质和史志范式，纳入文学史构建的维度当中。

首先，西部文学的游牧文化叙事，构建起新启蒙的思想价值理念。西部小说的游牧文化叙事是随着现代性的兴起而复苏的本土意识的艺术实践，是在现代性的话语霸权和同质统摄语境下，对文化独特性、族裔存在性、群落独立性的捍卫与尊重，是对边缘历史的复活、民族精神的追溯、文明足迹的探寻，包含着对现代文明和当前文化的批判反思，对多元文明之间对话和融合的"各美其美""美美与共"境界的集体诉求。近代以来，在现代文明的感召之下，中国社会和国人精神开始急切而艰难的蜕变与追赶，但现代文明在移植于中国文化语境的过程中，却并未能以系统的方式进入，在与民族救亡、地域传统、民间道德的糅合过程中，其体系性当中的科技与资本的现代化以暴力的方式予以确立，而制度建设与文化理念并未能有效被接纳。于是，一方面造成了对现代文明的狭隘误读和挪用，另一方面，现代性又渗透和击碎了本土人文秩序的超稳定状态，中国现代性的双刃剑效应开始显现，精神漂泊、人性压抑、生态危机、资本钳制等问题出现。面对工业资本现代性与政治形态现代性联手造就的人文精神危机，中国文学试图以后现代精神解构现代文明对人的存在所造成的囚禁，世俗日常生活叙事成为文学主流，但解构之后的文化碎片以及精神渊薮的重建，同样是新文学作家无法回避的文学使命。于是，他们开始寻找和依托本土、传统、民间和地域的文化资源，以文化批判的姿态触摸和审视着现代文明弊端，在本土文化资源的汲取、继承和创造性转换中，立意对不充分的现代性危机进行矫正和完善，以期达到和谐文化共同体和人文精神树立的理想境界。这种文学观念无论是被称之为古典现代性、审美现代性，抑或是第二现代性、自反性现代性，都是物质现代性和科技现代性走向自身壁垒之困时的产物，是源于现代性内部的分化。因为现代性本非本质主义的静态存在，它是结构主义的动态演变，而构成关系主义另一极的正是非现代性——游牧文化、农耕文化、民间文化、乡村文化等前现代的文化实体。因此，现代性需要在对非现代的批判中确立自己的历史合法性，同时，前现代性同样可以批判和质疑现代性以及文化达尔文主义的历史实践效力，在彼此互动与制衡的过程中，源于本土文化而立意对现代性进行批判与建设的新启蒙思想孕育而生。融合了本土化内涵的新启蒙精神，一方面与文化现代性的同化规训进行隐秘抗衡，持续批判着现代文明对人所造成的新的精神压抑，吁求着将人从技术、理性、自我乃至孤独和区隔的囚徒状态当中进行解放，以前现代历史当中人的自然生命姿态和人性质地图景的诱惑，在构织的文学想象当中实现对人的精神困境的救赎，在对抗当中强化和构建出制掣现代性涵化的文学呈现范式；同时，新启蒙精神还具有强烈的自我批判甚至自我否定精神，不断对自身文化体系进行深刻反省和自我矫正，达到自我文化体系的动态完善与持久更新。因此，新启蒙是超越了传统与现代二元抉择之后以并置的方式在双向的肯定、质疑或批判中，在与现代性和族群性均保持主体间性的基础上，在反思—超越层面积极寻找建设路径的文化理念，它将抵达人类社会、人的精神和万物生命的和谐完美作为最高理想，这是西部小说游牧文化叙事呈现出的独特文学价值精魂。

其次，西部小说的游牧文化叙事呈现出深广的民族性精神美学内涵。民族性作为一个与国籍、地域、语言、文化、历史等范畴相关的概念，原本是在与世界文学的对话中才能展示其存在方式，应该与现代性有着历史一致性，"外之既不后于世界之思潮，内之仍弗失固有之血脉，取今复古，别立新宗"，① 但在政治实用主义的制约下，民族性被理解为狭隘的民族情结，被当作与"旧"相关联的一切封建文化的综合体而被新文学阵营所疏离。但作为具有广泛受众的文学属性，民族性在新文学的构建中，又始终作为能走向大众的艺术资本而备受青睐。对民族性疏离或亲近的艺术接受的悖反现象，在新文学的实践中，从"五四"新文学运动到二十一世纪文学，如何书写民族性的大规模讨论和实践从未中断，且在不同的语境当中获得过相当的历史合法性，但民族性更多是随政治意识形态的倡导或放逐而隐现。至于游牧民族文化则面临着全球化语境、现代化语境、汉文化语境等多重语境的制约，并作为游牧文明、游牧族裔不丧失文化主体的本质客体而存在。因此，华夏"大民族性"所属的族裔"小民族性"，在民族差序格局中的群体和个体的命运、生活、心灵、信仰、人性的差异，正是文学对民族性维度进行演绎的叙事动力和艺术资源。与农耕文明的乡土文化和工业文明的都市文化相异，西部小说的游牧文化叙事是因乡土与都市的崛起而展示出的另类历史图景，是在与后者及其衍生的文化权力主体的纠葛中，完成了主体独立和结构自足的完备，并在文学审美领域展示出强烈的本土民族内涵和文学美学异质——游牧文明的风景画、游牧民族的风情画、游牧生活的风俗画，游牧文化书写主题的自然色彩、神性色彩、流寓色彩和悲情色彩，② 以及西部小说游牧文化书写精神的浪漫主义、人本主义、生态主义、民族主义、神秘主义，"三画四彩五义"包蕴着西部小说对游牧文化的汲取和重构取向，开拓出西部小说叙事实践的新境界，在文学现代性诉求的未来想象语境中，它提供着被历史淹没和话语压制下，边缘族群生命姿态的回望想象，从而滋养着现代平面人的干涸心灵，调剂着

---

① 鲁迅：《文化偏至论》，《鲁迅全集》第一卷，人民文学出版社 1981 年版，第 56 页。

② 丁帆：《中国西部现代文学史》，人民文学出版社 2004 年版，第 19—25 页。

文学审美的同质疲劳，让理性之人重新寻找原始的生命野性和信仰韧性。西部小说对游牧文化的"文学深描"，将"文学民族性精神"维度，构建为与"文学现代性精神"相并列的文学品格，作为文学辩证、文学观照、文学审视和文学美学的内在聚焦与支撑，阐释出被他者现代化所同化的"文学本族性"的丰富样貌，解构以现代性为文学圭臬的文学精神，形构出基于族裔人群普遍的世俗生存、群体信仰、生命呵护、情感真诚的"原初性和反现代"的价值主体，在自足的文学系统当中以边缘的反制方式进行中国文学发展的介入和参与。

最后，西部小说的游牧文化叙事拓展着文学史逻辑主线的纵深空间。一方面，西部小说对游牧文化的打捞，开辟着文学地理版图的疆域，复现出文学地理空间中被主流文学权力操作者所遮蔽的巨大边缘性文学存在，让游牧文化所孕育的文学主体获得言说的资本权力，矫正中国文学格局的偏颇，生成出文学经典化的新型话语权力主体。这种拓延和扩充，绝非历史补缺主义或历史混合主义的重复，而是基于中华民族多元一体格局理论的文学史构建。中华民族的一体，使文学在对外层面上具有中华民族整体的民族化统摄而不至于太过离散，而中华民族的多元，又兼顾了中华民族内部的丰富和差异，无论是偏重一体民族性还是着眼多元族裔性，均是以民族平等、美美与共为诉求。西部小说的游牧文化叙事铺衍了纵向和线性的文学史对内部空间差异的容纳，力图突出文学史构建中一体民族和多元民族维度，将华夏民族内部游牧民族文化与非游牧民族文化之间交流、抵牾、融合等的此消彼长和起伏变迁作为文学史构建的维度，这是对文学史当中"文化空间横截面"的凸显，是在现代性话语和政治意识形态话语所规约的文学史生成当中，对游牧文明所孕育的族裔文化的稳固性、宗教性、本土性、自足性的历史浮沉审视。这种以民族性差异为维度的文学史观，在政治性/族裔性、主流民族/边缘民族、游牧文化/非游牧文化的张力框架内，确立了以游牧文化或民族文化主体的"显"与"隐"作为史学叙事主线。另一方面，中国文学史以现代性为构建维度，其潜在参照物之一是前现代，但中国文学基本选择的是在现代文化与封建文化的启蒙语境下，将"人、社会和文学的现代化"，"作为使历史'链条'中的各个环节合乎逻辑地衔接起来"的文学治史标准。① 从封建之奴步入现代之人，是新文学的重要价值诉求，但西部小说对游牧文化的书写，则将视野往愈深远的文明历史深处探延，它观照到了现代性确立所依托的他者多样化，衍生出文学史构建除却要在封建文化体制当中确立文学现代性之外，还需在游牧文化与农耕文化、现代文化的交流、对抗、进退、起伏、得失的史志脉络中，寻求人、社会和文学的现代化途径。在文学史逻辑的基本主线被普遍认知的同时，西部小说对游牧文化书写意欲呈现出的现代性，还要面对远比主流文学史的现代性倾向所承受的包括封建、政治、民间、消费等权力话语主体更负重不堪的文化境遇症候——地理边缘、汉族文化、族裔差异、精英话语的侵袭或权力丧失。因此，游牧文明与现代文明这一相对性范畴的此消彼长为线索的文学史观，不仅应该纳入文学史现代性精神的总体历史向度上，还应该以并置或梯度的定位，将之跨界梯度纳入文学史构建的视域，而西部小说的游牧文化叙事的文学实践，为这一双线共织型的文学史构想提供了文学实绩的前提和明证，谱绘出一个文学现代性确立的立体、复杂而交织的文学史进程。这种努力回归文学历史现场的企图，是对历史复杂性的理性认知和艺术尊重，催生着重写文学史的语境更新和史志自觉。因此，无论是文学地理空间介入文学史的结构，抑或是文明差序格局下的文学史构建，对西部小说游牧文化叙事的广角关注和宽容接纳，充实着中国文学的生态构成，为中国文学呈

---

① 董健、丁帆、王彬彬：《何为文学，如何治史？——1949 年以来的文学史重考》，《扬子江评论》2015 年第 1 期。

现文学是人学的永恒命题，为中国文学经典化所依持的人性标准审视，构造出文明梯度愈加多元和参差的有效视域场，完善着文学经典化进程中的话语权力组构。

文明历史的长河当中，游牧文化作为实体存在，在现代化、都市化、数字化时代的侵袭当中，正经历着逐渐隐匿乃至消亡的动态过程。而西部小说对游牧文化的书写，包含着对游牧民族精神日益陨落的民族乡愁，对游牧民族接受新文化而走向更新的礼赞或批判，对游牧民族文化在历代转迁的历史语境中恒定葆有的复杂情愫。这种动态重组过程，其基本模式是游牧民族、游牧文化与异民族、异文化的接触和碰撞，其结果或者是对游牧文化的固守，或者是对游牧文化的扬弃，抑或是在民族性和现代性之间寻求人文话语的价值契合点。但游牧文化的现实处境和历史走向，都是西部小说书写者的一种理想化造镜，西部作家无法提供对文明形态高低优劣的最终裁决，相反，他们更敏感于游牧文化的动态变迁之于人的精神、心灵乃至人性的深刻影响，体察着游牧文化在与异文明碰撞过程中固守和扬弃之间的痛苦而分裂的艰难抉择，探微在文化碰撞、对抗或融合过程中人性的恒定与变异、精神的安稳与动荡、灵魂的漂泊与诡异。文明—社会—文化—人，构成了西部小说对游牧文化书写的基本路径，在这一过程当中，文明的塑形、人性的丰富、意义的寻觅、生存的诗意呈现出开放的姿态，最终在差异文明体系当中，西部小说构建着可以赋形与转换的思想、美学和观念的普适性共享话语，不断抵进超越现实的异域乌托邦。

参考文献

（按姓氏首字母顺序排列）

著作：

[比] 伊·普里戈金、[法] 伊·斯唐热：《从混沌到有序：人与自然的新对话》，曾庆宏等译，上海译文出版社 1987 年版。

[德] 狄特富尔特、[德] 瓦尔特：《哲人小语——人与自然》，周美琪译，生活·读书·新知三联书店 1993 年版。

[德] 弗里德里希·尼采：《悲剧的诞生》，译林出版社 1987 年版。

[德] 弗里德里希·席勒：《审美教育书简》，冯至等译，北京大学出版社 1985 年版。

[德] 海德格尔：《人，诗意地安居：海德格尔语要》，郜元宝译，广西师范大学出版社 2000 年版。

[德] 豪克：《绝望与信心——论 20 世纪末的文学和艺术》，李永平译，中国社会科学出版社 1992 年版。

[德] 黑格尔：《美学》，朱光潜译，商务印书馆 1979 年版。

［德］马尔库塞：《单面人》，左晓斯等译，湖南人民出版社 1988 年版。

《马克思恩格斯全集》，人民出版社 1960 年版。

［德］瓦尔特·本雅明：《无法扼杀的愉悦：文学与美学漫笔》，北京师范大学出版社 2016 年版。

［德］乌尔里希·贝克、伊丽莎白·贝克 – 格恩斯海姆：《个体化》，李荣山等译，北京大学出版社 2011 年版。

［德］乌尔里希·贝克、［英］安东尼·吉登斯、［英］斯科特·拉什：《自反性现代化：现代社会秩序中的政治传统、传统与美学》，赵文书译，商务印书馆 2014 年版。

［俄］阿·托尔斯泰：《论写作》，人民文学出版社 1955 年版。

［法］丹纳：《艺术哲学》，傅雷译，河南人民出版社 1998 年版。

［法］米歇尔·福柯：《知识考古学》，谢强等译，生活·读书·新知三联书店 1998 年版。

［法］皮埃尔·布尔迪厄：《区分：判断力的社会批判》，商务印书馆 2015 年版。

［法］雅克·朗西埃：《当代激进思想家译丛：文学的政治》，南京大学出版社 2014 年版。

［捷克］米兰·昆德拉：《小说的艺术》，董强译，上海译文出版社 2004 年版。

［美］赫舍尔：《人是谁》，隗仁莲译，贵州人民出版社 1994 年版。

［美］克利福德·格尔茨：《地方知识》，商务印书馆 2016 年版。

［美］克利福德·格尔茨：《文化的解释》，上海人民出版社 1999 年版。

［美］勒内·韦勒克、奥斯汀·沃伦：《文学理论》，刘象愚等译，江苏教育出版社 2005 年版。

［美］露思·本尼迪特：《文化模式》，何锡章等译，华夏出版社 1987 年版。

［美］马克·吐温：《来自地球的信》，肖聿译，中国社会科学出版社 2004 年版。

［美］马斯洛：《马斯洛人本哲学》，成明译，九州出版社 2003 年版。

［美］萨姆瓦、波特、简恩：《跨文化传通》，陈南等译，生活·读书·新知三

联书店 1988 年版。

[美] 塔尔科特·帕森斯：《人文与社会译丛：社会行动的结构》，译林出版社 2012 年版。

[美] 唐纳德·帕尔默：《看，这是哲学》，郑华译，北京联合出版公司 2016 年版。

[美] 韦勒克：《批评的概念》，张金言译，中国美术学院出版社 1999 年版。

[日] 池田大作、[英] 阿·汤因比：《展望二十一世纪：汤因比与池田大作对话录》，荀春生等译，国际文化出版公司 1997 年版。

[日] 福泽谕吉：《文明论概略》，商务印书馆 1959 年版。

[日] 杉山正明：《游牧民的世界史》，中华工商联合出版社 2014 年版。

[苏] 高尔基著，林焕平编：《高尔基论文学》，广西人民出版社 1980 年版。

[西班牙] 奥尔特加·加赛特：《大众的反叛》，刘训练等译，吉林人民出版社 2004 年版。

[英] 安东尼·吉登斯：《现代性——吉登斯访谈录》，尹宏毅译，新华出版社 2001 年版。

[英] 弗吉尼亚·伍尔夫：《论小说与小说家》，瞿世镜译，上海译文出版社 2000 年版。

[英] 赫·乔·韦尔斯：《世界史纲》，吴文藻等译，人民出版社 1982 年版。

[英] 马尔科姆·布雷德伯里：《现代主义》，胡家峦等译，上海外语教育出版社 1992 年版。

[英] 麦克·克朗：《文化地理学》，杨淑华等译，南京大学出版社 2003 年版。

[英] 特里·伊格尔顿：《二十世纪西方文学理论》，伍晓明译，北京大学出版社 2018 年版。

[英] 特里·伊格尔顿：《文学事件》，阴志科译，河南大学出版社 2017 年版。

[英] 詹姆斯·拉伍洛克：《盖娅·地球生命的新视野》，肖显静等译，上海人民出版社 2007 年版。

《古兰经》，马坚译，中国社会科学出版社 1981 年版。

《光明日报》书评周刊编：《边地中国：边地是不是桃花源》，中国社会科学出版社 2004 年版。

阿英：《晚清小说史》，江苏文艺出版社 2009 年版。

白崇人：《民族文学创作论》，广西民族出版社 1992 年版。

包亚明：《后现代性与地理学的政治》，上海教育出版社 2001 年版。

曹孟勤：《人性与自然——生态伦理哲学基础反思》，南京师范大学出版社 2004 年版。

曹文轩：《二十世纪末中国文学现象研究》，作家出版社 2003 年版。

畅广元：《文学文化学》，辽宁人民出版社 2000 年版。

陈继会：《中国乡土小说史》，安徽教育出版社 1999 年版。

陈思和：《21 世纪中国文学大系》，春风文艺出版社 2002 年版。

陈思和：《夏天的审美触角——当代大学生的文学意识》，工人出版社 1987 年版。

陈晓明：《表意的焦虑——历史祛魅与当代文学变革》，中央编译出版社 2002 年版。

陈许：《美国西部小说研究》，北京大学出版社 2004 年版。

崔龙水、马振铎：《马克思主义与儒学》，当代中国出版社 1996 年版。

戴燕：《文学史的权力》，北京大学出版社 2002 年版。

丁帆：《中国乡土小说史论》，江苏文艺出版社 1992 年版。

丁帆：《中国西部现代文学史》，人民文学出版社 2004 年版。

丁帆：《中国乡土小说的世纪转型研究》，人民文学出版社 2013 年版。

丁帆：《人间风景》，译林出版社 2017 年版。

樊葵：《媒介崇拜论——现代人与大众媒介的异态关系》，中国传媒大学出版社 2008 年版。

傅道彬：《晚唐钟声：中国文学的原型批评》，北京大学出版社 2007 年版。

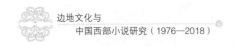

高永年：《中国叙事诗研究》，江苏教育出版社 2002 年版。

高长江：《宗教的阐释》，中国社会科学出版社 2002 年版。

郜元宝：《说话的精神》，山东文艺出版社 2004 年版。

郜元宝：《拯救大地》，学林出版社 1994 年版。

葛红兵：《障碍与认同——当代中国文化问题》，学林出版社 2000 年版。

葛兆光：《中国思想史》，复旦大学出版社 2018 年版。

管卫中：《西部的象征》，青海人民出版社 1992 年版。

韩少功：《马桥词典》，作家出版社 1996 年版。

韩子勇：《西部：边远省份的文学写作》，百花文艺出版社 1998 年版。

何建平、张志诚：《殡葬与宗教文化》，中国社会出版社 2010 年版。

何向东：《中国西部人文：文化资源与素质教育——点燃西部的阳光》，中国人民大学出版社 2008 年版。

何言宏：《介入的写作》，上海三联书店 2007 年版。

何永康等：《二十世纪中西比较小说学》，江苏教育出版社 2006 年版。

和凤鸣：《经历——我的 1957 年》，敦煌文艺出版社 2006 年版。

贺仲明：《一种文学与一个阶层》，人民出版社 2008 年版。

洪治纲：《永远的质疑》，人民文学出版社 2000 年版。

洪子诚：《中国当代文学史》，北京大学出版社 1999 年版。

黄万华：《多元文化语境中的华文文学：第十三届世界华文文学国际学术研讨会论文集》，山东文艺出版社 2004 年版。

郎伟：《写作是为时代作证》，宁夏人民出版社 2007 年版。

老舍：《老舍文集》，人民文学出版社 1991 年版。

雷达：《思潮与文体——20 世纪末小说观察》，人民文学出版社 2002 年版。

雷鸣：《映照与救赎：当代文学的边地叙事研究》，人民出版社 2013 年版。

黎跃进：《西方文学论稿》，中央编译出版社 2014 年版。

李工真：《德意志道路——现代化进程研究》，武汉大学出版社 1997 年版。

李鸿然：《中国当代少数民族文学史论》，云南教育出版社 2004 年版。

李健夫：《现代美学原理》，中国社会科学出版社 2002 年版。

李锐：《网络时代的"方言"》，春风文艺出版社 2002 年版。

李兴阳：《中国当代西部小说史论（1976—2005)》，安徽大学出版社 2006 年版。

李雄飞：《河洲"花儿"与陕北"信天游"文化内涵的比较研究》，民族出版社 2003 年版。

梁启超：《饮冰室合集》，中华书局 1989 年版。

梁漱溟：《人心与人生》，学林出版社 1984 年版。

梁一儒：《民族审美文化论》，中国传媒大学出版社 2007 年版。

林建法等：《中国当代作家面面观》，春风文艺出版社 2010 年版。

刘禾：《世界秩序与文明等级：全球史研究的新路径》，生活·读书·新知三联书店 2016 年版。

刘文良：《范畴与方法：生态批评论》，人民出版社 2009 年版。

刘小枫：《诗化哲学：德国浪漫美学传统》，山东文艺出版社 1986 年版。

刘小枫：《人类困境中的审美精神》，东方出版中心 1994 年版。

刘小枫：《走向十字架上的真——20 世纪基督教神学引论》，三联书店上海分店 1995 年版。

刘小枫选编：《舍勒选集》，上海三联书店 1999 年版。

刘旭：《底层叙述：现代性话语的裂隙》，上海古籍出版社 2006 年版。

刘宗坤：《等待上帝，还是等待戈多？——后现代主义与当代宗教》，中国社会出版社 1996 年版。

鲁迅：《鲁迅全集》，人民文学出版社 1981 年版。

马丽华：《雪域文化与西藏文学》，湖南教育出版社 1998 年版。

马丽蓉：《20 世纪中国文学与伊斯兰文化》，安徽教育出版社 2000 年版。

马丽蓉：《踩在几片文化上——张承志新论》，宁夏人民出版社 2001 年版。

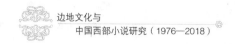

马为华：《中国西部文学论》，博士学位论文，复旦大学，2003 年。

马绍周等：《回族传统道德概论》，宁夏人民出版社 1998 年版。

牟钟鉴：《中国宗教与中国文化》，中国社会科学出版社 2005 年版。

南帆：《冲突的文学》，上海社会科学院出版社 1992 年版。

南帆：《隐蔽的成规》，福建教育出版社 1999 年版。

努尔曼·马贤等：《伊斯兰伦理学》，宗教文化出版社 2005 年版。

欧阳友权：《艺术的绝响》，中南工业大学出版社 1998 年版。

彭书麟：《西部审美文化寻踪》，湖北教育出版社 1999 年版。

钱永祥：《纵欲与虚无之上——现代情境里的政治伦理》，生活·读书·新知三联书店 2002 年版。

邵燕祥：《我死过，我幸存，我作证》，作家出版社 2016 年版。

史铁生：《我与地坛》，中国社会科学出版社 1993 年版。

宋耀良：《十年文学主潮》，上海文艺出版社 1988 年版。

唐燎原：《西部大荒中的盛典》，青海人民出版社 1992 年版。

陶红等：《回族服饰文化》，宁夏人民出版社 2003 年版。

汪晖等：《文化与公共性》，上海三联书店 1998 年版。

汪民安：《文化研究关键词》，江苏人民出版社 2007 年版。

汪民安：《现代性基本读本》，河南大学出版社 2005 年版。

王安忆：《心灵世界——王安忆小说讲稿》，复旦大学出版社 1997 年版。

王贵禄：《中国西部小说叙事学》，中国社会科学出版社 2015 年版。

王建刚：《后理论时代与文学批评转型：巴赫金对话批评理论研究》，北京大学出版社 2012 年版。

王娟：《民俗学概论》，北京大学出版社 2002 年版。

王列生：《世界文学背景下的民族文学道路》，安徽教育出版社 2000 年版。

王诺：《欧美生态文学》，北京大学出版社 2003 年版。

王晓朝：《宗教学基础十五讲》，北京大学出版社 2003 年版。

王晓明：《半张脸的神话》，广西师范大学出版社 2003 年版。

王晓文：《中国现代边地小说研究》，人民出版社 2016 年版。

王夷平：《美国西部文学研究》，北京理工大学出版社 2015 年版。

魏兰：《回族文学概观》，宁夏人民出版社 2004 年版。

肖云儒：《中国西部文学论》，青海人民出版社 1989 年版。

谢有顺：《此时的事物》，江苏教育出版社 2005 年版。

谢有顺：《话语的德性》，海南出版社 2002 年版。

谢有顺：《我们内心的冲突》，广州出版社 2000 年版。

邢莉：《内蒙古区域游牧文化的变迁》，中国社会科学出版社 2013 年版。

邢莉：《游牧文化》，北京燕山出版社 1995 年版。

许纪霖：《家国天下：现代中国的个人、国家与世界认同》，上海人民出版社
2017 年版。

许子东：《为了忘却的集体记忆——解读 50 篇文革小说》，生活·读书·新知
三联书店 2000 年版。

阎云翔等：《私人生活的变革》，上海人民出版社 2009 年版。

杨春时：《现代性与中国文学思潮》，生活·读书·新知三联书店 2009 年版。

杨春时：《中国现代文学思潮史》，南京大学出版社 2011 年版。

杨洪承：《现象与视域——20 世纪中国文学研究纵横》，吉林教育出版社 2003
年版。

杨守森：《灵魂的守护》，山东友谊出版社 2002 年版。

姚新勇：《悖论的文化》，江苏教育出版社 2002 年版。

叶朗：《现代美学体系》，北京大学出版社 1999 年版。

尹绍亭：《人与森林——生态人类学视野中的刀耕火种》，云南教育出版社
2000 年版。

余斌：《中国西部文学纵观》，青海人民出版社 1992 年版。

俞吾金：《意识形态论》，人民出版社 2009 年版。

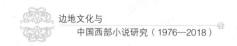

于京一：《想象的异域——中国新时期边地小说研究》，博士学位论文，山东大学，2010 年。

张静：《身份认同研究》，上海人民出版社 2006 年版。

张志扬：《创伤记忆——中国现代哲学门槛》，上海三联书店 1999 年版。

章海荣：《生态伦理与生态美学》，复旦大学出版社 2005 年版。

张向东：《中国现代西部文学地理》，中国社会科学出版社 2018 年版。

赵学勇等：《革命·乡土·地域：中国当代西部小说史论》，山西教育出版社 2009 年版。

赵学勇：《文化与人的同构》，兰州大学出版社 2000 年版。

赵学勇等：《守望·追寻·创生：中国西部小说的历史形态与精神重构》，北京大学出版社 2012 年版。

赵园：《地之子——乡村小说与农民文化》，北京十月文艺出版社 1993 年版。

郑杭生：《社会学概论新修》，中国人民大学出版社 2014 年版。

朱德发：《跨进新世界的历程——中国文学由古典向现代转换》，明天出版社 2000 年版。

朱光潜：《朱光潜全集》，安徽教育出版社 1990 年版。

朱晓进：《"山药蛋派"与三晋文化》，湖南教育出版社 1995 年版。

卓新平：《当代亚非拉美神学》，上海三联书店 2007 年版。

卓新平：《宗教理解》，社会科学文献出版社 1999 年版。

责任编辑:宰艳红

责任校对:白　玥

图书在版编目(CIP)数据

边地文化与中国西部小说研究:1976-2018/金春平 著. —北京:

　人民出版社,2018.12

ISBN 978－7－01－020071－2

Ⅰ.①边…　Ⅱ.①金…　Ⅲ.①西部小说-小说研究-中国-当代

Ⅳ.①I207.42

中国版本图书馆 CIP 数据核字(2018)第 266060 号

边地文化与中国西部小说研究(1976—2018)

BIANDI WENHUA YU ZHONGGUO XIBU XIAOSHUO YANJIU(1976—2018)

金春平　著

人民出版社 出版发行

(100706　北京市东城区隆福寺街 99 号)

北京中科印刷有限公司印刷　新华书店经销

2018 年 12 月第 1 版　2018 年 12 月北京第 1 次印刷

开本:710 毫米×1000 毫米 1/16　印张:19.75

字数:260 千字

ISBN 978－7－01－020071－2　定价:69.00 元

邮购地址 100706　北京市东城区隆福寺街 99 号

人民东方图书销售中心　电话 (010)65250042　65289539